古華(京夫子)文集

卷十四

瀟水謠

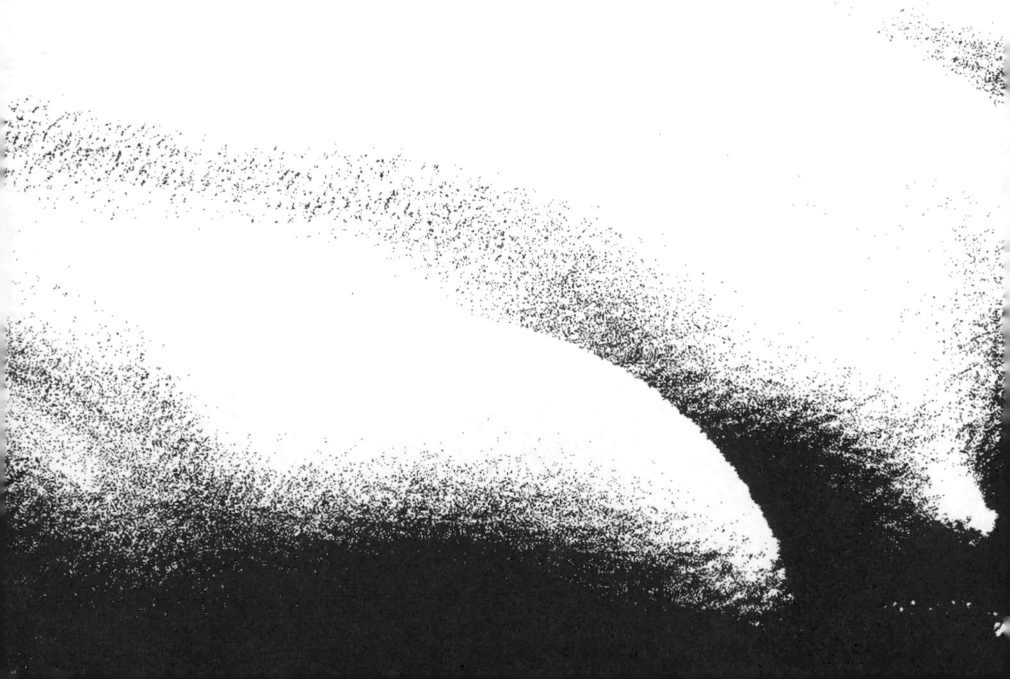

前言

清末民初大政治家梁啟超先生有言：欲新一國之民，不可不先新一國之小說。更有其著名論斷：六經不能教，當以小說教之；正史不能入，當以小說入之；語錄不能渝，當以小說渝之；律例不能治，當以小說治之。

一百多年過去了。我們今天應客觀理解先賢此種對新時代新小說的倚重與寄望，而非將小說視為「治國平天下」的丹方。畢竟中國不是因小說而能再造的。但中國小說如三國、水滸、紅樓、三言二拍等經典名著，卻又的確記述了時代變遷、家國興衰、史詩歌吟，為後人留下了活生生的人文景觀、眾生萬象、歷史圖卷。小說的此種功能是任何其他文字著述或藝術形式所不能替代的，是怎麼評價都不過分的。中、長篇小說更是衍生其他藝術門類如戲曲、歌劇、話劇、舞劇、電影、電視、美術作品的母本，所謂先有名著，後有名劇是也。

當代小說名家古華正是這樣一位描繪時代風雲變幻、記錄人世悲歡沉浮的能手。縱覽他將近六十年來的寫作生涯，大致可概括為三個階段：從發表第一篇小說的一九六二年至文化大革命結束後的一九七七年，是他習作小說的幼稚蒙昧期；從一九七八年至一九八八年，是他以《爬滿青藤的木屋》、《芙蓉鎮》、《浮屠嶺》、《貞女》等小說為代表的破繭、收穫期；一九八八年客居加拿大至今，創作了被譽為「京夫子現代傑出歷史小說系列」，如《西苑風月》、《夏都誌異》、《血色京畿》、《重陽兵變》，以及《儒林園》、《古都春潮》、《北京遺事》、《亞熱帶森林》、《藍莓莊園》、《瀟水謠》等長篇說部，則是他真正的翰墨耕耘豐穫期了。

古華的生平可謂篳路藍縷、風雨兼程，甚至有些傳奇。他童年失怙，求食求學，求知求生。出身「剝削階級家庭」的他，誠惶誠恐度過了新中國所有的政治運動：土改、鎮反、合作化、反右派、大躍進、反右傾、大饑荒、四清運動、十年文革浩劫，直到改革開放搞活經濟，……他的身分也隨著這些運動發生各種變化。在長達二、三十年的歲月裡歷經劫難，孜孜不倦，跋涉於寫小說以改變命運的艱辛旅程。從小乞丐、小炭伕、小牧童、小黑鬼、「政治賤民」、農場工人，到地區歌舞劇團編劇、省文聯專業作家、全國作協理事，到掛名第七屆全國政協委員，再到美國愛荷華國際寫作計劃，到加拿大卡爾加里第十五屆冬季奧運會藝術節作家週，之後定居溫哥華至今。此種從鄉村到城市、從省城到京城、從中國到外國的人生經歷，對一位小說家彌足珍貴。

迄今為止，古華發表、出版以小說為主的各類著作逾一千一百萬字，主要作品已有英、法、德、義、俄、日、韓、荷蘭、匈牙利、西班牙等十餘種譯本，並被拍攝成電影、電視劇上映，還曾被改編成歌劇、評劇、越劇、漢劇、楚劇、祁劇、莆田戲等劇目上演。

海內外文學批評家對古華的作品有過諸多評論：

中國著名評論家雷達說：歷史的不幸產生出文學的奇葩。

另一位著名評論家馮牧說：一般的小說多寫了大時代下面小兒女的恩怨；古華的小說則是經由小兒女的恩怨寫了大的時代。

北京大學老教授、詩人謝冕說：每年編選當代文學教材，重印《中國當代文學作品精選》一書，《爬滿青藤的木屋》長達兩萬多字，我們一直保留著。

英籍漢學家、《芙蓉鎮》英文版譯者戴乃迭女士說：古華豐富的作品給人以深刻的印象。但古華並不像有些中國作家那樣直接描寫真實生活中的真實人物，他對中國現代各階層人物都作了大量的觀察後，才塑造出那些令人難忘的人物形象。

古華一九八八年定居溫哥華後，潛心耕耘的「京夫子現代歷史小說系列」，在臺北《中央日報．副刊》連載十六年之久，一直為中、老年讀者逐日追蹤閱讀，廣受好評。誠如前《中央日報》副刊主編、淡江大學中文系教授林黛嫚所說：京夫子的系列著作叫好叫座，包括《北京宰相》、《西苑風月》、《夏都誌異》、《血色京畿》、《重陽兵變》等，人物形象飽滿，語言對白蘊含智慧，歷史大關節的敘述氣勢磅礴，微觀小場景的描繪細緻入微，許多讀者追著讀，認為中共的當代史總算有了一部如《三國演義》、《隋唐演義》般令人拍案叫絕的新演義（見林黛嫚著《推浪的人》一書，頁二〇六）。

本文集共十六卷，長篇說部《重陽兵變》原擬作第十七、十八卷，因係三民書局版，未及收入。

洞庭鼓詞：

三萬里堯天舜日，
五千年帝業廢興。
看代代南巡北狩，
嘆朝朝東討西征。
龍盤虎踞血凝冰！
湘妃斷腸處，
空有帝王陵。

芙蓉國簪纓何在，
九嶷郡士族無尋。
悵瀟湘北去傷逝，
幸五嶺橫亙銘箴。
青崖碑刻證天心！
我為輸史冊，
浩歌唱古今。

目次

前言 3
一 不帶個女同學回來 12
二 去蓮城了卻心願 17
三 南嶽名廚，人間煙火 24
四 瀟水大酒店 30
五 瀟水天籟 36
六 往事並非如煙 44
七 「地陪」竟是大眼妹 50
八 「蓮城先生」李玉如 57
九 濂溪故里 66
十 「毛主席的紅衛兵」 72
十一 夜宴來了不速之客 83
十二 表弟也是大老闆 92
十三 又見「管大官人」 99

十四　米豆腐店　104
十五　時光倒流　111
十六　舅舅周樹根和部長管大關　117
十七　縣長黃大義　126
十八　公審大會救出未婚妻周靜　132
十九　大眼妹「罷工」　140
二十　也是個人物：松小路　148
二十一　涼粉店主何湘姑　155
二十二　老夫聊發少年狂　163
二十三　石魚湖閑話　173
二十四　青春並未遠去　186
二十五　好個薜荔種植園　205
二十六　「我不能沒有你」　215
二十七　她叫松素芹　225

二十八　再訪「管大官人」　233
二十九　鬼崽嶺的傳說　242
三十　兩河口也有傳說　251
三十一　兩個何道州的戰爭　261
三十二　橫嶺溫泉行　267
三十三　紅歌大賽　278
三十四　「我不怕醜」　292
三十五　好一個「九嶷妃子」　303
三十六　北京歸來　311
三十七　青山就是紀念碑　318
三十八　比傳說精彩　325
三十九　「唱紅方知北京近」　338
四十　找回了「蘇州妹」　345
四十一　「我們不是張獻忠」　354

四十二　都龐嶺摩崖名錄　367
四十三　何紹基故里復建學術研討會　381
尾聲　蓮城如詩如畫，我們還會回來　387

一　不帶個女同學回來

暑假，清華學子何瑤回到湘省城家裡。父親何老夫子摘下老花眼鏡，眼前一亮，嘴唇哆嗦著嘮叨：兒子長大了，又長大些了……也不帶個女同學回來？

何瑤見到鶴髮蒼蒼的父親，先來一個熊抱，拍拍老人消瘦的肩背：爹地！在您眼裡，兒子還沒有長大？我都讀研究所了，這個暑期要準備些碩士論文資料。

有句話，兒子衹是笑笑，沒有說出來：「又長大些了」，意思是還沒有真正長大。「長大」是個什麼標準？就是所謂的「成熟」：正襟危坐，不苟言笑，甚至道貌凜然？可是人生就像樹上的果子，成熟了，離腐爛就不遠了。這話是在哪裡讀到的？他忘記了。

父親還在嘮嘮叨叨：好好好，你在電話裡都和我商量過了，我們去蓮城，走訪北宋周敦頤故里，參觀大清何紹基故居，很有代表性的南方民居古建築……嗯，為什麼不帶個女同學回來？

年年寒假暑假回家，老夫子都要這樣問。有逼婚嫌疑。何瑤的回應也總是環顧左右而言他。女同學又不是件衣物、一部手機，想帶就能帶回來？他都不好告訴老夫子：如今北京那些花枝招展的女子，有幾個不找鑽石王老五，盼著珠光寶氣、穿金戴銀？不像你們五、六十年代，找對象、談戀愛首重家庭成分，再就是本人的能力品行了；更不像三、四十年代，進步青年找伴侶衹論志同道合，一心革命；後進青年衹論門當戶對、郎才女貌……不過話講回來，現在「門當戶對」不又復辟了？像何瑤這樣的家庭背景，父親一名「海歸」教授，窮教書先生，名譽上好聽點，卻沒有多少實惠的內容。二十三歲的何瑤被擇偶的層級，雖不至最低，也是中不溜秋的芸芸眾生了。

這小子，從美國回來幾年，就一口京片子，好像什麼都懂。虧了他娘從小逼他學中文。

老夫子並不很老，剛年過花甲。本名何道州，時運不錯，文革結束兩年後的一九七八年，他和同在湘省師大任講師的妻子周靜就由美國舊金山的叔叔周至教授經濟擔保，雙雙赴美留學。周靜在加州大學分校修讀圖書館學，何道州修讀中國古典文學。兩個讀書種子十年寒窗苦讀，夫婦二人憑藉原在湘師大的那點基礎英文，本科、碩士、博士的，硬是攻讀了下來。恰逢九十年代美國興起一股漢學熱，兩人很快找到工作。周靜在洛城郊區小鎮圖書館任職，薪水不是很高，但頗穩定。她發誓一輩子不回去了，死也要死在美國了。況且他們還有了一個「美國公民」兒子；何道州則更幸運些，留校任教，幾年工夫從助理教授升任副教授。他常暗自好笑，覺得事出滑稽：跑到美國來學中國古典文學，主修唐詩宋詞！這原是他在湘師大的專業啊。當然學位論文是以英文寫成。之後教授美國學生，竟是用中文講課。也都是些國內初中生水平吧。他是娶妻隨妻了。周靜素來身子單薄，況且文革初年受過一場生死驚嚇，到了美國還常做噩夢，又哭又叫的把何道州從睡夢中鬧醒。

一九九六年，舊金山的周至叔叔病逝，留給他們十多萬美元的遺產。周靜服喪後稱這是他們周氏家族祖宗的餘蔭。夫妻倆用這筆款子做頭期，再向銀行貸得相同數額的分期付款，買下河濱分校小鎮上一座帶花園的別墅，成了名副其實的「中產」。居有屋，出有車，食有魚，該心滿意足了吧？可好景不長，命運又作弄他們，周靜竟在五十三歲上查出了乳腺癌和子宮瘤，禍不單行。周靜瞞著丈夫和兒子，一改她「死也要死在美國」的態度，堅持說服兒子高中畢業後回國考大學。兒子何瑤也爭氣，憑著英語優勢加「美國公民」的身分，進了中國最高學府清華大學土木系。兒子離開了，周靜才把自己的病情告訴丈夫。美國醫學發達，何道州相信妻子的病情能控制住，並慢慢康復。凡事總要望好的方面想吧。周靜邊工作邊做化療，成功摘除了子宮瘤。但她一頭秀髮掉光了，帶著髮套上班了，身子一天天消瘦下來，成幾根柴棍了。一天晚上，夫妻兩個都有心事，不能入睡。周靜終於說：教授，兒子先回去了，我們也回去吧……葉落歸根，故土難離。我原先不相信這話，現在信了。你也要有心理準備，我陪伴你的日子恐怕不多了，想回湘師大……我是在湘師大校園出生、長大的。

何道州哭都不敢哭。原以為一家三口可以在四季常春的洛杉磯郊區安安靜靜地過日子。人一過五十歲，就生出故土情懷。故土多災多難。幸而二十多年來的改革開放，經濟發展，故土已不是原先那個天天鬥、月月鬥、年年鬥的世界了，早就取消了階級和家庭成分，重文化、重科學、重教育、重人才了。不久命運又一次向他倆綻現微笑，機會說來就來。五年前的秋天，湘省一個延攬人才的代表團訪美，第一站到了洛杉磯。洛城中領館舉行招待會，歡迎南加州的中國留學生、學者出席。何道州駕車趕去赴會。在臺上講話的代表團團長、湘省教育廳廳長竟是他湘師大的同班同學、好友李湘平！當年湘師大籃球隊前鋒、神投手，曾和他這個籃球隊隊長稱兄道弟。如今好友重逢，兩人高興得你一捶，我一掌，熱烈擁抱，彷彿又回到大學生年代。當晚，何道州就把李廳長接到河濱鎮家中，把周靜高興得哇哇叫。原來，李湘平這次來洛杉磯的任務之一就是徵詢何氏夫婦願不願意回湘工作。好事來得太突然，何道州都有些遲疑：我倆可不是學核物理、空間技術、信息處理、生物科技……李湘平手一揮，解除他們夫婦的疑慮：是湘師大想請二位回去的！母校極欲提高英語教學水平，本科生要有三分之一的課程用英語教學。這就是二位的強項。道州，你回去就是博導；周靜同學也英雄有用武之地，母校圖書館訂閱了三十幾種英文學刊，連目錄都沒有人整理得清楚！用你們，就是人盡其才。當然囉，生活條件比你們這裡要差些，沒有花園別墅，祇有教授宿舍。聽師大匯報，他們年內會給教授宿舍安裝冷氣、暖氣。

周靜一掃病容，笑得像個大學生，用長沙話說：湘平，我就是想呷臭豆腐，火宮殿的臭豆腐就是好呷！就是好呷！

……第二年春天，何道州、周靜夫婦就回到闊別二十多年的故土湘省省城，回到母校任教。可惜周靜在校圖書館祇上了幾個月班，就乳腺癌復發、擴散，臥床不起，熬了兩年去世。享年五十八歲。

年少夫妻老來伴。周靜一走，何道州就像遭了一場霜凍，幾個月功夫，原先祇有少許白髮的頭顱華髮如雪，一米八幾的身軀也佝僂了，總是提不起精神，顯出暮年光景。大家真的稱他老夫子了。兒子何瑤畢竟年輕，大哭一場後，開始心疼老爸，覺得老爸日子太寂寞，應該有個老伴。這次暑期回來，就半開玩笑半認真地提議：爸，你不要老是催我帶個女同學回來的事了，還是趕緊替我找個後媽，陪您過日子。您年過花甲，正當壯年，不定我還能得個小妹妹，在哥哥我面前撒嬌逗趣。

何道州一聽兒子的瘋話，就揚起巴掌警告，之後緩緩放下。他們夫婦從未動過兒子一指頭，祇是嚴詞訓斥：你不孝！你娘的遺照還掛在我的書房裡，你這當兒子的，竟敢講這種話？研究生，你的書都讀到哪裡去了？你講！書都讀到哪裡去了？

何瑤知難而退。他知道父母感情至深，深到難以理喻的地步。母親最後兩年臥床不起，大小便都由父親一手料理。父親是博導，帶研究生，倒也不用去坐班，就在家裡「弟子規」。學校和圖書館都提出替母親安排一名專職護理，父親就是不答應。何瑤知道父母親是六十年代的大學同學，還隱隱約約聽說文化大革命初期，母親的性命是父親從死人堆裡撿回來的。不過，父母親從不對他提那些太過沉重的往事。中國的父母都習慣對兒女後代隱瞞很多歷史，以為上一輩人受的難、遭的罪，就由上一輩做個了結吧，讓後代的心靈淨潔些、輕鬆些吧。那些孤兒寡女替父母報仇雪恨的故事，就留給歷史劇目去演義吧！

其實，父母對自己隱瞞了很多事情，何瑤是有看法的。連帶對父親的大名都有歧義：原籍道州，道州人士就道州人士吧，何苦連名字都要叫做「何道州」？是不是迂腐啊？當然，「何道州」三字並不很俗，唸起來順口，寫起來不難看，很容易被人記住。就是意蘊淺了些，地名做人名；難怪母親在兒子面前總是稱「道州」為「蓮城」，免得犯了父親的名諱。

二 去蓮城了卻心願

何道州從不向兒子談及祖輩家史。本也沒有什麼難言之隱。何家祖居蓮城東門鄉何家村，世代貧雇農。但東門鄉確是個人文薈萃、人物輩出之地，向有「十五代秀才世家」之稱，曾經出過二十四個進士、一個探花。了不得吧？最有名的就是清代名臣、大書法家何紹基了。說是何道州的曾祖父曾是何紹基的跟班，會武術，很受重用。何紹基在老家廣有田產，蓋有深宅大院。何紹基逝世後，何道州的曾祖父並未返回原籍，而在省城安家，娶妻生子。終是不識文字，又失去靠山，祇能苦力謀生。到了何道州父親一輩，就在湘江碼頭當了板車工人了。板車工人屬無產階級。搭幫祖宗沒文化。新中國成立，無產階級是領導階級。當然，板車工人仍要風裡雨裡來回運貨，汗流浹背，並沒有領導誰。沾了大便宜的倒是何道州「根正苗紅的工人階級家庭出身」了。不過，這卻也深究不得，禁不起查祖宗三代，因他曾祖父曾是封建大官僚、大地主何紹基的「走狗」、「幫凶」，講得好聽點也是「奴僕」。不要深挖下去了。再挖下去，誰的祖先都不怎麼樣了。省城何家在東門鄉老家還有叔伯兄弟，也都是苦大仇深的革命依靠對象。正因如此，才能在文革初期的腥風血雨中救下何道州未婚妻周靜一命。許多事，怎麼和兒子說得清，道得明？

有一次，何老夫子倒是對兒子說了句感慨萬千又莫測高深的話，法國諺語：人生就是由許多無形的十字架糾纏而成的……他們的十字架，即我們中國人講的精神枷鎖是也。

這次蓮城之行，何老夫子是要去了卻兩樁心事。兩樁不好告訴兒子的心事，都和亡妻周靜有關：一是去給救過他們性命的周樹根舅舅掃墓。舅舅生前到過省城，勸他們夫婦回蓮城看看，現在變化可大了。他們也答應了，終未成行。現在衹能領著兒子何瑤走一趟了；另一樁心事是去尋訪一九六七年夏天在蓮城失蹤的周靜的兩名學妹的下落，一位叫孟九嶷，另一位叫宋書琴。周靜、孟九嶷、宋書琴當年可是湘省師範大學的「三朵金花」。一九六七年至今四十三年過去，何氏夫婦給蓮城縣政府寫過信，也委託舅舅周樹根在當地尋訪，回答總是查無此人，查無此人。那是兩個美麗鮮活的生命啊！消失得無影無蹤了？就算人沒了，被活埋了，或是被迫做了什麼人的堂客，總該留下個姓名呀！如果活著，她們也早該回省城來要求平反昭雪了。其實老夫子還有一個心願，就是順道去拜望蓮城縣老縣長黃大義，義薄雲天、救人無數的黃大義。很多年沒有聯繫了，老縣長該有八十多歲了。

何瑤到裕湘車行租了一輛日產「尋路者」越野吉普，載著老爸上路。一路南行，朝九百里外的蓮城駛去。七月驕陽似火。日產車的冷氣設備不錯，送出徐徐清涼。其實，老爸在美國也會開車。但回國後母親就不准老爸開車了，更不准家裡買車。老爸真聽話，當了「氣管炎」（妻管嚴）。何瑤曾笑老爸在家裡是「投降派」，「后宮專政」。氣得母親不理他。母親也千叮萬囑兒子不要學開車：一年到頭，多少人死於交通事故？多少人傷殘，一輩子缺胳膊少腿？人家美國每年通報的車禍死亡數字，都超過了阿富汗戰爭和伊拉克戰爭的死亡人數……信不信由你。

何瑤大二那年就瞞著父母在首都考了駕照。家住北京的好些同學都以車代步，神氣活現，也肯帶他到郊外空曠處「耍方向盤」，手足並用，一學就會。當然，他也要陪同學練英語口語，義務教學。有了駕照，從大三起，何瑤開始勤工儉學，每個週末去「天上人間」、「皇家閬苑」等高檔消費場所做「代駕」，見識了奔馳、寶馬、路虎、林肯、凱迪拉克……簡直是國際名車薈萃。那個奢豪氣派，令他眼花撩亂，之後就得意洋洋了：駕過奔馳六百，寶馬三千！超豪華，超氣派，防彈玻璃，刀槍不入。我的媽，都是八百萬、上千萬一輛！何瑤做「代駕」，收入可不低。一個星期六或星期日晚上十一點到凌晨兩、三點的忙下來，可賺個八百一千大元，連帶美味消夜。「代駕」又不影響學業。他偶爾還會發現，好些個似曾相識的清華、北大面目姣好、身材窈窕的女生竟是這些高級消費場所的三陪小姐。當然，在這兒誰都不認識誰，否則保安會打斷你的腿。當然，做三陪小姐一個晚上所掙得的「服務費」就不是他這種「代駕」所得到的小費能比擬的了。聽說「一親三、五千，一睡兩、三萬」。呸！人民幣真不是人民幣了。也太對不起那個紅彤彤的毛頭了。呸！呸！

「尋路者」上了京廣高速路，時速限七十公里。沿途有幾塊「紅歌大賽」的廣告牌掠過，他們也沒有在意，因為高速路剛築好，就又要修補坑坑洞洞了。老夫子坐在副駕駛座位上，不停地提醒兒子減速、減速。車子有些顛簸。何瑤握緊方向盤，十分不滿：同志！貴省名日高速路，這麼快就成了排骨路？請解釋。父子倆日常總是像朋友樣的說高論低，保持著美國式父子關係。老夫子苦笑：小子，你這是公民質詢哪？我們是發展中國家，在邁向發達國家的路上，腐敗無處不在，難以避免。更有人講腐敗是發展經濟的潤滑劑，有利國家機器的運轉……何瑤氣憤地打斷老爸的高論：您這是「腐敗合理論」。老夫子仍在苦笑：喂喂，你小子不要帶著情緒開車。你娘經常勸誡我，做人要學會不生氣，不認死理……可憐你娘，要是還活著，知道你開車走高速，魂都會嚇掉。一聽老爸說起母親，何瑤語氣柔和了下來：謝謝老爸。我在北京週末勤工儉學的事，您一直替我瞞著。您在加州還不是瞞了娘才學的開車？……要是娘還在，我一定開車帶她兜兜風，讓她懂得開車很安全，充滿自信和活力。更是一種現代文明，現代人類不可或缺的基本生活技能。為什麼說西方國家，尤其美國是個安裝在汽車輪子上的國家？人家有的流浪漢都開部破車嘛！普通人家則幾乎家家都有兩部、三部小車，上班下班，週末購物，探訪親友，油門一踏就走，一種生活常態嘛！何老夫子覺得需要開導開導兒子：美國月亮再大，也是人家美國的。我們發展中國家，被耽誤了幾十年，文革結束後才急起直追現代科學文明。起步雖晚，但總算在往前趕啦。高速公路質量是有些問題，但總算是在修築啦。何瑤問：老爸，聽講如今修路，時興承包又轉包，算怎麼回事？老夫子再又苦笑笑：我也是道聽途說……造高速公路，比方說每公里國家投入一個億。從長沙到株洲這一段不到一百公里，國家投放一百個億。有關部門也搞了公開招標，但最終得標的自然是有關部門的關係戶，譬如某某上司的親屬子女。某位得標者承接了這一百億工程，並不去組織施工，而私下以九十億轉包給了第二位，一舉吞下十億元；第二位也不去組織施工，而又私下以八十五億元轉包給第三位，憑空得了五億；第三位也不去組織施工，再又私下以八十億元轉包給第四位，第四位轉包給第五位，第五位轉包給第六位，直至轉到了第七位，祇剩了六十來億，再也轉包不出去了，祇好組織施工。可第七位也要撈一筆呀！資金本已不足，祇有偷工減料了，於是造成這種前邊修路、後邊補路的局面了……我祇是打個比喻，極端的例子，並不是真指長沙到株洲的這段高速公路。

何瑤握著方向盤的雙手發抖，叫了起來：老爸，不講了，不講了，我要吐了，要吐了！老夫子忙說：對不起，兒子，對不起！我不該和你說這些。你好好開車，安全第一，安全第一……停了一會，看兒子平靜下來，老夫子又說：自古富工部、窮戶部、貴吏部、威兵部、尊禮部。工部辦工程，總是個腐敗的部門……聯想到當今，政府也一直在懲治腐敗。前不久，不是連江西省省長胡長青、全國人大副委員長成克傑都被判了死刑……看，前面就是收費站了，我們停到一邊去歇歇，喝喝水？何瑤說：不用，才走了一個鐘頭，就要買路錢了？小車二十元，大車五十元，倒是標識得清楚。老夫子解釋：分段收費，是為了解決基礎建設資金問題，相信有一天會停止的。有人估計，說是到了二〇四九年新中國成立一百週年時，從北京南下直達廣州、深圳，全長四千公里不設卡，不設紅綠燈，一通到底。全國所有高速路都免費通行……反正我是等不到那一天了。

收費站來去各有四條通道，車輛排成八條長龍，像過陸路海關一般蔚為壯觀。每輛車尾都吐著青煙，司機們都要搖下車窗，聞著彼此的油煙臭氣。何瑤交了二十元過路費，收款員也沒有給收據。橫槓升起，就過了閘口。謝天謝地！

前面路況較好，何瑤加速到每小時一百公里。老夫子忙提醒：路邊有告示牌，時速七十公里。何瑤減速至九十公里時，拍拍方向盤，喇叭嘟嘟兩聲：又是中國特色吧？高速公路限速每小時七十公里。西方發達國家都是一百英里、一百二十英里，汽車王國德國則不限速！我們中國這種時速，怎麼趕超老美？老夫子勸慰：你從美國回來六年了吧？還這麼不習慣？我們屬於第三世界，發展中國家嘛，怎麼去和那些老牌資本主義國家比？何瑤卻說：老爸，我有一個清華學長從加拿大溫哥華留學回來，怎麼講？一次他和朋友輪流開車，在北美大地上做過兩次旅行。一次是從溫哥華南下，過美國海關，走五號公路，一天一夜，過西雅圖，過波特蘭，過舊金山，過洛杉磯，一路開到美墨邊境的聖地亞哥，全程三千多英里，沒有一個紅綠燈，一個收費站。倒是有休息站兼加油站，清涼的自來水任喝，洗手間那叫乾淨，勝過我們的家庭衛生間。有的休息站旁還有小商店、麥當勞，汽車旅館，游泳池，也整潔得令人吃驚；另一次也是從溫哥華出發，走加拿大一號橫貫公路，限時速一百至一百二十公里，一路向東，過亞省、薩省、緬省、安省，繞多倫多，途經首都渥太華、再經過講法語的魁省名城滿地可、魁北克城，最後抵達紐省的海港城市哈利法克斯，全程六千多公里，路上也沒有一處紅綠燈，沒有一個收費站。他們祇在路上住了三晚汽車旅館。人家美國、加拿大的高速公路自上世紀七十年代建成那天起，就免費向所有駕車者開放了……老爸，您倒是聽講我們中國的高速公路，要到二〇四九年才會免費開放？還要等四十年啊？您是一百多歲了，我也古來稀了。不對不對，花甲花甲，哈哈哈！

這小子！唉，真是的，他們這一代人身在福中不知福，什麼都要去和人家西方國家比，太陽都是人家的大，月亮都是人家的圓。他們就不想想，他們的父輩在他們這個年紀，還在一次次政治運動中掙扎，還在布票、糧票、油票、副食品票等等上百種票證中熬活，不挨整挨鬥、不寫檢查、不痛哭流涕認罪、不你死我活就幸之又幸了……可老一輩的這些經歷，又都不想告訴下一代，害羞似的，怕露了不光彩的「家底」哪！甚至會被質疑：老爸，您真的沒有犯錯？沒犯錯，為什麼要寫檢查，為什麼要低頭認罪？難不成真有什麼醜行……好了，和年輕輩扯不清啦，會扯到毛主席頭上去，閉嘴吧。好不容易結束十年文化大革命，右派改正，地富摘帽，平反冤假錯案，知識分子不再是異己分子屬於資產階級，成為勞動人民的一部分，不再夾緊尾巴做人，不再閉關鎖國，而是改革開放，對外開放，對內搞活……實在是絕處逢生了啊。年輕一代卻看不到這些。老一輩也千方百計不讓他們看到這些，不讓他們知道一九五五年的反胡風，一九五六年的社會主義改造公私合營，一九五七年的反右鬥爭，一九五八年的大躍進三面紅旗，一九五九年的反右傾，一九六〇年至一九六二年的全國大饑荒，一九六四、六五年的社教運動，一九六六年至一九七六年的十年無產階級文化大革命……於是培養出一代又一代頭腦簡單、四肢發達的公子哥兒們，讀了中學、大學，出國留學看世界，看前途，就總是西方西方，外國外國……我們的教育實在是蒼白、無力。是不是老一代人對苦難歷史的百般禁忌、文過飾非，採行淡忘、淡化策略的時代後遺症啊？連帶民族自尊心、自信心都被嚴重扭曲、損傷了啊？

何老夫子閉目養神，好一會沒有出聲。何瑤以為老爸累了，需要迷糊一陣子。反正老爸繫有安全帶。下一站就是衡陽地界了。到那裡要離開京廣高速，轉向西南方向的衡柳國道。也要找個路邊攤，解決午餐問題。對了，老爸他們稱為「打中伙」，路邊飯店叫「中伙鋪」。現在已經不時興這個叫法了，動不動就叫酒樓、飯莊、賓館、味美思、君又來、芳菲苑了。

三　南嶽名廚，人間煙火

出衡陽收費站，何瑤又交了二十元。從省城一路下來，兩百多公里，車行四小時，交了兩次「買路錢」。特色，真是特色。天氣越來越熱，因為離赤道線又近了兩百公里。在一處空曠野地上，停著許多大車小車，以及一長溜以鐵皮、杉木皮、牛毛氈搭蓋起來的「烤肉店」、「炸魚館」、「海鮮火鍋」、「南嶽名廚」等等，就是一家家路邊店了。稱其為「店」，因為餐桌餐椅都擺在露天裡，上面張著各種顏色的棚子或是陽傘。說是每家鋪位的後面還有一兩間簡陋的「客房」，供過路客人小憩，睡個「午覺」什麼的。

這裡也豎著一塊醒目的、配有美女群像的大廣告牌：衡陽市南嶽區紅歌大賽即將隆重開幕！

何瑤父子挑了家稍許整潔的「南嶽名廚」餐位坐下。頭頂上的電風扇呼呼吹著，風也是熱的。一位豐乳細腰、老闆娘模樣的女人熱情地上來招呼，給上了涼茶，送上餐牌。老闆娘的白圍裙上濺滿了油腥菜汁。她轉過背，把人嚇一跳，竟穿著條泳裝短褲，把個肥臀、美腿暴露無遺！天氣再熱，縱是灶臺操作，煙熏火燎，也不能穿成這副德行，太不衛生了啊！但聽得老闆娘用衡陽官話朝裡面的「客房」叫道：甜姐！辣妹！你們兩個的服務鐘點過了！出來接客！出來接客！

老闆娘叫的大約是她的兩名服務生。何氏父子相視苦笑，交通要道旁的路邊店的人間煙火，久聞其名，今天親眼見識了。不一會，一高一矮兩名女子像剛睡醒似的緩步來到他們面前，柔聲報上姓名，高個的叫甜姐，臉上倒是化著淡妝，看不出年齡，衹是上身穿著窄窄的緊胸汗衫，高聳的雙乳綳得想要突跳出來，笑盈盈的，又站得那麼近，乳頭幾乎要觸到何瑤的臉頰上。何瑤偏過頭唯恐躲避不及；矮的叫辣妹，一臉稚氣，兩眼眯睞的，楚楚可憐，另是一種風情，年齡也就十六、七歲吧？也穿著緊胸汗衫，但胸部扁平，尚未發育成熟，站在爺爺輩的老夫子面前，似笑非笑，有些怕醜似的。

何老夫子朝她們身後看了一眼，見有兩條高大漢子從裡面的「客房」朝後門出去了。他警覺地朝兒子瞪上一眼，才板起臉孔對兩位「女服務員」揮揮手：去吧，去吧！我們祇是吃碗米粉就趕路，不用你們服務。

甜姐、辣妹卻不肯離去。高個子甜姐說：這位兄弟，正午時分，紅火大日頭趕什麼路啊？何不在我們這裡休息一會子，裡面的鋪蓋每天換洗，很乾淨的……她專攻何瑤；矮個子辣妹撒嬌似地說：叔叔，你就休息一下嘛，給你全套服務，任你耍，任你玩，保證你舒服又舒服。我們配有小夜衣，很安全的。就一小時，一小時……她專攻老夫子。

父子兩個目瞪口呆了。老夫子感到自己一把年紀被羞辱、被欺凌；他更怕兒子年輕氣盛，禁不住誘惑，於是高聲喊道：老闆娘！老闆娘！我們的三鮮米粉還沒有煮好？快快送來，我們吃了還要趕路！何瑤則雙目緊閉，滿臉通紅，看都不敢看兩位小姐。他身子在微微顫抖，二十三歲的大童男，沒有經見過這種世面。

兩缽頭湯粉來了，分量倒是很足，油亮油亮，有點像美國加州的越南河粉「火車頭」。湯粉上擺著魚片，加兩條上海青，嫩綠宜人；且每份祇收六元人民幣，值。

何瑤交給老闆娘二十塊錢，不用找，八元是小費。父子倆埋頭吃喝，老闆娘領著兩名「女服務生」卻不離開。老闆娘是個女中音，聲音帶點磁性，好聽：叔叔，還有兄弟！打過中伙，還是歇歇腳，睡個午覺，等日頭偏西，暑氣下去了再上路……我請的這對姐妹花都是下崗女工，家境困難。客人不滿意可以不付費。正常價，百元一小時，優惠價八十一小時。小費你們隨給……不信，你們到別家問問，是不是我們這裡最實惠，傳統服務，乾淨、衛生、安全。二位可以放心享用，神仙樣的快活……講不定二位還會是回頭客呢。

老夫子吞下一條上海青，忽然惡作劇地問：老闆娘，如果她們兩位都忙，你是不是也親自上場？沒想到老闆娘在他肩背上掐上一把：老江湖！生薑老的辣。姐姐我今年三十五，功夫一流……不過要看姐姐樂不樂意，對方順眼不順眼……

何瑤面前的一缽湯粉已經盆乾碗淨。他是再聽不下去了，筷子一拍：可以啦！已經付了賬，你們的服務到此結束。

老夫子讚許地看兒子一眼，剩下的小半缽湯粉吃不下去了，站起身：不錯不錯，價廉物美。老闆娘廚藝不錯，謝謝囉！謝謝囉！

高個子甜姐陰著臉來收去碗筷。老闆娘再沒來和客人打照面。祇聽她那磁性女中音在灶臺後呵斥小個子辣妹，聲音大得故意讓客人聽見：看什麼看？遺老遺少，兩個臭老九，假斯文，閹雞公，沒本事！我們的主顧還是那些卡車師傅，出手大方……八塊小費，打發叫花子呢。

父子倆不生閑氣，重新上路。走三二二國道，沿湘江西南方向去蓮城。遠處山邊，可以望見滬寧高速公路正在塵土滾滾施工之中：從東海之濱的上海穿越浙江、江西、湖南，直達廣西壯族自治區首府南寧市。老夫子看看開車的兒子，說：改革開放，搞活經濟，百病叢生，但國家總的方向是在前進。和文革期間、文革之前相比，有雲泥之別！我們看生活、看問題，還是要分清西安和延安……剛才那些個路邊店，當然屬於西安。

三二二國道比京廣高速好走。何瑤開起車來順暢多了：老爸，都什麼年代了？還西安、延安？何不講高速路收費站、路邊店女子賣笑屬於資本主義，和我們中國特色社會主義無關？鄧大人生前有言，姓社姓資，不搞爭論，二十年、三十年後見高下。

兒子不簡單，研究生不白讀：小子，看樣子這些年你在清華，除了啃建築學，週末做「代駕」，倒也開了眼界，長了見識？

何瑤突然來了談興，也是為了防止老爸飯後打瞌睡，出鼾聲。長途開車最忌諱同車人瞌睡打鼾。他像對老朋友似地說開了在首都做「代駕」的事：爸，您總是擔心我週末晚上給人開車有安全風險。其實，如今整個北京城裡裡外外，大街小巷、郊區道路，到處都裝有「電眼」。無論你開車去到哪個犄角旮旯，都難逃公安交管部門的法眼。因此交通事故越來越少，曉得不？道路安全有了保障，曉得不？現在兒子坦白：這些年老爸每月給的兩千元生活費兼學雜費，我都存下來了，準備還給您，四、五萬元哪！不急不急，老爸您別嚷嚷……您兒子不偷不搶不賭，不抽菸不喝酒不泡妞，好著吶。真相？真相，好，好，我向您交代真相。本研究生沒有什麼好隱瞞的。每個星期六、星期日兩個晚上，我去那些燈紅酒綠、紙醉金迷的地方做「代駕」，見識了我們社會的另一面。沒錢的，真沒錢，靠在街邊撿破爛；有錢的，真有錢，金山銀山，怎麼揮霍都花不完。老爸，您會問，那些土豪、闊佬坐奔馳、寶馬，不都有專車司機嗎？這您就不懂了。那些專車司機難道不會被他們的元配（又叫大婆）暗中收買，甚至做某些部門的「線人」？因此專車司機祇是上班下班開車，下班之後以及週末，就都是土豪們自己駕車了。所以，每逢週末自己開車上那些「天上人間」會所，以「談生意」為名，吃喝玩樂五、六個小時，要麼喝到爛醉，要麼泡妞泡到身子骨像散了架，那還能自己開車回家？這就需要我們這種大學生「代駕」。老爸您不知道，土豪們都出手大方。我不問他們的姓氏，他們也不問我。祇管提供服務。您問「代駕」的收入？都是心照不宣的。土豪抓一把毛頭祇管給，「代駕」接一把毛頭祇管收，從不當面數毛頭，彼此保持尊嚴。一般在城區五環之內，一次能得六、七百，到通縣一千二，到順義一千五，到昌平一千八，到密雲兩千。一般也很少到順義、昌平、密雲那麼遠的地方。老爸您問把土豪送到那麼遠的地方，自己怎麼返回學校呀？又都是下半夜的。甭擔心，有通宵公交車，每隔兩小時一班，坐的人還不老少。

老爸您是不是還想問：「代駕」久了，和某位土豪就沒有些私下交情？您算是問著了。真有那麼一位江蘇籍的建築承包商，也姓何。他手下有一支三千多人的建築隊伍，對外稱為「江寧建築工程承包公司」，專門在首都地區承建高樓大廈，很有些名氣。大家都叫他「何總」。何總為人講義氣，有信用，從不拖欠員工工資，月獎、季獎、年獎也都按時發放。他旗下光是學建築出身的大學生就有一百多位；加入到他的公司，三年實習，升技師，五年後就是工程師了。我替他「代駕」久了，瞭解我是清華土木系的研究生，就想拉我進他的公司，許諾三、五年內做出成績，升副總工程師。我沒輕易答應他。老爸，讀完碩研，我想回美國讀博，再回中國服務。但何總許諾我五十萬年薪外加年終分紅，年掙六、七十萬，我有些動心。他為人豪氣，還送我一輛日產電動摩托，是他「五婆」去加拿大留學時留下的。五婆是他包養的小五，小他三十幾歲，大學本科生。後來這輛摩托就掛在他大奔的車尾，送他到家後，我再騎了回學校。

記得有一次深夜「代駕」，他不是喝得爛醉，就和他閑聊起來。我講按國際建築界的規則，高層建築物的建築費用，百分之三十必須放到地下去打基礎。你們江寧建築公司在北京地區蓋了那麼多高樓大廈，是不是遵從了這個規則？那天也不知怎麼的，他講著講著就講了真話，說這正是他晚上做夢都在擔心的事。比方說，某幢大廈的建築總費用（不包括地價）是八千萬，投到地下做基礎工程往往不到四百萬，也就是百分之五左右……這件事，二十幾年來他一再強調，但是做不到。公司攤子鋪得大，三千多人的隊伍分作十支施工隊，各有包工頭承包工程，總是怎麼省錢怎麼來。最能省下的就是地下基礎部分了，那是看不見的啊！老子年年講這事，手下包工頭當了面拍胸脯，實際上是當耳邊風……

我忍不住問：何總，有朝一日又來一次一九七六年七月唐山那樣的大地震怎麼辦？老爸，你猜他怎麼回答？他說你小子不愧是清華高材生，能提出這樣的問題。實話講吧，我們江寧建築公司承建的樓盤，都被國家監察部門評定為優質建築物，承受六級的強震絕對沒有問題。若遇上七級以上的特大地震，就衹能聽天由命了……

老爸，您聽得心驚肉跳了吧？我和您說了一路，您睏了？睡吧。前面就是冷水灘了。車上有衛星導航儀。冷水灘是湘江和瀟水的匯合處。我們從冷水灘拐向南，上二〇七國道，過零陵城，也不去參觀柳子廟了，直接去蓮城……我已經在網上預定了瀟水大酒店的房間，那是一家港資企業……

何瑤邊駕車邊自顧自地說，也像老爸一樣嘮嘮叨叨了。有其父必有其子。

四　瀟水大酒店

黃昏時分，何氏父子抵達蓮城，進到燈火璀璨、氣派非凡的瀟水大酒店，在高闊的垂著巨型水晶燈的一樓接待廳辦了入住手續。確是一家港資企業，牆上有電子屏幕顯示「客滿」二字。何瑤的日產吉普由酒店的男侍應代為開入地下停車場去了。一名體態婀娜的女侍應領著父子二人乘電梯上了十二樓，入住一二二一號房間。房間不是很大，但整潔得一塵不染，且設備齊全：兩張單人床，兩個床頭櫃，一張小書桌，桌上電話，牆上電視，以及小冰櫃、熱水器、咖啡壺等一樣不少；還有掛衣帽、放旅行箱的壁櫥。衛生間則淋浴、池浴為一體，光可鑑人。中央空調，涼爽宜人。何瑤很欣賞房間的整面南牆都是落地玻璃窗門，拉開雙扇門簾，即是不遠處碧綠的瀟水，以及對岸金黃色的稻田。正是早稻成熟季節。田野的盡頭，山巒起伏，蒼翠如黛，大約就是傳說中舜帝南巡殯天的九嶷山脈了。

何老夫子站在窗前，神思有些恍惚：這是到了哪裡？是蓮城嗎？何瑤陪著看了會兒窗外風景，提醒老爸：還走神啊？您先去沖個澡，洗掉一身的汗酸氣，換身乾淨衣服，髒衣物放進那只黑色袋裡，明天一早有服務員取去洗淨烘乾，再送回來。

兒子是見過世面的，會照顧老爸了。老夫子也住過北京、上海的大飯店，但在蓮城住上這種星級酒店，有些不可思議。

趁老爸進衛生間沖涼的工夫，何瑤讀起小書桌上那冊印裝精美的《蓮城導遊》來：

尊敬的女士／先生，歡迎您入住香港天馬旅遊事業股份公司旗下瀟水大酒店。酒店集住宿、餐飲、購物、會議、娛樂、導遊為一體，全方位為您服務。地下一層為湘粵港美食餐廳，每天二十四小時提供特色餐飲服務；地上一層為娛樂廳；二層為商場；三層為會議廳；四至十六層為住房部，共有普通套房及豪華套房一百二十間，床位三百，淨潔舒適。

蓮城歷史悠久，曾經發掘出最早的水稻標本、陶器製品以及最早的古人類牙齒化石，距今二十萬年，因此被譽為「天下穀源、神州陶本、現代人始祖」。秦始皇二十六年（公元前二二一年）設郡縣，蓮州與衡州、郴州、永州並稱「湘南四州」，其間一千五百多年為州、郡衙門所在地。

蓮城位於風光秀麗的瀟水中游，山林環繞，田園溪河密布，為低丘良田平原，面積達兩千四百平方公里。北有紫金山，東有九嶷山，南有銅山嶺，西有都龐嶺，海拔千米以上的山峰一千五百多座。其中韭菜嶺海拔兩千〇九米，為整個五嶺山脈的最高峰。素有「襟帶兩廣、屏蔽三湘」的美譽。

蓮城平原氣候溫和，冬少冰雪，有霜期短，物產豐饒，民生富庶。新世紀以來，被評為全國稻米生產先進縣，全國藥材生產基地，全國生豬調出大縣，全國能繁母牛養殖大縣，全國蔬菜產業重點縣，中國臍橙之鄉。

蓮城地靈人傑，人文薈萃，為湖南歷史文化名城，旅遊資源大縣。這裡孕育了宋代理學鼻祖周敦頤，清代名臣、大書法家何紹基等眾多文化名人。主要的旅遊景點有：九嶷山舜帝陵兩日遊；都龐嶺國家自然保護區三日遊；千家洞自然保護區兩日遊；玉蟾岩遺址一日遊；濂溪故里一日遊；瀟水畫舫一日遊；橫嶺溫泉生態區遊（沐浴溫泉，無天數限制）；鬼崽嶺祭祀遺址一日遊；東門鄉清代民居、何紹基故里一日遊。

親愛的朋友，蓮城地美、物美、山美、水美、人美，美不勝收！祝願您的蓮城之行喜樂、吉祥！何日君再來？

香港天馬旅遊事業投資股份公司旗下瀟水大酒店
董事長兼總經理　嚳果致禮

何瑤一口氣讀完這篇導遊指南，又逐頁翻看了一幅幅令人賞心悅目的風景圖片。老夫子洗浴完畢，換了身整潔衣服出來，人都年輕了十來歲。何瑤指著旅遊指南上的名字問：老爸，這酒店老闆的名字怎麼唸？

老夫子戴上老花鏡湊近看了看，這個字不認得？你上中學時，你娘教你讀《史記》，開篇就是「三皇五帝」，不記得了？何瑤面有愧色，搖搖頭。老夫子拍拍腦門，隨口就唸將出來：黃帝崩，葬橋山。其孫昌意之子高陽立，是為帝顓頊也……顓頊崩，而玄囂之孫高辛立，是為帝嚳。帝嚳高辛者，黃帝之曾孫也……高辛生而神靈，自言其名，普施利物，不於其身。聰以知遠，明以察微。順天之義，知民之急。仁而威，惠而信，修身而天下服。取地之財而節用之，撫教萬民而利誨之，歷日月而迎送之，明鬼神而敬事之。其色郁郁，其德嶷嶷。其動也時，其服也士。帝嚳溉執中而遍天下，日月所照，風雨所至，莫不從服……

何瑤怕老爸勞神，滔滔背誦出整章「五帝本紀」來，忙笑著插斷：謝謝老爸！您記憶力真好。一點也不老，正當壯年啦！我也想起來了，帝嚳的「嚳」唸「kù」，是五帝本紀中的第三帝。五帝依次是黃帝、顓頊、帝嚳、堯、舜。祇是這酒店老闆叫嚳果，好奇怪的名字。是男士還是女士？帝嚳的後代？嚳、苦同音，難道有什麼隱情？

說罷，何瑤也進衛生間沖涼更衣去了。老夫子靠在床頭，翻閱那冊《旅遊指南》，腦子裡來回轉著一個名字：譽果、譽果……兒子說得對，譽、苦同音，這名字背後定有什麼隱情，且這人是個讀書種子。香港來的讀書種子？老氣橫秋，年紀也該五、六十歲了吧？正想著，房門噠噠兩響。他去開了門。剛才送父子倆上來的女侍應端著一大盤切得群峰聳峙、紅紅豔豔的西瓜。她笑盈盈地將果盤放在茶几上。盤邊附有一張卡片，上寫「歡迎貴賓蒞臨本店，喜樂吉祥！總經理譽果敬奉」。老夫子連聲致謝：你們總經理太客氣了。請問總經理是先生、小姐還是夫人？女侍應目光閃閃：伯伯，對不起，我要去請示，才知道能不能回答您……您若有別的要求，請隨時電話我們服務臺。再見，伯伯，拜拜！

大暑天送無籽西瓜，又甜又清涼，太及時了。何瑤沖過澡更了衣出來，見到西瓜喉嚨癢。一時間，父子倆爭食似地顧不上說話，把一大盤西瓜一掃而光。不錯不錯，想不到一到蓮城就享受了港式高級酒店的溫馨服務。

看看床頭櫃上的小電子鐘，已經過了傍晚八時。父子倆乘電梯下到地下一層燈火輝煌的湘粵港大餐廳。不少人正在用餐，都是大人小孩一桌一桌的，像他們父子一樣，舉家出遊。餐廳提供兩種餐飲服務：一是點菜，二是自助餐，均是餐後付費。父子倆選了自助餐，每客三十五元，一百多款佳餚、甜品、飲料，任吃任喝。何瑤雖是京城學子，也少見菜品如此豐盛的自助餐。他毫不客氣地揀了一大盤小龍蝦、河蟹、龍利魚柳、煎餃，外加一碗蘑菇三鮮湯。好久沒有痛快吃過如此大餐了。他肚子正空著，簡直是風捲殘雲。老夫子則衹揀了一盤乾煸四季豆、燒茄子、油菜心三樣素菜，一小碗揚州炒飯，外加一碗魚片粥。他看著兒子那大快朵頤的吃相，滿心歡喜。小子像自己年輕時候一樣，能吃。吃完一盤又添一盤。要都像他這樣吃下去，酒店老闆還有錢賺？

老夫子又想自己年輕能吃那年月，天天瓜菜代，能填飽肚子已是萬幸，哪能奢望大魚大肉？現在好了，有吃啦，卻又年華老去，腸胃差了，不能吃了。有時多吃一口，都要腹脹、湧胃酸了。他替兒子高興，也替自己委屈，連帶替去世了的孩子他娘周靜都委屈。

兒子吃了三大盤肉食主食才罷手。也難怪，一米八○的個頭，開了一整天的車，能不吃這些？老夫子祇吃了一盤清淡的素食，算補償兒子的消費了。餐後，兒子去收款臺付了賬。老夫子想，三十五元一客，價不菲，鄉下人可吃不起囉。

上到酒店地面一樓，兒子拉老爸去酒店外散步消食。已是晚上九點多，暑氣已散，天還大亮著。西邊天際的紅霞仍念戀著大地，尚未離去。父子倆這才看清楚，酒店建在河灣處，西面是城區，東南面是瀟水。出了酒店大門，外面就是華燈初上的愛蓮路和周敦頤廣場。廣場頗大，花崗石鋪地，平整光潔。周敦頤塑像聳立其間，彷彿默默關注著新世紀子民們的日子。廣場鄰近瀟水一側，有一群大媽大爺在跳廣場舞，播放著宋祖英演唱的節奏明快的〈辣妹子〉。父子倆漫步到瀟水長堤上，回身看到瀟水大酒店高達十八層的琉璃大廈在霞光裡呈金紅色，晶瑩屹立，凸顯富麗堂皇。因酒店位於瀟水之濱，於是水上水下，兩座琉璃大廈一順一倒相互輝映，如夢如幻。偶爾有夜航的遊船馳過，把水中大廈的影像揉碎了，變成千百條金光銀光蕩漾……瀟水在這一帶江面開闊，碧波細浪，岸柳依依，遠山含黛。更有江心島嶼西洲公園雜花生樹，深紅淺綠，暮色中隱現些亭榭飛簷，真個是風光旖旎的休閑好去處。好一派太平盛世的清明上河圖。

這是蓮城嗎？老夫子眼花撩亂，目不暇接，真要懷疑自己看到的一切了。一九六七年七月至今，四十三年過去，真個是兩天兩地，恍若隔世。難怪周樹根舅舅在世時，年年都寫信要他帶上周靜回蓮城看看，蓮城早已不是一九六七年的那個喊打喊殺的蓮城了，做夢都做不到從前的那個蓮城了。

老夫子都不敢告訴兒子何瑤，一九六七年的蓮城是怎樣的蓮城。

五　瀟水天籟

暮色漸濃。酒店大廳入口處，何瑤見到一塊告示牌：晚九點三十分，文娛廳有蓮城漁鼓演出，本店住客免費入場。何瑤當即問老爸：去看演出？老夫子搖頭：你想看就去吧。我有點累，先回房休息了。不會去和人喝酒廝混吧？何瑤笑了：老爸，你放心，兒子一不喝酒，二不吸菸，什麼時候學壞過？老夫子拍拍兒子的肩膀：知道知道，去吧去吧，准啦！

真囉嗦。通往文娛廳的走廊上，何瑤隱然聽到電子琴優美顫動的旋律，以及伴隨這旋律而來的一個女高音與一個男中音的對唱。樂句像潺潺溪水流淌，在廊道間飄蕩迴旋。這就是說演出已經開始。他掀開厚重的門簾進到大廳，廳內座無虛席。一直往前走到舞臺下第一排座位，見還有兩個位置空著，不知是給誰留的。他想都沒想就貓著腰過去，一屁股坐下。管他呢，來了人再讓座不遲。他看到臺上祇有一個大眼睛女孩邊彈電子琴邊演唱。女孩個子不是很高，但長髮披肩，臉上化著淡妝，顯得有些蒼白，就是一雙眼睛大得出奇，晶亮晶亮。她給人的印象，除了那雙眼睛，就什麼都不重要了。沒有男中音伴唱。電子琴代替三弦，也是革新了。

何瑤忍不住問鄰座的一位老大伯：剛才還聽到帶磁性的男中音，怎麼不見了？老大伯笑笑回了一句：你仔細聽下去就知道了。這時場上掌聲響起。臺上的大眼女孩從電子琴旁起立，欠了欠身子，向觀眾表示謝意。何瑤見她一襲白襯衫，寬皮帶繫著過膝牛仔裙，竟是亭亭玉立，楚楚動人。又見先前領他們父子上樓的那位女服務員，也是一襲白襯衫，牛仔裙，出現在臺上，以蓮城普通話報幕：下一個節目，請聽小九嶷同學演唱〈瀟水弦子．蓮城樂〉，大家歡迎。

在熱烈的掌聲中，大眼女孩斜坐在電子琴前，身子往上提了提，雙手理了理座下的牛仔裙。之後十指在琴鍵上一掃，彈出一段輕柔的過門……何瑤忍不住又問鄰座的老大伯：她叫小九嶷同學？是哪所學校的學生？老大伯小聲回答：我們叫她大眼妹，人家是中國音樂學院的高材生，酒店老闆的女兒，暑假回來打工。不講了，不講了，聽她唱，好聽哪。

臺上的大眼妹也是暑期從北京回來的大學生！小九嶷是藝名了？還是酒店老闆的千金。何瑤登時感到新奇。更令他驚奇的是，大眼妹伴隨著電子琴悠揚的樂曲節奏，竟以渾厚的男中音唱起，中間穿插嘹亮的女高音，相互轉換，天衣無縫：

男中音：

瀟水清，瀟水長，
瀟水幾多好兒郎。
行走生風腳打鼓，
唱起山歌繞山梁。
下河游得十里水，
上岸挑得百斤糧。
雙手撒下迷魂網，

一網網起老鱉王。

轉女高音：

哥呀，哎呀哥呀，

撈起鱉王又哪樣？

拿牠煮鍋王八湯，

見人一碗鮮又甜？

轉男中音：

妹呀，鱉王肚裡藏圖讖，

人物山水樣樣全。

周敦頤，最愛蓮，

理學鼻祖有牌坊。

濂溪故里富貴地，

詩書簪纓聖人堂；

何紹基，東門鄉，

東門二十四進士，

還有一個探花郎！
明清古宅傳書香。
鍾靈毓秀風流域，
鴻儒名臣守綱常。

轉女高音：
哥呀，你講我們道州人物好，
詩書禮義溫柔鄉，
那你還要等哪個呀？

轉男中音：
妹呀！哥就等你做新娘，
花花轎子來娶你，
哥哥背你進洞房。妹呀！

轉女高音：
哥呀！恨你恨你就恨你，

你、你是個壞兒郎……

古箏、銅鈸、鼓點、樂曲出於一琴，節奏歡快、喜樂，伴隨男女聲混唱。絕了！絕了！大眼妹模仿男中音，沉鬱磁性，渾然天成，魅力無窮；轉女高音則是真嗓子，時而甜蜜悠揚，時而嘹亮遏雲。絕了！絕了！何瑤忍不住用力鼓掌，但被鄰座大伯制止住，讓往下聽：

男中音：

九嶷山，竹斑斑，
娥皇女英尋舜皇，
千里萬里到南嶺，
舜帝陵谷莽蒼蒼！
韭菜嶺，兩千丈，
都龐嶺下饒農桑，
沱江瀟水穿城過，
片片風帆逐碧浪。

轉女高音：

哥呀，風帆逐浪又哪樣？
行船走水賞風光，
勝過桂林賽蘇杭？

轉男中音：
妹呀！溪河水網連阡陌，
層層梯田綠稻秧。
魚也肥，瓜也香，
蕨筍遍地金桔黃。
砍根甘蔗作拐杖。
邊走邊啃賽酒漿。
道州稻米是貢品，
歲歲年年進咸陽。
皇帝吃了安天下，
將士吃了守邊防。
女子吃了仙姑樣，
男子吃了如山壯。

轉女高音：
哥呀！你講我們道州樣樣好，
我們道州像天堂。
那你還要等哪個呀？

轉男中音：
妹呀！哥就等你做新娘，
花花轎子來娶你，
哥哥背你進洞房，
快樂賽神仙！

轉女高音：
哥呀，哎呀哥哥呀，
你、你是個壞兒郎！

山環水轉的樂曲演唱，難以言喻的美妙旋律，心靈綻放的溫馨之花，使得何瑤滿懷對生活、對世界無以名狀的感激，難以抑止的娛悅。他眼睛熱辣辣的。他差點想呼喊一聲：大眼妹，我也是從北京回來度暑假的大學生！

六 往事並非如煙

老夫子回到一二二一室，漱口洗臉，本欲早早上床歇息，卻沒了睡意。他移了把椅子到陽臺上閉目養神，等兒子回來。陽臺面向瀟水，岸邊花樹如帶，燈光閃爍；江面風平浪靜，漁火點點。暮色已深。老夫子神思又有些恍惚：這是到了哪裡？真的是蓮城嗎？四十三年了，書琴、九嶷，愧疚啊，遲至今日，我才回來追尋你倆的蹤蹟。過去總是寫信、發電報、掛電話，向這裡的政府部門、親戚友人打聽、查找你們的下落。是妻子周靜不讓我回來呀！一提蓮城二字，她就會精神病發作。我們夫婦還去美國留學、工作了二十多年。即使到了美國，周靜也總是做噩夢，夢到當年的遭遇就渾身戰慄，臉發青，眼發直。周靜是個神經質的人。三、四十年來，她白天還好，一到晚上就做噩夢，血淋淋、遍地屍體的夢，就大叫：我不！我不！我不是地富子女，我是大學生！我才十九歲，十九歲……老夫子和周靜夫妻近四十年，年年月月就像在噩夢中度過，妻子一天也離不開他。五年前，他們從美國回來，在湘師大任職，醫療條件不差，省城的幾家大醫院就不用說了。老夫子還帶周靜去上海、北京那些著名醫院請精神科專家診斷過病情。但周靜一個字也不准提及一九六七年夏天在蓮城鄉下那段恥不能言的遭遇。醫學專家也因查不出真正的病因，祇給開了些安定神經的藥丸了事。周靜清醒時，也時不時唸叨兩個同窗姐妹的名字：宋書琴，孟九嶷，你們在哪裡？怎麼還不回湘師大？平反昭雪，恢復學籍……直到三年前去世。可憐的周靜。

那是公元一九六六年文革狂潮初起，省城的大專院校首當其衝。湘師大中文系學生何道州才二十一歲，一米八五的個頭，校籃球隊隊長，儀表堂堂。因他為人穩重，做事老成，一本正經，因而得了個綽號：老夫子。老夫子的父母親都是街道搬運社的工人。在那個階級成分決定每個人一生命運的年代，他根正苗紅，真正的無產階級革命接班人了。他和周靜、宋書琴、孟九嶷都是師大名教授周里門下的高足。周靜又是周里教授的獨生女，和書琴、九嶷二位同齡，相互間成了好姐妹、好學友。周里教授當時有個科研項目——蓮城地區女書研究。他率領四名高足組成科目小組，指定何道州為小組長。那時候，周靜見了何道州同學就臉紅心跳，教授看在眼裡，也認了這個未來的女婿了。何道州呢，自中學年代就是「三好學生」，高三那年入了黨，進了師大很快當上系團支部書記，學生會主席。他心性敦厚，尊敬師長，友愛同學，學業優秀，愛好體育活動。這樣的又紅又專德、智、體全面發展的青年才俊不可多得，前途無量了。

其時，革命造反風潮席捲神州大地。大專院校停課鬧革命，各種學生組織如雨後春筍紛紛成立。什麼「湘省高等院校造反聯合總部」、「湘江風雷」、「紅旗軍」、「紅色政權保衛軍」、「毛澤東青年近衛軍」、「嶽麓山紅色兵團」等等，等等，戰歌嘹亮，鬥志沖天。學生造反派開始揪學校當權派，鬥反動學術權威，橫掃一切牛鬼蛇神。何道州被師大一批出身好、思想紅的同學、老師推舉為「紅色政權保衛軍總司令」，後臺是校黨委，校長、書記。這個組織很快被稱為「紅保軍」，其宗旨是維護校園秩序，捍衛黨團組織，把鬥爭矛頭對準社會上的地、富、反、壞、右，資本家。

省城開始出現群眾組織之間的大規模武鬥，為的是爭地盤、爭資源、爭領導權。從拳頭到棍棒，到梭鏢鳥銃到真刀真槍。佔領五一廣場，進駐省委、市委大院，火燒湘繡大樓，踏平黃興路，血洗蔡鍔路……何道州的父母畢竟是老實巴交的城市貧民，自兒子當了師大的「紅保軍總司令」就日夜提心弔膽，怕兒子年輕氣盛，不知厲害輕重，被人慫恿捲進禍端。他們趕忙把兒子叫回家訓誡：你那個司令當不得！這次鬧得比一九五七年還凶！上了年紀的街坊都在講，毛主席英明，運動一開始總是放、放、放，讓各色人物出來表演，牛鬼蛇神出籠；到時候網一收，一網打盡！道州你少不更事，不知死活！還有，你那位周里教授，蓮城周聖人的後人，也是你母親的堂舅，你和他女兒相好，人家都上門認過我們這個窮親家了，你還不想法子幫助他們父女？

受到工人階級父母一番訓導、提點，何道州回到學校就給自己貼了一張大字報，聲明能力有限，水平欠缺，不適合擔任「紅保軍總司令」一職，今後衹做一名一般的革命造反派參加運動，誓死保衛毛主席，誓死保衛黨中央，誓死保衛毛主席的無產階級革命路線！

誰都看得出來，何道州這小子在運動高潮中思想保守，意志消沉，跟不上大好形勢，要當逍遙派、觀潮派，沒出息！真不愧是十七年資產階級修正主義教育路線培養出來的「政治苗子」、「三好學生」了。

師大校園裡已貼出「打倒反動學術權威周里」的大字報，但還沒有被揪出來批鬥。何道州悄悄去找了周教授商量對策。老教授的老伴已經離世，此時滿頭霜雪，一臉愁雲。何道州問老師：趁現在還沒有進牛棚，校黨委還沒有被奪權，可以問他們要一封介紹信，找個科研題目，到外地去避一避？老教授搖頭：亂邦勿入，危邦勿居，小亂避鄉，大亂避城……現在城裡運動進入高潮，像我這樣舊社會過來的知識分子，所謂的反動學術權威，是在劫難逃了。女兒周靜也從旁勸道：爸，我們可不能待在家裡，坐以待斃呀！老教授搖頭：普天之下，莫非王土。天下之民，莫非王臣……革命群眾是真正被發動起來了，都從寶壺裡放出來了，一張平靜的書桌都放不下了。我還能到哪裡去？何道州提議：老師，華東師大不是曾請您去客座？您何不到上海去避避？那裡的大學者、名教授多，或許您的目標就沒那麼大了。周靜也可以陪您去，照顧您的生活起居。周靜高興得拍手：對呀！道州講得對，我陪您去華東師大，等運動高潮過去了，我再陪您回來。周里教授仍是搖頭：上海那邊的運動鬧得更凶。何況這時刻人家還會歡迎我去？俗話講，是禍躲不脫，躲脫不是禍。何道州再又想起一個地方或許可以避過一劫。周靜問是哪裡？何道州說：去年春天，老師不是領著我們小組，包括宋書琴、孟九嶷，去蓮城做一個課題，發掘、研究瑤族女書嗎？那裡是五嶺山脈都龐嶺瑤族聚居山區，山高林密，溝壑縱橫，氣候清涼，瑤家人心性平和，溫良恭儉……可惜我們那個小組衹去了一個月，學校就通知我們回來參加社會主義教育運動了。

老教授登時心頭一亮似的：對呀對呀！道州還是你的想法可行。蓮城是我的祖籍，山好水好人好。還有個親戚在那裡，是我母親的堂弟，你們周樹根舅舅當著大隊支書兼貧協主席。去年那次，他還請我們吃蓮城的扎肉，領我們去遊了千家洞、鬼崽嶺。

周靜說：蓮城是個好地方，基層幹部好客，縣裡領導熱情。爸，您還記得那個黃大義縣長嗎？新四軍出來的老幹部，很重視文化教育工作。去年我們小組在蓮城住了三晚。黃縣長丟下手邊的工作，整天陪著「省裡來的教授」去參觀了周敦頤的濂溪故里、何紹基的東門鄉故里。兩處都是省級重點文物保護單位。

周里教授見女兒和準女婿都讓他回蓮城鄉下，以研究女書為名，退避一段日子，也就心中的愁雲悶雨消散泰半：蓮城，自古物阜民豐，魚米之鄉，禮義之邦嘍。唐代詩人元結，號漫叟，做過道州刺史。他有一組七絕〈欸乃曲五首〉，在唐詩中很有名。「欸乃」是船槳划水的聲音，〈欸乃曲〉就是船歌的意思。組詩有短序，記述他赴長沙向都督匯報軍務，乘船溯湘江、瀟水返回蓮城時的感嘆：

大曆丁未中，漫叟結為道州刺史，以軍事義詣都使。還州，逢春水，舟行不進，作欸乃曲五首，令舟子唱之，蓋以取適於道路云。詞曰：

偶存名蹟在人間，順俗與時未安閑。
來謁大官兼問政，扁舟卻入九嶷山。

湘江二月春水平，滿月和風宜夜行。
唱橈欲過平陽戍，守吏相呼問姓名。

千里楓林煙雨深，無朝無暮有猿吟。
停橈靜聽曲中意，好是雲山韶濩音。

零陵郡北湘水東，浯溪形勝滿湘中。
溪口石顛堪自逸，誰能相伴作漁翁。

下瀧船似入深淵，上瀧船似欲升天。
瀧南始到九嶷郡，應絕高人乘興船。

周里教授年近古稀，謀事老成。臨行前，他讓女兒周靜從他的工資存摺裡取出九千元錢，囑每人一千元錢加三十斤全國糧票，用防水油紙密封，縫入各人的衣服，以備不時之需；餘下的五千元則交由孟九嶷統一保管，作為此行的日常開支。周里教授高工資，老伴又撒手西去，才拿得出這筆儲備金。換了別的人，九千元人民幣可不是個小數目。

……可悲啊，周里教授吟誦〈欸乃曲〉的聲韻至今猶在耳畔，可他，還有宋書琴、孟九嶷一去不返，消失在蓮城山區的草莽叢林裡。

老夫子輾轉無眠。很晚了，兒子何瑤回來了。他佯睡。感覺到兒子喜孜孜的，大約看了喜歡的演出。兒子有點傻氣，像他母親。周靜當年在湘師大當學生也總是臉上喜孜孜的，顯得傻氣、神經質。年輕人不要太精明，有點傻氣反倒好，單純些，總比猴精猴精強，是不？

父子倆各有心事，一夜無話。何瑤遲遲沒有上床，坐到陽臺上去無線上網，也不知道在搜索些什麼資訊。

七　「地陪」竟是大眼妹

早飯後，何氏父子分頭行動，各忙各的。何瑤告訴父親，他要去理學鼻祖周敦頤的濂溪故里參觀宋代古建築；老夫子卻沒有告訴兒子，他今天留在城裡去拜訪什麼人。父親不說的事，何瑤從來不問，以示對長輩的尊重。

何瑤仍是自己駕車出行。從縣城到濂溪故里十幾公里路程。他向酒店服務臺約請了一名導遊，當地人稱為「地陪」。那是個二十來歲的小青年，姓松，名小路，松小路。名字不俗。「地陪」八小時（日），外賓四百元人民幣，內賓兩百元人民幣，價格不菲。若折合成美元，也就十幾塊綠票子，不算昂貴了。令何瑤大出意外、也是暗自驚喜的，酒店派給他的「地陪」臨時換了人，來者不是松小路，而是昨晚在文娛廳舞臺上演唱〈瀟水弦子．蓮城樂〉的那位「小九疑」，大眼妹。昨晚上就聽說了，人家大眼妹還是中國音樂學院暑期回鄉打工的大學生……何瑤強作鎮靜，不敢表露什麼，免得被人輕看，不穩重。

大眼妹一身牛仔服，挎一只小雙肩包，戴一副淺紫色太陽鏡，神色冷冷的，高傲公主派頭。她太陽鏡裡一對大眼睛目光灼灼，儼然不可犯呢。還沒上車，小九疑看一眼車後座上的日本尼康牌攝影包，問了聲：同志您要去哪個景點？還自駕哪？

何瑤伸出手去，自我介紹：很榮幸由您為我導遊。我姓何，單名瑤，清華土木系古代民居建築專業研究生。這次來貴地，就是參訪周敦頤濂溪故里和何紹基東門鄉故里……

您背書哪！人家沒有理會何瑤伸出的那隻手，祇是笑了笑，撇了撇綴有酒窩的嘴角，算打招呼了。何瑤雖有些不快，還是客氣地替大眼妹開了副駕駛座車門，身子微微向前傾了傾，做了個恭請的手勢，就如他在北京每逢週末做「代駕」的那種姿勢。

上了車，大眼妹熟練地繫好安全帶，才開口說話：清華土木系？名校高材生啦。研究古代民居，有意思。夏商周秦漢，唐宋元明清，你研究的是哪個朝代的民居？

原來大眼妹冷眼看人，講話帶刺。但不俗。她祇差沒有提到山頂洞人和北京猿人的洞窟和殷墟的窩棚了。何瑤不敢造次，規規矩矩回答：談不上研究。宋元明清民居建築，有代表性的又是那些名人留下來的院落，可惜保存完整的少之又少了。

日產「尋路者」駕駛座前有衛星導航儀。何瑤都沒向大眼妹問路，就隨著導航儀上的語音指示左轉右轉再右轉，上了去濂溪故里的鄉間公路。路況不是很好，來來去去大多是些運貨載人的拖拉機、大卡車，還有牛車、手推車、自行車，路窄車雜，擁擠不堪。一路上塵土飛揚。公路兩旁是金燦燦的稻田，眼下是早稻收割季節。稻田裡四處都有農人圍著打稻機忙碌。車速竟和步行差不多。不知道為什麼，何瑤倒是不反感這種老牛式的行車速度。他總該和身邊這位高冷的導遊公主有所交流嘛。當然要注意方式方法，不要惹人反感。想了想，他邊調低了車上的立體迴旋音響，邊漫不經心地問：小九嶷同學，您晚上有那麼好的演出，白天還出來做兼職導遊？

大約這句話問得比較恰當，引起小九嶷的興致。她摘下太陽鏡，大眼睛忽閃忽閃：什麼兼職不兼職！晚上演出也不算專職……清華生也去看了演出？

何瑤小心開車，小心答話：在下看了，看了。電子琴伴奏〈瀟水弦子．蓮城樂〉，詞曲皆佳，有特色……不愧是中央音樂學院在讀高材生。

小九嶷笑了。她笑起來大眼睛波光盈盈，語調調皮：承蒙誇獎，但有當面吹拍之嫌。不算太肉麻吧。還有，要糾正您一個錯誤，本小姐就讀的是中國音樂學院，不是中央音樂學院。一字之差，兩座殿堂。

何瑤登時渾身都有種輕鬆的感覺：領教，領教。在下昨晚確是生平第一次看到、聽到有歌者用兩副嗓音唱歌。女高音有宋祖英式甜亮，男中音有楊洪基式渾厚。比《星光大道》上那些假嗓子男唱女、女唱男好聽多了，雲泥之別。

天！您這還不是當面吹捧？看樣子你個清華生生活並不枯燥，還對音樂感興趣，愛看《星光大道》一類節目。

天，學理工科就一定生活枯燥？我們古建築專業可是離不開藝術。不，古建築本身就是藝術，現代建築也是藝術。建築美學奧妙無窮，何來枯燥一說？

嘻嘻！辯起來啦？建築也是藝術？本小姐願聽其詳。

兩個年齡相仿的青年，對話漸入佳境。小九嶷有興致，何瑤暗自得意。他按了喇叭，請大搖大擺走在道路中央的一輛手扶拖拉機讓路，說：什麼是建築藝術？這個題目太大了。古今中外，每朝每代，都有各自傑出的建築物，有的還很偉大……我就簡單地這麼說說吧，北京中軸線上金碧輝煌的故宮建築群，綠樹濃蔭的景山頂上的古萬春亭，往北去的鼓樓、地安門、安定門、安貞門不是藝術？故宮南面的天安門、金水橋、正陽門、前門、安定門不是藝術？天壇公園祈年殿不是藝術？再有，市中心從北到南那一串風光無限的海子：西海、後海、前海（又叫什剎海），北海、中海、南海不是藝術？西郊的圓明園、頤和園、玉泉山不是藝術？再遠些的承德避暑山莊不是藝術？八達嶺長城遺址不是藝術？還有莫斯科的克里姆林宮、巴黎的愛麗舍宮、開羅的法老金字塔、巴比倫的空中花園不是藝術？

何瑤越說越來勁，索性說個痛快：古典建築物大半是社會的產物而不是個人的產物。與其說它們是天才的創作，不如說它們是勞動人民的藝術結晶。它們是民族的寶藏、世紀的積累，是人類社會才華不斷昇華所留下來的殘蹟。總之，它們是一種岩層。每個時代的浪潮都給它們增添沖積土，每一代人都在一座座紀念碑性質的建築上鋪上他們自己的一層土，都在它上面放上自己的一堵磚頭……這可不是我的高見，而是一位歐洲先哲關於巴黎古建築的論述。

小九嶷戴上淺紫色的太陽鏡，嘟了嘟小嘴，好像要自衛樣的：研究生！人家問了你一句建築是不是藝術，你就古代現代、中國外國地扯出一大串來，表示你的見多識廣，博學多才？她差點就說出「賣弄」、「顯擺」一類詞語來。其實，她心裡並不十分反感。人家畢竟是清華土木系的研究生啦。

對不起，對不起……說多了，說多了。何瑤趕忙道歉，生怕得罪了這位模樣俏麗、氣度不凡的「地陪公主」。其實，巴比倫的空中花園誰也沒有見過，史書上也沒有記載，祇是古巴比倫的一個傳說。

小九嶷忽然摘下太陽鏡，語氣冷冷地問：研究生，您在北京住了幾年了？

何瑤不知她為何問這個，祇感覺到了她眼神裡的那種冷漠，甚至有些森然。但他還是如實回答：本科四年，研究生三年還剩一年。混了六年了。

小九嶷臉上的神色說變就變，笑顏一開，「噗嗤」一聲：京油子了！學得貧嘴了。難怪我北京學姐說，外地青年衹要在北京住上幾年，貧嘴學得最快，油裡吧唧，貧個不停。

何瑤也笑了：我有那麼貧嗎？和我同宿舍的那兩個北京哥們，他們叫胡同串子，任何一件事到了他們嘴裡，都能比賽似地貧上十幾二十分鐘，還不叫人生厭。好像他們的聰明才智，都長到嘴上了。

好哇！你這樣背後議論同窗學友。他們叫什麼名字？

你為什麼問他們的名字？

本小姐好去告訴他們，小心同宿舍那個外省同學。

哈哈！我才不怕你去檢舉揭發。我早就和他們桃園三結義，是鐵哥們！不求同年同月同日生，但願同年同月……不講了，不吉利了……呵呵呵。

何瑤頗為得意，也就現了原形。看看，又貧了不是？

小九嶷轉而又眼神有些冷漠，心裡生出一絲恨意。討嫌今天這個導遊對象。看他那沒心沒肺、眉飛色舞的樣子，在一位才認識了不到一個小時的女生面前，就張狂起來了。他在別的女生面前，也會是這副德行？自作多情，討人喜歡，所以她有點厭。真地有點厭，莫名其妙的厭。她要警惕自己。

前面一段道路變得狹窄，有半邊路面鋪著曬簟，攤曬著剛從田裡收割上來的稻穀，伸展開去，像一條金黃色的帶子。小九嶷不答理何瑤了。何瑤小心地駕車沿著這「金帶」邊緣緩緩駛過。拿著竹耙子守護著「金帶」的有婦女，有兒童。何瑤搖下車窗玻璃，立即熱浪撲面，暑氣熏人。他向一位汗濕了前胸衣衫，雙乳輪廓分明的大姐問路：大姐您好，請問濂溪故里還有多遠？大姐卻不知道什麼濂溪故里。小九嶷剜了何瑤一眼：本導遊在這裡哪！轉而對車外的大姐說：就是周敦頤的老家。周敦頤知道吧？大姐打哈哈：城裡小哥、小妹，問樓田周家啊？不遠，不遠，還有三、四里路……開車要小心，路上有小娃娃玩耍。

何瑤、小九嶷搖上各自的車窗。車內有冷氣，清爽宜人。他們知道，七月是南方農村的大忙月份，上半月要搶收成熟了的早稻，下半月要搶插下晚稻秧苗，叫做「雙搶」。若過了八月一日再插晚稻，到秋後就祇能收割一季稻穀了。「不違農時」，農村的「農時」就這麼微妙。

車速慢些，再慢些，慢到十公里時速，何瑤也不在意。他今天的確開心，也不在意小九嶷的眼神陰晴不定，問：歌唱家，你一副嗓子，怎麼能一會是女高音，一會是男中音，變換聲帶玩魔術，令人費解……

臭吹拍！誰是你的歌唱家？聽了一次人家的演唱，就想探底了？說是狼子野心吧，有點過；說是心術不正吧，比較合適。你們理科生就好探祕。

小九嶷佯裝氣惱，可也有些貧了。

沒有懷疑，就沒有探索，也就沒有科學發明，人類祇怕還停留在茹毛飲血的時代。何瑤解釋：科學發明從來先有繼承，後有質疑、否定。發展是漸進式的，是踩在前人的肩膀上前進。當然，哥白尼是因為聲言地球不是宇宙的中心、提倡「日心說」，而被中世紀政教合一的宗教裁判所活活燒死……扯了，瞎扯了。談音樂，怎麼扯到十六世紀波蘭天文學家哥白尼去了？

學你的北京哥們貧唄。

歌唱家，在下還是要問。您是什麼時候發現自己可以用兩副嗓子唱歌的？

又臭吹拍，討厭。你越界了，你！

何瑤已經揣摩到小九嶷不是真地生他的氣，進而語帶調侃：你不告訴我，在下也能知道個大概。您的導師是著名的聲樂教育家金鐵霖教授，還有著名的作曲家谷建芬教授。您的學姐當中，最有名的是女高音歌唱家彭麗媛、李谷一、宋祖英，以及毛阿敏、那英、王莉等等。你天生雙重嗓音，正是金鐵霖、谷建芬兩位導師發現的。

鬼！你個清華土木系研究生，怎麼知道這些的？

好，我從實招來。昨晚看過您的演出，回到住處到你們中國音樂學院網站上去人肉了一圈，所以知道個大概……

好，那本小姐也問你，這次你一個人駕車出遊，為什麼沒有同伴？

哈哈，我可沒有什麼隱私。是和我老爸一起來蓮城的。他文科教授，對江永女書、道州民謠有興趣……您若晚上還有演出，我一定拉他去聽聽您的〈道州弦子．瀟水謠〉。我想他會讚賞。

小九嶷摘下太陽鏡，大眼睛波光盈盈，隱去了那股冷漠氣色。她又不太討厭這個清華研究生了。也真是的，同是湘省籍的年輕人，進京讀了幾年書，言談已經少了湘省官話的韻味，而有些京腔京調，儘管還不那麼地道。

路邊出現了大片蓮池。滿眼翡翠，綠浪翩翩，蓮枝豔豔，風姿綽約。濂溪故里到了。

八　「蓮城先生」李玉如

老夫子要去拜望的「蓮城先生」，原名李玉如，蓮城二中語文特級教師、縣政協委員，在當地很受人敬重，而獲此尊稱。老夫子已經與她通了電話。「蓮城先生」驚喜不已，好像老夫子是從天上掉下來的。說起來，兩人也是老相識了。一九六四年湘師大開門辦學，辦了兩期師資培訓班，由全省各縣市推薦了一百名中學優秀教師進行培訓，兩年制，以女學員居多。李玉如是蓮城縣推薦的學員，個高，健美，愛笑愛運動，當了培訓班女子籃球隊隊長。她們球技不怎麼樣，但個個能瘋能跑，請了師大男籃隊長何道州當教練。老夫子就和他們混熟了。周靜還因此生氣、吃醋。後來發現何道州對女學員們很嚴厲，總是瞪起眼睛訓人，動不動罰人投籃一百次，周靜才放心了。因是蓮城老鄉，周靜還和李玉如做了姐妹朋友。文化大革命爆發前夕，師資培訓班提前結業，李玉如回蓮城教中學，運動兵荒馬亂的，失去聯繫。直到十年文革浩劫結束之後的一九七七年，夫婦倆為打聽一九六七年夏天「蓮城事件」中失蹤的女同學宋書琴、孟九嶷的下落，曾經聯繫上李玉如。一九七八年赴美留學，彼此再又失聯。聽說李老師也在「蓮城事件」中吃了苦頭，差點丟了性命。

李老師住在蓮城二中的教師宿舍，單身一人，沒有結過婚。老夫子一路打聽縣二中怎麼走，其實距離大酒店並不遠，校園也鄰近瀟水，環境不錯。進了校門就是大操坪，操坪中央並排著五個籃球場。幾棟簇新的教學大樓很氣派，分初中部、高中部，幾十間教室，聽說可容納三千多名學生上課。還聽說是由原籍蓮城的香港孟氏國際投資公司援建的，花了上億港元。因放暑假，校園裡很安靜，祇有幾個孩子頂著太陽在玩球。一個瘦瘦高高的女教師模樣的人已經等候在教工宿舍樓前了。不用說，那就是「蓮城先生」李玉如了。

老夫子加快腳步走了上去。兩人驚呼：小李！老何！當年青春秀髮人，現在鶴髮對蒼鬢。老夫子不由自主地張了張雙臂，猶豫一下，改為伸出右手去。「小李」卻羞澀地拍了拍他的手背，免了，免了，都這個年紀了，還能見面，再好不過了。

「蓮城先生」的宿舍在三樓，一房一廳一廚一衛單元房，乾淨整潔。客廳頗大，沒有電視、音響，四壁都是書架，直達天花板。中間一張長條桌，看樣子是書案兼餐桌。沿桌擺了十來把摺疊椅，像個教室。老夫子一見就誇讚：好啊，坐擁書城！小李你坐擁書城！

長條桌的一端，大約是平日就餐處，已經擺了茶水，點心，蓮城瓜子，花生豆，臍橙等，都是當地特產。「小李」邊上茶邊問：怎麼你一個人來了？周靜姐還是病病歪歪的，不出門？老夫子品茶，遲疑一下，回答：我是和兒子一起來的。何瑤放暑假，來參訪濂溪故里。他在清華讀土木系。「小李」盯住老夫子的眼睛說：知道知道，你和周靜養了個爭氣、有出息的兒子……周靜姐好些了？能下床了？我給你們家掛過電話，沒人接，也沒有錄音。老夫子目光黯淡下來，聲音有些乾澀：去世了，快三年了。老同學不問，不便告訴……「小李」眼裡立即泛起淚花，很生氣：你們這些做丈夫的真不像話！老伴去世快三年了，都不講一聲！四年前我去省教育廳開會，還到你們家看了周姐。那時你們剛從美國回來不久。周靜姐算落葉歸根了。

老夫子眼睛一抹：不說了，不說了。春蠶到死絲方盡，蠟炬成灰淚始乾……我們不說這個了。

「小李」也說：知道知道。可憐周靜姐，當年如花似玉……你們是曾經滄海難為水，除卻巫山不是雲。不拽文，不拽文了。你兒子怎麼不來看看我這老姑婆？

兩人的話題一下子拉近了。一點都不顯生分。好像昨天才見過面。人和人的感覺就這麼怪，可以無話不談。

老夫子搖頭：是我沒有告訴他要來看你……我和周靜不願兒子知道當年蓮城發生的那些事。一個字都不讓他知道。那是因襲的負重，沉甸甸的歷史枷鎖，不應該傳承給下一代。衹願他好好做人，做學問。

「小李」苦笑：可憐天下父母心……現在上上下下都在做同樣一件事：淡出歷史，好像什麼都沒有發生過。衹看眼前繁花似錦，歌舞昇平。有人大讚現在是漢唐氣象，萬邦來儀。但也有人講：漢唐氣象鬼還魂！社會主義、改革開放，怎麼去和封建王朝相提並論？除非你暗指現在還是封建王朝。

老夫子望一眼四壁圖書，點點頭：佩服，佩服。好見地。你不愧是特級教師。還是一個人寂寞寒窗，青燈伴讀……這麼多年過去了，就一直沒有替自己找個伴侶？

「小李」臉一沉，目光犀利地掃老夫子一眼，旋即埋下眼皮，聲音低到不可再低：你還是叫我老李吧……小李是四十多年前的稱呼了。就像你和周靜不願把四十多年前蓮城發生的事告訴你兒子何瑤一樣，我也不想說為什麼至今孤身一人，無意成家……學校就是我的家，學生就是我的兒女……我的學生救過我的命。

老夫子心裡一沉。他明明知道自己觸碰了李老師心中那塊任什麼人都碰不得的心病，卻仍是忍不住問：為什麼？小李，我們是老同學，過來人，一九六七年的蓮城事件，瞞著後代不假，但我們老一輩之間，還有什麼講不得的？你至今不成家，是否與那次事件有關？

對方忽又抬起眼睛，仍是犀利地盯住他：我是老李！你不要總是改不了口。虧你還是個大學文科名教授、博士生導師……又虧你做了周靜姐幾十年的丈夫。我沒有什麼祕密。既然你刨根問柢，我就告訴你：我無法面對任何一個可以做我丈夫的男人！還用問嗎？還用問嗎？

老夫子陡地感到一陣撕心裂肺的劇痛，一種咬牙切齒的心靈撕裂。

李玉如原以為自己的淚腺早已枯竭了，眼窩裡沒有一滴淚珠了，這時卻湧出來一股又辣又鹹的汁液，什麼都看不清了。她端著茶杯的手冰涼冰涼，身子像掉進了冰窟裡簌簌發抖。

老夫子伸出自己的大手去握住「小李」骨瘦如柴的小手，表示撫慰的意思。

「小李」怕燙似地抽回了自己的手，淚水一抹：別碰我！除了我的學生，別的人都不要碰我。我不需要任何人的同情、憐憫。

也就過了那麼幾秒鐘，李老師已經控制、調整好自己的情緒：對不起，老何，何教授。我已經很多年沒有在人面前失態了。今天你來了，是個例外……其實，我是個性子冷僻的人。我的學生、同事，包括蓮城的領導，都知道我有冷熱毛病，又冷又熱，冷大過熱。我沒有壞心眼，沒有害過人。一門心思放在教學上，放在孩子們身上。你問我有什麼收穫？我也可以告訴你，四十年來，我每學年都當班主任，教語文課。你知道改革開放三十年，我們蓮城二中有多少學生考上清華、北大、人大，還有武大、浙大、復旦、湘師大？當然，這是全校師生年年月月集體努力的結果……有時我想，我就是明天死了，我這一世人也沒有虛度了，算對得起蓮城了。

太陽從大窗戶上照射進來，李老師身上彷彿籠上了一種光亮，整個人都沐浴在這像是冉冉升起的光亮裡，一環一環，耀眼得很。面對這光亮，老夫子神思有些恍惚，這是他從未有過的感覺。原來有的人身體四周還可以生出這種不可思議的輝光。何謂神聖？這就是神聖……過了一會，他才又看清楚坐在對面的李老師，有些激動地說：知道，知道。你是特級教師，大家尊你為「蓮城先生」，遠近聞名。省報上稱你為「活著的孔夫子」、「活著的武訓」。

李老師冷笑：肉麻！如今的記者太可怕，什麼大詞都敢用。看了、聽了，能把人的牙齒酸倒。不說這些了。談正經事吧。老何，你這次好不容易來我們蓮城，又是要找你和周靜的那兩位學友的下落？一個叫宋書琴，一個叫孟九嶷，對嗎？加上周靜，當年可是湘師大的三朵金花。

老夫子點頭：正是，正是。都四處打聽三、四十年了。這也是周靜的遺願，一直沒有結果。

李老師說：我相信她們兩位還活著。祇是為了某種原因，她們改名換姓了。

老夫子驚異：太好了！但難以置信。如果活著，她倆為什麼這麼久了不出面要求平反昭雪，而要隱姓埋名？你有什麼依據？

李老師說：一九八四至八六兩年，我們這裡的地、縣兩級黨政，奉上級指示抽調了一千三百多名幹部，成立「一九六七年蓮城事件遺留問題處理辦公室」，對整個事件進行地毯式大清查。那個臨時機構簡稱「處遺辦」。後來出了一份《一九六七年蓮城事件遇難人員花名冊》，年齡最小的十天，最大的七十八歲，詳細得很。起初說九千多人，後又說六千多人，最後上了名冊的「非正常死亡人數」為四千五百一十九人。下面層層瞞報，阻力很大。有的一家一家被消滅，連個名字都沒有留下。還有不少外地人，也沒有留下姓名。最後落實零陵地區包括蓮城在內的十一個縣「非正常死亡人口」共是九千〇九十三人。蓮城占了半數。我仔細查找過那份名冊，沒有發現有宋書琴、孟九嶷兩個名字。

老夫子登時大為振奮：真的？你仔細查找過花名冊？

李老師瞋他一眼：我還要和你講假話不成？那份名冊做得很認真，按姓氏筆劃排列，姓名、性別、年齡、成分、籍貫，屬於哪個公社、大隊、生產隊。

老夫子有些急不可待：小李，李先生！您能不能設法讓我看看那份名冊？

李老師閉上眼睛想了一會，彷彿要做出一個重大決定，之後慎重地說：要見那個名冊不難，但要先和你談好條件。

老夫子宣誓一般舉了舉左臂：行！什麼條件都行。我用我的人格名譽加身家性命擔保。

李老師覺得他有些傻相：沒有你想像得那麼嚴重。不過是要向你說明幾句。我的一個學生當時是縣組織部門的幹部，被抽調到「處遺辦」工作，還是領導小組成員。他人很聰明，頭腦靈活，在「處遺辦」工作期間，有空就來看望我這個老師……一九八六年底，「處遺」工作快結束時，他忽然把一份複印的「名冊」悄悄給了我，讓我設法保存下來……我知道他的擔心，因為組織部門有定期清除相關檔案資料的規定。他想留個底，也許今後有用。老何，現在我可以告訴你，這份複印的「名冊」還在我手裡。你是知道這件事的第三人，千萬不要洩露出去。我的這個學生現在官做大了，一心追求進步，思想也左了，他想收回這份「名冊」。我推說二十多年了，搬了幾次家，找不到了。他不相信，一直私下催我找到還給他……我不。這份「名冊」可以交給你，帶到省城去。你去多複印幾份，設法存放進大學圖書館去……這是《史記》呀！

於無聲處聽驚雷。人真是不可貌相。

天上掉下餡餅。老夫子喜出望外：好好。我一定不負重託，會設法通過學校圖書館工作的、信得過的學生保存起來……我也可以輸進電腦，多存幾個小拇指……就是，就是還有個人物，也許和蓮城事件無關，想和你打聽一下。瀟水大酒店的老闆，叫譽果的，你認不認得此人？

李玉如沒有立即起身去把「名冊」取來，而先回答：你問譽老闆？確是我們蓮城的一個俠義人物，香港孟氏集團的少東家。住在酒店最高一層，第十八樓。整個一層都衹住一人，專用電梯，直上直下。上面有空中花園，空中泳池，空中小影院等等一應俱全。除了她身邊的幾名女工作人員，誰也上不去。平時很少露面。她是我們蓮城的慈善家，每年捐出十萬元人民幣，救助蓮城地方的流浪兒童。

奇人，蓮城奇人！李老師，我能不能會會這位譽果老闆？

老何，恐怕不容易。她並不在這裡長住，衹是每年暑期來一次，住上兩、三個月就回香港。酒店業務另有人打理。她最近是回來了，陪她女兒度暑假。

香港富商，高高在上，架子不小。老夫子一拍腦門，提出另一個問題：對了，玉如，你那個學生叫什麼名字？我能不能見見他？畢竟他參加了當年的「處遺辦」工作，瞭解的情況更多。還有，我想拜望黃大義老縣長，他八十多了，退休後過得怎樣？

李玉如面有難色。這個老夫子的要求真多。不過，她還是答應下來：我掛電話試試吧。他叫吳家山，現在當了縣長，很重視文化教育工作。其實還有個人物，可以介紹你見見，是我們蓮城的民營企業家，人稱「建築大王」。黃縣長你是見不到了。

老夫子沒聽清後一句話，興奮得衹顧扯過一張紙，要記下「建築大王」的姓名，電話號碼。

李玉如說：看把你急的。也是我的學生，名叫黃永力。小時候調皮搗蛋，膽子大，不愛讀書。是我把他引上正路。一九六七年他上高二，當了蓮城「紅衛兵革命大聯合司令部」的頭頭，簡稱「革聯」，總部就設在二中。當時文革進入高潮，他們把縣長黃大義、宣傳部長蔣全益當走資派抓來，關在二中。黃永力很鬼，黃縣長下鄉蹲點，就住在他家裡。他父親是大隊支書，黃縣長認作本家兄弟。他把黃縣長抓到二中來關押，管吃管喝，通風報信，實際上是給以保護。「革聯」的對頭是「紅聯」。「紅聯」的後臺是縣人民武裝部，要火燒、油炸黃大義縣長。兩派都搞了槍枝，搞武鬥。當時蓮城鄉下開始出現「貧下中農最高法庭」，對地富分子及其子女實行「斬草除根」。黃縣長有文化，有知識，是當時少有的有正義良心的幹部，憂心如焚：城裡打派仗，搞武鬥，鄉下不經任何法律手續，就村村社社這樣殺人，怎麼得了？現在幹部群眾都發瘋了，誰也制止不了！誰出面制止誰也會被當作敵人殺掉。找地區領導？地委已被奪權，書記、專員自身難保。軍分區則和縣武裝部串通一氣，支持「紅聯」。祇有逃出蓮城，去省城找省革委負責人，找駐省野戰軍，才能救人了。黃大義當即和蔣全益、黃永力兩人密商，並說服兩人，逃出蓮城，去省城求救⋯⋯哎呀，具體的，我也不要講那樣多了。以後你自己見到黃永力，去打聽吧。

老夫子都快坐不住了：蓮城出英雄。黃大義老縣長我認識。這次來蓮城，就是要拜望他。太好了，太好了！他退休生活過得怎樣？

李玉如老師苦笑笑：老何，你還是當年那個大學生脾氣。黃、蔣二位都去世了。一人救了千萬人哪！當年要不是蓮城有黃大義，省裡有華國鋒、章伯森，北京有林彪，全中國不知道要死多少人⋯⋯縣政協曾經有提案，要求給黃大義縣長在瀟水岸上立個塑像做紀念。縣裡、地區不准。

天！還有林彪，算怎麼回事？林彪也救過蓮城人的性命？越說越複雜，一下子問不清了。老夫子不急，一些事留著慢慢打聽。黃老縣長是見不著了：不准塑像，可以立碑，刻在九嶷山上，領導人看不到的岩壁上。黃縣長是個應該紀念的人，像彭德懷元帥那樣心裡祇裝著人民群眾。

李老師嘆氣：那是你文學家的想像。

老夫子退而求其次：什麼時候可以見到你的學生黃永力？我衹是想多找到些有關宋書琴、孟九嶷兩人失蹤的線索。

李老師說：小黃現在是大忙人，手下好多支施工隊伍。我都幾個月沒有見到他了。聽講他現在廣東的某個建築地盤上。我會設法聯繫到他，請他回來一趟。他總是叫我乾娘，孝順我，我不答應。你呀，還是先見見吳家山縣長吧。明天是星期天，看看他能不能抽出時間……我就不參加了，免得他又問起「花名冊」的事。

九 濂溪故里

濂溪故里第一景：蓮池，把何瑤給迷住了。面對半月形百十畝大小的團團翠蓋，儀態萬方的簇簇蓮荷，桃紅李白，他舉起尼康相機，以宋代民居為背景，變換著各種角度拍個不停。拍了遠景拍近景，拍了近景拍特寫，拍了正面拍側面；忽而單腿跪地，忽而雙膝著地，忽而乾脆匍匐在地，指揮員舉著望遠鏡觀察敵情似的，像個專業的攝影師呢。不一會，汗水就浸透了他的肩背。

小九嶷導遊也很敬業，一邊幫何瑤拎了攝影器材包，一邊朗朗上口地唸誦出濂溪主人周敦頤的那篇〈愛蓮說〉來。蓮池對面一些遊客也被這一對漂亮人兒吸引，男才女貌，人家還以為他們是一對情侶。去他的！人多眼雜，人家愛怎麼看就怎麼看，反正都是過客，誰也不認識誰。小九嶷打暑期工，祇為幾個學雜費和零花錢，怎麼啦？小九嶷故意抬高聲音，抑揚頓挫，韻味十足：

水陸草木之花，可愛者甚蕃。晉陶淵明獨愛菊；自李唐來，世人甚愛牡丹；予獨愛蓮之出淤泥而不染，濯清漣而不妖，中通外直，不蔓不枝，香遠益清，亭亭淨植，可遠觀而不可褻玩焉。

予謂菊，花之隱逸者也；牡丹，花之富貴者也；蓮，花之君子者也。噫！菊之愛，陶後鮮有聞；蓮之愛，同予者何人？牡丹之愛，宜乎眾矣。

何瑤拍完一組蓮池圖片，聽著小九嶷唱歌似的吟誦，字字清晰，聲聲入耳，有如一掬清泉，不，猶如絲絲甜汁，曼妙，悠揚，綿長，滲入他的心田，讓他享受到一種說不出的舒坦、敞亮。他捧著相機，都顧不上擦臉上、脖子上的汗珠，聽呆了。忽地，他看到小九嶷蹲下身子，探出手去撫觸池邊一枝在熏風中微微款擺的紅蓮。那波光盈盈的大眼睛，那粉紅粉白的臉蛋，那天然嫵媚的神態，水上水下，正是兩幅圖畫……他屏住聲息，大氣都不敢出，穩舉相機，調準焦距，咔嚓咔嚓連續按下快門，才歡快地唸出一句：人面荷花相映紅……

小九嶷陡然察覺到了什麼，警惕地站起，瞋起大眼睛盯住他問：清華生！你剛才唸什麼了？拍什麼了？你快門響了三次！

何瑤趕忙關掉相機：拍荷花。我一直在拍各種風姿的荷花。

小九嶷逼了上來：鬼！你這人很鬼！什麼「人面荷花相映紅」？打開你的「牛眼睛」，我要看看！聽到沒有？我要看看！

她似笑非笑，面露春威，已是命令的口氣。她把相機稱為「牛眼睛」，蓮城土話吧。何瑤漲紅了臉，也像賭氣似的：打開就打開！好像我做了什麼見不得人的事呢……看，不就替你和荷花拍了張合影？看看，人面荷花，簡直可以做《人民畫報》的封面照！原想，原想……

鬼！原想哪樣？

原想今後彩印出來，配個鏡框送給你。不領情就算了。

小九嶷仍在生氣：鬼信你！不定會被賣給書畫社印日曆，賺稿費呢！我有個同學的彩照就被賣過一次。

何瑤無奈，祇好認栽。心想好厲害的大眼妹，今後得小心了。刪掉就刪掉，扔進「垃圾桶」裡去。大眼妹大約對攝影還是個外行，這最新款的日產數碼相機，百萬像素，超高清晰，不用膠卷用記憶卡，刪掉的照片還可以從「垃圾桶」裡找回來……何瑤把「牛眼睛」屏幕給小九嶷看：看好了，都刪乾淨了。您可以放心了。

小九嶷這才笑了，笑靨如花了。她也有點歉疚，尷尬。為緩和氣氛，她掏了張紙巾給清華生：你怕熱啊，愛出汗……你的「牛眼睛」很貴吧？我知道尼康，日本名牌。你老爸是大款？對不起，我衹是隨便問問。

何瑤本來就是佯裝生氣，這時和藹地看小九嶷一眼，接過紙巾連聲道謝：你好像不愛出汗？我這「牛眼睛」是北京一位民企老闆送的。我說過了，我老爸衹是大學裡一名窮教授，不是什麼大款。

小九嶷也說了聲對不起，帶點調侃口氣：原來書香子弟啦……人家大老闆為什麼送你這樣名貴的相機？總要十萬八萬。是不是大老闆家有閨秀，看上你個清華高材生了？

何瑤鼓了鼓眼珠：你這就是瞎掰了。不怕笑話，我每個週末都去一些豪華會所做「代駕」，勤工儉學，也是為減輕我老爸的負擔。有位和我同姓氏的建築公司老闆錢多得沒處花，每個週末都在「天上人間」之類的地方喝得爛醉，一點不誇張，就是一攤稀泥……我都是在凌晨時分開他的大寶馬送他回通州的運河別墅……你猜他的別墅有多大？簡直可以做一座小公園……送我一部日式相機是小意思。他喝醉了就和我稱兄道弟，還要把他的大寶馬送給我代步。他說他除了寶馬，還有兩輛奔馳、一輛凱迪拉克。我可不敢要他的寶馬。為什麼？我把它開到清華學生宿舍，哪來的車位？何況也付不起保養費。

清華生話真多。問了他一句，他就貧上一大片。不過小九嶷還是要問：你深更半夜做「代駕」，把人送回通州那麼遠的地方，自己怎麼返回清華園？

小丫頭厲害歸厲害，還很關心人的。何瑤說：我曾深夜送一位大款回密雲水庫別墅區呢。當然那次是第二天坐公車回城的。平時就是在人家車尾掛輛自行車，艱苦奮鬥嘛。不安全？到處裝有「電眼」。況且我還是一條漢子！哈哈！看看我身上這肌肉，北京哥們說我可以練幾手義和拳。什麼是義和拳？哈哈，就是慈禧老佛爺利用來抵抗八國聯軍的拳匪，個個一身刀槍不入的中國功夫，可遇上人家洋槍洋炮，就紙人紙馬，屁用沒有……扯遠了，扯遠了。如今我已經不騎自行車了，鳥槍換炮了。又是那個何老闆，把他去加拿大留學的「小五」的一輛日式電動摩托給了我。我也以車代步啦！

小九嶷並不很反感這清華生的囉嗦，反而有點喜歡這人的實誠。她沒忍住，又追問：是不是……人家何土豪家有千金，等著姑爺上門了？

何瑤眼睛一瞪，又佯裝生氣：你怎麼老問這個？人家何老闆無後。他什麼都和我講了，億萬家財，沒有繼承人。家裡除了大婆，外面先後養過五個「小三」，都沒有給他生下一男半女。是他自己丁克……對不起，對不起，怎麼和您瞎扯這些？純瞎扯。

正是中午時分，天氣實在燠熱。他們來到蓮池不遠的一棵老樟樹下。樹蔭如蓋，清涼多了。老樟樹隔著蓮池就是著名的愛蓮堂。從這個角度，可拍攝到濂溪故里的全景：樓田村古建築群背後一座百十米高的緩坡山丘，中間高，兩邊傾斜，就像一頂大帳篷，蔭佑著山下的房舍。山上林木蔥蘢，一派翠綠，映襯著山下的白牆黛瓦，好個祥和秀麗、平實無華、耕讀一體的田園景象……何瑤舉起相機，又變換著角度，拍攝下理學聖人周敦頤的出生地。

小九嶷在旁靜靜地看著他又時蹲時跪，還爬上老樟樹騎在枝頭去拍攝的那副傻樣兒。也好，今天給他一個人當導遊，倒也省卻唸誦那些介紹各個景點的講解詞。

何瑤總算擺弄完了他的相機，在老樟樹下坐下來歇息。他從攝影包的側面口袋裡取出兩瓶礦泉水，玩戲法似地變出一大塊錫紙包著的巧克力來。他掰下一大半遞給小九嶷：肚子餓了吧？來來，抵抵飢。氣溫高，再不吃掉，就融化了。

小九嶷接過礦泉水和巧克力，心裡高興：他倒是長了心眼，知道本姑娘最愛巧克力似的……是從北京或是省城帶來的吧？

何瑤咕咚咕咚一口氣喝乾了一瓶礦泉水。真正的牛飲。他笑道：歌唱家，我可以問你一個問題嗎？

鬼！嘲笑人。誰是歌唱家？小九嶷又有點生氣了：給人半塊巧克力，就想欺負人？黃鼠狼拜年。不要以為付了導遊費，就可以輕看人。

何瑤真油。他一臉的賠不是，還投降似地舉舉雙手：不敢不敢，在下一名理工生，怎麼敢輕看了音樂殿堂的學子？

你是看美國電影看多了吧？白人警察看見黑人就命令他們舉起雙手……這裡是蓮城，禮義之鄉……你用不著做投降狀，不戰而降的可憐相。

小九嶷伶牙俐齒，不是好對付的。

好，好。學生祇是想問問：你們音樂學院的學生，周休二日也都關在校園裡吊嗓子，練聲線？我是好奇，你可以不回答。我嘛，每到週末就去做「代駕」，撈外快……現在我是自力更生，自給自足。

什麼意思？話裡有話，心術不正。懷疑我們女生？小九嶷一時又恨恨的，不想理這個人了。再一想，心正不怕影子斜，遂說：告訴你吧，清華生，我母親富得很，根本不需要我週末出去唱歌掙錢，但支持我每年暑假回來做做暑期工。勤工儉學對年輕人是認識社會、體驗生活的好方法。在北京，每個週末，我也會和幾位相好的女同學去一些歌廳、酒廊獻唱，瞭解人生，鍛鍊成長。當然也不拒絕掙小費。你不要壞心眼。我可以很驕傲地告訴你，你投靠的那些包養小三的土豪、大款，都是地痞、人渣、狗屎！本小姐聽到他們的那些事就覺得骯髒！我勸你今後也離他們遠點。

聽聽，小九嶷很敏感，很警惕呢。真沒看出她是個很自尊自重的富家小姐。暫時不宜問他母親大人是何方神聖。

中午了，小朋友，肚子咕咕叫，該解決一下民生問題？

嘻！這才像句人話。看，前面就有蓮城米粉，蓮城米豆腐，蓮城臭乾子，都是特產。還有蓮城扎肉，蓮城臘肉，遠近聞名。

在濂溪故里，人家以為他們是一對情侶。

十 「毛主席的紅衛兵」

老夫子從李玉如老師處得到那份彌足珍貴的《一九六七年蓮城事件遇難人員花名冊》。回到酒店插上房門，對著《花名冊》從頭到尾、從尾到頭仔細查找兩遍，果然沒有見到宋書琴、孟九嶷兩個名字。看來，兩位當年湘師大校花，的確在蓮城大地上失蹤了。但相信她們還活著。那是兩個青春旺盛的生命。

倒是找到了岳父大人周里的名字，按姓氏筆劃排列在第一千〇七十七位：

周里（1907—1967），男。生前為湘師大教授，遇害地橫嶺溫泉……

老夫子欲哭無淚。應當告知妻子周靜的亡靈啊！我替你找到了父親大人最後的歸宿了啊。一九七八年，湘師大替老人家平反昭雪，恢復名譽，都沒有講清楚他的遇害地點啊。橫嶺溫泉，這次說什麼也要去看看，聽講那裡現在成了旅遊熱點。

趁兒子去考察古民居還沒有回來，老夫子當機立斷，下到一樓大廳向服務臺租了個保險櫃。之後由一名服務員領著，再下到酒店最底一層的地庫，進了兩道鐵門，把個裝有「寶物」的黑色塑料袋鎖進編有密碼的暗格裡，與銀行保險櫃類似。看來，這港資酒店的港式管理是講效率且可靠的。

一夜無話。第二天早餐後，兒子又上濂溪故里去了。老夫子正要下樓到大廳服務臺打聽去沙仂江周樹根舅舅家怎麼走，就接到李玉如老師的電話：昨天說到的吳縣長聯繫上了。縣長同志很高興會見湘師大的名教授，今上午九時三十分來酒店見面。

真是喜出望外。老夫子提前十分鐘到酒店門外等候。不一會就見一輛自行車滋溜一聲到了酒店門口，下車的是位挺著個啤酒肚、年約五十來歲的男士，見到老夫子略有遲疑，問是湘師大何教授嗎？老夫子趕忙伸出手去：吳縣長？幸會，幸會！兩人熱情地握手，彷彿見面就熟。

彼此寒暄兩句。吳縣長提出：走，教授，我們找個清靜的地方扯扯談。李老師說您想和我扯扯談。什麼是扯談？蓮城土話，就是你們省城人講的聊天，四川人的「擺龍門陣」，北方人的「侃大山」。我前幾天才從重慶出差回來，參加省裡組織的赴渝學習取經團。唱紅打黑，重慶走在了全國的前面……

吳縣長很健談，推著自行車領著老夫子上了愛蓮路，很快進到一家「蓮花茶座」。吳縣長介紹：「蓮花茶座」四字匾額，是原最高人民法院院長江華同志的墨寶。江華同志老家江華縣，我們蓮城隔壁。一九八二年，他回鄉視察，在蓮城住了一晚。

茶座門面不大，裡面庭院頗深闊。中間是個大天井，種著大叢翠竹，灑下滿地清蔭。陽光透過竹叢，斑斑點點在地上跳盪。因是上午時分，暫無其他客人。他們選了個角落茶桌落座。立即有位白衫青布裙、略施脂粉的茶娘上前，講一口好聽的蓮城官話：吳縣長呀！好久不見你老人家光臨了，今日得空帶朋友來品茶了？

吳家山顯然也像遇到了老知己，打著哈哈：我有那麼老嗎？難怪你都看不上了，討人嫌了。

茶娘臉蛋微紅，眉宇間現出幾分嬌媚：看你縣長講的！你當領導的，我們當然要尊為老人家了！想喝什麼茶？有新到的杭城龍井，太湖碧螺春，武夷鐵觀音，雲南普洱，君山銀針，古丈毛尖……當然也有都龐嶺雲霧茶、蓮城功夫茶。

吳縣長瞟一眼茶娘，開一句玩笑：奶茶今天就免了，哈哈哈。茶娘紅了紅臉：看你老人家，總是愛講笑……吳縣長怕客人誤會，忙解釋：教授，我們蓮城民俗，衹要你當了個科長、局長以上的小官，老百姓就都喊做「老人家」了。他旋又對茶娘說：今天我招待老朋友，不是公款消費，喝不起你們天價名茶。給我來蓮城功夫茶，苦中帶甘，一點也不比武夷鐵觀音差。教授，喝不喝得慣？

老夫子心裡好笑，這麼快就成為「老朋友」了。他點頭：好，好。我不懂茶道，衹是牛飲。

茶娘笑容可掬：二位稍等。說罷，婀娜轉身準備去了。

吳縣長望著天井裡的翠竹及竹叢上方那四四方方湛藍湛藍的晴空，對老夫子說：教授，如今蓮城也是熱鬧地方囉，難得有個清淨茶室了。一天到晚都是滿肚子油膩，需要清清腸胃。有句話怎麼講的？當官不賺錢，圖個肚兒圓。呵呵呵。也叫飯局文化。

老夫子早注意到吳縣長的啤酒肚了。他當了一縣之主，倒是性情隨和，和人見面就熟。老夫子不禁感嘆：我們的飯局文化，也好也不好。好處是酒杯一端，政策放寬，能辦事；不好是有礙健康，製造三高：高血脂、高血糖、高血壓。

吳縣長撫撫啤酒肚，搖頭：沒奈何，沒奈何！有時連早餐都有人請酒，大魚大肉，吃吃喝喝……你都不能拒絕。你不赴席，就講你看不起他，把人得罪了……教授，聽李老師講，您在美國學習、工作過三十來年。美國那邊也是這樣請吃請喝，禮尚往來？

老夫子嘆口氣：講起來，縣長你都難以相信，美國的社會有各種各樣的問題，毛病大得很！若是論吃喝一事，他們的確簡單，基本上沒有飯局文化。簽合同，談事情，一人一瓶礦泉水或一杯咖啡，簽完談完就拜拜，各走各的了。他們的市長、州長，直至總統先生，也總是早餐牛奶麵包煎雞蛋，午餐蔬菜沙拉三明治或熱狗，晚上回家才喝紅酒、吃牛排什麼的，點心通常是一塊蛋糕加水果沙拉而已。

吳縣長點頭：那樣好，簡單、輕鬆，不用關係淺，舔一舔；關係深，一口悶；關係鐵，喝出血！呵呵呵。

老夫子還想補充幾句美國也有嚴重的社會問題，如毒品、槍枝氾濫、選舉舞弊等等，茶娘就笑笑微微端著個大黑漆盤上來了，手法熟練，一一擺下：一滿瓶滾開水，六只小酒盅似的青花瓷杯，一只青花大茶杯，一把紫沙茶壺，一包標有「蓮城香茗」的茶葉，加上一只四正四方的茶盂。

吳縣長對茶娘說：朋友見面，扯談。你可以退下了，可不要偷聽我們扯談啊？

茶娘帶點嬌羞地瞋縣長大人一眼，退下。

吳縣長動手擺弄他的茶道。第一道「功夫」：先把空紫沙壺、六只小茶杯及那只大茶杯都注入開水，裡外一一燙過，之後把燙過壺、杯的水倒入茶盂；第二道功夫，打開「蓮城香茗」，以小木勺將茶葉一勺一勺放入紫沙壺中，放滿整整一壺為止，簡直不留一點空隙。老夫子還沒有見過這般放茶葉的。接下來，吳縣長全神貫注，在紫沙壺裡緩緩注入滾水，注滿為止，蓋上壺蓋，即有茶水自壺口溢出；第三道功夫，吳縣長端起紫沙壺，朝六只小瓷杯中轉著圈注入濃得近乎發黑的茶水，杯杯注滿。壺裡剩餘茶水則被毫不吝惜地傾入茶盂中。接著，再把六小杯茶水也一一傾入茶盂中，然後空杯復位；第四道功夫，吳縣長重又朝紫沙壺中注入滾水。少頃，他玩戲法似地端起茶壺晃動，再晃動，放下。之後端起紫沙壺，朝六只小茶杯裡轉著圈兒點點滴滴，滴滴點點，輪番一一注入紅紅亮亮、濃如汁液的茶水，壺裡剩餘茶水不再倒入茶盂，而是保留在大茶杯中了；第五道功夫，吳縣長雙手端起一小杯濃茶，舉過眉頭，像白酒一般敬老夫子：教授請！一小杯，一口氣，一小杯，一口氣，各飲三杯，以表心意。

這完全是一套儀式，所以稱為茶道。據說這茶道本是我大唐風習，被日本僧人學了去，傳習至今，反而在我們中國失傳。近年才從日本傳回來，所以叫做茶道回老家，也算是出口轉內銷了。

茶湯已不是很燙。老夫子也學著主人手勢，雙手端起小茶杯，舉過眉頭，恭敬地閉上雙眼，輕聲說了個謝字，然後一仰脖子把茶湯喝了個乾淨。好濃烈的茶！一股苦澀味，差點給嗆了出來！天！簡直是喝藥汁。為了禮貌，他強忍住，沒有嗆住，衹有給嗆出來淚水。盛情難卻，他又乾了第二杯、第三杯。

怪煞！衹過了一會子，老夫子就覺得口腔裡的苦味褪去，甘味徐來，舌底生津，人都神清氣爽，通體祥和舒暢……神了，真是神了。他喝了大半輩子各種名茶，從未有過這種體驗。再接下來，就是慢慢品茗，茶湯也越喝越淡。當然，老夫子也未有忘記這次和吳縣長會面的目的：吳縣長，李老師說你是她最看重、也是最有出息的學生之一。聽說你參加過一九八四年、八五年的蓮城處遺工作。能不能簡單說說當時的情況？

吳縣長警覺地看老夫子一眼：都二十幾年過去了，你們還有興趣談這個？……對對，李老師電話裡提過，你有兩個湘師大女同學，一九六七年在我們蓮城鄉下失蹤，至今沒有找到她們的下落。可以，可以，就談談當時的情形。教授，那我先問你，一九六六年時候，你還是大學生吧。你當過紅衛兵，造過走資派的反嗎？橫掃過牛鬼蛇神嗎？李老師說，您出身工人階級家庭，當年可是紅五類啊。

老夫子苦笑笑：什麼紅五類，黑五類，現在看來是個歷史的誤會。十一屆三中全會後，我們已經不講階級出身，不搞階級鬥爭了。當過右派的人都當了國務院總理了。

吳縣長顯然有保留意見：你說朱鎔基總理吧，他是經濟專才……我斗膽說一句，歷史也不能一風吹。現在想想，文化大革命確是一個火紅的年代。這話可不是我講的，有部走紅的電影就叫《陽光燦爛的日子》。教授，一九六六年，你當紅衛兵那會子，去過北京，接受過偉大領袖在天安門廣場上的大檢閱嗎？他老人家共檢閱過八次，一千一百多萬紅衛兵小將哪！

老夫子承認：大串聯去過北京，接受了第二次大檢閱。在天安門廣場上喊萬歲。毛主席的車隊經過我們面前，我眼裡盡是淚水，根本沒看清毛主席。人都往前面湧，把我的一雙新解放鞋都踩掉了，我打了光腳……

吳縣長笑了起來：戰友，我們是戰友！我也被踩掉一隻鞋，光了一隻腳……在天安門廣場上接受檢閱，至今仍有幸福、自豪感。教授，你那時是大學生，我那年才十二歲，可我個子長得瘋快，身高已一米六八，像個大小子。全國大串聯啊，我死纏著我姨表哥，他叫黃永力，大我五歲，高中生，跟著他外出串聯。一人穿一身舊軍裝，一頂黃軍帽，挎一個繡有紅五星的黃書包……黨中央，國務院下了通知，大中學生參加大串聯，傳播文化大革命火種，坐車不要錢，住宿不要錢，吃飯不要錢……全國大中城市都設立了「學生大串聯接待站」，管吃管住。那真是我們青年學生的世界，青年學生的天下！祗有偉大領袖毛主席的雄才大略，才能免費為我們幾千萬大、中學生提供周遊全國經風雨、見世面的機會！教授還記得吧，那時我們最愛唱的歌就是「天大地大不如黨的恩情大，爹親娘親不如毛主席親」，還有「無限熱愛毛主席，無限忠於毛主席，無限敬仰毛主席，無限崇拜毛主席」……

老夫子說：那時我們都很狂熱。除了「四無限」，還有「三忠於」，什麼「永遠忠於毛主席，永遠忠於毛澤東思想，永遠忠於毛主席的革命路線」。好像都是林彪提出來的。

吳縣長說：不管是誰提出來的，當時我們都是真心誠意、熱烈歡呼的！告訴教授，我跟著我永力哥，他當時是我們蓮城二中紅衛兵頭頭，參加了兩次天安門廣場檢閱。每次都是一、兩百萬來自全國各地的紅衛兵小將！毛主席也戴上了我們紅衛兵的紅袖章。「紅衛兵」三個字都是毛主席親自書寫。至今我家裡還保存著一個紅底金字「紅衛兵」袖章。是個珍貴的紀念品。

老夫子笑說：吳縣長，你表兄就是那個民營企業家「建築大王」？

吳縣長有點興奮：正是正是。「建築大王」，港臺風氣，稱帝稱王。我和我永力哥兩次從北京接受過偉大領袖的檢閱回來，都受到老師、同學們的熱烈歡迎。想想看，我一個蓮城鄉下農民的兒子，能兩次上北京去見毛主席，在我們生產隊、我們大隊、我們公社都是第一人！我能不幸福，不驕傲，不自豪？我和我永力哥都成了鄉親們添油加醋談論的人物。不久就傳說毛主席和我握了手，毛主席還問了我：小娃子，小戰士，從哪裡來的呀？說我向毛主席匯報，是從湖南蓮城來的。毛主席笑了笑：蓮城就是道州，有個周敦頤，寫了篇〈愛蓮說〉，你曉得嗎？我很慚愧，搖了頭，不知道……後來毛主席就走了，和別的紅衛兵小將握手去了，等等，傳得神乎其神……我爸是大隊貧協主席，老實巴交的，以為是我講了假話，就狠狠地罵：狗東西，你吹吧！總有一天要爛舌頭。哈哈哈！

吳縣長滔滔不絕，越講越興奮，完全沉浸在當年的幸福情景之中。

老夫子心裡嘆息：文革災難都結束三十多年了，可在一、兩代中國人的記憶裡，那仍是火紅的青春歲月，紅衛兵造反，鬧中國革命、世界革命的歲月。

吳縣長興猶未已，忽然提議：教授，還記得那支〈紅衛兵之歌〉嗎？來來，現在茶室裡沒有別的客人，我們唱唱？聲音可低些。說罷，他就自顧自地哼唱了起來。

為了不拂吳縣長的興頭，老夫子衹好跟著哼唱：

我們是毛主席的紅衛兵，
大風浪裡煉紅心。
毛澤東思想來武裝，
橫掃一切害人蟲。
敢批判，敢鬥爭，
革命造反永不停！
徹底砸爛舊世界，
革命江山萬代紅！
我們是毛主席的紅衛兵，
……

功夫茶越喝越淡了。但老夫子感到口舌生津，神清氣爽。祇是今天的談話完全被吳縣長興致勃勃的青春回憶主導了，他都沒有機會問有關「一九六七年蓮城事件」的「處遺」情況了。直到吳縣長大人講累了，他才小心地問：吳縣長，既然你認了我這個當年的「紅衛兵戰友」，那我也有點事請教。能不能談談你參加過的「一九六七年蓮城事件」的處理情況？

吳縣長神情疲憊地看了老夫子一眼：今天還談這個？那是歷史問題，都處理過了，還有什麼可談的？

老夫子堅持：可我有兩個女同學，一九六七年七月在蓮城失蹤，至今沒有找到下落啊！

吳縣長手一擺：教授，你那兩個女同學的事，李玉如老師告訴過我了，不在《名冊》裡……她們應該還活著。或許她們本人並不想見你。

老夫子依然執著：所以要麻煩縣長同志給予關心、協助。

吳縣長警覺地瞪了瞪眼：教授，我很尊敬你……你是不是從李玉如老師那裡知道了《花名冊》的事？她給你看過了？

老夫子心裡一沉，立即佯裝什麼都不知道：吳縣長，你說的《花名冊》，什麼《花名冊》？我沒有聽說過……

吳縣長彷彿放下心來：那是個噩夢。上世紀八十年代我參加「處遺」工作，規模不小，派工作組下去，下面的阻力很大，有的基層幹部罵我們是「右派翻天」，「反攻倒算」，「還鄉團替地富平反」！有的鄉長、村支書公開講：你們帶資金來扶貧，我們好酒好菜招待；來替地富申冤，免談！有個大隊支書親手殺了十一個地富，被判了七年徒刑，出來後仍不肯認罪：毛主席號召消滅敵人，老子哪裡錯了？再有號召，老子照殺！

老夫子不解：你們這裡的基層幹部怎麼會這樣？當然也不是全部，我舅舅周樹根當沙仂江大隊支書時，他們大隊就沒有殺一個地富。

吳縣長嘆口氣：周支書是您舅舅？土改根子好人哪。歷史的問題歷史地看吧。搞政治運動就怕颳颱風。颱風一颳，難收住。說起來也不能全怪下面的幹部群眾。年年月月講階級、階級鬥爭，講階級敵人是建設社會主義的絆腳石，害人蟲，講得黨員團員、貧下中農都急了，不耐煩了，把他們解決了，不就沒事了？沒有文化的人頭腦就這麼簡單！他們並不懂得，革命需要對象，鬥爭需要敵人，運動需要對立面。敵我敵我，沒有敵就沒有我。階級陣線是法寶。道理很簡單，沒有了對立面，沒有了階級敵人，運動還怎麼搞？依靠誰、團結誰，批判鬥爭誰，孤立打擊誰？沒法子搞了嘛！這也正是列寧批評過的左傾幼稚病嘛。

「革命需要對象，鬥爭需要敵人，運動需要對立面。」老夫子沒想到吳縣長竟有這種深刻、精闢的看法，不簡單，不簡單，比那些著書立說的理論家、哲學家高明多了。

吳縣長繼續說：所以小平同志指示處理文革遺留問題宜粗不宜細。這是中央的原則、精神。我們下面執行起來就必須遵從兩點：一是不要去和偉大領袖掛勾，二是不要傷及黨的基本隊伍、群眾基礎。我們蓮城的「處遺」工作，在全國範圍內都是規模最大、最徹底的了。你聽說過嗎？官方的數字，首都北京一九六六年紅八月，城裡城外，包括昌平、大興兩個郊區縣，共打死地富資本家及其子女兩千三百多人，事後沒有處分過一名凶手。祇由當時的政治局委員、北京市委第一書記謝富治講了句話：殺了的就殺了，不追究了；沒有殺的不要殺了，留作勞動力……教授，歷史的問題歷史地看吧！所幸的是十一屆三中全會之後，中央決議今後不再搞大規模的、急風暴雨式階級鬥爭、政治運動了。其實呀，翻翻歷史，讀讀《史記》，秦國武安君白起，不就一次坑了四十萬趙國降卒？還有那個被司馬遷視為英雄的西楚霸王項羽，每攻下一座城池就屠城，把人殺光，直至清代的揚州屠城，嘉興屠城，朝朝代代什麼時候尊重過人命？所以一九六七年七、八月在我們蓮城發生的事，也就小巫見大巫了。

老夫子卻不同意這種說詞：可蓮城事件是發生在科學昌明的二十世紀和平年代啊。

吳縣長看了看手錶，朝老夫子笑笑：教授，見笑了，我講多了，講多了。在你面前班門弄斧，衹當笑話聽嘍。您要尋找兩位失蹤女同學的事，我會替您留心……說著轉臉朝服務臺方向打了個響指：茶娘，會賬！不用開發票了，給打個折！旋又對老夫子說：教授，今天就談到這裡吧。中午我和幾個民企老闆還有聚會，推脫不得的……歡迎您在蓮城多住些日子，暑期嘛。對了，我也是湘師大畢業生，學歷史的。你是老師輩，我很尊敬老師。我們還有機會扯談的。原本老夫子還想問問黃大義老縣長的事，也沒有來得及。

他們在「蓮花茶座」門外握別。吳家山縣長跨上自行車赴宴去了。老夫子邊朝酒店方向走回，邊想著吳縣長是個人物，在現今的黨政幹部中很有代表性：一方面要跟風，奉行上級的指示；另一方面又有點自己的頭腦，保持某些真知灼見。矛盾的複合體。

十一　夜宴來了不速之客

老夫子約了李玉如老師到瀟水大酒店共進晚餐。他沒敢請吳縣長，怕彼此不便。還是先讓兒子何瑤見見李老師吧，但又不能給兒子知道他正通過李老師尋找兩位失蹤女同學的事，更不能允許兒子見到李老師就替他生出些黃昏戀之類的聯想。李老師嘛，一位過去認識的蓮城朋友而已。

下午七點半，兒子何瑤高高興興地回來了。看樣子兒子連日走訪濂溪故里頗有收穫。老夫子催兒子沖涼更衣，等一會邀請一位阿姨吃飯。兒子問：是年老的還是年輕的？總不能比我還青春年少吧？老夫子習慣性地揚了揚巴掌，又習慣性地放下了：少動你那個歪腦筋！人家是你娘的朋友，這裡中學的特級教師。你要懂禮貌，尊敬老師。兒子來了個立正姿勢：是！遵旨。老爸，晚上您請客，我付賬。但有個條件……老夫子好笑又好氣：又和我耍心眼，什麼條件？兒子彷彿猶豫了一下，說：我也想請個客人參加您的晚宴，行不行？不要緊，您不同意，不請也行……還不知道人家肯不肯賞光哪。老夫子倒是寬和地笑了：好好，你的客人也請。男的還是女的？

兒子已經進了浴室，露出半個身子丟下一句話：暫時保密。

老夫子在樓下的湘粵餐廳訂了個小包間。八點欠十分，老夫子提前下到餐廳，裡面已經杯盤交錯，坐滿食客了。女服務生順著掛宮燈、鋪地毯的走廊把他領進一間裝飾豪華的大餐室。他站在門口，聲明：我訂的是小包間，四人座……錯了，搞錯了。女服務生笑著，優雅地伸出玉臂，側身做了個「請」的手勢：何教授，沒有錯。今晚上的小包間都訂滿了，祇剩下這間大的。我們老闆特別吩咐，省城來的何教授請客，要安排酒店最好的餐室，提供周到的服務，按小包間收費。您不看看，大餐桌已經撤下，換上小餐桌了。

老夫子有一種受寵若驚的感覺：你們老闆是不是叫譽果？怎麼知道我住在你們酒店？

女服務生笑而不答，招呼他在靠牆的沙發上坐下，給上了茶。原來，這餐室靠牆還擺了一圈可供十幾人散坐的皮沙發，讓客人餐前品茶敘舊，或是餐後醒酒聊天。牆上還掛有大屏幕電視以及音響等，顯然又是可以唱卡拉OK的了。

不一會，又一位面目姣好的女服務生領著何瑤、李玉如老師和一個大眼妹進來了。李玉如見面就說：老何您太客氣。您公子我已經認識了，清華高材生，一代勝過一代！這位小妹子，你們頭次見面吧？您公子和我說過了，是他的客人。您不要吃驚，小妹子也是我的學生，音樂天才，中國音樂學院在讀生。大家叫她大眼妹。

老夫子這才看清楚，兒子請的客人天生麗質，嫵媚得很。特別是那雙大眼睛，彷彿在哪裡見過。何瑤小子有些害羞地躲在大眼妹身後，也不主動介紹客人。倒是大眼妹大方地說：何伯伯，我叫小九嶷，打暑期工，給何瑤當「地陪」。他每天付我八十元，還管一頓中飯。真不好意思，碰到李老師，被拉進來了……

歡迎，歡迎！李老師和你都是貴客……老夫子嘴上這樣說，心裡卻直打鼓：小九嶷，小九嶷……他差點就按捺不住要問：你母親是誰？是不是叫孟九嶷？天啊！孟九嶷，你的女兒都這麼大了？難怪也都有一雙清澈的大眼睛……

但老夫子到底忍住了。不可唐突，心急等不得豆腐爛。這事萬萬急不得。不然會把小客人嚇住，嚇跑的。

他說：幸會、幸會！李老師，請入席。何瑤，你還不快請小妹妹入席？

四人在帶轉盤的圓桌旁坐定。女服務生先給每位一塊擦手的熱毛巾，之後上菜。飲品是老夫子預定的四瓶蓮城鮮榨臍橙汁。主菜是一條清蒸瀟水鱖魚，一隻炭烤蓮城灰鴨，另有蓮城扎肉，玉蘭片炒臘肉，清炒油菜心、蓮城魔芋豆腐和韭菜嶺雞爪菌肉絲湯。不用說，都是蓮城人招待客人的特色佳餚了。分量大，足夠八人食用。

女服務生殷勤地輪番為每位客人布菜。向來不甚講究飲食、習慣粗茶淡飯的老夫子連聲感嘆：吃在蓮城，吃在蓮城，名不虛傳。女服務生微笑著看小九嶷一眼：是我們老闆特意吩咐了廚房，要招待貴賓的……

小九嶷祇顧埋頭吃喝。年輕人胃口好，大約做了一天的「地陪」，餓了。何瑤小子也是一副大快朵頤的吃相。小子從小能吃，他娘就是自己餓著也要儘著他吃。這不，他長了一米八〇的個頭，壯得像一頭牛犢。老夫子、李老師看著一對年輕人吃喝，滿心歡喜。李老師吃得清淡，食量不是很大。老夫子自己也吃得不多，腦子裡一直在惦記著另外的事：這酒店老闆「罍果」為什麼對他這個省城來的教書匠如此關照，卻又不肯露面……還有眼前這個小九嶷也是個謎。她的模樣像極了當年在蓮城失蹤了的孟九嶷啊！或許這是個重要線索，一定要十分小心地追蹤下去。但此事不可操之過急。當年胡適有句什麼名言來著？對了，叫做「大膽假設，小心求證」。人家那是考古啊。

大約李老師留意到老夫子走神了，思緒不穩似的，便用公筷夾了塊筍片臘肉給他：老何，嘗嘗蓮城臘肉，您在別的地方吃不到的，一味上好的下酒菜，可您向來滴酒不沾。要不要替何瑤他們來兩瓶蓮城啤酒？也是香港富商投資設廠的出品。瀟水水質好，蓮城牌啤酒在湘南、粵北一帶很有名氣了，說是可以和青島啤酒媲美。

老夫子點頭：蓮城變化大，發展快啊，換了人間……你們蓮城啤酒早已進了省城，價廉物美，酒鋪、酒家都有得賣了。何瑤，你和小妹妹都是成年人了，李老師提出給你們每人一瓶本地啤酒。我今天從善如流。

何瑤吃得一臉油光。小子精神抖擻：老爸萬歲！開恩了。大眼妹，你要不要開個例？你中午打中伙時講過，從不喝那個什麼「尿」來的？

小九嶷正在大口吃著滑溜爽嫩的魔芋豆腐，聞言「嗤」地一聲笑了出來：這麼好的健康食品，為什麼不銷到北京去？我每年暑假回來，就愛吃魔芋豆腐……說罷，又大大咧咧補充：啤酒？我是從不喝那「馬尿」的……嘻嘻，我們學院的女生都叫啤酒做「馬尿」。少有人碰酒類，怕影響聲帶。清華生，要喝你喝，我不奉陪。

何瑤扯一張餐巾紙抹抹嘴：我也不奉陪。何況每個週末去做「代駕」，土豪們喝得爛醉，送他們回家，我「代駕」也喝的話，還能不把大奔、寶馬、林肯車開到大運河或是昆明湖那些地方去？

老夫子笑看李老師一眼，來了興致，打開話匣子：好，好！年輕人不嗜菸酒是好品行。不過還是要尊重中國的名酒，國窖。酒文化和英雄傳奇分不開。李白、杜甫詩酒齊名。李白世稱酒仙，他的詩離不開酒，動不動就「兩人對酌山花開，一杯一杯復一杯。我醉欲眠卿且去，明朝有意抱琴來」。還有「紀叟黃泉裡，還應釀老春。夜臺無李白，沽酒與何人」？還有嘛，「百年三萬六千日，一日須傾三百杯。遙看漢水鴨頭綠，恰似葡萄初醱醅。此江若變作春酒，壘曲便築糟丘臺。」

提到李白，李老師也有了興致，唸道：「烈士擊玉壺，壯心惜暮年。三杯拂劍舞秋月，忽然高詠涕泗漣。」

老夫子接上：「愁來飲酒二千石，寒灰重暖生陽春。山公醉後能騎馬，別是風流賢主人。」

李老師跟上：「白玉一杯酒，綠楊三月時。春風餘幾日，兩鬢各成絲。」

老夫子接上：「憶昔洛陽董糟丘，為余天津橋南造酒樓。黃金白璧買歌笑，一醉累月輕王侯。」

李老師跟上：「風吹柳花滿店香，吳姬壓酒勸客嘗。金陵子弟來相送，欲行不行各盡觴。」

兩位老人你一首、我一首，借吟誦李白的詩，鬥起高下來了。何瑤想笑，被小九嶷制止住，小聲說，他們多可愛呀。

老夫子顧不上年輕人的反應，繼續：「白酒新熟山中歸，黃雞啄黍秋正肥。呼童烹雞酌白酒，兒女嬉笑牽人衣。高歌取醉欲自慰，起舞落日爭光輝。」

李老師不甘示弱，也繼續：「南湖秋水夜無煙，耐可乘流直上天？且就洞庭賒月色，將船買酒白雲邊。」

老夫子繼續：「蘭陵美酒鬱金香，玉碗盛來琥珀光。但使主人能醉客，不知何處是他鄉。」

李老師繼續：「剗卻君山好，平鋪湘水流。巴陵無限酒，醉殺洞庭秋。」

誦到此處，老夫子和李老師以茶代酒，舉杯同飲。兩個年輕人聽了這一路，有聽懂的，有聽不懂的。即使是不懂的，他們也感受了韻律之美。尤其是小九嶷，對音韻敏感。兩位老人的古音誦讀令她有一種感動，如聽古曲，不必有詞。

何瑤悄悄對小九嶷說：我老爸今晚怎麼啦？掉書袋，顯擺博學呢。或是看上了什麼人，老夫聊發少年狂……小九嶷也小聲說：你沒看出來，你爸和李老師一對兒。最美就是夕陽紅。

詩興是一種心情。李老師彷彿有了某種感觸。她給老夫子的玻璃杯添滿橙汁：教授，您的記憶力不減當年。李太白幾十首有關酒的詩句，幾乎盡數被您收藏腦內。記得您給我們師訓班女籃球隊當教練時，也是唐詩宋詞張口就來。難怪周靜、宋書琴、孟九嶷三朵校花都迷上您這位工人子弟……《全唐詩》我也讀過，除了一些朗朗上口的絕句，我是忘得差不多了。今天受您鼓勵，還能回憶幾首，有些喜出望外。

老夫子興猶未盡。他喝了口橙汁，小李，你也太謙遜了，剛才你步步緊逼，我幾乎沒有退路。佩服，佩服。

李老師說：今天高興，大家湊興。讓兩個小朋友笑話了。

何瑤、小九嶷幾乎同時說：哪裡敢笑？張開耳朵都聽不贏呢！

李老師說：那好，還有一首杜甫表現盛唐氣象的〈飲中八仙歌〉，把開元老臣賀知章、汝陽王李璡、左丞相李適之、名士崔宗之和蘇晉、酒仙李白、狂草大家張旭、布衣名士焦遂八個酒鬼，活靈活現地唱出來了。教授，你來誦給大家聽聽？

老夫子說聲遵令，揚聲唱起老杜的〈飲中八仙歌〉來：「知章騎馬似乘船，眼花落井水底眠；汝陽三斗始朝天，道逢麴車口流涎，恨不移封向酒泉；左相日興費萬錢，飲如長鯨吸百川，銜杯樂聖稱避賢；宗之瀟灑美少年，舉觴白眼望青天，皎如玉樹臨風前；蘇晉長齋繡佛前，醉中往往愛逃禪；李白一斗詩百篇，長安市上酒家眠，天子呼來不上船，自稱臣是酒中仙；張旭三杯草聖傳，脫帽露頂王公前，揮毫落紙如雲煙！焦遂五斗方卓然，高談雄辯驚四筵！」

李老師擊節讚嘆：絕唱，絕唱！杜甫把盛唐時期的詩酒風流做了個總結，後無來者。

小九嶷看一眼何瑤，說：看來酒是個不壞的飲品，所以世界上所有國家都沒有下禁酒令。

李老師說：不對，穆斯林國家就禁酒。

正說笑著，有五條端著酒杯的漢子不顧服務生的勸阻闖了進來，爭叫著「李老師！李老師！」他們的年紀大約四十至五十幾歲，胖瘦不一，且已喝得半醉，齊齊圍住李老師，鞠躬、問候：老師在上，學生小胡、學生小張，學生小周、學生小曹、學生小朱……老師好久不見，好久不見！

李玉如老師顯得驚喜、不安，趕忙起身：是你們啊？難得，難得……服務生，添五把椅子來……來來來，介紹一下：這位是省城來的何教授，我四十多年前在湘師大進修時的籃球教練；這位是何公子，清華大學研究生；這位是小九嶷，我的學生，現在是中國音樂學院在讀生，青年歌唱家……

老夫子、何瑤、小九嶷也連忙站起。被李老師稱為青年歌唱家，小九嶷羞得臉蛋緋紅。接著，李老師向老夫子介紹她的五名高足：這位小胡，胡世英，畜牧專科畢業，現在是養豬大王，承包了五千畝山地，年年在山裡放養上萬頭牲豬，是我們蓮城主要豬肉供應商；這位小張，張國慶，又叫浪裡白條張順，省農大水產專業畢業，現在是漁業大王，瀟水漁業公司總經理，每年百萬尾鮮魚上市；這位是小周，周天順，自學成才，現在是魔芋大王，蓮城魔芋種植公司總裁，魔芋產品行銷南方十省市；這位小曹，曹千里，有名的車老大，他的運輸公司上百輛大卡車，運輸大王；這位小朱，朱小豐，省農大農作系研究生、袁隆平的徒弟，現在是稻米大王，承包了萬畝稻田，生產優質有機稻米，和泰國金雞米有得一比！很好，很好。我們蓮城民營經濟「八大王」，今天來了「五王」。

老夫子、何瑤、小九嶷三人和「蓮城五王」一一握手，說著幸會、幸會。「五王」自然認得小九嶷，看過她的演出，誇她唱得好，說她一嗓兩音，奇才，奇才。

兩名女服務生已經搬來了五張椅子，添了五套餐具。一名女服務生靠近李老師耳邊說：請轉告何教授，養豬大王已付了賬……要不要再添點菜品、飲品什麼的？李老師搖頭，吩咐衹添兩壺上好的韭菜嶺毛尖來。她又和老夫子嘀咕兩句。老夫子急了眼：這怎麼可以？怎麼可以？李老師笑笑說：胡總，你又先斬後奏了！今天是何教授請客，你也越俎代庖？

肥頭大耳的養豬大王欠欠身，說：慚愧，慚愧！今晚幸會何教授……何教授，您不知道，平日我們都請不動李老師，今天是仗了你的面子……何教授，不怕您老笑話，我小時候是個野孩子，父母雙亡，人家把我當小叫花，狗崽子……李老師卻收留了我，給我飯吃，給我衣穿，送我上學，把我當成她自己的兒子……至今，也不准我喊她一聲娘……說著，養豬大王雙眼紅了，淚水湧了上來。

其餘「四大王」一齊起立，嚷嚷：胡總！現在就喊！當著省裡客人的面，喊李老師，娘！李老師，娘！

李玉如滿臉通紅，有些生氣，正色說道：坐下！都給我坐下。你們幾個都是孤兒出身，「遺屬」後代，是蓮城的兒子！蓮城所有的男老師是你們的爸，女老師都是你們的娘！你們喊得過來嗎？不要瞎起鬨，讓省裡來的客人笑話了。

何瑤悄聲問大眼妹：什麼叫「遺屬後代」？大眼妹不理他。

兩壺滾燙的韭菜嶺毛尖連同九只瓷杯上了桌。李玉如邊每人篩上一杯「醒酒湯」，邊說：老何，今天是個緣分，介紹您和我這五位學生相識。他們都是蓮城的實業家，成功人士，納稅大戶。加上另外三位大王，被稱為「八大王」，是我們蓮城改革開放、搞活經濟的半壁江山……我教過他們小學，後來又教過他們中學。他們都是白手起家，艱苦創業，有今天的成績，真不容易。倒也沒有忘記我這個語文老師，都想認我做個乾娘。對不起，我一個都不認，不論親疏。衹要求他們發達了，家財萬貫了，一不准養小三，二不准弄虛作假，三不准行賄官員，四不准黃賭毒！就這四條。若做不到，不要來見我這個教書匠。這些年來，他們倒是替蓮城人爭氣，也替母校二中爭氣。兢兢業業辦企業，企業興旺，家事和睦……你們五位給我聽著，何教授也是我們蓮城人，這回回蓮城做調研，我就把何教授交給你們了！

「五大王」一齊站起：聽令！遵命！何教授，李老師頒了旨，你要人有人，要車有車，衣食住行，我們包了，包了！

老夫子拱手辭謝：你們忙，你們忙。我沒事……他也不明白什麼「遺屬後代」，一時間也不好相問。

小九嶷看在眼裡，小聲對何瑤說：李老師就像佘太君呢！誰料想，渾天侯，五十三歲我又帥領三軍……不對不對，渾天侯是穆桂英，佘太君是她婆婆……

十二 表弟也是大老闆

一早，老夫子接到「養豬大王」胡世英電話，今天公司的一名副總開車來供他調遣，這是昨晚酒宴上李玉如老師分派的任務，云云。說罷，掛了電話，都不容他婉謝。老夫子連忙找出「養豬大王」留下的名片，按上面的電話號碼撥過去，對方祇剩下錄音：Sorry！您打的電話正忙著，有事請留話。

看來，恭敬不如從命了。老夫子今天原也要約部出租車去沙仂江周家，給妻舅周樹根掃墓。兒子何瑤曾提出帶上小九嶷，開車送他去，被他以各忙各的為由推掉了。沙仂江村原叫沙仂江大隊，是「蓮城事件」中少有的無人蒙難的地方。原因是當時的大隊支書兼貧協主席周樹根小時候當小沙彌，骨子裡信佛，忌殺生。土地改革時娶了作為「勝利果實」的東門鄉大官僚地主何紹基的曾孫女何三妹為妻。女方小他三十歲，替他生兒育女，夫妻頗是恩愛。一九六七年沙仂江大隊也成立了「貧下中農最高法庭」，周樹根親任「法庭庭長」。如果按蓮城每個公社、每個大隊的「貧下中農最高法庭」的規矩辦事，豈不連自己的妻子何三妹、自己三個兒女的母親也要被「斬草除根」？因此，在沙仂江大隊，事情被周樹根以各種藉口推三阻四拖了一個多月，受到上級的嚴厲批評也遲遲沒有動手。其間，他打發自己的妻子去鄰縣江永縣的姨媽家避避風頭，等過了一波惡浪再回來……沒想到後來姨媽有信，她老人家沒有接到三妹。三妹去了哪裡？她根本沒有走出蓮城地界？就算是在半路上被民兵抓去了，處理了，也該留個姓名呀！傻女人，你該講出你是我周樹根的婆娘呀！嫁雞隨雞，嫁狗隨狗，你出身不好，但嫁給了我土改根子周樹根，就姓了貧下中農，生了兩男一女，你就是貧下中農後代的親娘呀！傻女人，你不肯講你是周樹根的女人，是怕連累了我，怕連累了三個孩子？傻女人，你卻再也沒有回來呀，再也沒有回來呀……

老夫子要尋找兩名女同學的下落，周家父子也一直在找四十三年前失蹤的何三妹的下落。周樹根前年去世時，仍叮囑兒子周土生要找人。他們也到縣裡查了那個《花名冊》，上面也沒有「何三妹」的名字。「何三妹」讀過高小，初有文化，難道她對某個「貧下中農最高法庭」報了假名假姓？生死成謎，生死成謎嘍。

陳年舊賬，難以回憶。老夫子怎能讓何瑤、小九嶷這些天真無邪的年輕輩知曉此類事？

早飯後，何瑤帶著小九嶷開車先走了，繼續他的古民居考察去了。老夫子剛在酒店門口站定，就有一輛黑色寶馬徐徐駛來，停住。一名六十來歲的壯實漢子出了駕駛室，見到老夫子就驚叫：大哥！我一猜就是您！前天就到了？失迎，失迎……老夫子也一眼認出了表弟周土生。他就是四十三年前那開拖拉機送他和周靜離開蓮城的表弟周土生。後來，表弟也到省城去見過面。那是文革結束後的第二年，表弟向他們夫婦借錢買部二手卡車，準備幹個體，搞運輸。但自他們夫婦去了美國，直到五年前回國，也闊別三十年了。聽說表弟發達了，辦了運輸隊，手下有了十幾輛東風牌大卡車，年收入上千萬元。他蓋了新樓房，侄兒侄女也上了大學，去了深圳工作……老夫子不知道的是，周土生的運輸隊十幾輛大卡車連帶開車師傅一起，被「養豬大王」胡世英併購，他作為股東之一，分管運輸這一塊，當了副總經理。改革開放，人才輩出，真如劉禹錫那詩裡講的：「沉舟側畔千帆過，病樹前頭萬木春」了。

寶馬載上老夫子，往沙仂江周家開去。一路上，表弟邊開車邊說個不停，介紹公司，介紹自己。春風得意馬蹄疾。塵土像一溜黃色煙霧，在寶馬身後飛揚。也就半個小時，沙仂江周家到了。那竟是綠樹叢中一棟西式別墅！樓前花木扶疏。下車進了院子，老夫子以為自己走錯了地方，來到了一家鄉間賓館；他甚至聯想到廬山牯嶺那種中央首長避暑休息的地方了。原先周家那土坯瓦房已經不見了蹤影。

兩條被鏈子拴著的大狼狗汪汪叫著，問候主人，歡迎客人。一位比表弟小十幾二十歲、身段窈窕、樣貌清秀的女子出現在客廳門口。表弟趕忙讓女子叫表哥，並說：忘了告訴大哥了，那年去省城治病、麻煩過表哥的苦命人，孩子她娘前年去世了。孩子她姨照看她姐多年，姐姐走了之後，留下來照顧我了。看到她，就像看到她姐。

老夫子心想怪道覺得眼熟。客廳高闊。正牆上掛著周樹根舅舅的遺照。遺照下方供著線香、蠟燭和果品，像個神龕。其餘三面牆上掛著些字畫，大約出自蓮城書法名家之手。依牆則是景德鎮青花瓷高瓶，醴陵釉下彩大件，加上一色的紅木家具，大尺寸進口電視，擺設得富麗堂皇，也顯出些鄉土氣。弟妹笑笑微微來上茶，擺上瓜果。布衣裙衩，樸實姣好，不像個富豪妻室，讓人看了舒服。表弟吩咐：給酒樓打電話，訂幾樣特色菜品，要小份的，中午我和表哥好好聚聚……

喝過一輪茶，表弟領著老夫子參觀他的樓上陳設。別墅一共三層，二樓是他夫婦的大臥室，還有書房、工作室。工作室裡有電腦、複印機、傳真機，一應俱全；三樓則是三個帶浴室、衛生間的套間，是給三個在外地工作的兒女留出的房間。表弟建議：表哥您和侄子不要住酒店了，搬來我這裡方便……我還有輛閑著的林肯，您弟妹也很少開，給何瑤開好了。

老夫子告訴表弟：何瑤租了輛日式吉普從省城開來的，現在每天都去考察他的古民居建築，準備學位論文……謝謝了。我現在一切聽兒子的，他說一，我不敢說二，唯命是從。

表弟看出表哥沒有搬來住的意思，說了句文謅謅的話：子為貴，子為貴！

返回一樓進小餐廳坐了一會，飯店的餐點送到，豐盛可口。兩人邊吃邊聊。老夫子還破例喝了一小杯弟妹自釀的糯米鬍子酒，甜得跟蜜似的，但有一定的力度。表弟是有海量的，為了陪大哥，沒有多喝。兩人要說話、敘舊。老夫子不免又談起這次來蓮城要辦的事。表弟說：這麼多年過去了，大哥您還在找那兩個失蹤的學妹的下落？這事，父親生前和我也找過很多人，包括參加過「八四、八五年處遺工作」的人，可就是打聽不到一點蛛絲馬蹟。我還記得那兩個人的名字：宋書琴、孟九嶷。

老夫子忽然想起什麼來：你娘哪？何三妹，也沒有打聽到消息？

表弟雙眼一閉，傷感、嘆氣：我爸為我娘，打了三十多年單身，誰勸他都不聽。他總講我娘會回來，會回來……一直到老人家斷氣。家家一本難唸的經。老子操他媽的文化大革命！

老夫子握住表弟的手，表示慰藉。

表弟眼裡溢出淚水：我爸沒死心，我也沒死心。我總是相信，我娘還在。因為《花名冊》上沒有她的名字。我娘那時四十出頭，樣子像三十來歲，人家講她是我們沙仂江的大美人……不定，不定，她老人家哪天就會回來……嗚嗚嗚，天誅地滅的文化大革命，斷子絕孫的文化大革命！

男兒有淚不輕彈，衹因未到母子連心處。

表弟妹端了一海碗三鮮湯進來。她忙扯了紙巾，溫柔地替丈夫擦淚水，並且抱愧地替老公解釋：大哥，你表弟平日是個錐子錐著都不吭一聲的人……那年出車禍，被壓在卡車底，被人拖出來還笑：土生命賤，閻王都不要！……真是菩薩保佑，身上衹有一點擦傷。今天是怎麼了？我來這個家也十多年了，還是頭次看他哭鼻子。

表弟嫌弟妹當著大哥的面揭了他的底，揮手支走她：去泡壺君山銀針來。你見到表哥也神氣了？還有把那個盒子拿來。囉囉嗦嗦，像她姐。

好一對恩愛夫妻。周土生表弟真福氣。菜好飯好，親情更好。不一會，弟妹端來一壺君山銀針，接著又取來一只錦緞盒子。表弟雙手恭敬地將盒子呈給老夫子。盒面寫著「教授表哥敬啟」六個字。

老夫子問：土生，你這是什麼？我兩手空空來你家，你還送我禮？表弟眼中的淚水沒有了，憨厚地笑了笑：早備下了，這回一定要請大哥取走，也就物歸原主。老夫子糊塗了：什麼物歸原主？你不講清楚，我怎麼取走？

弟妹站在表弟身後不語。表弟仍笑笑：大哥放心，不是違禁品。違法的事我從來不做……好好，我坦白交代吧！二十多年前，一九七八年吧，您和周靜姐去美國留學前，我爸不是帶我去省城見過你嗎？周靜姐和您把三萬塊家底取出來，讓我回來買了部二手卡車搞運輸嗎？就是靠那輛卡車起家，我周土生才有了今天……吃水不忘挖井人。這些年來一直想報恩，備下三十萬銀行卡，密碼是您的生日，我和您弟妹的一點心意，您一定要收下。

老夫子像被針刺了一下，身子一晃：土生！你把我和你周靜姐看成什麼人了？放高利貸的葛朗臺了？你這樣做，對得起你周靜姐在天之靈嗎？

周土生見表哥嚴詞拒絕，忙解釋：大哥你是名教授，話不能這樣講。你舅舅不在了，周靜姐也不在了，你就是我最親的人了。何瑤侄子上清華，能不是個花錢的大頭？加上少了周靜姐的一份工資收入，你、你、你……就權當表弟我資助了何瑤上學。你莫急，聽我說，聽我把話說完……我知道何瑤很爭氣，學業好，為人好，有出息。我也聽說了，他在北京，每個週末都去做「代駕」……那是個什麼工作？深更半夜的，連人身安全都沒有保障……

弟妹也輕聲幫腔：要不得，要不得……

老夫子摘下老花鏡擦擦，心裡大為驚異。這就怪了，何瑤在北京週末做「代駕」的事，怎麼都傳到土生表弟耳中來了？何瑤自己是不會說出來的。

土生表弟仍在笑著，有些神神祕祕，轉了個話題：何瑤表侄一表人才，可愛得很。到我們蓮城沒幾天，就看上我們蓮城妹子了。

老夫子又是一驚：誰？難道我這做父親的被蒙在鼓裡？

土生表弟說：官僚主義了吧？小九嶷呀！大眼妹。外面都傳開了。

老夫子也想起點什麼來了：土生，你是蓮城地頭蛇，那個小九嶷的母親是誰？瀟水大酒店老闆譽果是個什麼人物？

土生表弟點點頭，又搖搖頭：我也這麼想過……小九嶷是譽果老闆的女兒不假，但祇是個養女。人家譽果老闆是香港國際物業投資集團的少東家，和你那失蹤了的孟九嶷扯不上關係……對了，昨天胡世英老總在酒店見到你，回來就給我電話，告知大哥你來蓮城了。我就想起一個人。什麼人？原蚣霸鎮公社人武部部長管大關。大家叫他「管大官人」。一九六七年「蓮城事件」的魔頭之一。他經手處理的受害者多得很……他或許能提供些您那兩位學妹的線索。

老夫子登時心裡發緊：管大關？土生，一九六七年夏天那次，我見過他的……能不能再去會會他？

土生表弟點頭答應：管大關身上揹著幾十條人命……一九八六年地、縣開展處遺工作時，被雙開，判刑十年。老婆和他離婚，兒子也不認他這個惡貫滿盈的凶徒。刑滿出獄，一度流落街頭，喊萬歲，叫喊文化大革命還沒有結束……十年前，我們老總胡世英搞慈善，開辦仙子腳養老院，收留了他。聽講他至今還活得好好的……可以，仙子腳離我這裡不遠，等會我們就過去會會他。

十三 又見「管大官人」

仙子腳養老院位於蚣霸嶺山腳。在一派蒼翠的毛竹林裡，兩棟白牆青瓦平房，環境堪稱幽靜。周土生把車子停在竹籬笆外，領著老夫子去見院長。院子裡，竹蔭下，一群鶴髮老者下的下棋，玩的玩撲克，誰也沒有理會兩位來者。院長和周總是老熟人，落座便上茶敬菸，好不熱情。當他知道是省城來的客人想見管大關老人，立即吩咐一名穿白大褂的助手：去，把管大關找來，有領導找他問話。

不一會，一個身胚粗壯，肩背有些佝僂的老人一瘸一瘸地拄著雙拐進來了。他濃眉大眼，頭髮花白，見了老夫子和周土生，就挺直身子站好，舉手行禮，聲音沙啞但還有點力道：報告首長！我管大關，海南島打過老蔣，朝鮮打過美帝，部隊正營級，地方正科級，七十七歲。就這麼個簡歷。是不是要派任務？請首長隨時下命令。

虎死不倒威。你說他神經吧，他又條理清楚，不像個病人；你說他不神經吧，他又仍活在他那個喊打喊殺、你死我活的世界裡。老夫子認出了他，他卻沒有認出老夫子。這就是當年那個威風八面、握有生殺大權的公社武裝部部長啊。當管大關向老夫子伸過手來，老夫子更不敢去握那雙十指如匕的大手。他趕忙聲明：我不是什麼首長。這次前來祇是要調查四十三年前道州事件中失蹤的兩名女大學生的情況。

院長替管大關拉過一張椅子，讓他坐下，並且吩咐：領導問什麼，你就答什麼，端正態度，不要耍滑。說罷，院長向兩位客人點點頭，退出室外忙別的去了。不過，他在門外留下了一名身強力壯的保安員，以防萬一。

管大關看出來人連個祕書、警衛員都沒有，並不是什麼大首長，態度轉而傲慢，口氣也趨生硬，滔滔不絕：這些年，找我瞭解情況的人多了去了！省內省外，軍內軍外，多了去了！我可以負責任的告訴你們，媽拉個巴子現在是革命的低潮階段，錯誤路線氾濫時期，衛星上天，紅旗落地，右派翻天，資本主義復辟！為什麼啊？同志哥，同志們，革命不徹底呀！土改不徹底，鎮反不徹底，反右不徹底，反右傾不徹底，社教不徹底，文化大革命也不徹底……一九六七年，我他媽的和戰友們是想徹底的……但被林彪、林禿子那狗日的派四十七軍制止了！所以，林禿子沒有好下場，連帶他老婆、兒子都沒有好下場，一家人都燒死在蒙古草原，報應啊，報應啊……後來鄧小平鹹魚翻生，重新掌權，胡趙亂政，就取消人民公社，取消階級、階級鬥爭，分田單幹，個體經營，雇工剝削，勾結外資，和平演變，什麼都幹出來了！富的富，窮的窮，一個跟頭回到解放前去了！可以說，連解放前都不如了，那時還有解放區、根據地……

表弟周土生見他越講越不像話，嚴正提醒他：管大關！你都這個年紀了，組織上處理過了，法院也判過你了，牢也坐過了，你還不服？你手上犯過幾十條人命！人民對你還不夠寬大？政府對你還不夠寬大？蓮城事件的遺屬胡世英老總辦的這家養老院收留了你，他一家老小死在你們手裡！你還不感恩？還在講這種沒有天良的瘋話？

老夫子朝表弟使眼色，示意讓這個精神病患者說下去。

管大關目光灼灼，臉塊通紅，振振有詞：不服！老子就是不服！當初提了腦袋打老蔣，幹革命，就是為了今天燈紅酒綠，黃毒賭橫流？讓香港大資本家來我們蓮城開大酒店，開娛樂場所，腐化蓮城黨政軍民學？

把他媽的美帝蘇修都請進來了，祇差沒有把國民黨從臺灣請回來了。不對，那些臺資企業是幹什麼的？是反攻大陸，先經濟反攻，後政治反攻。還有，還有大官僚、大地主周敦頤的祖屋，何紹基的祖屋，五〇年土地改革時不都作為勝利果實，分給貧下中農了嗎？好傢伙，現在貧下中農的後代又失去這些勝利果實了，搞什麼旅遊開發，名勝古蹟。這不是反攻倒算？媽拉個巴子，不但復辟資本主義，連封建主義都復辟了。這就是取消階級、取消階級鬥爭，不搞兩條路線、兩條道路鬥爭的結果！背叛毛主席「無產階級專政條件下繼續革命學說」的結果……

管大關不瘋呀。表弟周土生實在忍受不住，厲聲呵斥：姓管的你有完沒完？你以為你還活在一九六七年，你還是蚣霸鎮公社的武裝部長，掌握全公社的生殺大權？一九八六年處遺時輕判你幾年有期徒刑，你並沒有接受改造！你仍是汙蠛社會、汙蠛政府，咒罵改革開放的大好形勢。你也七十幾歲了，是不是還想回到班房去？你為什麼就不好好反省一下你當年犯下的罪行？你一手毀了幾十條人命！

老夫子有些後悔，今天為什麼要來見這個瘋子。

管大關「啪」地一下把拐杖朝桌上一放，冷笑：周土生，周總，我認得你。你不就是沙仞江大隊支書周樹根那開拖拉機的兒子？如今資本主義復辟，你當了養豬大王的副總經理，家財萬貫！你背叛了你的父親！儘管你父親當年革命意志不堅定，階級立場不穩，放走過階級敵人。哈哈，你們總是問我，公安問我，法官問我，一九六七年七、八、九三個月，為什麼要成立「貧下中農最高法庭」，處理那麼多地富分子和他們的家屬子女？蓮城哪個公社、哪個大隊沒有「貧下中農最高法庭」？咔嚓咔嚓，切腦袋就和切蘿蔔樣的……祇嫌柴刀、菜刀的鋼火不好，幾個腦袋下來就捲了刃口，要換一把才能繼續切下去。為什麼要咔嚓咔嚓？老蔣要反攻大陸，國民黨還鄉團要回來，我們能留著他們做內應？上級文件、領導講話不是早指出過，老蔣反攻大陸，我們首先處理地富！還有，一九六六年開始文革造反，他媽的地富分子就祕密組織黑殺團，放出風聲：先殺黨，後殺幹，貧下中農殺一半……我們廣大貧下中農，革命幹部群眾，能不先下手為強？我們吃虧就吃在革命不徹底，沒有把敵人消滅乾淨！

胡言亂語，越講越離譜了。周土生再又提高了聲音警告：管大關！你還在信謠傳謠？一九八四、八五年上級派工作組來全面調查、處理遺留問題時，不是調查清楚了，那完全是有人惡意造謠，煽動仇恨，根本就沒有什麼「黑殺團」！廣大貧下中農、幹部群眾是受了矇蔽！到了今天，你還在替自己犯下的嚴重罪行狡辯！你醒過來吧，不要再散布你的胡言亂語了。這位是省裡來的何同志。他想問問你有關當年兩名女子的下落。那是湘師大的女大學生……你還有不有印象？或者聽人講起過？

管大關大約發洩了一通牢騷怨氣，也有點疲累了，氣焰也就消減了許多。他閉上眼睛想了一會，才低聲說：我、我沒有經手……是、是聽講過，不是兩個，是三個女學生。跑脫一個……

老夫子總算得到了一點線索，急切地問：那兩個沒有跑脫的女大學生，後來到哪裡去了？

管大關態度傲慢，冷笑：你們問我，我問哪個去？全蓮城縣處理了那麼多人，刀砍的、斧頭劈的、鋤頭挖的、活埋的、下窨的、下天坑的、沉水的……加上畏罪自殺的，他媽的閻王老子都搞不清楚……但我可以告訴你們，他們多半是被青年民兵開了「洋葷」……那時有個風氣，凡是有幾分姿色的地富女兒，都被討不起老婆的窮漢子輪流上陣，享受「革命果實」之後，並沒有隨他們的父母、兄弟一樣被處理掉，而是饒了她們性命，指配給了一個個老單身公，侍候我們的階級弟兄，生兒育女去了。這些女子也要有點廉恥，多半改名換姓了。這叫網開一面，革命的人道主義，知道嗎？你們要找的那兩名女大學生，祇怕也都六十好幾了，做了母親，祖母輩了，人家也不會認你們了，知道嗎？

天哪！管大關還大言不慚地說什麼革命的人道主義。祇見他嘴巴一閉，兩眼朝上一翻，表示「無可奉告」了。

周土生兩手揑拳，真想撲上去狠揍這個至今毫無悔改的魔頭。社會，政府，總是對這些人慈悲、寬容，所謂「重重拿起，輕輕放下」。人家命賤，唯他們命大。連當年受難者遺孤辦的養老院，還要收養這種人渣，讓他安度晚年。這算哪回事啊？

老夫子默默注視這管大關。我們國家，還有多少管大關這種「革命鬥士」？實在太令人震驚，令人恐怖了。要說「復辟」，最可怕的就是管大關這種人「復辟」。他們今天仍代表著一種思潮，至少是一股遺風。他們還有一定的市場。如果有朝一日，這種思潮和勢力捲土重來，重新上臺，我們社會就可能萬劫不復……

不想了，不想了。所謂沒有遠慮，必有近憂？近憂就在眼前……但今天總算得到一點線索：失蹤了的湘師大女生宋書琴、孟九嶷，可能早就含垢忍辱，隱姓埋名，做了某個對「階級敵人刻骨仇恨」而又討不起媳婦的光棍漢子的「家屬」了。不不，她們不會這麼慘，會這麼苟且偷生。她們一定還好好活著，以我們料想不到的方式活著。一定要找到她們，找到她們。一定。

對了，還要去給周樹根舅舅上墳。給舅舅上一炷香，告訴舅舅：道州回來了，你外甥女周靜回不來了。

十四　米豆腐店

何瑤不顧炎炎夏日，又一次來到濂溪故里，彷彿這裡有他挖不盡的「寶藏」。小九嶷替他拎著攝影包，有些不耐煩地拉著臉、嘟著嘴，一副醜樣。其實也不怎麼醜。大眼妹還能醜到哪裡去？她生氣的樣子是另一種美。趁她沒有防備，何瑤轉過鏡頭，「嚓、嚓」兩聲拍了進去。小九嶷跺腳抗議：刪掉！給我刪掉！不經人同意又拍照，重犯昨天的錯誤，你還講不講道理？這裡是理學家的故里！

何瑤嘻皮笑臉，趕忙道歉，賠不是。他把相機熒屏伸到小九嶷面前：遵命！看好了，刪除了，刪除了。其實，廬山真面目是很耐看的……

大眼妹還不解恨：看你個鬼！你個假洋鬼子！

何瑤的自尊心受到挑戰，不高興了：喂喂，您講話能不能客氣點？誰是假洋鬼子？

大眼妹噗嗤一聲笑了。她本來就沒有認真生氣：你騙人哪，為什麼不向本導遊坦白，你是在美國出生，從美國回來的香蕉？

何瑤滿頭大汗，顧不上擦去：你怎麼知道的？誰告訴你的？對不起，這回輪到你要坦白交代了。

小九嶷偏過腦袋：嘻，我們酒店的保安系統還是有效率的，連你那教授老爸都是「海龜」。

什麼「海龜」？

聯合國環境保護的海洋生物！

何瑤知道上當了：好哇，你個丫頭片子，連我老爸你都要嘲笑？「海歸」就「海歸」，怎麼成了「海龜」了？正好，教授也有問題要問你。

大教授還有問題問我啊？

原來昨天晚飯後，何瑤陪老爸去文娛廳看了演出，很欣賞小九嶷的保留節目〈瀟水弦子．蓮城樂〉，更讚嘆另一首曲子〈瀟水謠〉：好詞好曲，好詞好曲，祇報了個「無名氏」作詞作曲，不知道這「無名氏」是何人物……

〈瀟水謠〉是這樣唱的：

五嶺天瑤，湘南錦繡。
瀟水碧玉一脈，銀鱗北走；
九嶷雲蒸翡翠，美景難收。
舜帝鑾輿也長此駐留！
君不見蓮城古郡，漢唐名州。
耕讀傳家，鍾靈毓秀。
探花門第，進士牌樓。
龍章鳳姿，學海競舟。
更有橫嶺溫泉、月牙洞、石魚湖、玉蟾岩、鬼崽嶺，濂溪故里，兩河口十七丹丘！
哎呀呀，好一曲〈瀟水謠〉，
唱不盡家國掌故，人物風流！

小九嶷唱到此處卻戛然而止，要換別的節目。這時場上有觀眾大聲叫喊：還有下半段！為什麼不唱下半段？接著是一片應和聲：對！唱下半段，我們要聽下半段！下半段！何瑤和老爸也不知是怎麼回事。老夫子問鄰座的一位也上了年紀的觀眾。那人看樣子是個行家，說：此曲從來衹准唱上半闋。據傳下半闋內容不健康，有政治傾向問題……作者是誰？聽講是個瘋子，有時發病，有時清醒。清醒時寫了上半闋，發病時寫了下半闋。男的女的？不清楚，衹說他寫了很多歌詞。

何瑤要問小九嶷的，就是這件事。

小九嶷反問：你家教授大人讓問的啊？他老人家那麼大的學問，還用問我一名暑期工？

何瑤不肯放過：唯你是問。私下裡透露一下都不行嗎？你唱那麼受歡迎的曲子，作者卻是「無名氏」，而且〈瀟水謠〉衹唱上半闋，不唱下半闋，這「無名氏」肯定是蓮城本地人，我老爸想去拜訪他。

小九嶷被問得不耐煩了：你有完沒完？我和「無名氏」有約，知道也不能告訴你。

何瑤有點賴皮：是我教授老爸求你，也不行？

小九嶷被糾纏不過：煩不煩呀？你！好，好，你家教授面子大，去問松小路好啦。但不准告訴他是我說的。

烈日之下，場面有些尷尬。

接下來他們一路無話。繼續遊了周敦頤的祖居屋濂溪祠、太極廳、古寨門等建築。何瑤憑藉他土木系研究生的眼光，看得出是一些仿古建築。那門廊、簷柱都是水泥澆注出來，刷了絳色油漆，加了人工木紋。也難為修復者的用心了。不過，高高的山牆，屋脊上的馬頭牆，仍是青磚砌成，修舊如舊。山牆則有防火功用，不致一處失火，連片燒去。天井更是起著上承陽光，下通水道的作用。大院套小院，院中有院，院院有天井。一座總門出入，有利安全、防盜。這都是中國古民居建築設計優越於西式別墅建築的地方，充分體現了古代工匠的智慧。除了建築構圖獨具特色，同時裝飾方面也在門首、窗櫺、房廊上下足了功夫，採用木雕、石雕、凌雕相結合的形式，美觀大方，變化多端。

何瑤一進入周氏古建築，就喝醉了酒似地上上下下從各個角度拍照，搜尋資料。他一邊拍一邊唸唸有詞：你看你看，湖南傳統民居基本上以三合或四合天井庭院為基本單位，以長方形的小天井院落巧妙地與基本單元平面有機結合，靈活布局臥室、書房、廚房、廳堂等，採光通風形成了變化的空間，豐富的造型……許多地方還採用了虛實對比的方法，使其顯得豐富又無比協調。現存的湘南民居多為明清兩代保存下來的。像濂溪故里這一組宋代建築，更是有一千多年的歷史，在中國已經不多見了，再不保護好，就會像那些瀕臨絕種的珍稀動植物，要在地球上消失了。

清華生一路拍攝，一路講解。小九疑心裡好氣又好笑，好像他是「地陪」，自己倒成了遊客了。她不得不時時提醒清華生：不要光顧了拍攝，顧了唸叨，看清腳下呢！你要跌下臺階，或是跌進天井去，崴了腳，我可揹不動你這大塊頭……毛重一百八十市斤吧？

毛重一百八十斤？你當是牲豬呢。你個壞丫頭！

中午，兩人仍去上次去過的那家米豆腐店「打中伙」。餐桌上鋪著塑料花桌布，油膩膩的，隱隱透出股化學品氣味。天花板上的電風扇吹下來的風也是熱呼呼的。沒有別的客人，生意冷清。不過，這裡當然比那些路邊小吃攤要強些。小九嶷堅持要「請客」，理由是今天她是「遊客」，何瑤是「導遊」。何瑤沒有拒絕。在這種小店，兩人打一頓中伙，也就十幾塊錢。難得的是，大眼妹有這份心意。他聽他的清華哥們吹噓過，若是女生肯為你花點小錢，那就是對你老兄有點兒意思了。何瑤心裡頗為得意，但不敢表露出來。一旦被大眼妹察覺到什麼，一變臉，這頓中伙就蹭不成了，還可能來個ＡＡ制，討沒趣。

小九嶷很大方，要了兩海碗香香辣辣、油亮油亮的米豆腐，一大盤韭菜鮮肉蒸餃，一壺綠茶。何瑤要一杯冰水解渴。女服務員說店裡從來不賣冰水。小九嶷邊替他篩茶邊笑他：你當是在北京吃麥當勞哪！在美國快餐店還可以喝冰咖啡，冰啤酒不是？

米豆腐、鮮肉蒸餃很快上齊。小九嶷心細，先把筷子、湯匙以自備的面巾紙擦了又擦，才遞給清華生使用。清華生也很受用，一副理所當然的爺們派頭，稀里嘩啦大口大口吃喝起來，也不怕燙著。小九嶷笑笑，看看他那副吃相。他們祇顧享用午餐，沒有注意到離他們兩米遠的另一張小餐桌旁站著個頭髮蓬亂、一臉一身髒兮兮的十來歲小男孩，盯著那盤韭菜鮮肉蒸餃，眼睛發綠，嘴角流涎。這時，女服務員的厲聲呵斥驚動了這兩位：小叫花！你又來了？你這樣盯著，客人怎麼吃飯？走走走！再不走，我就動掃把了！

小九嶷、何瑤停下手中的筷和勺，看那小男孩在女服務員的驅趕下，邊手擦眼淚便朝後退，瘦得不成樣子了。還是小九嶷反應快，叫住了服務員：你不要趕他！他才多大？他沒有妨礙我們。小朋友，過來，過來，不要怕，過來嘛。說罷，她順手把大半盤鮮肉蒸餃扒拉到一只空碟裡，連同手裡的筷子一起遞過去：小朋友，坐下，坐下，和我們一起吃。姐姐請你吃。

何瑤心中一熱，朝小九嶷豎起大拇指。他忽然想起清華哥們常唸叨的兩句詩：高貴是高貴者的墓誌銘，卑賤是卑賤者的通行證。呸，呸！什麼墓誌銘？不吉利……此時，祇見那小男孩飢不擇食，狼吞虎嚥。鴨蛋那麼大一顆的鮮肉餃，一顆一顆快速地塞進那張小嘴去，腮幫子都鼓得像兩座小山了！小九嶷不嫌髒，像個姐姐似地拍拍小人兒那發出異味的肩背：慢點，慢點，不要噎著。都是你的，都是你的，不要噎著……

也就不到三分鐘，小人兒就把大盤蒸餃一掃而空。總算吃飽了。他用黑乎乎的手擦著嘴角的殘渣油蹟，再又送到舌頭上去舔乾淨。小九嶷看著，都快要哭出來了。她用蓮城土話問：小娃子，你家住哪塊？你娘你爺呢？小男孩這才眼睛一黯，說：我爺不要我了，我娘走人家了！我要找娘，找娘……小男孩哭起來了，但沒敢大聲哭。

何瑤聽到櫃檯裡胖廚師和女服務員閑談：也是造孽嘍！遺屬小孩出來找他娘，沒地方吃，沒地方住，今天倒是碰著好心人……但吃了這頓，下頓呢？還是要討，要被趕。那個女人也是，死活也不肯和那個強姦了她的漢子過。都是文革作的孽喲……何瑤聽不懂，什麼遺屬，什麼文革作的孽。

沒想到小九嶷真是個大善人，把小男孩送到店門口，囑咐天黑時候在瀟水大酒店門前的燈柱下見面，替他找地方過夜。小九嶷返回何瑤身邊，兩人已無食慾，祇能喝茶解渴了。何瑤有些擔心地說：你打算怎麼安排那個小朋友？管得了一晚兩晚，以後怎麼辦？救助社會上的流浪兒，是政府的責任……

小九嶷冷冷地看了何瑤一眼：不用你操心！大不了本姑娘來撫養。何瑤怕大眼妹誤會了他沒有同情心，忙表明態度：那我也湊一份，每月供個十幾塊錢……可你自己剛成年，又上大學……小九嶷哧地笑了，情緒變化真快：放心，祇要把他交給我娘手下的人就是了。娘有個基金，專門用來救助什麼「遺屬」的。從來不准我過問。

何瑤茅塞頓開：你母親大人就是醫果老闆？

小九嶷嫵媚地一笑：曉得還問？倒是要問你，你們美國那樣大，有不有叫花子？

何瑤佯裝惱火，卻認真回答：不要你們的、我們的。我回中國了，就是我們了。美國當然有叫花子。但人家叫流浪漢，無家可歸者。不會要飯，祇會坐在大街人行道上，擺個紙盒、罐頭盒什麼的，任由過路人放下幾個角子、一元、兩元的。很多流浪漢還有自己的二手車。美國的大中城市都有慈善組織，辦「食物銀行」，政府也會每月給他們發放「食物券」。每逢感恩節、聖誕節、新年，教會和志工組織還會為無家可歸者辦火雞大餐。真的，美國的毛病多得很，數都數不過來，但全世界的人又都想往那裡跑。我，還有我爸我媽除外。

十五　時光倒流

老夫子從沙仂江回來，彷彿進入了時光隧道。人的思緒，人的記憶往往有著無遠弗屆的觸角，能無邊際地游弋。那麼廣闊的場景，那麼多樣的事件、人物，回憶卻以那麼快的速度將人帶回另一個時代和世界。莫非這也是時光隧道的一種形式？

一九六七年的七月，正是炎炎酷暑天氣。文化大革命運動如火如荼，高潮迭起。北京打倒國家主席劉少奇、總書記鄧小平、政治局常委陶鑄、元帥彭德懷、賀龍……地方則「踢開黨委鬧革命」，從省、地、市、縣到人民公社，大揪叛徒、特務、走資派，橫掃地富反壞右牛鬼蛇神；打著各種旗號的群眾組織風起雲湧，相互間打派仗，烽火燎原。真是應了「紅太陽」的那句話：「天翻地覆慨而慷」了。

湘師大學生何道州帶著學校革委會籌備小組的介紹信，佩著紅衛兵袖標，隻身南下，前往蓮城尋找失聯了兩個多月的周里教授和他的三名女弟子周靜、宋書琴、孟九嶷。周里教授的「江永女書研究小組」是去年十月下蓮城地區做科研考察的。那時節，省城的文革烽火已經狼煙遍地，省長、省委書記都戴了紙糊的高帽，被造反派牽著遊街示眾。幸而當時湘師大的書記、校長還沒有被打倒，冒著風險發善心，同意老教授帶著三名女弟子下鄉做女書調查，避過了運動風頭再回來。直到一九六七年五月間，周教授還讓女兒周靜給未婚夫何道州寫信報平安；之後任何道州寫信、拍電報，再無回音……按說，位於五嶺山脈腹地的蓮城山區天高皇帝遠，自古民風淳樸，山民友善，能出什麼險情？

是的，現在是講階級、講成分、講出身、講鬥爭、講革命、講你死我活的紅彤彤年代，全國人民熱血賁張，同仇敵愾，除了喊萬歲萬歲萬萬歲，就是喊打喊殺，消滅這個，消滅那個。何道州出身工人階級家庭，文革之初還當了幾個月的湘師大「紅色政權保衛軍」的「總司令」。他怕什麼？工農兵，自來紅，走遍天下都威風。

省城距蓮城並不遙遠，坐火車沿京廣線南下，到衡陽轉滬寧線朝西南方向在冷水灘站下車，再乘兩個小時長途汽車繼續南下便到了蓮城縣城。朝發夕至，就這麼簡單。可是火紅的年代，到處發生火紅的事件。自清晨從省城上車，到衡陽不足兩百公里路程，何道州乘坐的特快列車竟然走走停停六個小時。一路上隨處可見「打倒」、「火燒」、「油炸」、「炮轟」、「踏平」、「粉碎」、「絞死」之類的大橫幅、大標語。何道州倒是不覺得驚奇。省城裡的大街小巷、每個單位、每座校園裡裡外外，不也都日曬著、風吹著、雨淋著同樣的大橫幅、大標語嚒！加上沿途都有青年學生爬火車參加大串聯，在擁擠的列車車廂裡，插筍子般坐著、站著來自五湖四海的學生們，人人胸前佩著金閃閃、銀閃閃的毛主席像章，人人手揮紅語錄，東一夥西一夥的進行大鳴大放大辯論，叫做「四大民主」。辯論些什麼？辯論誰比誰更熱愛更忠於偉大導師、偉大領袖、偉大統帥、偉大舵手；辯論誰比誰更痛恨美帝蘇修，痛恨黨內走資派，痛恨叛徒特務，痛恨地富反壞右一切牛鬼蛇神，包括那些地富、資本家的狗崽子。如果列車裡真的發現了一個階級敵人或狗崽子，熱血賁張的革命青年們出於無產階級義憤，出於不共天日的仇恨，當場就能將其亂拳打死！你不信？不信也得信。何道州去年參加串聯到北京就親耳聽說了，北京的紅八月，在郊區的昌平縣、大興縣，貧下中農民兵就自發棒打、活埋了好幾百名地富分子及其子女。北京城裡，也有一千七百多名地主資本家被鬥死或自殺身亡。第四十二中的紅衛兵小將甚至用被他們打死的狗崽子同學身上的鮮血，在教室的白粉牆上刷一條標語口號：「紅色恐怖萬歲！」

小亂避鄉，大亂避城……鄉下總會好些，總會好些。根正苗紅的何道州同學的靈魂深處，也有紅太陽光輝照耀不到的角落。受「資產階級人性論」、「人道主義」之類不健康思想影響，他對革命的大好形勢總有些不適應，有疑懼。他承認自己作為黨員學生、政治學徒，思想並沒有徹底改造好，沒有徹底無產階級革命化。他有時也左，也頭腦發熱發脹，覺得革命運動、階級鬥爭「不是請客吃飯，不是做文章，不是繪畫繡花，不能那樣雅致，那樣從容不迫，文質彬彬，那樣溫良恭儉讓。革命是暴動，是一個階級推翻另一個階級的暴烈的行動」。但看到群眾組織之間的武鬥、看到喊著毛主席萬歲萬萬歲的學生、工人被打得頭破血流，甚至陳屍街頭，甚至被裝進麻袋扔進湘江裡去，他就動搖，就惶恐，就質疑：這個革命怎麼了？這個運動怎麼了？和平年代，上上下下，裡裡外外，真刀真槍打打殺殺，還動不動就喊要把階級敵人消滅乾淨……這股風是怎麼颳起來的？農業學大寨！對了，去年山西昔陽縣大寨公社大寨大隊黨支書、全國學毛著標兵陳永貴同志被請到北京作報告，形成紅頭文件全國傳達：臺灣的國民黨若反攻大陸，或是國內地富、資本家搞反革命暴動，我們貧下中農就要先下手為強，先把他們幹掉，消滅掉！免得他們做內應……這不是公然號召殺人？這不是號召殺那些被專政、被管制得老老實實、規規矩矩的地富反壞右及其子女？

何道州有時也警覺到自己立場不穩，思想右傾，並已經到了危險的懸崖邊上。打住！懸崖勒馬！黨性高於階級性，階級性高於人民性，這是絕不能動搖的真理。不能懷疑，不能恍惚，不能犯錯。不然，你何道州就是背叛了入黨誓詞，背叛了工人階級出身，站到敵人一邊，站到帝修反一邊，成為敵對陣營的一分子了！到那時，你的工人階級家庭出身，你的黨員學生身分也保不住你的小命，你就成為「不齒於人類的狗屎堆了」。……眼下全國上下都在搞早請示、晚匯報，向偉大領袖表忠心，大唱特唱毛主席語錄歌。有支語錄歌就是這樣唱的：什麼人站在革命人民方面，他就是革命派；什麼人站在帝國主義、封建主義、官僚資本主義方面，他就是反革命派！另一支語錄歌則唱：階級鬥爭，一些階級勝利了，一些階級消滅了，這就是歷史，這就是幾千年的文明史。拿這個觀點解釋歷史的就叫做歷史的唯物主義，站在這個觀點的反面的就是歷史的唯心主義……有的語錄歌來來回回就是八個字：「階級鬥爭，一抓就靈！階級鬥爭，一抓就靈！」何道州有時覺得，這一切可以歸結於一個人的政治態度，階級立場。革命青年的階級立場光潔如鏡，像大理石臺面一般平滑，油油亮亮，一不小心就跌他個鼻青額腫，殘腿斷臂；又像是在結了冰的湖面上行走，有的地方冰層不是很厚，承受不了人體的重量，一不小心冰層斷裂，就會掉進冰窟窿，浮不出來……

天氣實在火辣。列車車廂氣溫高得讓人喘不過氣來。但人們的革命熱情比七月的厲日更高，根本顧不上身上汗津津、黏糊糊，臭烘烘了……

何道州總算在衡陽火車站換乘，實際上是從窗口爬進了一輛開往零陵冷水灘方向的列車。整個車廂就像個特大號沙丁魚罐頭，人挨著人，能有個站腳的地方就不錯了。上車衹憑力氣，也見不到乘務員。廣播喇叭則開得山響，播放著當紅作曲家李劫夫譜曲的語錄歌：「馬克思主義的道理千頭萬緒，歸根結柢就是一句話，造反有理！造反有理！造反有（噢）理！（口號）革命無罪，造反有理！革命無罪，造反有理！有理有理！有理有理！」還有那支著名的紅色血統論歌曲：「龍生龍，鳳生鳳，老鼠生兒打地洞！地富崽子真該死，拳打腳踢不怕痛，反攻倒算你做夢……」在這高亢嘹亮的音樂背景下，車廂裡飄蕩著各種方言語音：京片子、江浙方言、湖南土話、西南官話，還有誰也聽不懂的上海話、廣東話、閩南話。大多是外出串聯、來自東南西北的大中學校學生。人聲鼎沸中，不少人在討價還價似地交換著紅灼灼地偉大領袖像章，銅質的、鋁質鍍金的、瓷質的、不鏽鋼的、有機玻璃的……什麼材質的都有，琳瑯滿目，目不暇接。

列車好不容易抵達冷水灘站。何道州下了車，隨人流出站。可他在出站口遇上了關卡。佩紅衛兵袖標的小將和公安警察要檢查每個旅客的身分證及隨身物品。沒有證件的人無論怎麼解釋都沒有用，隨即被民兵帶走。一位中年警員拿著何道州的湘師大介紹信和學生證不鬆手，把他拉到一旁問話：你是來串聯的？他回答來蓮城探親的。警員問：你家親戚的姓名、住址，什麼階級成分？他一一回答，並補了一句：我舅舅周樹根是土改根子，大隊黨支書兼貧協主席。警員這才把證件還給他，並好心提醒：蓮城現在很亂，很危險，不安全。年輕人，你能不去，最好不要去……

什麼意思？何道州沒有多問。火車站不遠處就是長途汽車站，幸好趕上了當天開往蓮城的最後一班長途客車。坐汽車倒是要買票，上車還要驗一次介紹信和身分證。車上已不像在列車上那樣擁擠，每位乘客也有座位。沒有人大聲說話，每個人都閉著嘴，陰著臉，一片沉寂。車上悶熱得厲害。原來車窗都被一條條語錄糊住了：人民靠我們去組織，中國的反動分子，靠我們組織起人民去把他打倒。／凡是反動的東西，你不打，他就不倒。這也和掃地一樣，掃帚不到，灰塵照例不會自己跑掉。／誰是我們的敵人？誰是我們的朋友？這個問題是革命的首要問題。／凡是敵人反對的，我們就要擁護。凡是敵人擁護的，我們就要反對。／在拿槍的敵人被消滅以後，不拿槍的敵人依然存在，他們必然地要和我們作拼死的鬥爭。我們絕不可以輕視這些敵人。／敵人是不會自行消滅的。無論是中國的反動派，或是美帝國主義在中國的侵略勢力，都不會自行退出歷史舞臺……

天啊，長途汽車上這麼狹小的空間，這麼多的玻璃窗，卻被貼上這麼多的紅語錄，真是每一處空白、每一條隙縫都不放過。難怪坐車的人都不得不忍受悶熱，大氣都不敢出，不敢抬頭，不敢眨眼，因為人人防我，我防人人，生怕自己成為革命目標，鬥爭對象。

公路一直傍著碧綠的瀟水蜿蜒南行。兩旁不時出現大片金黃色的稻田。七月正是收割早稻、搶插晚稻的大忙月份。在稻田裡忙碌的人民公社社員並不很多。誠如林副統帥指示：政治大於一切，高於一切，先於一切，重於一切。這一來，運動和鬥爭也就大於、高於、先於、重於搶收早稻、搶插晚秧了。

長途汽車終於在天黑時分抵達瀟水、沱江交匯處的蓮城縣城。這裡三面環水，風光秀麗。下了汽車，何道州就遇上了蓮城二中紅衛兵設置的檢查站。十幾二十名手執棍棒的半大小夥子排成一行，檢查每位旅客的證件。何道州見這些紅衛兵戰士也穿著不知哪裡弄來的褪了色的土黃色軍服，汗津津的歪戴著沒有紅五星的軍帽。他們紅袖章上的金色「紅衛兵」三字也是仿毛體。經過一番盤問，二中紅衛兵戰友認了他這個從省城來的紅衛兵大哥。他們自豪地告訴他：他們組織正式名稱是「蓮城革命造反聯合總司令部」，簡稱「革聯」，好幾千紅衛兵戰友，現在牢牢控制著蓮城縣城。他們還想拉何道州去設在學校的「革聯」司令部住宿。何道州婉言相謝。他怕捲入當地的運動。他告訴對方：今晚還要趕到沙仂江大隊舅舅家裡。他這次是專門來瞭解農村文化大革命的大好形勢，要給「新生的紅色政權」的機關報《新湘江日報》寫報導文章。何道州膽子也大了，隨口就編起謊話來了。林副主席指示：不講假話，辦不成大事。

十六　舅舅周樹根和部長管大關

天黑看不清路，何道州在蓮城「工農兵旅店」住了一晚。旅店門口豎了一塊醒目的語錄牌：「在階級社會中，每一個人都在一定的階級地位中生活，各種思想無不打上階級的烙印。」店內冷冷清清，客人很少，入夜倒還安靜。半夜裡卻被佩戴紅袖標的街道民兵糾察隊查房，從床上爬起來接受搜身、問話，說是兩名地富子弟從關押他們的公社牢房裡逃脫，要組織「黑殺團」搞暴動，迎接國民黨反攻大陸，其口號是「先殺黨，後殺幹，貧下中農殺一半」。

多麼可怕的反動口號。難道真有什麼「黑殺團」，要搞反革命暴動？

原本下半夜氣溫已經清涼下來，何道州還是嚇出一身冷汗。看來原先那個「大亂避城，小亂避鄉」的說法靠不住了。這鄉下的運動氣氛，鬥爭形勢，比省城還要緊張、激烈。他再也沒有睡著。天剛朦朦亮就起了床，挎上那個大串聯學生都斜揹著的草綠色仿軍用包，包蓋上繡有一顆耀眼的紅五星，離了旅店。好在已經問清了前去沙仂江大隊怎麼走。不很遠，也就十多公里而已。大清早的，不熱，路上少有行人。但每路過一個村子就要受到一次盤查。每個路口都設有崗哨，由持槍民兵二十四小時把守。每個崗哨旁都立有一塊紅底黃字的語錄牌：「沒有貧農，便沒有革命。若否認他們，便是否認革命。若打擊他們，便是打擊革命。」貧農至上，全民皆兵。若真有形蹟可疑的人，注定插翅難逃。好在何道州帶著學校的介紹信和學生證，加上他要去投奔的親戚又是這一帶家喻戶曉的人物周樹根舅舅，一路上倒也每個關卡都過得順利。

沙仂江村口也立著一塊紅底黃字、有學校黑板那麼大的語錄牌：「千萬不要忘記階級鬥爭，千萬不要忘記貧下中農。」旁邊牆壁上還刷著大標語：「一切權力歸貧下中農最高法庭！」

同樣的，在村口他又受到持槍民兵的盤問、檢查。還沒有見到舅舅、舅媽、表兄弟，何道州已經渾身毛髮都要豎起來了。現在他想返身離開都不行了。民兵聽說他是去找大隊黨支書周樹根，倒是沒有為難他。舅舅一家住在樅樹嶺下一棟青磚平房裡，聽講那還是土改時分得的勝利果實。門口貼著紅紙對聯：聽毛主席話，跟共產黨走。屋場裡鏈子鎖著兩條大黃狗，一聽生人走近就汪汪狂吠了起來。

矮矮瘦瘦、臉色黧黑的周樹根舅舅正好在廳屋裡和什麼人一起學習文件，他喊了聲舅舅，那人身子一閃就不見了。舅舅見到外甥，看了幾眼才看清楚了，喊道：道州！道州！這年月……我接到你父親的電報，昨下午就要你表弟開拖拉機去縣城汽車站接你。沒有接到？他到現在還沒有回來，死到哪裡去了？

舅舅慈眉善目，他怦怦跳著的胸口才算平穩了下來。他代父母向舅舅問了好，把一個裝有三百元人民幣的信封雙手奉上，並說明是父母的一點心意，知道老家的日子過得不容易什麼的。舅舅沒有推辭就接過了，說這麼多年了，總是接濟他這個鄉下窮親戚。你爺娘也都是快六十歲的人了，還在拉板車，做搬運工？工人階級是領導階級。黨在城市依靠工人階級，在農村依靠貧下中農。舅舅是縣裡學毛著積極分子，懂政策，懂道理。

說了幾句客氣話，舅舅轉身進伙房，端來一大碗糙米稀飯、一碟豆豉辣椒，加上一個煨紅薯。他知道外甥還沒有吃早飯，說：來不及做別的，先打個饑荒，填填肚子。何道州倒是真餓了，先吃火灰煨紅薯，覺得又香又粉又甜又燙。他邊吃邊問：舅媽不在家？出工去了？舅舅告訴他：老婆子到江永縣走親戚去了，她小姑子生了個胖娃娃，坐月子，幫忙帶娃娃去了。其實舅舅也瞞了半截話：老婆子是封建大官僚何紹基的重孫女，沒有出五服，成分高，近來鬥爭形勢緊張了，他這個大隊支書兼貧協主席都怕保不住婆娘，偷偷安排她到鄰縣親戚家躲風頭去了。何道州沒有見過舅媽，但聽父母講過，舅媽土改那年十九歲，讀過初中，人長得秀氣，比土改根子的舅舅整整小了三十歲。舅媽是作為「勝利果實」分配給舅舅的，不然就要被劃作「分子」，永世不得翻身。好在舅媽認命，嫁給舅舅後，接受改造，抬頭做事，低頭做人，沒幾年替舅舅生下兩男一女。表兄參軍，在部隊上當了連長；表弟初中畢業在大隊開拖拉機；表妹在縣醫院當護士。

舅舅正要問起省城的運動情況，突突突一陣馬達響，表弟周土生的拖拉機開進屋場，從車斗上還跳下來一個穿軍便服武高武大的漢子。舅舅一見，趕忙起身出迎。他先不忙理會自己的兒子，而衝著穿軍便服的高大漢子伸出雙手去：管部長！貴客，貴客！請都難得請到的貴客！他隨即又轉身喊外甥：道州，來來，見見管部長，見見管部長。何道州聞聲出到門口，向管部長欠了欠身，表示禮貌。舅舅在旁介紹：這位是公社武裝部的管部長，也是公社文革領導小組組長；這是我的外甥，湘師大的學生，從省城來瞭解農村文化大革命的情況……舅舅見管部長的豹狗眼盯住外甥不放，一臉的革命警惕，趕忙吩咐：道州，你是在組織的人，快拿介紹信和學生證來給管部長看看，好讓領導寬心。

何道州儘管一百個不情願，還是從上衣口袋裡掏出介紹信和學生證交管部長過目。管部長瞪起眼睛仔細看過兩份證件，臉上才有了些許笑意，還伸出手來讓客人握了握：姓何，好好好，工人家庭出身，還是黨員學生，革命接班人……省城的運動怎麼樣？聽講年初被中央文革定為反動組織的湘江風雷、紅旗軍還在鬧翻案？他們若敢派人到鄉下來搞反革命串聯，我們公社民兵手中的槍是長了眼睛的！到時候，媽拉個巴子刺刀見紅，你信不信？何同學，你也該是紅衛兵吧？是省無聯，還是高司？舅舅周樹根趁管部長在和外甥打聽省城文化大革命情況，把老二叫到一邊，低聲問：昨天喊你去接客人，你死到哪裡去了？外面亂得很，你一晚上不回來，老子到天亮都不敢合眼……土生看一眼管部長，也放低聲音說：昨下午開拖拉機路過蚣霸鎮，就連人帶車被公社文革領導小組徵用了，替他們拉了一晚上的地富分子，一車又一車，拉到天亮都沒拉完。講是要開全公社貧下中農最高法庭宣判大會……要不是送管部長來沙仂江找你談事情，恐怕他們到現在還會扣住我和拖拉機不放……表哥是走路找到家來的？還有剩飯沒有？一下午加一晚上，他們衹給吃了一頓煮紅薯。我們不能跟著人家殘害人命……周樹根咬著牙，吐出兩句話：閉嘴！閉上你的臭嘴！不知死活的東西……

另一邊，何道州和管部長談開了省城運動的大好形勢，談得很投機，起勁。管部長慧眼識同志，一下子就認了這個省城來的大學生紅衛兵做戰友：呵呵，我們一見面就談得來。有句話怎麼講的？革命方知北京近，造反倍覺主席親……他媽的你和你們師大的紅衛兵同學還到過北京，接受偉大領袖在天安門廣場的檢閱？每一次毛主席親自檢閱百萬紅衛兵小將，我們在基層工作的幹部都激動得很，羡慕得很！和毛主席握過手沒有？衹和毛主席握過手的人握過手？他媽的那也很光榮、很幸福的呀！來來來，我們再握一下手。你和毛主席握過手的人握過手……戰友！哈哈，今天這麼快就認識了你這個戰友！他媽的論年紀，我比你大了兩輪，可革命不分先後，不論年齡……

何道州遇上這個公社武裝部長，一口一句他媽的，心裡暗自好笑。但他多了個心眼，一定要和這位掌握公社生殺大權的人物拉上關係，弄個見面熟，有利自己的尋人計劃。

周樹根舅舅見兩人在屋簷下談得熱絡。因天氣躁熱，他請二位進堂屋坐下，擺碗篩茶，給他們各遞上一把蒲扇，說：慢慢扯談。可是管部長坐下搖起蒲扇，喝了兩口涼茶，忽然看了周樹根一眼，臉孔一板，彷彿這才想起他此行的目的。他不再和省城來的大學生談運動的大好形勢，威嚴地叫了聲：周樹根同志！

何道州不知管部長要和舅舅談什麼事，便自覺地退到灶屋裡去，陪士生表弟吃煨紅薯，也可以聽見廳屋裡的談話。

舅舅連忙邊替部長添茶，邊答應：在！管部長，我在！聽領導指示……

縣裡第二號走資派黃大義從關押他的牛棚裡跑掉了，他媽的是不是躲到你這裡來了？你要如實回答！

黃縣長？我祇聽講他被打倒，遊街示眾了，我沒有見到他……黃縣長常年在鄉下蹲點，關係戶多得很，你們到別的地方或許找得到。

走資派就走資派，這次運動的重點。不要一口一聲他媽的黃縣長、黃縣長！你若還見到他，勸他老老實實回去低頭認罪，交代問題，爭取寬大處理。你也可以告訴他，媽拉個巴子，不是我姓管的和他過不去，而是「紅聯」要抓他，下了格殺令。

好，好，一定，一定。他若來了我這裡，我一定勸他回去。毛主席的政策，允許幹部改正錯誤，也歡迎幹部改正錯誤。

周樹根！你不要瞎改主席語錄。你現在是什麼職務？

我？哦哦，報告領導，我是沙仂江大隊黨支書兼貧協主席……

你們大隊成立了貧下中農最高法庭嗎？庭長是哪個？

成立了，成立了。法庭庭長由我本人兼任。

大權獨攬。你們開過貧下中農大會，開過貧下中農最高法庭會議了嗎？

開過，開過不止一次。

傳達過上級指示了嗎？

部、部長，上級的指示很多，不知指的是哪一條。

公社文革領導小組電話下達的處理地富分子及其反動家屬子女的指示！特別是「黑殺團」的那個信號：先殺黨，後殺幹，貧下中農殺一半！

報告部長！傳達了，傳達了……可我們大隊的貧下中農覺悟不高，都不相信那個什麼反革命信號。

糊塗！敵人已經磨刀了，我們還不磨刀？敵人已經舉起刀來了，刀都架在貧下中農的頸根上了，我們還不舉刀？你們宣判過地富反壞右五類分子了嗎？

報告部長，我、我們還沒有來得及……為什麼？報告部長，我們大隊貧下中農最高法庭拿不出一個名單……為什麼？因為我們大隊的五類分子老實得像地下的一條蟲，平日派他們幹最苦最累的活，男勞力拿女勞力的工分，出工走在前，收工走在後，就是些啞巴一樣的勞動力……所以我們認為還是遵照黨的勞動改造，給活路的政策……

周樹根同志！今天我還叫你一聲同志。明天，你就可能成為右派，運動的絆腳石，成為文化大革命的反對派！一九五九年你就右傾過！念你是個土改根子，放你過了關。你以為劃你個右傾不要緊嗎？彭德懷當過解放軍副總司令、元帥、國防部長、志願軍司令員，功勞還不大，地位還不高？當了右傾頭子，照樣「三開」，媽拉個巴子，成為階級敵人！現在不也被拉到天安門廣場上遊鬥？我都聽講了，彭被剃了光頭，紅衛兵小將在卡車上不能揪他的頭髮，就用手指摳住他兩眼的眼皮！摳瞎了他的眼睛活該！誰叫他反對偉大領袖、反對大躍進三面紅旗？毛主席最高指示：革命就是暴動，就是一個階級推翻另一個階級的暴烈的行動！話講回來，如果你周樹根在這次運動中當了右傾，成了典型，下場可想而知。你那個土改根子，你那個大隊支書、貧協主席、沙仂江貧下中農最高法庭庭長管個屁用！一錢不值！

周樹根舅舅被管大關部長劈頭蓋臉一頓痛批，臉上紅一陣，白一陣，渾身都在打哆嗦。何道州新來乍到，不知這裡的情況，心裡雖然反感，但沒可奈何。倒是表弟土生見姓管的訓斥父親就像訓斥五類分子一樣，實在聽不下去了，領著何道州回到廳屋，拿個煨紅薯邊啃邊講：管部長！你大人大量。我父親沒文化，思想跟不上，你老人家好好教育就是，我們虛心接受。但你講他貧農成分、土改根子屁都不值，就太過分了。偉大領袖的最高指示就在村口豎著：沒有貧農，便沒有革命。若否認他們，便是否認革命。若打擊他們，便是打擊革命！

管部長豹眼圓瞪，忽地站起身來，拍拍腰上的駁殼槍：反了你！你們父子兩個是不是要造公社領導的反？要造無產階級文化大革命的反？要造偉大領袖的反？

周樹根舅舅趕忙陪笑：部長不要生氣，你老人家不要生氣。我接受你的教育，接受你的批評……他轉臉呵斥自己的兒子：土生！你個畜生不知死活！還不過來向領導認錯，賠不是？跪下！你給老子跪下！向管部長老人家低頭認錯。

土生表弟性子犟，不肯下跪，衹是向管部長深深鞠躬，嘴上咕噥著：領導，我錯了，不該對你用毛主席最高指示……我們貧下中農跟黨走，聽黨的話，服從黨的指揮……

何道州這時也在管部長耳邊輕輕勸道：部長，不和他們一般見識，沒文化，大老粗，不懂上級精神，還認死理……剛才，剛才部長那幾句話，也是衝口而出。

管大關部長畢竟是位領導幹部，哈哈一聲笑了，坐了下來，心氣也隨之平和了些：土生，我是看著你娃子長大的。你能開上拖拉機，你老子求過我，是我他媽的替你講了話的……全公社三臺拖拉機，農業學大寨的獎品。你娃子當了拖拉機手，長了點屁本事，不要翹尾巴。公社等著開拖拉機的復員軍人，就有三十多個。

周樹根舅舅見風暴過去，忙呵斥兒子：還不快給領導添茶？還不把那篾簍烘花生拿來？再有，去把前天墟上換來的那兩斤麵條煮了，多打幾個荷包蛋，多放點辣椒、麻油……領導難得來一回我們家裡，總得打個點心才是。

於是，涼茶添上了，香噴噴的烘花生拿來了。周土生也煎荷包蛋煮麵條去了。臨了，他還請示老爹：是不是把那條臘肉也炒了？臘肉炒蒜苗！還有那鬍子酒，也可以開缸了。

說話間，管部長的口水也上來了。整個氣氛都不同了。管部長就是管部長，還是政治第一，工作要緊。他為了啟發、教育周樹根這個大隊支書，也是要向省城來的紅衛兵顯示一下自己的政策水平，於是諄諄教導：樹根同志，你懂不懂？在革命的道路上，左和右兩個字，一定要分得清。左就是革命，就是進步，前途光明；右就是反革命，就是落後、倒退，死路一條！我們黨幾十年來的歷史證明了這個真理。說白了，左是無產階級階級立場，右是動搖、背叛，是犯錯誤。犯左的錯誤至多是工作方法問題，擴大化問題，是交學費，是革命同志的內部問題；右的錯誤就不同了，性質就變了，是革命和反革命的問題了，是站到革命的對立面，站到敵人一邊的問題了……樹根同志呀，我他媽的十幾歲當兵，參加革命二十多年了，看多了，聽多了，得出經驗教訓，做人做事的規律就是寧左勿右。左一點，出了錯，上級可以原諒你，會認為你立場是堅定的，本質是好的，出發點是好的，頂多是好心辦了壞事，過激了，過頭了，擴大化了而已，歸根結柢是水平問題，屬於簡單粗暴、作風武斷，工作方法方式問題；右就不同了，是敵我矛盾，是兩個階級、兩條路線、兩條道路、你死我活的鬥爭問題。他媽的彭德懷、劉少奇、鄧小平怎麼犯錯誤，被打倒的？歸根結柢，就是犯了右的錯誤，成為不齒於人類的狗屎堆了嘛！

管部長苦口婆心，教導了大半天，周樹根不停地點頭，再點頭，像個小學生。管部長還向周樹根通報了全縣二十幾個公社的「貧下中農最高法庭處理地富分子及其家屬子女」的情況。何道州聽了半天也沒聽明白，這個「處理」是什麼意思。

在以臘肉佐鬍子酒，吃香香辣辣的荷包蛋掛麵之前，管部長還下了個重要通知：明天上午，公社文革領導小組和公社武裝部要在蚣霸鎮廣場召開公社貧下中農最高法庭公審大會，各生產大隊、生產隊押解各自的地富分子和他們的家屬子女到會，誰都不准請假。他還加上一句：歡迎省城來的紅衛兵戰友也出席，親眼看看農村文化大革命的大好形勢。你要在鄉下有什麼事，也可以去找我啊。

管部長酒足飯飽，紅光滿面，高高興興，仍由土生開拖拉機送走。送完客，何道州問舅舅：管部長講明天上午開公審大會，「處理人」，是什麼意思？

舅舅的回答，何道州差點暈了過去。

十七 縣長黃大義

何道州當晚見到了黃大義縣長。原來黃縣長就躲住在舅舅家屋後緊靠山坡的紅薯窖裡。那薯窖有一間小屋子那麼大，類似陝北的窯洞，乾乾爽爽，冬暖夏涼，沒有窗戶，窖口堆著幾大捆柴草作掩護，外人很難發現這山坡下的奧妙。據說老輩人在這薯窖裡躲過日本鬼子，也藏過黨的地下工作者。

半夜時分，何道州都睡了一覺，被舅舅拍醒：你不是問黃縣長嗎？老黃現在就見你。何道州很興奮，一個鯉魚打挺坐起來，發現舅舅身後有個高大的影子。屋裡已點了支蠟燭，光線很暗。舅舅身後那個影子坐到床邊來了，握住何道州的手：小何，我們又見面了。上午你一進來，我就看到你了。大白天不方便。情況你也大致上瞭解了。

昏黃的燭光裡，何道州見黃縣長身胚依然高大、壯實，但比起一年前蒼老憔悴多了，鬍子沒有刮，頭髮沒有理，的確像個「逃亡走資派」了。兩人緊緊握手，好一會沒有鬆開。

舅舅在床邊小桌上放上茶杯茶壺，說：兩個放心講話，我屋前屋後有狗守著，鏈子解開了，比哨兵都可靠。狗一叫，縣長你回薯窖，道州你睡覺。若有人來，我和土生對付。大不了老子一喊廣播，大隊民兵就出動。說罷，舅舅帶上門，走了。

黃縣長把燭光吹滅了：小何，先和你談談縣裡形勢。現在基本上是兩大派，一派叫「革聯」，以縣城居民和兩所中學師生為主，司令部設在二中，有專業幹部坐鎮，司令是二中高中學生黃永力，大隊黃支書的兒子。

這一派搞武鬥很能打；另一派叫「紅聯」，以各公社民兵為主，打著貧下中農的旗號，實際上是由各公社的武裝部長控制，後臺是縣武裝部，他們在下面奪了公社黨委的權，在上面奪了縣委、縣政府的權，實行所謂的「軍管」。他們調動民兵攻了幾次二中未能攻下。我這個走資派縣長面對的問題是，兩派都要抓捕我。「紅聯」一派甚至對我下了「格殺令」。我不怕。年年下鄉蹲點，抓農業，抓社隊企業，沒有功勞有苦勞，沒有苦勞有疲勞。我對得起黨組織，對得起蓮城父老鄉親。

黃縣長說得動情，有抽泣聲。男兒有淚不輕彈。

何道州對這位一年多前認識的縣領導既敬佩又同情，也擔心：縣長，你躲到鄉下來，不正是落到了「紅聯」的勢力範圍？

黃縣長苦笑：四九年以前，我搞過地下工作，東躲西藏，有些經驗。越是在敵人的心臟地帶，越安全……我聽你舅舅講了，你這次來是要找你們失蹤了的周教授和三個女同學。我這個樣子，幫不上忙了。倒是有件事情，要請你幫忙。

何道州連忙答應：什麼忙？祇要我做得到。

黃縣長更放低些聲音：我寫了份材料，想請你帶到省城去，設法交給華國鋒同志或是章伯森同志……縣委、地委被奪了權，蓮城眼下這股亂捕濫殺風潮，祇能靠省裡出面制止了。材料已放在你舅舅手上，你切記帶走。若被人發現，即刻毀掉，千萬不要落在他們手裡。

何道州心裡一震：縣長，你不能這樣躲下去。要儘快離開蓮城，親自去省裡告他們！過幾天我們一起走。

黃縣長嘆氣：我何嘗不想？問題是現在兩派都在追捕我，追了兩個多月沒追著。祇要我一露面，就自投羅網。說實在的，我已做好為革命犧牲的準備。但我不能死得不明不白。這兩、三個月，靠了幾個土改根子出身的大隊支書輪流保護我，你舅舅是第三家。過兩天又該轉移了。一個地方不能超過半個月。我現在是兩眼一抹黑，連個半導體小收音機都沒顧上帶，報紙也看不到。小何，省裡是不是成立了革命委員會？有不有華國鋒、章伯森兩個？快講講，講講。

何道州說：有！都登報了。省革委主任是黎原，四十七軍軍長；第一副主任是華國鋒，抓全面工作；副主任章伯森，主持日常工作。辦公室主任梁春陽……這幾個頭頭，你有不有認得的？

黃縣長一聽興奮起來：有有有，華、章、梁三位我都認識。華書記前兩年來我們蓮城農村蹲點，我經常向他匯報工作，對我印象不錯；章副省長是我老上級，新四軍出來的，一九五四年他當衡陽行署專員，我是衡陽人民銀行行長；梁春陽同志原來是省計委主任，也是老熟人。衹要我的材料能送到他們手上，就一定會來解決蓮城問題。

何道州再次握住黃縣長的手：放心，我也是組織裡的人，一定負起責任，幫你把材料帶出去。

黃縣長彷彿得到些慰藉，又深深嘆口氣：小何，你年輕，還是第一次遇到大風大浪吧？我們要堅定信念，相信黨中央，相信毛主席，相信革命群眾。毛主席老人家搞運動，每次都是先放後收。現在正是大放階段，讓各種壞人出籠，紛紛表演。等他們表演充分了，暴露無遺了，大網一收，大魚小蝦米，一個不漏。至於我這種遭受迫害、委屈的幹部，就會落實政策，恢復名譽，重新重用，有的還會更上一層樓。

最後，黃縣長特別叮囑：小何，我相信你是個好青年，好黨員。要記住，你在蓮城期間，任何情況下，都不能透露我在你舅舅家住過……你舅媽去江永探親，至今沒有回來。他作為大隊支書，受到很大的壓力。中午那個叫管大關的傢伙來找你舅舅談話，你也聽到了。那是個壞東西，虧他穿了那身黃鼠狼皮。

兩人一直談話到凌晨。公雞第一次啼鳴時，黃縣長回他的薯窖去了。何道州仍躺回床上歇息。一晚上都沒聽到狗叫，安靜得難以置信。他知道，在鄉村裡，衹要有一家的狗叫，全村的大狗小狗都會起來應和，大合唱似的汪汪狺狺成一片。狗是鄉村忠誠的哨兵。

矇矇矓矓睡了一會，天還大黑著，何道州被一陣打門聲驚醒。出了什麼事？他趕忙翻身坐起。打門聲、叫喊聲越來越響。下床穿好衣服，佩好紅衛兵袖標護身符，土生表弟已在室外打招呼：表哥你衹管睡覺，插好門，不要出聲，沒你的事……他聽到表弟在走廊裡扳動槍柄、子彈上膛的響動。

屋前屋後嘈雜聲音越來越大，舅舅家像是被人包圍了。不是說養著兩條大黃狗，鏈子都放開了，怎麼不叫喚？鄰里的狗也不叫喚？屋外的呼喊聲越來越清晰：黃大義！滾出來！走資派！滾出來！負嵎頑抗，死路一條！

天，造反派抓黃縣長來了。怎麼辦？黃縣長想轉移都來不及了。何道州掀開擋著窗戶的報紙的一角朝外看了看，屋後山坡上也有人影晃動。山坡下的紅薯窖口幾捆柴草堵得嚴嚴實實，若沒有本村的人帶路，外人難已發現其中的蹊蹺。何道州摸到室外走廊裡，這種時刻他必須和舅舅、表弟站在一起。屋裡很黑，廳屋大門已開了一條縫，有電筒光掃進來。舅舅擋在大門外和造反派談話。造反派來得不少，黑壓壓一大片，像是些年輕人，手裡有武器，可能是「革聯」一派。更令何道州觸目驚心的是地下倒著兩條大黃狗，都死了？土生表弟揮著拳頭大喊大叫：先不講別的！你們賠我家狗，賠我家狗！一位頭頭模樣的小子尖聲冷笑：叫什麼叫？你家的狗死不了，衹是吃了我們賞的肉包子！要不是被舅舅拉住，土生就揮拳衝上去了：你們投毒！你們投毒！

紅衛兵頭頭滿不在乎：你不要轉移目標，我們是來抓走資派的！我們在肉包子裡放了麻醉藥，你們家的狗，你們村所有的狗幾個小時後就會醒過來！另一個紅衛兵補上一句：你有讀過《智取生辰綱》吧？我們用了蒙汗藥……

紅衛兵們哈哈大笑。惡作劇，以為自己是梁山好漢了。何道州認出來剛才講話的那個紅衛兵頭頭，就是前天下午在汽車站盤查他證件的二中學生，得知他是省城來的紅衛兵戰友，還曾邀他去二中司令部住宿的。為了緩和氣氛，他上去拉住小將的手：戰友啊，你還記得我嗎？我是湘師大來的呀！那人先看一眼他臂佩的紅衛兵袖標，認出來了：是你呀，對對，你講過是來找你舅舅周支書……

舅舅倒是一直鎮定，此刻正在開導紅衛兵小將們：黃狗的屌事，老子不和你們計較！可是你們卵子無毛，辦事不牢。我為什麼這樣講？我周樹根，土改根子，祖宗三代貧雇農！老子現在是大隊支書，貧協主席，硬邦邦的革命依靠對象，你們的階級父老！毛主席最高指示：政策和策略是黨的生命，萬萬不可粗心大意。毛主席還指示，哪個是我們的敵人，哪個是我們的朋友，這是革命的首要問題！對照毛主席兩條最高指示，你們半夜三更來包圍我這個土改根子、大隊支書、貧協主席的家，犯了方向路線錯誤！所以講你們是卵子無毛，辦事不牢！我是你們父親一輩的人，你們的爺老子！我鬥地主、打土豪、分田地的時候，你們爺娘還沒有搞出你們！對吧？現在請你們離開這裡，回校鬧革命。聽話，聽你們爺老子的話！

舅舅一番話，紅衛兵小將們又喊又跳：我們不是來包圍你家！我們來抓走資派，抓黃大義！黃大義出來，出來！黃大義不投降，就叫他滅亡！

氣氛越來越緊張，雙方對峙，舅舅一方衹有土生和何道州，寡不敵眾。如果小將們硬衝進屋裡搜查抓人，他們是抵擋不住的。情急之下，土生表弟操起半自動步槍，咔嚓兩聲拉響扳機。對方也咔嚓咔嚓拉動扳機。舅舅一看不對，大聲喝令土生放下武器，也要求對方放下武器：同志們冷靜！冷靜！哪個開槍，哪個反革命！我以你們父母的名義，要你們馬上離開！我們沙仂江大隊的武裝民兵很快就到，會對你們實行反包圍，很危險，太危險！同志們，聽爺老子一句話，快走！老子的隊伍來了，你們想走都走不了！

這時，那紅衛兵頭頭放開何道州的手，先要戰友們不要妄動，之後走近周樹根舅舅，叫聲周伯伯，借一步說話。舅舅命土生守住大門，也認出來人：小黃？永力伢子，長這樣高了？當司令了！你爺老倌好嗎？黃司令放低聲音：就是我父親喊我帶人來把黃大義抓到我們二中關起來，免得他四處躲藏更危險。我的戰友們不知道這個底細……

紅衛兵小將們仍在呼叫抓走資派，抓黃大義。周樹根舅舅有些不放心，怕小鬼頭又玩什麼計謀。就在這時，一個誰也沒有料到的情況出現了，但見鬍子拉岔、牛高馬大的走資派黃大義縣長提著個行李袋站在大家面前，周樹根舅舅想阻攔都來不及。黃大義高聲說：我就是你們要抓的那個走資派。剛才我在後山上趕夜路，你們的口號我都聽到了。我這次出走，誰都沒有掩護過我。現在我願意跟你們走！沙仂江大隊民兵吹響了集合號，你們沒有聽到？馬上就要來包圍你們。槍子不長眼睛，你們不是他們的對手！

撤！撤！撤！押上黃大義，我們勝利啦！

縣二中「革聯」紅衛兵小分隊來得突然，撤得快捷。

東邊天際已泛出魚肚色，天就要亮了。周家的兩條大黃狗，村裡的大狗小狗，也都從蒙汗藥中甦醒過來，一齊汪汪狂吠，發出遲到的警訊。

十八　公審大會救出未婚妻周靜

何道州經過一晚折騰，猶豫再三，決定跟著舅舅去參加公社公審大會，「經風雨，見世面」，也叫做「大風大浪煉紅心」。他特意又將紅衛兵袖標佩戴在左臂上，現在是全國幾千萬革命小將的統一標誌。

上午九時，已是烈日當空。他隨舅舅率領的一支一百來人的由沙仂江大隊幹部組成的隊伍出發，其中每個生產隊的武裝民兵都揹著步槍。隊伍沿山溪邊的沙石路行進了十來里，進入蚣霸鎮萬人公審大會會場。會場上已經人頭湧湧，熱浪滾滾，紅旗招展。廣播喇叭高聲播放毛主席語錄歌。蚣霸鎮是公社所在地。會場原是一塊幾畝大小的曬穀坪，三合土地面。靠北邊有座老戲臺，過去演出帝王將相，現在是領導們的主席臺。老戲臺後面不遠處就是公社的機關大院，辦公重地。鄉下人見識少，眼界淺，喊這曬穀坪做「小天安門廣場」，老戲臺則是「小天安門城樓」了。一場多用，收穫季節晾曬谷物，堆放糧草；農閑時節晚上放露天電影，白天供小學校學生唱歌跳舞、排演節目。每逢大運動就派上大用場，大轟大擂，英雄用武之地。

想想，這也沒有什麼奇怪的。新中國從首都北京到每個省會、每個城市、每個縣鎮公社，都需要在各自的廣場上召開各自的大會：從規模百萬人大會到五十萬人大會到十萬人大會到萬人大會到千人大會，內容從動員大會到誓師大會到聲討大會到宣判大會到慶祝大會到紀念大會……應當說，廣場源於古代的校場，多建在城郊，為將士演武、帝王閱兵的場所。現代廣場則大多位於城市中心，是為政治圖騰，權力象徵。在新中國則是兩個階級、兩條道路、兩條路線你死我活的角鬥場。不，場上沒有身披盔甲、手持利劍的角鬥士，有的祇是被武裝軍人或是民兵、紅衛兵按下頭顱、且手無寸鐵、五花大綁作垂死掙扎的「困獸」、「萬惡的階級敵人」！相同的則是萬眾義憤填膺，高喊「打倒」、「消滅」等等，發誓要將「不齒於人類的狗屎堆打翻在地，再踏上千萬隻腳，叫他們永世不得翻身」……

運動練就火眼金睛，鬥爭養成鐵石心腸。革命就得六親不認，刺刀見紅。它是億萬人縱情投入的時代大劇。無論年紀長幼，無論漢滿蒙回，無論文化程度、地位高低，人人都是演員，人人參加演出……大大小小的廣場都是政權的縮影，社稷的命門。

蚣霸鎮廣場號稱萬人宣判大會，其實到會的也就一、兩千人。但他們個個都像鬥士，頭上冒著熱氣，汗濕胸背。不少人乾脆脫了汗衫，光著膀子，把汗衫當汗帕，前胸後背地擦汗。不過，嘴裡沒閑著，邊喊口號邊跟著廣播喇叭唱語錄歌。天氣再熱，也比不上貧下中農的鬥志火熱。會場四周有武裝民兵真槍實彈站崗警戒。戲臺上懸掛著偉大領袖身著軍裝、佩紅衛兵袖標的巨幅照片。巨照下方拉著大橫幅：「蚣霸鎮人民公社貧下中農最高法庭公審大會。」何道州隨著沙仂江大隊的幹部們到場，被佩著紅袖標的工作人員領到指定的位置。大會開始之前，大家可以站立或坐地歇息。他們沒有看到的是，別的大隊都把各自轄下的地富分子押解來了，黑墨墨東一堆、西一堆的，像些垃圾袋似地蹲的蹲，跪的跪，由民兵看守著，聽候大會的命令才准進入會場。已經有公社武裝部的幹部來查問沙仂江大隊黨支書周樹根：你們大隊沒有把地富分子押來？何道州見舅舅回答：我們那裡田多人少，雙搶太忙，地富分子都由民兵押著，割早稻的割早稻，犁田耙田的犁田耙田，還有的在搶插晚稻……幹部訓斥：以生產壓革命，右傾！你們沙仂江大隊是小香港還是小臺灣？周樹根見本大隊其他人都沒有吭聲，趕忙認錯：我們今晚上開批鬥大會，絕不手軟，絕不手軟！

何道州見狀靈機一動，要求那幹部帶他去找管大關部長，稱管部長是他的戰友。正說著，管部長仍是一身洗得發白的舊軍裝，挎著盒子炮，身上汗津津的，大步走來了：小何！我就曉得你會來。看看我們農村的運動形勢，好得很，好得很，好得很！何道州抓住時機，把管部長請到一旁，請示：部長，有件事，昨天沒有來得及向您匯報。我這次是奉我們湘師大文革領導小組、紅色造反總部的命令，來找一男三女四個問題分子的下落。去年，他們以科學考察為名躲到蓮城山區來了。我的任務是找到他們並帶回學校去嚴肅處理。所以，等會我若發現他們，無論死活都要交給我，由我來押下他們。管部長乜起眼睛，似信不信地問：有這事？可有公文？何道州掏出身上帶著的證件，說：管部長，您昨天已看過我的湘師大介紹信，那上面寫明白了的……部長不放心，我可以把我的學生證和黨費證交給您做憑證。

管大關部長擰著眉頭，盯著何道州左臂上佩戴的紅衛兵袖標想了想，總算答應了：那好，等會子把五類分子押上場，跪成一排，宣判之前，你去認人。若有你要抓的人，可以交割給你，辦個認領手續，並且由你舅佬周樹根作保……說罷，管部長拍拍腰間的盒子炮，轉身朝大會主席臺走去了。

不一會，廣播喇叭的語錄歌停了。戲臺上已經坐下整齊的一排人，是大會主席臺了。何道州看到，管部長坐在中央位置。這時，一位身穿軍便服女兵模樣的人出現在臺前，她宣布開會，雖沒用話筒，聲音卻尖亮得整個廣場都聽得見：

蚣霸鎮人民公社貧下中農最高法庭，第二次公審大會，現在開始！全體起立，唱〈東方紅〉！

何道州暗自稱奇，原來這農村地方開鬥爭大會比城市裡還講究儀式。他跟隨所有的鄉下漢子莊嚴肅立，放開喉嗓唱那支耳熟能詳、婦孺皆知、根據陝北民歌改編的革命頌歌：東方紅，太陽升，中國出了個毛澤東。他為人民謀幸福，呼喲嗨呀，他是人民的大救星……

唱罷〈東方紅〉，女兵模樣的人再次亮開嗓門宣布：下面，請大家拿出紅寶書來，向偉大領袖毛主席行三忠於、四無限禮！首先，所有人都要右手持紅寶書，緊貼在自己左胸心臟部位，跟著我唸誓詞。我唸一句，你們跟一句。唸到誓詞結尾處，連呼三聲「萬壽無疆」，三聲「永遠健康」，並且請把紅寶書舉過頭頂，跟隨節拍左右晃動……下面開始：

「最最敬愛的偉大領袖、偉大導師、偉大統帥、偉大舵手毛主席，我們心中最紅最紅的紅太陽！我們要以林副主席為光輝榜樣，無限忠於您、無限崇拜您、無限緊跟您、無限熱愛您。讀您的書，聽您的話，按您的指示辦事，做您的好戰士。我們誓死捍衛您，誓死捍衛戰無不勝的毛澤東思想，誓死捍衛您的無產階級革命路線！我們衷心祝福您萬壽無疆！萬壽無疆！萬壽無疆！我們衷心祝願您的親密戰友林副主席永遠健康！永遠健康！永遠健康！」

大會的群體敬頌聲中，揮動的紅語錄本形成紅色波濤。何道州身處其中，心情激動。這崇拜儀式據稱最早發端於山西大寨公社大寨大隊，是「農業學大寨」的產物，現已風行全國，又名為「早請示」，「晚匯報」。何道州他個湘師大中文系古典文學專業學生，不禁想起這套對偉大領袖的崇拜儀式有其古老的歷史根源，承襲的是先秦時期的《周禮》。《周禮》規範先民對祖先、對神靈的祭祀方式，規範臣民的思想行為，等級觀念。人世間的一切都要遵從這個「禮」。《周禮》最重儀式。「禮」本身就是儀式。後來的歷朝歷代都傳承著這個「禮」。各種大典、慶典均是通過莊嚴的儀式進行，最具震撼力、威懾力，同時形成一種文化凝聚力。毛澤東思想就是今天的「周禮」。用林副主席的話說：「悠悠萬事，唯此為大。」「它高於一切、重於一切、先於一切，大於一切。」

大會的崇拜儀式完畢，接著由公社武裝部部長兼政委、公社文化大革命領導小組組長管大關同志作重要報告。何道州這才明白管部長現在是蚣霸鎮公社的一號人物。管部長作報告也不用喇叭筒，河南口音，中氣十足，聲音洪亮，威震全場：

貧下中農階級弟兄們！革命造反派戰友們！今天是我們蚣霸鎮人民公社「貧下中農最高法庭」的第二次公審大會，又一次處理一批反動地富分子和他們堅持反動立場的家屬子女！偉大領袖、偉大導師、偉大統帥、偉大舵手毛主席教導我們：階級鬥爭，一些階級勝利了，一些階級消滅了，這就是歷史。毛主席還教導我們；革命是暴動，是一個階級消滅另一個階級的暴烈的行動！……同志們，上次宣判大會上我就講過，現在是地富分子拿起了刀，組織起「黑殺團」，要搞反革命暴動，迎接國民黨蔣介石反攻大陸；所以，我們要搶在這些反動傢伙動手之前，先消滅他們！不能留著他們做國民黨反攻大陸的內應。這也是農業學大寨，大寨大隊貧下中農總結出來的經驗。有人會講，我們生產隊的地富分子老老實實、規規矩矩的，不講怪話，不搞破壞，是些屁都不敢放一個的勞動力，也要處理掉嗎？在這裡，我要大喝一聲：同志！你是被右傾思想、溫情主義蒙住了眼睛，中了劉少奇「修養」的毒，中了劉、鄧反動路線的毒，中了階級鬥爭熄滅論的毒，喪失了革命鬥志和立場！屁股坐到走資派一邊，坐在階級敵人一邊去了！我要告訴你們，你們生產隊的那些個地富分子，包括他們的子女，表面上老老實實、規規矩矩，那是騙人的假象！他們其實無時無刻不在記變天賬，時時刻刻在想著奪取他們在土地改革中被貧下中農分了的房屋、田產、金銀財寶！做夢都想奪回他們失去的天堂。但那是我們貧下中農的勝利果實呀！偉大領袖毛主席教導我們：階級鬥爭，你死我活。對敵人的仁慈，就是對人民的殘忍！所以，在文化大革命大好形勢的今天，我們要遵從毛主席的最高指示，對敵人絕不能手軟，不是我們消滅敵人，就是敵人消滅我們！

當然，同志們，戰友們！在階級大搏鬥面前，我們也要講方法，講手段。對今天押來的這批地富分子和他們的崽子，由你們各大隊、生產隊在大會宣判他們的罪行之後，帶回去自行處理……下面，各大隊的武裝民兵請注意！武裝民兵請注意！把各大隊的地富分子階級敵人押到臺子下面來，命令他們面對貧下中農群眾跪成一排排，低頭認罪……喊口號！

何道州聽著管大關部長充滿殺氣的大會講話，一直心驚肉跳。雖是七月炎天，他身子仍像發瘧疾似地打冷顫。舅舅周樹根見他神色不對，幾次朝他使眼色，提醒他注意表現，要表現出憤怒、仇恨，愛憎分明，擁護處理階級敵人；而不能有絲毫的同情、憐憫，立場不堅定。不然的話，被旁邊的某個勇敢分子報告上去，自己的小命都保不住。

會場上口號喊得山響。仍是打打殺殺加上萬歲萬歲萬萬歲那幾句。氣氛越來越緊張，鬥爭的火藥味越來越嗆人。隨著口號聲，原先看押在會場外面的各大隊的地富分子，被趕羊群似地一一押解上場。他們大多青衣青褲，臉色死灰，身子佝僂，木頭木腦，被抽掉了脊梁骨，像些沒有魂魄、失去了精氣神的行屍走肉，面對強大的階級專政，鐵血無情，彷彿已經認命，祇等一死，任由宰割了。他們一排排跪著示眾，連跪都跪不直，不成樣子了。有的屁股坐在後腿上，有的身子前傾，雙手撐地，有的乾脆狗一樣匍匐在地，各種跪姿都有……

何道州緊張地睜大眼睛、伸長脖子在這堆階級敵人中搜尋著。其中是有幾十個女的，但個個勾頭俯腦，頭髮下垂，遮住她們的臉龐……祇聽到貧下中農革命群眾邊喊口號邊議論：就這些死貓死狗樣的東西，還想組織「黑殺團」，殺我們貧下中農？他們的卵子哪裡去了？把他們一抓，就哼都不敢哼一聲，眼皮都不敢抬一下？就是宰頭豬還會叫幾聲，殺隻雞也會跳幾跳……呸呸！老子看不起他們！臨宰之前倒是叫幾叫，跳幾跳啊！

何道州在跪了一地的地富隊伍裡緊張地搜尋著。他要找出周里教授、找出周靜、找出宋書琴、孟九疑……但他很失望，沒有他們的形影，沒有……但他沒有放棄。他眼睛睜得大大的，一邊跟著貧下中農們高呼萬歲萬歲萬萬歲口號，一邊繼續來來回回在那堆人肉裡搜尋……忽地，他見一個跪地的女子抬了一下頭，用手掠了掠遮住眼睛的頭髮。他簡直不敢相信自己的眼睛：那不是周靜嗎？天呀，是周靜！自己的未婚妻周靜……他緊張得心都跳到了喉嚨口，但不忘在舅舅耳邊說了聲：有了！我找管部長去！

說罷，何道州揚起左臂上的紅衛兵袖標，幾個箭步就奔上了主席臺，擔任警戒的民兵攔都沒攔住。主席臺上，管大關部長和公社貧下中農最高法庭的幾名「法官」正在核對各大隊報上來的地富農分子名單，準備宣判。何道州不管不顧，先對管部長行了一個紅衛兵式軍禮：報告部長！我發現我們湘師大的逃亡學生了！管大關乜起眼睛，對其他幾個「法官」說：停停！何同學，你發現了幾個？何道州再又立正、行禮：報告部長，是女的，名叫周靜，周總理的周，安靜的靜！行行，你們查查，看看名單上有不有個叫周靜的。

名字很快被查到。一名管部長的下屬報告：是有個女的叫周靜。前天抓到的，一看就知道不是本地的地富子女。幾個單身民兵爭著搶著要她做老婆，准許她活命。但無論大家怎麼打她、搞她，她衹是哭，死不開口。搜出她身上的學生證，才曉得她叫周靜。看樣子是個仇恨貧下中農的，和我們為敵，頑固到底了。

管部長聽了下屬的報告，一臉憤怒：小何，紅衛兵戰友啊，這樣的頑固分子，你還要帶回去？要不，我們一起處理掉算了！

何道州再又立正、行禮：報告部長，遵照我們湘師大革命委員會的指示，這名反動學生一定要交給我帶回去，交由我們湘師大的革命幹部、群眾批判鬥爭，嚴懲不貸！看，這是我的介紹信，我的學生證、黨費證……

管大關部長轉身和他的幾名「法官」商量了一下，做出決定：人可以叫你帶走。回頭你去填表辦個手續，再開個證明條給你，不然你是走不出蓮城地界的！對了，還要叫你舅舅、沙仂江大隊支書周樹根作保，打手模畫押……注意，下面宣判了！宣判了！

何道州很鬼，趁機呼口號：打倒反革命分子周靜！周靜不投降，就叫她滅亡！

隨後，他領著周靜逃跑似地走得匆忙，都沒顧上帶走黃大義縣長寄放在舅舅家的那份「材料」。

十九　大眼妹「罷工」

小九嶷連著兩天沒有露面。何瑤好生失落、惆悵。瀟水大酒店門外卻出現了一張印有大眼妹玉照的大廣告：蓮城紅歌大賽即將舉行！地點：周敦頤廣場；時間：七月二十日；藝術總監：中國音樂學院青年歌唱家小九嶷；主辦單位：蓮城總工會、蓮城婦聯、蓮城共青團。

大眼妹是都龐嶺上飛下來的金鳳凰，廣告上的玉照倩麗得讓人眼前一亮。何瑤對唱紅歌沒有多大興趣。北京也有人組織唱紅歌，但沒有熱絡起來。沒想到蓮城這麼遠的地方也在趕時髦，跟風跑。何瑤發愁的是自己得罪、惹怒大眼妹了。都怪何瑤一時衝動行為不當所致。怎麼就沒有想到有反效果、反作用力呢？

那是上前天，大眼妹作為地陪，領他去參觀一個叫月牙洞的景區。月牙洞位於都龐嶺東麓，距縣城二十公里，距濂溪故里七公里，相傳為周敦頤十四歲時築室悟道之處。此洞群峰環抱，四周壁立千仞，白壁生輝，洞中有洞。其獨特之處是有東西兩個洞門：東洞門長六十五米，寬四十米；西洞門長一百〇五米，寬六十米，宛如城闕，狀極森然雄偉。入洞數十步，敞若廣庭。岩頂有一碩大的「天窗」，日光傾瀉而下，抬頭可見藍天白雲，十分奇異瑰麗。因此站在岩洞裡的不同位置，從不同角度會看到「天窗」的不同景象變化。譬如遊者從東門進去，朝洞中央走，頭上的「天窗」開始時像一彎「殘月」，形似蛾眉的「下弦月」；再往前走，那「月亮」一步步變大，逐漸像鐮刀，像小船，像半璧，從缺趨圓。行至洞中央，當頂已是一輪「圓月」，又稱「皓月」「望月」了。從洞中央繼續往西門方向走，這輪「滿月」又逐漸由圓而缺，一步步變得像半璧、像小船、像鐮刀，最後又形同蛾眉，變為「新月」、「上弦月」了。正是月牙洞這種從不同方位、角度引起的景物變化，使其充滿了神祕感和誘惑力，引得理學宗師周敦頤十四歲時入洞讀書修業，悟得「無極而太極」的玄理，為他後來的學術思想的發展奠定了基礎。

何瑤和大眼妹本來好好的，大半天高高興興一路觀景拍照下來，可說有了一種心心相印的感覺。在月牙洞裡，大眼妹還讓何瑤拉了手，說說笑笑。起初大眼妹還掙了幾下手指，沒掙脫，就讓何瑤拉著了，拉了一路。何瑤興奮得胸口怦怦直跳。這是他第一次拉住大眼妹的手。也是長這麼大，第一次拉住自己喜歡的女孩子的手。十指連心喲。她的手指好柔好嫩，衹是有些微冷。但讓他拉著，那柔嫩的玉指竟就又溫又軟了。他覺得自己臉孔發燒，一定燒得厲害。好在岩洞裡光線黯淡，不然讓大眼妹看到，就羞愧難當了。不！或許大眼妹也臉蛋燒得厲害呢，像朵紅玫瑰似的……他倆在岩洞裡磨磨蹭蹭，找了處地方坐下來歇息，手拉著手沒有鬆開。

一束不知哪兒折射過來的光線正好灑落在大眼妹身上。但見大眼妹的衣領口鬆開了。何瑤順勢看下去，一道深深的乳溝粉嫩粉嫩，兩側豐隆而起，很容易令人想起那兩粒誘人的紅櫻桃……他身上的某個部位有了感覺，都勃發了。大眼妹突然察覺到了什麼，罵了聲：你壞！隨即把領口掩上了。何瑤心慌慌的，回了句：我沒壞！大眼妹倒是拉了拉他的手：起來，還耍賴？你個壞鬼！何瑤仍強辯：我沒壞！大眼妹小聲罵：哪個看了不該看的，眼睛瞎！何瑤果真壞起來：我眼睛瞎了，你想我看都看不成了。氣得大眼妹拿小拳頭捶他。

有人朝他們走來了。他們也覺得在洞裡待的時間實在有點長了，才期期艾艾地從西門洞口出去，來到光天化日之下。洞外陽光刺目。何瑤還拉著人家的手不肯鬆開，終是被大眼妹甩開了。大眼妹的目光和他對視了一會，彷彿有怨，有恨。那波光盈盈的眼睛忽又習慣性地透出幾絲陰冷的神色，像在提防著什麼。隨後他們到離月牙洞西門不遠的路邊攤去打中伙，吃蓮城米粉。兩人也都有點心煩意亂，不知要說什麼才好。臨了，何瑤看了看天上的日頭，時間還早，於是開口：請問導遊，下面，是不是還要去遊鬼崽嶺？

小九嶷竟沒好氣地說：鬼崽嶺不順路。要去就去玉蟾岩，路近。也可以現在就回酒店。

您衹付半天的導遊費。

小姐春天臉，說變就變臉。何瑤不知道自己錯在哪裡了。是剛才在月牙洞裡不該拉她的手？是她自己也情願的呀。後悔了？記恨了？現在賭氣回酒店，連解釋、緩和的機會都沒有了……於是說：好，去玉蟾（詹）岩。我在電腦上看過資料，是全國重點文物保護單位。

車子很快上了公路。路況不佳，坑坑窪窪，大約要顛簸半個多小時。何瑤關照關好車窗，開冷氣，外面塵土太大。小九嶷虎著臉，嘟著嘴不理人。何瑤討好地說：妹子，別裝啞巴，你生氣的樣子很好看。介紹一下玉蟾（詹）岩的概況吧。

正經點！鬼才是你妹子。討厭你！小九嶷像和誰有深仇大恨似的，口氣很衝：張開耳朵聽好啦！玉蟾（蟬）岩，不讀玉蟾（詹）岩。認字認半邊，你的中文怎樣學的？教你中文的老師應該被停職，免得教出的學生回中國來混吃混喝。

天，好大的火氣，要爆炸似的。真是惹不起了。沒的事，惹不起偏惹：好好好，本人是應當虛心學習，洗耳恭聽。介紹一下玉蟾岩的概況，好不好啊？

小九嶷閉著眼睛，開始背誦解說詞：玉蟾岩遺址位於湖南省蓮城縣壽雁鎮白石寨村山麓，北緯二十五度，東經一百一十度。經過一九九三、一九九五、二〇〇四年三次國家文物局連同省文物局及美國考古學者認真發掘，出土了距今一萬八千多年前人類祖先最早的人工栽培水稻標本，同時出土了大量距今一萬五千多年前古人類最早陶器製品殘片……轟動了世界，被評為「一九九五年中國十大考古新發現之一」，「二十世紀世界一百項重大考古奇蹟之一」，更被譽為「天下穀源、世界陶本」……

車子一路顛簸，小九嶷又故意放低聲音，尼姑誦經似的咕嚕咕嚕，何瑤有一大半沒有聽清楚。好不容易到了玉蟾岩下一塊不大的荒草坪上，地上有不少車轍，是景區停車坪了。今天祇有他們一輛車。

山不高，玉蟾岩在半山腰上，有南北兩個洞口。小九嶷領著何瑤上了南洞口。旁邊有塊白底紅字告示牌：嚴禁採挖洞內「神仙土」，違者罰款五千元人次！好不嚇人。洞口外有位個頭特別矮小的老者席地而坐，右臂上佩有黃袖標：收門票，每人一元。何瑤送上兩元，老者也不給門券。祇見地上還攤了塊硬紙板，一小包一小包擺放著草藥末樣的東西，薄膜封皮上印著小紅字：神農散，包治百病。五元兩劑。何瑤好奇，蹲下身子問老者：這是什麼土藥呀？那邊不是有塊牌子，禁止採挖「神仙土」嗎？老者露出滿口缺牙，神祕地笑笑，聲音倒是清楚：我賣的是公家產品，村委會監製。神藥啊，取洞裡幾萬年的土精祕方製作，以井水泡七天七夜，去渣後和米湯服下，包治上海、廣州那些大醫院都治不好的疑難雜症。一劑見效，三劑見好，九劑除根……

小九嶷撇著嘴一臉不屑，丟下何瑤，逕自進岩洞去了。

老者望望小九嶷的倩影，昏花的老眼閃爍：後生崽，多買幾劑，管用！治女人經血不調、不孕、陰冷、性事不暢，特效！不信？晚上就試試。無效，明天來退錢。

何瑤紅頭漲臉，再聽不下去，扔下五元取走兩包，起身離開。

老者迅即起立，壓低聲音追著喊：九劑，九劑二十元，特價啦，特價啦！

何瑤不再理會。小九嶷已在洞穴裡等著他。已經介紹過，洞高五米，南洞口寬十五米，北洞口稍窄，洞內縱深二十來米。由於有兩大洞口，山風流暢，洞內十分清爽。但四壁空空，什麼文物古蹟都見不到。這就是全國重點文物保護單位？衹有一位老者在賣「神仙土」？何瑤不禁有些失望。他隨小九嶷在土墩上坐下來歇息，享受天然冷氣。

小九嶷冷冷問：買了兩包寶貝？

何瑤小心陪笑：神農散，包治百病。

傻瓜，白痴，騷包！

你為什麼不提醒，勸止？

你是研究生，歸國華人，高級知識分子，本小姐懶得作聲。要是平日帶其他團來，我都勸他們不要買。就是一撮土灰，哪裡是什麼藥？今天誰願上當活該。

何瑤心想不就五塊錢嗎，也值得較真？再又看看那「神藥」：神農散，神農嘗百草，好名字。為什麼叫做「散」？

小九嶷斜起大眼睛：什麼神農吃百草？你把中華始祖當牛？神農嘗百草！「散」就是中藥的粉劑。連這個都不懂，你的中文也就小學生水平。

何瑤知道她渾身長刺，刺玫瑰，挑釁，哥們偏不生氣，偏問：玉蟾（詹）岩，啊，對不起，玉蟾（蟬）岩，為什麼叫「玉蟾」？我查過電腦，蟾是蛙科動物，樣子很難看。好好一處遺址，叫做蟾……還有京劇《嫦娥奔月》，也把月亮稱為「玉蟾」，一點不美。

小九嶷仍是一臉嘲諷：大學問。這個岩洞當地人叫做「蛤蟆洞」、「麻拐洞」、「癩蛤蟆洞」。蟾是學名，就是俗稱的「癩蛤蟆」，背上長滿黑瘡皰，有劇毒。

何瑤心想小丫頭的氣還沒有撒夠？清華同宿舍的北京哥們傳授過他們的泡妞經驗：若是有姑娘看上了你，做出生氣的樣子，其實是撒嬌，想你去親她，抱她，狂吻她……幾萬年前的祖先們，住在這山洞裡，赤身裸體，談情說愛，繁衍後代。他神思恍惚了一下，無緣無故地說：美國祇有青蛙，沒見過蟾，癩蛤蟆。

大眼妹眼睛一閃，又挑釁：哪樣沒有？好大一隻！

何瑤按捺不住了，這丫兒太壞了：在哪裡？

大眼睛再又一閃：就在眼前，你就是一隻癩蛤蟆！

何瑤渾身都發脹了，憋得太久了，忍無可忍了，力氣都沒處使了，騰地一下站立，像頭紅眼豹狗撲了上去，一把抱起小九嶷就狂吻了起來……小九嶷掙扎幾下掙不掉，也不出聲，雙手死命抵住那顆腦袋，忽地抽出巴掌，使盡力氣啪地一聲劈下！打得何瑤眼冒金星，臉頰火燒火辣。那柔美粉嫩的彈琴的玉指原來也是利爪，力量夠大。一個小時前還任他拉著，撫著，十指傳情。看來清華哥們傳授的泡妞程序不對頭。也怪自己二十三歲才遇上初戀……

小九嶷掙脫了他，氣沖沖朝洞口走去，朝山坡下的停車坪走去。完了，完了，一時的衝動，魯莽，把事情搞砸了，難以挽回了。可她也下手太重，從小到大我娘我爹都沒捨得打過我……

活該，你小子聽信妖言，性侵，人家可以去告你。臉塊紅腫了紫了沒有？回酒店怎麼見人？怎麼對教授老爸解釋？吐了口痰，帶血絲，腮巴有內傷。

在玉蟾洞外，他還被賣「神農散」的老者送上兩句蓮城漁鼓：小娘子，一臉春色含嬌嗔；大公子，急欲求成走麥城……老傢伙其貌不揚，倒像有點文化。

一肚子委屈無處可訴。開車回城的路上，小九嶷坐在副駕駛座上打瞌睡，眼角噙有淚珠，沒有滴下。何瑤知道大眼妹是裝睡，不理人。免開尊口。看著她可憐楚楚、嬌柔無力的樣子，他心軟了，疼了。忘了人家下手太重了。怎麼好？怎麼好？一時又自責不已。他覺得應當補救一下，酬謝一下。精神損失物質補償，美國青年就習慣這麼辦。他的上衣口袋裡有一個印有「一帆風順」小金字的紅包，放了好幾天了，內有兩千元，不多不少，正要找到機會送給她。這個大眼妹啊，每年暑假回來酒店打工，白天當地陪，晚上唱弦子掙學雜費哪。她母親是酒店老闆，大富婆，也不能阻止她做暑期工掙錢……何瑤開著車。路上車輛和行人都不多。路兩旁的鑽天楊投下濃蔭，天氣已不像上午那樣熱浪熏人了。很快，他就看到了蓮城，看到了瀟水大酒店那十八層的琉璃大廈了。何瑤邊開車邊掏出小紅包，輕輕放在大眼妹手上。

大眼妹一下子就醒了，吃驚地看著手上的紅包，怕燙似地問：這是什麼？

何瑤眼望前方，遲疑片刻，很不得體地說：辛苦你幾天了，一點敬意、謝意、歉意。

大眼妹登時雙眼瞪得比平時再大了一倍，眼神憤怒又陰冷：你把我當什麼人了？當街女了！混賬！王八蛋！見你的鬼去！說罷，她忽地把紅包摔到何瑤臉上。

何瑤臉一閃，方向盤一偏，一腳煞車，車停在了路當中。好在這時候沒有往來的車輛、行人，不然就出車禍了。何瑤嚇出一身冷汗，不等他做出解釋，大眼妹已經打開車門跳下地，朝他嚷嚷：你自己回去吧！我不坐你的鬼車了！何瑤也跳下車，想把大眼妹勸回車裡去。蓮城、瀟水大酒店雖已在望，至少也還有兩、三里路遠。

大眼妹仍是一臉怒火，亮起嗓子說：謝了！蛇有蛇路，鱉有鱉路，你不走正路。以後各走各的。你去找另外的地陪吧。姑娘我沒有興趣了！說罷，她頭也不回，像頭小鹿似地快步走了。

對於這突如其來的變故，何瑤一時想哭都哭不出。「蛇有蛇路，鱉有鱉路，你不走正路」，什麼意思？他不懂。在他眼中，大眼妹生氣的模樣、她小鹿似的背影都好好看，好可愛……我錯了？錯在哪兒了？天！我怎麼這樣愚蠢，這樣沒有腦子，犯這樣低級的錯誤？我都不能原諒自己……剛和人家手拉手，又剛被人刮了耳光，卻送人兩千元紅包，俗不俗？惡心不惡心？何瑤呀，何瑤！你真是長了個豬腦子，狼心狗肺，不是東西！人家大眼妹有一百個、一千個理由看不起你！你侮辱了人家的感情，侮辱了人家的人格，還自以為是……難怪，你週末去做「代駕」，染了一身的市儈氣，銅臭氣……活該！你活該……怎麼去挽回大眼妹對你的看法？怎麼去彌補自己給大眼妹造成的心靈傷害？大眼妹會不會接受你的道歉？

何瑤總算把車子開回到酒店地下停車場。擦乾臉上的淚痕，他上到房間裡，父親還在睡午覺。他不敢把自己今天犯下的低級錯誤告訴老爸。他不想什麼事都告訴老爸。老爸不是也有許多事沒有告訴他？人總該各有自己的一些心事祕密。臉上的腫塊怎麼解釋？就說是馬蜂叮的。要不要去酒店醫務室打個補丁？說出來都丟人，被自己心儀的女孩子揍的！雖然心裡仍在悔恨不已，但他表面上還是平靜許多了。他需要勇敢地正視現實，面對事實。自己的確是喜歡上大眼妹了。這些天，那對時而波光盈盈，時而清冷漠然的大眼睛總是在他腦子裡浮現，晃蕩。不去想都不行。知道她和她母親大人就住在酒店頂樓花園洋房裡，但卻無法和她聯繫。他到酒店服務臺要電話號碼，人家值班小姐說：何先生，對不起，小九嶷有吩咐，這幾天她休息，不接電話。喲，先生的臉哪樣啦？醫務室在二樓，去看看？明天我們另外替您派個「地陪」吧。

二十 也是個人物：松小路

酒店給何瑤派了個男性「地陪」，就是原來約定過的那個小青年，姓松，靈眉俊眼，清清秀秀，個子不是很高，叫他「松地陪」不好聽。小松送上一張名片，松小路，這名字倒是別致，不俗。

這天何瑤沒有開車，拎了相機步行去參觀東門鄉何紹基故里。東門鄉就在蓮城東門一帶，已經是縣城的一部分，所以不用開車。他和松小路穿過周敦頤廣場，沿溪水邊一條石板路北行半小時左右，過一座石拱橋，就是東門鄉了。小路人很熱情、敬業，邊走邊滔滔不絕背課文似地介紹：

濂溪故里古建築群為全國重點文物保護單位，位於縣城西南二十公里的清塘鎮樓田村，始建於北宋年間（一說「南宋」），距今已有一千二百年歷史，是理學鼻祖周敦頤的出生地。自宋以來，歷朝歷代都對其精心營造、修葺，建築規模日趨壯觀，古建築達三十八棟，形成了以道山、道岩、聖脈泉為主的自然風光，以周敦頤故居、愛蓮堂、濂溪祠、文塔、「蘭挺桂秀」等為代表的建築群……

何瑤任松小路背誦了一段濂溪故里的介紹文字，哈哈一笑，不得不提醒：小路，我們今天是參觀何紹基故里，你怎麼介紹起周氏濂溪故里來了？

松小路臉都紅了，連忙道歉：搞混了，搞混了，對不起……這兩天連著陪團遊濂溪故里，嘴巴唸慣了，唸到周家去了……對，對，我們是遊何紹基故里來了。

何瑤怕他又背出一大段何紹基故里簡介詞來，便問：你是旅遊學校畢業的吧？

小路答：您猜對了。我高中畢業，沒有上大學，祇讀了省旅遊職校，三年高中白上了。對不起我娘，她是個「遺屬」……

何瑤見小松年紀輕輕，走路低著頭，不時嘆氣，似有精神包袱，忙安慰：進職校，學導遊，這個職業好。天天接觸不同的人，工作單純……你不知道，現在不少大學生畢業就失業，找不到工作，更想不通哪！對了，你剛才講你母親是「遺屬」，什麼叫「遺屬」？

小路抬起頭來，警覺地看了何瑤一眼。大約看出何瑤並無歹意，才嘆口氣說：我們旅遊局有規定，有的話，不准講……算了，算了，你個北京來的大學生，也不要打聽了。反正不是什麼好事，聽了祇會叫人煩心。

何瑤見他有難言之隱，也就不再問：好好。那就回到你的本行來吧。

小路一時又回復到他的職業習慣，熟練地背誦起何紹基故里的歷史淵源。何瑤發現他的記憶力超強：

何紹基故里建築群就在這東門村，現在是縣城東門街道。從自然環境來講，何氏祖先擇居此地，有地輿風水的考量。臨水而居，後倚橫脈之中，居高而立，河中土墩呈長條形，近處樹林繁茂，遠處有秀峰對峙，呈現水木清華格局。地輿家勘測，居王兼子，前為東洲，收辛戌水過堂，水出東方，主子孫繁盛，人物輩出……但是我和你說，現在的「古建築群」是個仿品。其實不是真正的故里，是縣裡為了開發旅遊，也是為了紀念清代著名人物何紹基，徵集幾所民房，經翻修更名為「何紹基故里」，二〇一一年被省政府認定為省級文物保護單位。因為聽說你是清華土木系研究生，所以才和你說這個話。那歷史上真正的「何紹基故里」是怎麼回事呢？講起來話就長了。真正的何氏故里規模宏大，古建築極多，景點也極多。可惜經歷了四次嚴重的破壞。第一次是一八五二年太平天國農民起義軍攻陷蓮城，駐紮五十九天，肆意破壞；第二次是抗日戰爭期間日軍的轟炸毀壞；第三次是文革期間的破四舊；第四次是改革開放農業豐收拆老屋蓋新樓，使得原保存下來的建築基本上消失了。

松小路一路講述下去：那麼我們就來回顧一下，東門村在歷史上有怎樣一個顯赫的家族。何氏祖先是元末明初從山東青州遷徙到蓮城東門鄉來的，繁衍生息了數百年。這是一個客家人南遷後繁榮昌盛的典型。讓歷史研究者津津樂道的是，一個從北方遷徙而來的普通古村落，耕讀傳家，書香綿延。數百年來，探花、進士、舉人，一品官、二品官、郡守、將軍、詩人、書法家竟達一百多位。據史書記載，何氏家族從第八代到第二十三代的四百七十七年間，先後中探花一人，進士二十四人，舉人十六人；一品官二十一人，二品官十四人，三至七品官八十五人，其中將軍十三人。何氏家族不但出文官，也出武將。總之，從何之浩家的「四大才子」，到何凌漢家的「何氏四傑」，到何文黃家的「五大將軍」，呈現出一個家族人物輩出的華麗輝煌。這在我國歷史上也是少有的……

小路繼續：在何氏家族祖輩人物當中，又以清代名臣何紹基最為著名，最有成就。他的父親何凌漢官拜戶部尚書，是知名書法家、教育家、藏書家。何紹基生於一七九九年，清道光年間進士，曾任翰林院編修，四川學政，後主講山東、湖南等地書院，通經史，旁及金、石、文學，尤其精於書法，是清代最著名的書法家。他的書法作品在當時即片紙隻字都被視為瑰寶，名山大川、名觀古剎都以擁有他的墨蹟為榮，為「有清二百餘年第一人」，「把中國書法藝術推向第三個高峰」。他獨創的「何體」，成為中國書法藝術中一支生命力很強的流派。

小路講得忘情。何瑤聽得出神，不禁暗暗稱奇：不簡單，這個「地陪」不簡單，年紀輕輕，大約才從旅遊學校畢業不久，介紹起何紹基的家族歷史卻如數家珍，看來是個喜歡讀書又過目不忘的人。今天若還是小九嶷做「地陪」，肯定講不出這許多史實來的。她衹會撒嬌氣，鬧脾氣。怎麼又想起她來了？人家都不睬你了，你卻念念不忘呢。

現在的東門村的確沒有多少看頭。太陽火辣，氣溫濕熱，不一會身上就汗濕了。他們到一棵大樟樹下的石凳上坐下來乘涼、歇息。何瑤習慣地舉起相機，可進入鏡頭的盡是些不中不西的新建紅磚、灰磚民房，找不到傳統的古民居了。他從背包裡取出兩瓶礦泉水，遞給松小路一瓶：小路，你記性好。何紹基故里，歷史上有過哪些景點、建築物？能不能再介紹介紹？

松小路彷彿受到鼓勵，一仰脖子喝下礦泉水，又興致勃勃地背誦起相關的資料來：

史料記載，何紹基故里古建築群最早的有「進士樓」，為何紹基太高祖享水公、玉泉公建於一六八四年。「進士樓」原為何氏宗祠。原祠堂大門上方的「何氏宗祠」匾額為何紹基父親何凌漢所書。整座宗祠由左右側廳、大廳、正堂四部分組成。左廳有一匾額，紅底金字，由一品提督何紹彩書「武功將軍」四字；右廳有一塊曾國藩送給何紹彩母親七十大壽的大匾；大廳兩側分別懸掛何紹基對答咸豐皇帝的手書雕版，左宗棠對何紹基小楷的親筆評介；正堂有何氏二十一個一品官牌位，右側牆壁嵌有兩塊石碑，一塊為何紹基書寫，另一塊為何維樸書寫，都是十分珍貴的文物。何氏宗祠更名為「進士樓」是後來的事了。

何氏故里的另一座著名建築物是「探花第」，建於一七五八年。大門旁豎匾「探花第」三字為何凌漢所題。大門上的一副對聯「箕裘守詩禮，冠冕接星辰」，也是何凌漢所題。西院聯語「恩隆九陛，春滿一庭」為何紹基所題。一八五二年，太平天國起義農軍攻陷蓮城，盤踞何紹基故里五十九天，門第聯被毀，豎匾、西院聯語尚存。一八六二年，何紹基六十四歲了，回鄉掃墓，目睹「探花第」殘蹟，痛切地賦詩一首：

乙丑先公及第初！探花第額手親書。
一庭忝荷隆恩庇，三字仍輝劫火餘。
差幸奇礓留馬磴，重題木主奠神居。
不堪夜夜門前月，一片荒苔是敝廬！

後來，「探花第」曾經有過修復，正堂列何凌漢、何紹基父子畫像，並進士、舉人十六塊牌位；大廳四周有十幾塊大型石碑。門樓對面是八副進士石、假山、裝飾石以及許多後人題寫的碑文。最可惜的是，何凌漢所題「探花第」三字豎匾，太平軍都沒有毀掉的，卻被一九六六年的紅衛兵「破四舊」毀掉了。幸而還有一塊何紹基所題的「探花第」橫匾，逃過劫難，保存至今……

松小路見何瑤聽得專注，又說：何氏故里的第三座著名建築是「東洲草堂」。「東洲草堂」的前身為「鶴鳴軒」，始建於元末明初，原是東門村私塾，後為何紹基父母的住處，並繼續作私塾，亦是何紹基兄弟四人出生的祖屋。咸豐元年（一八五一年），何紹基五十三歲時因丁憂返回故里，「鶴鳴軒」年久失修，已經「還家如做客，敝廬無一椽。」他出資並邀集族人重修村中的祠堂，還在廢墟上復建了「鶴鳴軒」，附加上「東洲草堂」的宅號。實際上新的「東洲草堂」比原來的「鶴鳴軒」的規模大了許多，買進了西面的一座柑橘園，造屋兩棟，纂集家譜，題為「譜軒」；再又造「環秀亭」於東南隅，有池塘、石梁跨之，題「望瀛」二字匾，恢復並拓展了原「開軒縱遐睎，門對東洲（一作「州」）山」的舊貌，再又題匾「詩境」。前面說過，時隔一年之後的一八五二年，「東洲草堂」連同「探花第」、「進士樓」均毀於太平天國起義軍。一八六二年，何紹基六十四歲時，最後一次回到故里掃墓，屋廬蕩盡，林木一空。唯石梁及環秀亭仍在。後何紹基為此又賦詩一首：

鶴鳴軒本大書房，聊借東洲榜草堂。
桂苑高撐雙樹月，橘園添染一林霜。
百年講社成焦土，一曲瀛橋護水光。
環秀孤亭無恙在，譜軒詩境付蒼茫……

小路難得遇到何瑤這樣的用心聽眾，於是也更用心講解：何紹基故里還有另外兩處美麗的景觀，一是石魚湖，二是五如石。石魚湖在故里的村尾，五如石在故里的村頭左溪與瀟水交匯處。唐代元結做道州刺史時，在湖邊建亭，常載酒泛舟，遍飲坐者，寫下有名的〈石魚湖上醉歌並序〉：石魚湖，似洞庭，夏水欲滿君山青。山為樽，水為沼，酒徒歷歷坐洲島。長風連日作大浪，不能廢人運酒坊。我持長瓢坐巴丘，酌飲四座（一作「坐」）以散愁……後來，明代大旅行家徐霞客遊道州，也記敘過石魚湖和五如石的美妙風景。

松小路一路不徐不疾地娓娓介紹下來，何瑤再次被他驚人的記憶力迷住了。兩人坐在樟樹濃蔭下，有清風徐來，聽知了鼓譟，濃蔭之外烈日炎炎，他們都不急於去參觀何紹基故里的那些贗品建築了。松小路還要背誦元結的〈五如石銘並序〉，何瑤忍不住插話：小路，我看你都稱得上是個何紹基故里專家了。你肯定是愛讀書，勤學好問的人，口才和記憶力這麼好……為什麼沒有去考大學，讀文科？

松小路見問，目光頓時有些黯淡，有些羞澀。停了停，才回答：考是考上了。武漢大學中文系給了我錄取通知書，但我白高興了。家在農村，父親走了，我娘一身病痛，沒錢醫治。家裡窮得精光，哪裡拿得出一萬五千元的學費、食宿費？我娘倒是個讀書人，從小教我認字……後來還是二中的李玉如老師還有鄉幹部說我個人才，給出主意，開介紹信，讓我拿著武漢大學的錄取通知書去省旅遊學校求情，破例收下我……省旅遊學校的五千元報名費、學雜費還是李老師給的，至今沒有還清……

李玉如老師？何瑤想起父親那天請她吃飯時見過，慈眉善目，特級教師。他正在為松小路抱屈，忽然見到一名女子一陣風似地騎自行車闖入大樟樹下的濃蔭裡。她沒有下車，祇是雙腳尖點地站穩。她叫道：松才子！松才子！叫我好找！原來在陪客哪。你們旅遊局找人找到酒店，通知你晚八點回局裡參加會議，討論什麼重修何紹基故里的事……我通知到了啊！拜拜！拜拜！

那女子來是一陣風，去也是一陣風。竟然是大眼妹，小九嶷！何瑤都來不及反應，人家也沒有看他一眼。松才子，松才子？天，小九嶷都叫他松才子。這是怎麼回事？小九嶷為什麼要來找松小路？難道是來看看他何瑤？你就自作多情吧！人家斜上眼睛都不屑於看你。

松小路告訴他：縣旅遊局成立了一個籌備小組，準備召開一次重建何紹基故里的學術研討會……要是你在蓮城多住些日子，請你賞光出席。

二十一 涼粉店主何湘姑

兩人冒著烈日參觀「何紹基故里」。果真是徒有虛名的簡陋街道。穿過新建的牌樓，便見到一條磚砌的碑廊，一方方石碑都是當今名人題寫的頌詞、頌詩。前方不遠處是「東洲草堂」，再往前就是「將軍第」，都祇留下一個門樓。門樓後面是正在修建的三層水泥民居。繼續走，有一棟小小的木結構的「紹基故居」。松小路介紹，是縣政府徵收一所民房經翻修改名而成。「進士樓」無「樓」，「將軍第」無「第」，「石魚湖」無「湖」，都祇在原址上豎了塊石碑以示遊人。「東洲草堂」倒是幸存有一百平方米的右廂房。「環秀亭」倒是修復了，並在原址立了塊石碑。

何瑤一次次舉起相機，一次次放下，面對一些粗劣的仿古建築沒有了拍攝興趣。松小路則一路講解，一路用蒲扇替他搧風。兩人早又是汗濕肩背。最後一個景點位於左溪與瀟水匯流處的「五如石」。水邊有亭，亭內有碑，新刻唐代元結的〈五如石銘並序〉。松小路擔心文言文不好懂，遂用白話作解述：

這裡有一股活水叫做涍泉。涍泉向陽的一面有五顆奇怪的巨石左右前後地聳立著。登上這些石頭，彼此有些相像，因此我稱它們為「五如石」。這五塊石頭各有石洞，洞中湧流泉水，共七眼泉水，因此我又稱之為「七勝泉」。其中一塊石頭上有一雙眼睛似的深洞，一個洞我命它為「井」，與其下的泉水相通；另一個洞我稱它為「洞樽」。洞樽可盛「貝居酒」。這五顆石頭的尾部有穴，彎曲得像一條龍。因是潛行於地下急流的泉水，稱為「瀧」，泉水在遊戲哪！這奇異的景象，怎可不寫文章使其聞名呢？因此，銘曰：五如之石，何以為名，請悉狀之，誰為我聽？左如旋龍，低首回顧；右如驚鴻，張翅不去。前如飲虎，飲而蹲焉；後如怒龜，出洞登山。若坐於顛，石則如船；乘彼靈槎，在漢之間。洞井如鑿，淵然泉湧；澄瀾涵石，波起如動。不旌尤異，焉用為文？刻銘石上，於千萬春。

何瑤聽得出神，忍不住說：小路，元結這篇文章，前面的序你譯成了白話，後面的銘，你背誦的是文言文原文，更生動傳神。真佩服你老弟的好記性。

小路邊搧蒲扇邊說：讓你笑話了。熱得厲害。前面有間涼粉店，我們去吃碗涼粉，解解渴，消消暑氣。

何瑤正是求之不得：涼粉？又是你們蓮城特色？

小路說：這邊走。看，那裡不是掛著塊「涼粉」牌子？涼粉學名薜荔，是我們南方一種多年生藤本植物。它習慣攀爬附生在溪岸邊的古樹上，每年夏秋間結出一個個拳頭大小吊鐘樣的果子，很是好看。我讀過一篇散文，說古人仿照它的模樣發明出銅鐘，大者為鐘，小者為鈴。又說現代人也仿照它的樣子，發明出能返回地球的太空艙……你不信？等會我叫老闆娘拿個果子給你看看。清涼解渴的涼粉，就是用它的果肉磨成漿，再加少許蔗糖，兌以冰冷的井水製成……

何瑤聽小路講得神乎其神，薜荔果竟是太空艙的遠祖，充滿鄉下人的智慧和想像，倒是真想品嘗這飽含古意的涼粉了。說話間，兩人進入店內。店面簡樸，也還寬敞、淨潔。他們找了一張吊扇下邊的桌子坐下。小路說：現在太陽當頂，遊客稀少。等到日頭下山，遊客就多了，吃涼粉的人就要排隊了。說著，小路揚嗓叫了聲：何姐！何湘姑！來客人了！

何瑤聽成了「何仙姑」，八仙過海那個女仙人了。

喲！松大才子，帶客人來了？歡迎歡迎。一個二十幾歲、白褂布裙、模樣周正的女子應聲而出。

來來，介紹一下，這位是北京來的清華學者，考察我們東門鄉何氏祖屋。

北京來的啊！稀客，稀客。店裡有剛磨出來的涼粉，剛汲出來的井水，三碗五碗，現配現吃。松才子，算你姐姐我請客。小店簡陋，難得有首都貴客。

蓮城女子舌粲蓮花。蓮城官話，唱歌似的好聽，何瑤聽得親切。他忽然覺得，「何仙姑」的聲音有些像小九嶷。待「何仙姑」進後堂配涼粉去了，何瑤問：小路，八仙過海啦？另外，先前騎車來樟樹下找你的那個大眼妹，通知你晚上去參加會議，你們是朋友啊？

松小路奇怪地看何瑤一眼：先糾正你一下，人家叫何湘姑，不是何仙姑。另外，大眼妹是音樂學院高材生，將來要當歌唱家的。我敢高攀？做夢都不敢。人家高傲得很，輕易不把人放在眼裡，脾氣也怪怪的……今天也是出了奇了，她怎麼會來通知我開會？恐怕，恐怕也不是為了來找我的吧？對了，你也曉得她叫大眼妹，前幾天不是由她給你當導遊？其實，是個可憐的女子……

何瑤心裡一緊：可憐的女子？她母親不是瀟水大酒店老闆嗎？出身香港富豪之家。

小路看看四周，放低些聲音：她是孟謈果老闆的女兒不錯……大眼妹不是她親生的，是養女。她親娘一生下她，就把她放在了大酒店門口。那是二十年前的事了。聽講也是個「遺屬」。

正說著，何湘姑以木盤托著四碗涼粉，笑盈盈地來了。雪白的瓷碗，雪白的羹匙，碗裡盛著淺紫色的凍羹，半透明，微微晃蕩著，鮮嫩鮮嫩，一看就十分誘人。何湘姑說：嘗嘗吧。請貴客多提寶貴意見……本店這原生態涼粉，含多種天然纖維素以及十八種微量元素，具清火潤燥、健脾益胃、涼血安神、減脂降壓功效……

何瑤聽何湘姑唱廣告詞似地介紹著，一口兩口涼粉吃下。此物果然清爽可口，甜涼適中，確是炎炎伏天止渴解暑的妙品。涼粉是否有提到的諸多功效另說。他生平第一次吃到中國南方的這種特色涼羹了。

松小路也口腹過癮。見何湘姑仍陪在一旁，便問：美女，大眼妹不是也在你們店裡做鐘點工，怎麼沒有來上班？何湘姑答：問我那妹子啊？剛騎車來過，說身上不爽，回去休息了。她老娘那樣有錢，她硬要自己找事做，見事就做，說是掙學雜費、零花錢。我看著就心疼。松小路又問：你和你老公承辦的那薜荔園，搞人工栽培，搞得怎樣了？五千棵哪，豐收在望了？

何湘姑的答話仍是唱歌似地好聽：還要多謝你大才子哪！起初就是聽了你的主意……縣裡、鄉裡也支持。農科所派了技術員來指導。後來許多鄉親入股，又加種了五千棵，現在是萬棵園了。前年開始掛果，一個個小金鐘樣的，很好看呢。我老公已向縣旅遊局提出申請，想辦薜荔園一日遊。遊客還可以親手摘果子，親手磨漿打涼粉……你們城裡人叫什麼體驗鄉村生活……我們辦開園儀式那天，你大才子是要來參加剪綵的啊！

松小路聽得高興，眼睛放亮：好，好。我們蓮城民營企業又要多一個「王」了，「涼粉王」！剪綵嘛，是領導的事，我不夠格。但開園那天，我會建議我們旅遊局送一塊「涼粉王」金匾，怎樣？

何湘姑笑靨如花，也是趁熱打鐵：謝謝大才子，我就先拜託了……要不，你就帶這位北京來的貴人先到園子裡走走？走去也就兩、三里路，也可以喊我老公回來開車送二位……那萬多棵藤藤蔓蔓，栽下去三、四年，底肥下得足，都爬在架子上一兩個人高了，地下陰涼陰涼的，真是乘涼的好地方哪。晚上就賞光，到我家吃個便飯，喝甜糯鬍子酒。

小路看看何瑤，以眼神徵求了他的意見，然後說：改天吧。改天吧。客人今天還有別的任務。改天一定陪客人來遊園。叫上大眼妹一起來，但不能有驚夢。

何瑤笑了。松小路在熟人面前還很幽默，扯上《遊園驚夢》了。

店裡來了新的客人，在靠門口的方桌旁落座。何湘姑笑著招呼去了。松小路看著湘姑的背影，忍不住自言自語說了一句：也是個「遺屬」，也是個「遺屬」。

何瑤聽小路講女店主也是個「遺屬」。怎麼蓮城到處都有「遺屬」？什麼是「遺屬」？裡面一定有故事。

松小路沒有回答。他起身去到櫃檯，拿來一個果子，放在何瑤面前：看，涼粉果。像不像小金鐘，或是青銅鐘？你在北京肯定見不到，就是在省城也少有。

何瑤確是頭次見到這奇異的薜荔果，圓錐形，上小下大，青白色，拿在手上沉甸甸，倒是有些像北京胡同裡小朋友玩的小陀螺。若說它是大鐘寺大鐘的前身，甚至是太空艙的始祖，則是出自鄉下文人的想像，有點離譜。他又想起大眼妹來了，仍舊四下看看，低聲說道：小路兄弟，你能不能告訴我小九嶷的生身父母是誰？為什麼一生下她，就把她放到了酒店門口？

松小路見他念念不忘這件事，目光就有些黯淡：講不得。我們蓮城過去的事，特別是「遺屬」的事，政府已經處理過了。上面有紀律，不准再提。三中全會精神，團結一致向前看，不糾纏歷史舊賬。

何瑤仍不甘心，不想放過：對我私下講講，我一定保密……我和你一樣關心小九嶷。

松小路瞪了瞪眼：對不起，不能再講。已經犯了紀律。何況小九嶷本人至今也不曉得自己的身世。她以為自己就是孟嚳果董事長的親生女兒。這件事，大家都對她瞞得嚴嚴實實。要是哪天讓她曉得了自己的真實身世，她會活都活不成，至少會瘋掉！

何瑤心裡打個哆嗦，頭皮陣陣發麻。事情竟這麼嚴重？不問了，不問了。小九嶷真可憐，想想都心疼。再說，松小路講他自己就是個「遺屬」，女店主何湘姑也是個「遺屬」。他來蓮城一星期，第一次聽到這個名稱。「遺屬」有什麼樣的背景？出過些什麼事？小九嶷，你身上究竟有多少你自己都不知道的隱情？

松小路開始吃第二碗涼粉。何瑤也是。涼粉頗像北京小吃店裡賣的果凍。但那果凍太甜，懷疑放了糖精。這裡的涼粉卻是天然風味，祇加了少許蔗糖，甜度恰好，清涼爽暢。要是在北京、在省城吃得到這種淺紫色、半透明的涼粉就好了，肯定大受歡迎。或許，何湘姑家的薛荔園祇是個開端，改革開放後的蓮城人很有生意頭腦、經濟創意。若像麥當勞、肯塔基那樣開連鎖店，前景不可限量……

何瑤心裡已經有個想法，要和小路做朋友。這是個值得敬重的朋友，有才幹，有學識。他們那個正在籌辦的「何紹基故里重建開發計劃」不正和自己的「江南古民居建築研究專題」合拍？對了，是個難得的機遇。要是自己也能參與其中，從實地考察、整體規劃、構圖設計做起，他清華大學的導師肯定大有興趣，會大力支持。松小路就是他在蓮城的良師益友……當然，這事不能一時頭腦發熱，得自己先想好了，考慮好方方面面的因素，徵求方方面面的意見，才可以做出決定。

女店主何湘姑仍在和門口角落的幾個客人講講笑笑。何瑤伸出手去，和小路緊緊握手：小路，我們做個朋友好嗎？我很喜歡你這個小兄弟。我父母祇有我這個兒子。我從小就想有個兄弟……

松小路面對他這突如其來的提議，一時有些慌張、不適，彷彿聽錯話了：我、我不明白您是什麼意思。您一位清華研究生，來我們蓮城度假，考察明清古民居，過些天就要回去的。

何瑤看到小路吃驚的樣子，知道是自己唐突了，輕率了，太無人生閱歷了。他竟想和一個交往了半天的人稱兄道弟，可笑不可笑？但他又不願收回自己說出的話，縮回伸出去的手。他就是想和小路做朋友，甚至認兄弟。像大多數在美國出生、長大的孩子，缺心眼，腦子一根筋，待人待事簡單化，熱度高，見面熟，跟著感覺走。當然，他這舉動也包含有某種功利主義。

何瑤臉龐漲得通紅，心血來潮，一不做，二不休，竟把前天小九嶷拒收的那個「紅包」掏出來，一把塞給小路，聲音發顫地說：收下吧，幫你母親治病的，管不了大用，一點心意而已……

松小路嚇一跳，臉都白了，連忙把紅包推開：你、你這是做什麼？同志哥，不是不可以……和你做朋友，我一個鄉巴佬巴不得，一百個願意！但紅包不能收，犯錯誤的。

看到松小路那個慌亂的樣子，何瑤倒是笑了：好，今後我就是你大哥了……現在可以告訴你了，我不是什麼富二代。母親去世了，父親在湘師大教書。我本人一邊在清華讀研究所，一邊課餘做家教，週末做「代駕」……你沒有去過北京吧？下回我請你去。對了，我又有個想法，你可以去找我的導師，著名的古建築專家錢教授。講不定可以安排你到土木研究院介紹蓮城明清古建築，講講濂溪故里，講講東門鄉何氏故居，就像今天你向我介紹的那些，肯定大受歡迎。

在松小路看來，簡直是天方夜譚，有點胡吹海誇了。吹牛皮又不犯法。他吹他的，我聽我的就是了。

兩人正說著；一個要給「紅包」，一個拒絕餽贈，僵持著。就見女店主何湘姑走過來了。何瑤用力把「紅包」朝松小路懷裡一塞，命令似地：叫你收下就收下！叫女店主看到，以為我們在做什麼……

松小路有些狼狽：我娘會罵我。反正，我會還給你的。

何瑤又瞪他一眼：那你是不想和我做朋友了？這是幫你母親治病的，還不行？你也沒有告訴我，什麼是

「遺屬」。還有，替小九嶷寫歌的那個「無名氏」是誰？

見小路游疑著沒回答，忽又問：好，我聽到一句話，「蛇有蛇路，鱉有鱉路」，什麼意思？你先告訴我這個，行不行？

松小路忙去和何湘姑打照面，沒有理會他。第一天替他當導遊，就什麼都想打聽。你是新華社記者，「包打聽」呢。

二十二　老夫聊發少年狂

老夫子已經從「時光隧道」回到現實生活裡。

晚飯後，父子倆一人一把躺椅，在酒店房間外的陽臺上乘涼。望著近處周敦頤廣場上的爍爍燈光，遠處瀟水上的點點漁火，何瑤對父親說起白天為他導遊的松小路。他說小路二十來歲，能隨口背出整篇整篇的濂溪周敦頤故里、東門鄉何紹基故里的歷史解說詞，甚至連唐代詩人元結的〈石魚湖上醉歌並序〉、〈五如石銘並序〉都一字不漏，爛熟於心，記憶力驚人。大家叫他松才子……他沒有父親，母親是「遺屬」。老爸，什麼是「遺屬」？

老夫子愣了愣，卻不回答什麼是「遺屬」，而反問：怎麼不是小九嶷導遊了？前幾天你們還高高興興，有說有笑，很投緣嘛。你的臉腫了兩天，紫了一塊，真是馬蜂叮的？

父親話裡有話，試圖探究點什麼似地笑著。

老爸避談「遺屬」，兒子避談小九嶷。馬蜂叮臉，愛信不信。何瑤帶著點挑釁的口吻：爸，我敢說，人家松小路的記憶力，恐怕要超過您這位湘師大名教授，儘管您的學生都尊您為活電腦……敢不敢把他請來和您比一比？

老夫子被這番話挑起了好奇心：現在蓮城的青年人裡，真有這樣的角色？姓松？有機會，我倒是想認識認識。元結還有兩首寫道州的樂府詩，蓮城就是過去的道州。一首叫〈舂陵行並序〉，另一首叫〈賊退示官吏並序〉。他背給你聽沒有？

何瑤搖頭。老夫子又問：白居易也有一首叫做〈道州民〉，他背給你聽沒有？

兒子有點難以招架了。他衹說了句人家松小路記憶力可能比他老夫子好，老夫子就較真了，來勁了。很好，一位快要退休的老教授還有這種好勝心，青春不老哩。不過，他也得考老夫子一考，驗證一下：老爸，您講的這些，松小路都沒有來得及背誦。我倒是現在就想聽一聽……

好小子！竟考起他老子來了。豈可在兒子面前示弱，丟份？

何瑤見老爸進入臨場狀態，趕忙進房替老爸端來大杯泡好的綠茶。他說：那就從元結的〈春陵行〉開始，然後〈賊退示官吏〉，最後是白居易那首〈道州民〉。

老夫子笑了：小子你胃口不小。想難倒你老爸呀？

何瑤趕忙修正自己的要求：隨意，您隨意……記得哪首背哪首。不必求全。

看看這做兒子的，想拿老爸開心，看老爸「露餡」似的。這時刻，你就是想要老爸鳴金收兵都來不及了。老夫子說：聽著，先給你講一講道州的歷史。你做濂溪周氏故里宋元建築、東門鄉何氏故里明清建築研究，不能不懂點道州歷史。道州自古與衡州、郴州、永州並稱「湘南四州」。秦始皇二十六年（公元前二二一年）設縣，隸屬長沙郡。隋開皇九年（公元五八九年）隸屬零陵郡；唐貞觀八年（公元六三三年）改名道州；兩宋時期仍稱道州；元朝至元十四年（公元一二七六年）改稱道州路；明洪武元年（公元一三六八年）改成道州府；民國二年（一九一三年）改為道縣至今，又稱蓮城。何瑤聽老爸一路敘說下來，心裡暗自嘆服：原來「活電腦」不是浪得虛名。

老夫子還祇是做了個開場白，接著進入正題：在唐代，道州是頗受朝廷重視的州郡，先後有四位有名、有政績的詩人做過道州刺史：裴虯、元結、陽城、呂溫。北宋名相寇準也做過道州知府。唐代文官大多能詩。著名詩人劉長卿曾來道州拜訪裴虯，不遇，留下一首「春過裴虯郊園」：郊原春欲暮，桃杏落紛紛。何處隨芳草，留家寄白雲。大詩人杜甫也寫過一首「送裴二虯作尉永嘉」，可見裴虯在當時是一位有名望的人物。在四位詩人刺史中，最有政績又最有才情的要數元結。元結自號漫叟，能文能武，曾經參加過平定安史之亂，立有軍功。唐代宗廣德二年五月（公元七六四年），元結從萬里之外的國都長安來到道州任所。當時的道州是個什麼情況呢？一年前剛剛經歷過廣西來的「西原蠻」少數民族武裝的洗劫，加上上級官員的橫征暴斂，到了民不聊生的地步。元結這位新任刺史大膽抗命，救民於水火，正如他在「春陵行並序」所言。小子喂，下面是文言文了。我不能替你譯成白話，你能聽懂多少算多少吧。

春陵行並序

癸卯歲，漫叟授道州刺史。道州舊四萬戶，經賊已來，不滿四千，大半不勝賦稅。到官未五十日，承諸使徵求符牒二百餘封，皆曰：失其限者，罪至貶削。於戲！若悉應其命，則州縣破亂，刺史欲焉逃罪；若不應命，又即獲罪戾，必不免也。吾將守官，靜以安人，待罪而已。此州是春陵故地，故作「春陵行」以達下情。

軍國多所需，切責在有司。
有司臨郡縣，刑法競欲施。
供給豈不憂，征斂又可悲。

州小經亂亡，遺人實困疲。
大鄉無十家，大族命單羸。
朝餐是草根，暮食仍木皮。
出言氣欲絕，意速行步遲。
追呼尚不忍，況乃鞭撲之。
郵亭傳急符，來往跡相追。
更無寬大恩，但有迫促期。
欲令鬻兒女，言發恐亂隨。
悉使索其家，而又無生資。
聽彼道路言，怨傷誰復知！
去冬山賊來，殺奪幾無遺。
所願見王官，撫養以惠慈。
奈何重驅逐，不使存活為！
安人天子命，符節我所持。
州縣忽亂亡，得罪復是誰？
逋緩違詔令，蒙責固其宜。
前賢重首分，惡以禍福移。

亦云貴守官，不愛能適時。
顧惟孱弱者，正直當不虧。
何人采國風，吾欲獻此辭。

老夫子抑揚頓挫，平仄分明地一口氣背誦完畢，喝茶潤喉，問兒子：我不用白話文轉述，你能聽懂多少？

何瑤對老爸佩服至極，但又頗為自負地說：明白個大概意思吧。您不信？

老夫子見兒子不知深淺，年輕人也太狂妄了，就不放過：那你就白話轉述來聽聽。

何瑤回答：元結來道州做刺史前一年，道州地方曾被廣西的少數民族武裝侵占、搶掠一空。人口從四萬戶銳減至四千戶。他到任後，朝廷的稅務官不顧百姓死活，一連下了兩百道命令，嚴酷徵稅。元結這首詩一開始就說，國家經過安史之亂，需要徵收稅賦是可以理解的，但嚴刑厲法不可取。道州地方本來就偏遠不富庶，又剛遭受燒殺搶掠，現在老百姓早上吃草根，晚上吃樹皮，講話都沒有力氣，走路都困難，哪裡還有錢糧上繳給國家呢？就是逼得他們賣兒賣女，離家出逃，也是枉然啊，朝廷派我來道州主政，我的責任就是安定人心，恢復生產，保護窮苦百姓，而不是怕丟官受罰，任由你們欺壓百姓！把地方搞亂，官逼民反，上山為匪，對朝廷更是不利的啊！我這首詩就是寫給你們的。以後朝廷派人來收集民歌民謠，反映民間的疾苦，我就可以將此送給他們，留給後人……元結這首為民請命的詩，不計個人得失，情真意切，在當時就很有名，受到大詩人杜甫的讚揚！

老夫子眼睛都睜大了。想不到這小子還真聽出大概意思來了，連杜甫誇獎都知道：你、你……是怎麼瞭解這些的？

兒子面露得色：您忘了，在南加州家裡，母親從小逼我學中文，讀唐詩。上中學時，母親就教過這首「春陵行」了。她一邊講解，一邊掉淚，連聲誇讚：好官啊，中唐時期有不少的好官啊，白居易、劉禹錫、柳宗元、韓愈……

提到妻子，老夫子心暖了，酸了。兒子沒有忘記他娘。兒子身上，看得到他娘的神態，影子。老夫子不願在兒子面前流露出思念愛妻的感傷情緒，遂問：元結在道州還做過一首「賊退示官吏並序」。你娘教過你嗎？

何瑤想了想，搖頭：沒有。我沒有讀過。

老夫子頗欣賞兒子的誠實，於是又背誦開來：

賊退示官吏並序

癸卯歲，西原賊入道州，焚燒殺掠，幾盡而去。明年，賊又攻永破邵，不犯此州邊鄙而退。豈力能制敵歟？蓋蒙其傷憐而已。諸使何為忍苦征斂？故作詩一篇以示官吏。

這個序的意思是：元結來道州上任的前一年，西邊來的強盜侵犯道州，殺人放火，搶掠一空。但第二年強盜又來了，攻破了道州北面的永州（今零陵）和邵州（今邵陽），卻沒有來道州搶掠。是道州有能力阻嚇敵人的進犯嗎？不是。那是因為連強盜都可憐道州地方的貧窮，沒有可搶奪的東西了。但是，現在那些上面下來催繳稅負的官員卻看不到百姓的窮苦，仍要強征暴斂。難道你們連強盜都不如了嗎？於是元結寫了這首詩給官員們看。

昔歲逢太平，山林二十年。
泉源在庭戶，洞壑當門前。
井稅有常期，日晏猶得眠。
忽然遭世變，數歲親戎旃。
今來典斯郡，山夷又紛然。
城小賊不屠，人貧傷可憐。
是以陷鄰境，此州獨見全。
使臣將王命，豈不如賊焉？
今彼征斂者，迫之如火煎。
誰能絕人命，以作時世賢？
思欲委符節，引竿自刺船。
將家就魚麥，歸老江湖邊。

老夫子說：這首詩的後面幾句很有氣節。元結表明了自己的決心，說你們這些上面派來催錢催糧的官員，如果對待老百姓連強盜都不如，我這個刺史就衹好放棄朝廷對我的委任，掛冠而去，帶上老婆孩子去種地、打魚為生了。

何瑤說：元結這位刺史有風骨，有良知，也有勇氣，寧願辭官，也不願盤剝百姓。

老夫子說：歷來的許多古詩，都有對朝廷的諷諫作用。後來大概是朝廷接受了他的諫言，放鬆了對道州百姓的壓榨，道州得以恢復生產，百姓生活得以安定，地方經濟大為好轉。元結這才有了閑情逸趣，在道州城邊疏濬了石魚湖，並在湖邊修了亭榭，成為當地一景。元結也常到湖上泛舟，與朋友們飲酒賦詩。他還把石魚湖比作洞庭湖，可見面積不小。他做了那篇「石魚湖上醉歌並序」。你的朋友松小路給你背誦過了？

何瑤點頭，而後鼓掌：老爸！您都年過六十，到了退休年紀，還有這麼好的記憶力，真是個奇蹟。

老夫子自得自娛，忽又認真地問：那你評一評，老爸的記憶力比你的朋友松小路如何？

何瑤頑皮地笑了：爸！您看您，還要和一個中專生較勁？那好，哪天我就把小路叫來，你們一老一少比一比。

老夫子連忙擺手：和小夥子見見，聊聊天就好，別的就不要提了。對人要懂得敬重，友愛。

何瑤告訴老爸：小路也想拜見您這位大教授的……對了，您不是說白居易同志也有一首樂府詩〈道州民〉嗎？您不累的話，也背給我聽聽。

老夫子呷了口茶，精神矍鑠：還想考你老爸啊？小子，你今天是不放過了？

何瑤趕緊否認：不不，老爸，要是累了，或是一時記不起了，就免了，免了。

小子仍在使激將法，壞。還「白居易同志」！想他老子認輸可不行：聽好了！說起白居易的這首〈道州民〉，要先說繼元結之後出任道州刺史的另一位詩人，名叫陽城，是定州北平（今河北完縣）人，自幼家貧，苦讀出身，有賢名。他在唐德宗年間任朝廷諫官，上書言事，剛正不阿，把皇帝身邊的幾位寵臣都得罪了。德宗要治他的罪，東宮太子（後來的順宗）和許多老臣保他，才把他貶謫到邊遠的道州來做刺史。當地有個不好的風俗，即每年都要向朝廷進貢「矮奴」。那時候道州土人身材矮小，竟被當作土特產送到長安去供皇親國戚玩樂，皇帝身邊也常配置「矮奴」。陽城在道州發現了此等怪事，就大膽上疏朝廷，制止以良為賤，不再進貢「矮奴」。德宗皇帝倒是接受了他的上疏。陽城還抗繳過上司下達的不合理稅賦，成為道州老百姓的「青天大人」。到了順宗繼位，下詔要他回長安，他已經病逝，家裡竟清貧得連替他辦喪事的費用都拿不出！陽城是唐代著名的清官，美臣。白居易是晚他一輩的朝臣，寫下這首〈道州民〉，副題是「美臣遇明主也」。

道州民，多侏儒，長者不過三尺餘。
市作矮奴年進送，號為道州任土貢。
任土貢，寧若斯？
不聞使人生別離。老翁哭孫母哭兒。
一自陽城來守郡，不進矮奴頻詔問。
城云臣按六典書，任土貢有不貢無。
道州水土所生者，祇有矮民無矮奴。
吾君感悟璽書下，歲貢矮奴宜悉罷。
道州民，老者幼者何欣欣！
父兄子弟始相保，從此得作良人身。
道州民，民到於今受其賜，欲說使君先下淚。

仍恐兒孫忘使君，生男多以陽為字。

……父子乘涼、閑聊到深夜。老夫子感嘆一句：道州歷史文化厚重……再厚重的文化傳承，一遇上仇恨政治，就像紙片一樣脆、一樣薄囉。

何瑤聽不懂老爸的感嘆。臨回房歇息時，他忽又問上一句：

爸，我聽到一句話，「蛇有蛇路，鱉有鱉路，人有人路」，不知道是什麼意思。

誰說給你聽的？啊，聽漁鼓詞聽的……是有關婚戀的說詞。男方如果看上了女方，就應當請媒人來求親，而不是搞邪門歪道。用在今天，就是男方應當單膝跪下，捧上一只鑽戒，正式向女方求婚。你小子，你小子……

何瑤心裡一震。小九嶷原來是這個意思！難怪人家生氣。明白了！明白了！他興奮得差點想大叫。

爸，酒店門外貼了張紅歌大賽的廣告，把小九嶷的照片印在上面，您看到沒有？

小子，你還是動心了……那孩子是個美人胚子，一雙眼睛亮得有些嚇人。小子，要當心，當心。

二十三　石魚湖閑話

老夫子約了李玉如老師到探花街一家廣式茶樓喝茶聊天。改革開放，南風北漸，五嶺山脈北麓土生土長的道州人也時興進茶樓邊吃點心邊喝茶聊天了。還不到中午時分，茶樓已經客滿，熱氣騰騰，空氣中混合著各式糕點菜品的香甜味，誘人食慾。人聲嘈雜，一桌挨一桌的男女老幼各說各話，吃得滿嘴油亮，滿面紅光，興高采烈。好在帶位小姐認得李玉如老師，替他們在餐廳的盡頭找了個「二人雅座」。剛坐下，就有另外的服務生上來用廣式普通話笑問：飲沒也茶？老夫子一時沒聽懂。李老師回答：鐵觀音加一壺滾水。不一會，兩副杯盤碗筷就擺好，一壺鐵觀音和一壺滾水也送上。李老師給老夫子篩茶。老夫子倒是在美國的時候學了老廣的規矩，以左手食指和中指半屈在桌面敲敲，表示磕頭致謝。這種大眾化餐廳無須客人點菜。頭上白帽、腰上白圍裙的女服務生推著餐車，慢悠悠地走過一張張餐桌，餐車上層層疊疊摞著各式小籠小碟的點心和葷素菜品，蒸炸燜炒，有十數種之多，任由客人挑揀享用。李老師和老夫子各要了三款。李老師選了鳳爪、蝦餃、蘿蔔糕；老夫子挑了八珍豆腐、小排骨和蒸粉角。兩人又合點了一份魚片粥。餐廳熱氣蒸騰，人聲嘈雜，杯盤交錯，聊天是沒法聊了。但旺盛的人氣令兩人胃口頓開，也顧不上斯文了。廣式點心小籠小碟，色香味俱全，價錢還算相宜，確是大眾化餐飲。

約李老師出來「飲茶」，皆因昨晚老夫子聽兒子說起他新結識的朋友松小路，人稱「蓮城才子」，是個「遺屬」；母親寡居，大約五十幾歲，有文化……這會不會和自己此次來蓮城尋訪兩位失蹤女同學有關聯？不管怎樣，至少也是個新線索。「神仙下來問土地。」老夫子不是什麼「神仙」，卻認李老師是「土地」了。

在宛若鬧市的茶樓裡是無法細談的。也就花了不到一小時，老夫子和李老師就茶足點心飽，爭著買單付賬。最後是李老師「聊盡地主之誼」。門口還有人排隊候位呢。

七月驕陽似火，街上氣溫很高。老夫子提議到東門外石魚湖邊去散步消食，聽兒子說那裡風景不錯，岸上綠樹濃蔭。李玉如很高興為老夫子當一回導遊。路不遠，沿何紹基大街一路走去，也就十來分鐘。石魚湖也是何氏故里的景點之一。湖邊有座石魚亭，相傳是明代旅行家徐霞客駐足之處。亭子建在一株三五人才能合抱的老樟樹旁，有大片樹蔭覆蓋，頗為清涼。大中午的，沒有別的遊人。兩人選了兩個石墩坐下。湖面談不上寬闊，也就十幾畝大小。老夫子說：玉如你可記得，元結把石魚湖比作洞庭湖，把對面山丘比作君山，說「長風連日作大浪」，詩人的想像也太誇張、太浪漫了。

李玉如點頭：今日看來，或許是誇張了一點……不過，也不要苛責人家元結。你曉得嗎？直到一九五八年大躍進之前，石魚湖還是瀟水的一個大水灣，像小湖泊，可停泊幾十艘大小船舶。那時，瀟水水面比現在開闊許多，有好幾里路遠，所以，石魚湖和瀟水連成一片，整個水面還是很可觀的，確有一種煙波千頃，銀光萬點的氣象，是我們道州八景的第一景。

老夫子說：可惜了。怎麼變成現在的樣子？

李玉如說：大躍進改天換地，一天等於二十年嘛。那時候，我還是個初中生，參加義務勞動。縣裡要修一條東風大道，就把石魚湖和瀟水隔開了，築了躍進堤，要在堤內造萬畝良田。當然是瞎吹了。石魚湖的水被排乾，卻沒能造出良田，因為湖泥深不探底，人下到淤泥裡就陷進去出不來，差點鬧出人命。於是，田沒造成，湖卻廢了，成了沼澤地。文化大革命農業學大寨，再次戰天鬥地在石魚湖上造大寨田，也沒造成。唯意志論，精神萬能，人定勝天。人就是勝不了天。直至文革結束，改革開放，要發展旅遊，復建何紹基故里，才在河堤下鋪設涵管，引進瀟水，成了今天的樣子。白白折騰了幾十年。這座石魚亭也是新建的，鋼筋水泥的仿古建築。

人世滄桑，今夕何夕。老夫子感嘆：小李你講得對，唯意志論，精神萬能。打著馬克思旗號反馬克思主義……在那個年代裡，大行其道，你不緊跟就是右傾。

教授，你今天約我出來，是要談什麼事吧？剛才在餐廳也不好說話。

確有事想向你討教。我家犬子不是在做明清古建築考察嗎？他認識了一個小青年，名叫松小路，外號松才子，聽講是你的學生？犬子對他印象極好，想認他做弟弟……

你說松小路啊！你公子沒看錯人，小路是個讀書種子。在我教過的學生中，他天分高，記憶力好，有過目成誦的特長。高中畢業考上了武漢大學中文系，可惜家裡拿不出錢給他去報名入學，要一萬五千塊哪。他家在農村，寡母又常年患病。我想幫他，也拿不出那個數。況且我還在幫著十名貧困戶的孩子，供他們讀完高中。後來，我拿出僅有的五千塊，他們東門鄉也肯出介紹信，讓他拿著武漢大學的入學通知書去省旅遊學校求情，讀了導遊專業。

李玉如老師彷彿在責備自己，當年沒有盡到幫助學生的責任。

老夫子對自己的「師妹」李玉如滿懷敬意，是個不平凡的女人。經歷過那樣痛苦的人生，或許心靈的傷疤至今沒有癒合，致使終身不嫁，但仍然保有寬厚的慈悲心，友愛情。她一直在幫助十名貧困生？或許自己也可以盡點力……這事，回頭再慢慢說。

小路家裡衹有寡母，他父親呢？老夫子問。

說來話長。他父親，你前幾天去見過的呀！你土生表弟告訴我，他帶你去過仙子腳養老院。你和小路的父親談了話，問了情況。可惜他沒有認出你。你呢衹會背書。

老夫子腦子裡轟地一聲：養老院？管大關！那個至今毫無悔意的魔頭，竟是松小路的父親？

李老師說：何瑤既然喜歡小路，想認做老弟，何不要他到小路家去看看？見了小路的母親不就明白了？他母親姓松，名叫松素芹，愛寫詩，是個文化人，但和你要找的宋書琴對不上號。

又一個有文化的女子落到管大關手裡，命運是這樣無情。松素芹，宋書琴，會不會是諧音？不可能，不可能……他想了想，存疑吧：玉如，犬子這些天一直在問我什麼是「遺屬」。他已經知道小九疑是「遺屬」，松小路也是「遺屬」。他問過別的人，人家都含糊其辭，不肯告訴他。我也迴避……不想讓年輕一輩知道我們老一輩的那些事。他們應該比我們活得輕鬆、單純。不要揹上精神的重負。那是什麼樣的重負啊。

李玉如瞋了老夫子一眼：不對！教授。我也常琢磨這事。難道年輕一代真如我們擔心的那樣不堪一擊？知道些父母輩經歷過的苦難，心靈就會受到重擊、傷害，沒出息？

老夫子搖搖頭：我不想汙濁了犬子的心靈。犬子在美國出生，讀高三那年才讓他回國，可以說是在溫室裡長大的。

李玉如對眼前這位學長、名教授的看法不盡認同：你熟讀經史，閱世閱人，也把自己的兒子當作溫室的花朵？對不起，我們這種迴避歷史的做法，恐怕不利年輕人的健康成長，甚至有反作用。這也是對自己的後代沒有信心。當然，我承認，我自己也很矛盾。

老夫子出於禮貌，無意和學妹爭論。他衹是輕輕問了句：此話怎講？願聞其詳。

李玉如臉都紅了，顯然心中有些激動：教授，你想過嗎？在那以階級鬥爭為綱，年年鬥、月月鬥、天天鬥的年代，每次大運動以來，為什麼有那麼多人自殺？就是因為他們在舊中國、新中國都生活得順風順水，或者說每次運動都是鬥別人，自己沒有受過磨難，僥倖逃脫；一旦遇到厄運，大難臨頭，就絕望，活不下去。像雞蛋，一碰就破……你願意你兒子像雞蛋，一碰就破嗎？

老夫子嘆氣：你的高論我同意一半。我們省裡有兩個著名人物，黨內大才子的命運倒是可以印證你的說法。

李玉如問：哪兩位？說來聽聽。

老夫子拍拍腦門：好，我就講講。一個李銳，一個周小舟。兩人都當過毛澤東的祕書。先講李銳，一九三八年到延安，娶了周恩來的義女、號稱革命聖地五大美女之一的范元甄為妻。他在延安整風運動中被打成特嫌，關進窯洞將近兩年不見天日，直到周恩來從重慶回到延安替他作保，才留下一命。後來，他到東北做高崗、陳雲的祕書。一九四九年後，他從湖南省委宣傳部副部長做到國家水電總局局長、水電部副部長，毛澤東的工業祕書，一路反對修建長江三峽大壩。一九五九年廬山會議上，他贊同彭德懷為民請命，被打成「彭黃張周右傾反黨集團」骨幹成員，送去北大荒勞改，差點餓死在那裡。這不是從天上掉到地下？從毛澤東身邊的紅人一下子變成勞改犯，打擊還不夠大？一九六二年他回到北京。他老婆范元甄卻向黨組織揭發他有攻擊偉大領袖的言論，於是他又被發配到安徽大別山佛子嶺水庫監督勞動。一九六六年文革高潮中，他被押解回京，關入秦城，蹲單間號子。秦城號稱紅色天牢。李銳和彭真、彭德懷、羅瑞卿、陸定一、薄一波、習仲勳、安子文、周揚、田漢、吳晗等人物關在一起，當然誰也見不著誰。他還差一點被警衛戰士一槍捅死。李銳在秦城一住八年，直到文革結束後的一九七八年獲平反昭雪，恢復工作，出任中央組織部常務副部長、中央委員。退休後，他著書立說，成為毛澤東研究專家。有人問他經歷幾十年劫難竟能活下來？他說在延安整風一年多窯洞監獄熬了下來，打了底子，就不想死了。你說是不是個奇人？

周小舟呢？李玉如問。

老夫子說：和李銳形成鮮明對比的是周小舟。他是湖南湘潭人，毛澤東的小同鄉。早年在北平讀大學從事地下工作。一九三七年到延安任毛澤東的祕書，很受器重。他和陳伯達、陸定一、胡喬木、周揚等人一起為毛澤東撰寫了《實踐論》、《矛盾論》。後赴晉察冀根據地工作。在延安整風運動中沒有受過整肅，可以說仕途一路順風順水。一九四九年全國解放，周小舟出任湖南省委宣傳部長、湖南省委第一書記，曾是李銳的頂頭上司。周小舟才華橫溢，工作踏實，厭惡浮誇，重視知識文化。一九五七年反右運動時，他到青島養病，敬而遠之。一九五八年大躍進大煉鋼鐵時，他比較實事求是，沒讓湖南的兩萬多座土高爐點火，而讓農民把田地裡的糧食收割回來。他被批評思想右傾，插了白旗。湖南是白旗省。一九五九年六月，毛澤東回湖南視察，帶了湖北省委書記王任重到湖南來借糧。周小舟當著毛澤東的面開王任重的玩笑：去年大躍進，中南局搞評比，湖北是先進省，插紅旗；湖南是後進省，插白旗。現在是紅旗省向白旗省借糧來了……一席話，說得王任重尷尬，毛澤東不悅。同年七月，中央在江西廬山開會，各路諸侯到齊。彭德懷元帥上書為民請命，要求檢討大躍進搞浮誇放衛星導致全國缺糧的嚴重失誤。彭德懷那封信，徵求過周小舟、李銳等人的意見，得到贊同。結果，毛澤東龍顏大怒，指彭德懷等人搞軍事俱樂部、反黨集團！於是周小舟成為「彭黃張周反黨集團」第四號人物。廬山會議後，周小舟被撤銷黨內外職務，下放到洞庭湖一個公社當副社長，實為接受勞動改造。一九六二年，對他的懲罰有所放鬆，安排他到廣州任中南社會科學院副院長，是個掛名閑職。但他內心一直不服。特別是經歷了一九五九年到一九六二年的大饑荒，全國餓死了幾千萬人，毛澤東仍無悔意，仍堅持搞個人迷信、領袖崇拜，仍推行年年鬥、月月鬥、天天鬥，到一九六五年初更提出「運動的重點是整黨內走資本主義道路的當權派」。周小舟對其深惡痛絕，曾寫詩詞、對聯洩憤。一九六六年，文革風暴驟起，周小舟被單位「革命群眾」揪了出來，新賬舊賬一起算，遭受殘酷批鬥。一九六六年十二月二十六日，周小舟選了毛澤東生日這天自殺身亡，和毛澤東作了徹底決裂……文革結束後，共產黨高層很多人替周小舟惋惜。要是他熬活了下來，以他的才情、學識、人品，會對國家的改革開放做出很大的貢獻。

老夫子一口氣說了湘省兩位俊彥的不同結局。

李玉如卻聽得有些神思恍惚：教授，你在美國住了二十多年，對黨的歷史人物倒是很熟悉……周小舟，一位多麼優秀的省委書記，黨內難得的人才。他是我遠房伯父的學生……

老夫子有些驚異：周小舟是你伯父的學生？你伯父是……

李玉如說：李達。我沒有見過他，祇認得他的孫女兒。

老夫子更訝異了：李達！真正的大人物。你們瀟水地方真是人傑地靈。李達是中共最早的發起人之一。一九二一年成立中共，召開第一次黨代會，就是由他和張國燾兩人具體操辦的。會後成立三人中央局，陳獨秀任總書記，張國燾任組織主任，李達任宣傳主任。

李玉如笑笑：你這個文科教授，專攻唐宋詩詞的，可以去教中共黨史。

老夫子說：文史不分家嘛。我不過業餘喜歡讀點雜書，特別是人物傳記，算不得什麼學問。周小舟是什麼時候成為李達的學生的？

李玉如說：大約是一九二三年吧。李達從上海回到長沙，領著毛澤東、蔡和森他們創辦湖南自修大學。李達任校長。周小舟當時衹有十多歲，大約就是那時候到自修大學學了一些革命道理……我伯父這人經歷很複雜。一九二一年參加創黨，一九二三年脫黨，終身從事教育和哲學研究。新中國成立後，他出任武漢大學校長。毛澤東很看重李達這個老友，稱為「鶴鳴兄」。每次南巡，都要約他去長談。一九六一、六二年，兩人因大躍進產生分歧，誰也說服不了誰……一九六五年社教運動來了，湖北省委竟把校長李達打成「漏劃地主分子」，押回零陵冷水灘老家，年過古稀被監督勞動。直到一九六六年文革風暴，李達老人被揪回武漢大學批鬥，毆打，浮屍東湖……不講了，不講了……誰能指使武漢大學的人做這些啊？不講了，不講了……

李玉如老師眼角掛著兩顆淚珠。

老夫子每次聽人說起這類事情，心跳就加速，胸口就悶氣，簡直要爆炸。中國的知識分子，為什麼有那麼多人患心臟病，心血管病，還有肺氣腫，胃穿孔，知道了吧？

李玉如老師的淚珠乾了。一向慈眉善目的她，眼神中竟帶有火花，把老夫子嚇一跳：所以，教授，你對你兒子，我們對下一代選擇遺忘教育是一件不智的事。我也是，我對我的學生們也選擇了遺忘教育。這是一種普遍的教育心理，很不負責任，也很不道德。我們把某些歷史當作家醜，不敢示人。所謂的「家醜不可外揚」。但老百姓卻反其道而行之，「好事不出門，醜事傳千里。」還記得那個「憶苦思甜」、「吃憶苦餐」的階級教育活動嗎？當時，很多中、小學校都請貧下中農去作報告，講述受過的苦，遭過的罪。結果，他們訴出來的都是大躍進的苦，四年大饑荒餓肚子、吃樹皮草根的苦，後來又訴文化大革命割資本主義尾巴挨鬥挨打的苦……這才上面下達通知，再也沒有搞「憶苦思甜」。我們的教育方針仍然是「醜事不出門，好事傳千里」。我們慣行對歷史的選擇性教育。實在繞不過去，至多也是「對歷史問題淡化處理，宜粗不宜細」。不要糾纏歷史舊賬啊，歷史總要經歷些曲折，會發生一些不幸事件、災難事件啊；要放下包袱，走出陰霾，看到前途，看到光明；要警惕有人颳黑暗風，把我們社會主義描得一團漆黑，血汙遍地，說得一無是處；看歷史、看問題、看事物、看人生，要看主流，看主要方向。我們的主流是好的，方向是健康正確的，成績是主要的，缺點是次要的。用偉大領袖生前的話講，是十個指頭和一個指頭之比，要分清延安和西安……可是，教授，你教了大半輩子大學，我是從小學教到初中、高中，我也不敢讓一批又一批的學生們認識真正的過去。模式是固定的，一九四九年以前是舊社會，是黑暗、落後、貧窮、愚昧，人吃人，帝國主義侵略我們，封建主義統治我們；一九四九年之後是新社會，新中國，光明、進步、富裕、強盛、幸福，人民是國家的主人，中國人民站起來了，社會主義戰勝了資本主義，敵人一天天爛下去，我們一天天好起來……是不是這個教育模式？你去問問今天的孩子，有幾個回答得出：什麼是農業合作化，什麼是公私合營，什麼是反右派、大躍進、三面紅旗？什麼是反右傾、大饑荒？什麼是四清運動？我敢說，很多孩子連什麼是文化大革命、什麼是紅衛兵、走資派都不清楚。更不要講什麼是「無產階級專政條件下繼續革命的偉大學說」了……要講成功，我們的教育確是成功，把我們幾代人都培育成一個模子裡塑造出來的，聽話、老實，思想上、精神上規規矩矩、對黨恭恭敬敬，實質上就是那個「馴服工具」。教授，你知道嗎？我們幾十年來辦了那麼多大學，現在每年畢業的大學生都是好幾百萬，為什麼出不了傑出人才，出不來大科學家？整個國家自然科學喪失了原創性？為什麼？前兩年北大一位教授倒說了一句真話：所有黨委領導的大學絕對成不了世界第一流大學！

老夫子說：科學發明，源於對前人結論的懷疑、否定，也就是離經叛道。我們是一個不允許對當權者推行的思想、理論產生懷疑，更不能容忍任何否定。誰懷疑了、否定了就會成為敵人，被專政。這是個老傳統了。有學者論證過，自北宋以來，一千多年了，人類的科學文明、物質文明，從電燈電話蒸汽機，火車汽車飛機，到今天的洗衣機、電冰箱、微波爐、電烤箱，到最新的電腦、電視、航天器……沒有一樣是中國人發明的！一樣都沒有。這是為什麼？這是我們的教育制度管思想，管人的腦袋。過去是科舉八股，今天是黨八股。黨八股不是咒語，是毛澤東的話。當然他是以毒攻毒，變得更毒，徹頭徹尾的文化專制、教育專制主義。

李玉如說：深刻，尖銳，振聾發聵。但每句都是危險言論。我們的國民教育選擇了對真實歷史的遺忘。可悲的是它相當成功，誰也不能改變這現狀。謝謝你對我的信任，我們今天才能說這些話。前些日子，我在夜深人靜時，聽英國廣播公司的華語廣播，介紹一位從四川去英國留學的高幹子女張戎。她入了英國籍，寫了本英文著作《毛澤東鮮為人知的故事》，書裡有個統計數字，新中國歷年政治運動，包括四年大饑荒，十年文化大革命，共死了八千多萬人……駭人聽聞的數字。我們的執政黨，為什麼總要文過飾非，瞞天過海？從來不肯認真反省、檢討？總是把人禍推給天災，推給外國，把喪事辦成喜事，把黑暗說成光明？現在他們又從上到下，一級一級大唱紅歌，叫做「唱紅打黑」……究竟要幹什麼啊？難道真要等陳勝、吳廣、李自成、洪秀全那樣的人物出來？

李玉如老師滿頭華髮，一臉正氣，眼中的焦慮顯而易見。

老夫子心裡升起一股暖意、敬意，有一句話，他想說，卻一時說不出來，李玉如這位學妹，可以做心靈伴侶：我也常在想一個問題，我們的歷史，所謂的革命，為什麼總是這樣的酷烈、血腥？那天你的學生吳家山縣長和我茶敘，也有同樣的感嘆。

李玉如說：教授，你有沒有想過，許多時候，許多地方，許多事情，我們一直是以封建主義反資本主義，還有什麼反修正主義……打著社會主義的旗號，大行封建主義。實際上是用封建主義批判資本主義！文革期間的「三忠於」、「四無限」最典型，最有代表性。據說習仲勳同志就講過，不准搞資產階級自由化，就允許搞封建主義自由化？

打著社會主義的旗號，大行封建主義！老夫子豎起大拇指：深刻，一語道破天機。封建主義自由化，除了習仲勳同志，誰也不敢講這個話。

李玉如問：那我再問你，教授，古今中外，每次起義、暴動的原始動力是什麼？

好問題！是什麼？是貧窮，社會不公，官逼民反，走投無路？我沒想透。

貧窮是動亂的根源，權力是腐敗的溫床。這三、四十年，我一個人過日子，除了教書，就是讀書。你見過我的那一屋子書。不敢說什麼坐擁書城，但我是認真讀了。想了讀，讀了想，慢慢悟出一個道理，也不知道對不對。你聽我講……起義、暴動的原始動力是仇恨，報仇雪恨。領導者利用、強化民眾心中積蓄的不滿、怨恨，發起的集體行為。為的是改朝換代，打倒老皇帝，自己當新皇帝。為了這個目的，就要煽動仇恨，激化仇恨。首先是個人的仇恨；沒有個人的仇恨，也有父輩的仇恨；沒有父輩的仇恨，也有家族的仇恨；沒有家族的仇恨，也有階級的仇恨，以及祖先的仇恨、民族的仇恨、種族的仇恨、戰爭的仇恨、國家的仇恨、歷史的仇恨……

仇恨一起，熱血僨張，群情激憤，喊打喊殺，一呼百應，揭竿而起！把舊世界打個落花流水。一個階級推翻另一個階級的暴烈的行動。

精闢！玉如，你這是想人之不想，言人之不言。可惜不能公開發表。

老何，我敢和你講這些話，是信得過你，不然就進去了。我也不相信你一名文科教授，又是海歸博士，就沒有些自己的思考。

玉如，還叫你說中了。在美國那些年，我讀了些洋人的著作，其中印象最深的是法國心理學大師勒龐的一部經典著作，中文可以譯成《烏合之眾》。他在一八九五年寫成，以驚人的洞察力，幾乎成功描述了此後一百多年間所有動盪世界的大事件，包括兩次世界大戰和民主革命、群眾運動，堪稱偉大的預言家！據說此書先是對希特勒、墨索里尼等人有重要影響，後又使戴高樂、邱吉爾、羅斯福等人大獲教益。我至今記得他主要論述、剖析革命黨群體的形成因素及其發展軌蹟。指出了群眾運動的性質，領袖和群眾的關係，民主和獨裁的關係，個人和組織的關係。組織化的群體的首要特徵是個性的消失，要求思想的統一，行動的統一，對組織、對領袖的絕對忠誠和服從。你一旦成為群體組織的一員，個人的才智將被削弱，個性也將消失，被同質化所吞沒。群體中的個人變得不再是自己，而祇是一員，一分子，變成為不再有獨立意志的政治玩偶。在權力面前下跪，對弱勢民眾殘忍。他們的行為變得和原始人類一樣，變成野蠻人，易衝動，狂躁殘暴，直至血腥行凶。所以歷史上的大慘案就層出不窮了。

老何，你講的這本書太可怕了，簡直把列寧的經典著作《黨和黨的組織》解構得體無完膚。

玉如，真理往往是無情的，會令偉人們害臊的。鬧了幾十年，原來是封建主義反對資本主義，假社會主義之名，行封建主義之實，歷史和我們中國人開了個天大的玩笑。國王的新衣，誰都不敢講真的。

老何，上面的論述，大約可以解釋一九六七年夏天的蓮城大慘案了。對了，我上次給你的那份花名冊，兩天後你還給我，我已經替它找到了更好的去處。具體的，你就不要問了。你若想留下一份，自己想辦法吧。

行，沒問題。酒店二樓的商場頗具規模，商品門類齊全。回頭我就去他們電器部門買兩枚小拇指。

二十四　青春並未遠去

老夫子自和李玉如「石魚湖閑話」回來，「松素芹」、「宋書琴」兩個名字就在腦子打轉轉，糾纏不清。是該讓何瑤去松小路家裡看看了，自己是暫時不宜出面的。老夫子精神恍惚，思緒紊亂了。他對當年湘師大三朵校花之一的宋書琴同學最是抱有愧疚、自責。宋書琴入讀湘師大中文系古典文學專業時不到十八歲，貌美如花，風姿綽約，愛耍嬌氣，人見人愛。她老家江蘇蘇州，父母都是當地崑曲劇團名角，曾希望她進劇團演員班學青衣，她卻一意初中畢業讀高中，高中畢業考大學。以宋書琴當年的高考成績本可以就近入讀南京、上海的名校，可她偏偏選了遠離家鄉的湘師大，以擺脫父母讓她回劇團就業、將來唱紅藝壇的糾纏。她外表柔弱，內心堅韌，脾氣擰得很。

記得是一九六四年九月吧，時任湘師大學生會主席、校籃球隊隊長的何道州與未婚妻周靜都喜歡新來的蘇州妹。人家宋書琴是揹著一把琵琶進校園的。一次，他去女生宿舍找周靜，一群湘妹子正圍著蘇州妹問東問西。有人問：你們姑蘇那麼好的地方，上有天堂，下有蘇杭，為什麼偏偏來我們內地省份上學呀？蘇州妹嫣然一笑：嚮往主席的家鄉呀！有湘妹子撇嘴。儂聽過那曲蘇州評彈〈蝶戀花．答李淑一〉嗎？我會唱。我就是愛上這首主席作詞的評彈，決定要來主席家鄉唸大學的。湘妹子們紛紛要求蘇州妹現場來一曲。蘇州妹好可愛，當即從牆上取下琵琶，抱在懷裡，低眉信手兩三聲，未成曲調先有情，一下子就把大家吸引了。隨著一段韻味十足的過門，蘇州妹子頭一昂，聲若裂帛唱起：

我失——驕（噢傲噢——）楊！
君（嗯——）失（耶）柳（歐——），
楊柳（歐歐——）輕颺（昂——）、直上——（岸——）重霄九（——歐）！
問訊（嗯）吳剛，何所有（歐），
吳（烏唔）剛（晏晏晏）、捧出桂花酒，桂花酒（歐侯歐——）
寂寞（呵荷）嫦（昂岸岸）娥、舒廣（昂岸岸）袖，
萬里（伊）長空，萬里（伊）長空，且為（A）忠魂舞——（嗚虎唔）。
忽報（嗷傲傲——）人間！曾（嗯—摁）伏虎，
淚（嘿—嘿—嘿）飛（嗳）頓（嗯）作，傾盆（嗯——）雨（唔無唔嗚）——！

吳儂軟語，金聲裊裊，蘇州妹邊彈邊唱，高昂處直上雲霄，低吟處繚繞深谷……一時間令人驚豔，著迷。琵琶聲停，餘音繞梁，房內響起熱烈掌聲，讚嘆聲。蘇州妹懷抱琵琶，雙頰飛霞，宛如畫中人，有些羞澀地說：我就是學了這曲〈蝶戀花〉，愛上了主席的家鄉，來主席家鄉唸書……她是那樣的清純、雅潔，大家不愛她都不行。她和周靜、孟九嶷三人同專業、同班級、同宿舍，親密得像一母所生的姐妹。有人甚至說，湘師大三朵校花，蘇州妹是最鮮亮的一朵。

大約過了大半個學期吧，學生會主席何道州就感覺出來，蘇州妹有事沒事總要找藉口接近他，討教詩詞

啦，借閱圖書啦，請看電影啦，等等，也不怕周靜蹙眉頭，起疑心。倒是高出她們兩個年級、年齡也大出幾歲的何道州心地坦蕩。他想，人家蘇州妹就是個小妹子，離開父母來湘師大讀書，能不關心她、愛護她？況且何道州自己也是家中獨子，缺兄姐弟妹，不正可展現一番兄長的情懷？當然，他也做通了未婚妻周靜的工作，要把蘇州妹當作小姐妹來看顧。其間他與蘇州妹談了條件：我做你大哥，周靜做你姐姐都可以，但我們有個要求，你要改變在圖書館熬夜、早晨睡懶覺、不吃早餐的習慣，不然書讀好了，眼睛近視了，身體垮掉了，怎麼辦？蘇州妹頑皮地反問：儂講哪樣辦？何道州說：很簡單，你和周靜、孟九嶷同宿舍，每天早晨六點你們同時起床，到大操場去跟著我跑五千米！蘇州妹嚇得臉都白了：天！五千米？我又不想當運動健將。我跑一千米都喘個不停，儂想鬧出人命呀？簡直是專制主義！不過，我娘也總是批評我睡懶覺，不愛運動，我爸叫我做睡星……好啦好啦，周姐每天六點叫醒我，但我頂多跑一千米，極限了。可以不可以？於是何道州作了妥協，允予循序漸進：第一個月每天一千米，第二個月每天兩千米，第三個月每天三千米，第四個月每天五千米。星期天和女生特殊情況可以休息。

結果呢，這種身體鍛鍊既是自願的，又帶點強制性。第一個月，蘇州妹聲淚俱下，直呼救命；第二個月，叫苦連天，罵專制主義；第三個月，不叫不罵，步履輕鬆，身手靈活，提前一個月跑五千米！她在跑道上和周靜、孟九嶷兩個姐姐比速度，爭強好勝了。

短短一個學期，宋書琴像變了個人。她不再那麼柔弱，楚楚可憐了，飯量也大了，不像剛來時那樣吃「貓食」。她的膚色也不再是那種無力的白皙，而是白裡透紅的滋潤，個子都彷彿長高了，身條都挺拔了。她的聲音也不再是那樣甜得發膩，而是變得清亮悅耳。都說蘇州妹喝湘江水，吃洞庭米，曬主席家鄉的太陽，感染湘女的爽朗多情，人更美了。

湘師大三朵金花的名聲由此傳出。雖說開展了社教運動，加強了政治學習，學子們的愛美之心並未泯滅，資產階級、小資產階級情調仍有相當的市場。師生間公開半公開地評議：三朵金花各有其美，周靜人如其名，美在含蓄，富書卷氣；孟九嶷美得端莊、大氣，綽號「九嶷妃子」，還是一名橫渡湘江的泳將；宋書琴則美在嬌媚，甚至有點妖氣……當然，宋書琴的缺點也較為明顯，就是她沒能做到又紅又專，更準確地說沒能做到先紅後專；她身上總脫不了那股嗲聲嗲氣的小資產階級情調，就連在聲討蘇修社會帝國主義的大會上分配她領呼口號，她都做不到聲色俱厲，昂揚激憤。最可惡的是她那雙萬人迷的眼睛，不分場合總帶笑意，惹得系裡、學校裡的政治輔導員很不滿意。所以，儘管有學生會主席、共產黨員何道州一力推薦，加上周靜、孟九嶷兩名共青團員當介紹人，宋書琴寫了兩次入團申請書，都沒能在團支部的討論會上獲得通過。宋書琴並不在意，甚至講怪話：不入就不入啦，我又不是當官的料。她顯出一種滿不在乎的幼稚，受到何道州大哥的批評。周靜和孟九嶷兩位介紹人姐姐倒是沒有滿嘴馬列。她倆認為，這也沒什麼了不得，祇要學業成績好，我們蘇州妹照樣優秀，以後照樣當人民教師，為人民服務。

一九六四年底、六五年初，宋書琴回蘇州老家度寒假，過春節。這次是她母親送她返回學校的。起初，同學們以為她們是一對姐妹花。她那崑曲名伶的母親顯得那樣年輕靚麗，哪像個養育了十八歲女兒的中年婦人？大約看到女兒上了一學期湘師大，身體健美了，原先平平的胸脯也挺俊起來了，走路不再習慣性地低著頭，性情都開朗，愛講愛笑了……宋母要來看看女兒上學的湘師大是個什麼樣的校園環境，女兒的同窗好友是些什麼樣的年輕人，等等。宋書琴向母親介紹了何道州、周靜、孟九嶷等同學。特別是何道州，她說比親哥哥還親，每天早上領她們跑五千米，要培養她參加湘城的大學生運動會呢。宋書琴還向系裡請了幾天假，陪母親遊覽了嶽麓山愛晚亭、嶽麓書院、橘子洲頭、船山學社、清水塘、第一師範等毛主席早期革命活動紀念地；她又專程陪母親去韶山瞻仰了毛主席故居……母親放心了。女兒選擇到偉大領袖的家鄉來唸大學，是選對了。

一九六五年暑假，宋書琴的父母隨蘇州崑曲劇團去東歐七個社會主義兄弟國家巡迴演出去了。她在家裡是個獨生女，也就沒有回蘇州過暑假。何道州領著周靜、孟九嶷、宋書琴三人，以做社會調查為名，安排了一次暑期旅行，準備集體創作一部大合唱組詩〈洞庭漁歌〉，以供中文系師生在新年晚會上演出。

他們一行先去湘潭韶山參觀了毛主席故居，登了韶峰。又去寧鄉花明樓參觀劉少奇主席故居，吃了有名的寧鄉臭豆腐，喝了薑鹽豆子茶。他們發現韶山和花明樓相距僅九公里，居然出了兩個主席。「毛主席故居」和「劉主席故居」兩塊匾額皆出自大詩人郭沫若的手筆。接著，他們南下五嶽之一的南嶽衡山，登了祝融峰，在山頂旅館住宿兩晚，觀賞了南嶽的雲海和日出，拜會了佛寺主持，參觀了出家人經營的中草藥種植園，是僧侶自食其力接受社會主義教育改造的成果呢！之後一行四人北上，到了洞庭湖濱的岳陽市，登上聞名天下的岳陽樓，眺望了煙波淼淼中的君山島，並齊聲背誦了范仲淹的千古名篇〈岳陽樓記〉，還有杜甫的〈登岳陽樓〉：「昔聞洞庭水，今上岳陽樓。吳楚東南坼，乾坤日夜浮。親朋無一字，老病有孤舟。戎馬關山北，憑軒涕泗流。」詩很感傷。四人坐船去了君山島。按原訂下的行程要在島上住幾晚，到茶場參加勞動並做採訪，留下些文字資料。何道州要求離島時每人寫兩首絕句並背誦一首古人寫洞庭湖的詩，算是做點與專業有關的功課。也是練練筆，為創作組詩〈洞庭漁歌〉做準備。

且說君山島古稱洞庭山，又稱青螺島，遠望如橫黛，近看似青螺。全島東西寬一百七十米，南北長三百米，總面積為〇點九六平方公里。岩石峰巒結構，由七十二座「山峰」組成，平均海拔五十五米，最高峰海拔六十六點三米。島雖小，但名勝古蹟甚多，且特產豐富。據《巴陵縣志》記載，島上原有三十六亭，四十八廟，五井，四臺。惜大部分已毀於清末民初。一九四九年後陸續修復了二妃墓，湘妃祠，柳毅井，傳書亭，楊幺寨，龍涎井，飛來鐘，十里蓮花等。

第一天，他們參觀了湘妃祠，在二妃墓前行了禮，遊了斑竹林，每人買了根斑竹手杖。還在傳書亭前留影，於十里蓮花合照，龍涎井上喝清涼的井水。他們也看到幾處山崖石壁上刷寫著白色大標語：「農業學大寨」、「工業學大慶」、「反帝反修反封建」、「備戰備荒為人民」！秀山麗水中凸顯出時代特色。雖覺得和自然環境很不適調，但也都不敢妄加議論。他們沒有見到別的遊客。接下來的四天時間他們到「君山茶場」參加勞動並做採訪，受到茶場幹部職工的歡迎。每人戴上草帽挎起竹簍上山採茶，煞怪，島上並不很熱，也不很累，連蘇州妹都沒有叫苦。其中有七棵枝柯縱橫的「貢茶樹」，據稱樹齡超過八百年，依然蒼翠欲滴，真是奇蹟。通過和幹部職工交談，他們瞭解到，君山銀針始貢於五代，宋、元、明、清均為貢茶，一九五六年獲德國萊比錫世博會金獎，一九五七年被評定為全國十大名茶之一，現在是毛主席、劉主席等黨和國家領導人的常用茶品。新中國成立以來，擴大了茶園種植面積，達到三千餘畝，為縣級國營單位。君山茶沿用傳統手工工藝加工生產，經十二道工序、七十二步驟精製而成，享譽國內外。

第五天，是他們君山之行的最後一天。在茶場辦的「青螺茶室」裡，品著銀針茶，老夫子要求大家做個小結，並交出各人做的「功課」。蘇州妹滿不在乎地說：周靜姐，你也不管管，老夫子還真把自己當領導呢！累都累死了，一身都曬黑了，還要交什麼鬼功課？周靜紅了紅臉不說話，倒是孟九嶷說：我們四個人就你嬌氣！

都忘記了，每人要寫兩首遊洞庭的絕句加背誦一首唐人寫洞庭的詩。老夫子寬和地說，書琴交不出功課就免了，我們三個還是要履行諾言，誰先來？蘇州妹知道老夫子是在故意激她，便不服氣地嘴一撇說，我倒要先看看你們的傑作。

老夫子說，拋磚引玉，我開頭吧。歡迎批評指正，不許冷嘲熱諷。

孟九嶷搶著說：還是我先來，老夫子比我們高兩年級，留著壓軸吧！說罷，拿出原已備好的小本子來，唸道：

第一首　蓮湖

新荷款款楚柔腰，千頃田田翡翠妖。
一夜惠風開佛國，芙蓉搖曳上青霄！

好！好！好個「一夜惠風開佛國，芙蓉搖曳上青霄」！老夫子拍掌讚道。

周靜、宋書琴也驚訝不已。孟九嶷接下去唸道：

第二首　漁火

夕照餘暉沒洞庭，夜闌漁火會群星。
船家撤下迷魂網，千百肥鱗迅遁形。

不好不好！魚都跑光了，漁民會罵你反對農業學大寨！蘇州妹大叫。

周靜制止她：不要亂叫。我喜歡「夜闌漁火會群星」這句，虧九嶷想得出。

孟九嶷說：我要加一首。

第三首　荒島

麗日和風乘扁舟，漁童槳指小瀛洲。
灘頭忽見紅塵客，鶴雁驚飛逐亂流。

我的功課還要背一首唐詩，孟浩然的〈望洞庭湖贈張丞相〉：

八月湖水平，涵虛混太清。
氣蒸雲夢澤，波撼岳陽城。
欲濟無舟楫，端居恥聖明。
坐觀垂釣者，徒有羨魚情。

九嶷姐，你孟氏祖先是個官迷，求官不成才去當隱士。蘇州妹又有高見。

孟九嶷、周靜對宋丫頭愛也不是，恨也不是。老夫子寬和地說：饒了孟浩然吧，下面哪位繼續？書琴，看你的了。

宋書琴頑皮：不，我要留著壓軸。

周靜笑笑說：我來獻醜。

第一首　君山

岳陽樓上望君山，波湧湘妃廟宇間。

代有炎黃尋聖蹟，何時舜日耀人寰。

第二首　岳陽樓

文宗俯察識巴陵，樓記名旌繫玉繩。

憂樂遺教天下客，江山自古盼明燈。

我也加一首　屈平

三閭湘沅痛廟謨，洞庭秋月繞青螺。

誰憐屈子勤王業，天問離騷哭汨羅！

聽過周靜的三首，大家都不出聲。連好發高見的宋書琴都像是被鎮住了。孟九嶷看老夫子蹙了蹙眉頭，便朝周靜標了標大拇指：好，意蘊深沉，足見家學淵源。祇是不宜公開發表。周靜臉都紅了：下面，我背一首劉禹錫的〈望洞庭〉。

湖光秋月兩相和，潭面無風鏡未磨。
遙望洞庭山水色，白銀盤裡一青螺！

好！好！白銀盤裡一青螺。千古名句。老夫子說，書琴，下面該你了吧？

蘇州妹堅持說不，她要壓軸。真是個嬌氣加傲氣的丫頭。

老夫子苦笑笑：那我來接上。

第一首　詠君山貢茶

君山貢品曰銀針，雀舌含珠譽古今。
萬筆書天杯底見，鑲金嵌玉老臣心。

老夫子一落音，蘇州妹又搶先加以評論：怎麼聞到封建氣味來了？還「老臣心」哪。另外用典太多。這一首祇給六十分，勉強及格。孟九嶷笑得合不攏嘴，又想去撕壞丫頭的嘴。老夫子知道小宋是故意搗蛋，並不和她一般見識。周靜卻看不過去，說：什麼亂用典呀？「雀舌含珠」是指剛摘下來茶葉嫩芽含著露珠的樣子；「萬筆書天」是講君山銀針放入玻璃杯裡，用沸水沖泡時，芽頭全部衝向水面的形狀，當然是誇張的形容；「鑲金嵌玉」既是指製好的貢茶芽頭茁壯挺直、白毫完整鮮亮、色澤金黃，同時也寓意君山貢茶千百年來堅貞忠誠，服務人間，報效朝廷。宋丫頭你來君山茶場幾天了，連介紹君山銀針的說明書都不認真讀，就評高論低起來。

周靜一番話，說得宋書琴的臉白一陣，紅一陣，孟九嶷趕忙抱住她的肩膀：不要緊，還有我站在你一邊。話說回來，知老夫子者，周靜姐也！老夫子你的功課祇做了一半。

老夫子朝周靜使了個眼色。周靜表示友愛地拉住書琴的手。老夫子再又唸道：

另一首　觀寥廓

曾入洞庭觀寥廓，楚天風月唱漁歌。
多情最是芙蓉水，吞吐長江萬里波！

好！好！這回是孟九嶷搶先讚好：有李青蓮的氣概。書琴，這下子你該服輸了，沒法壓軸了吧？周靜也充滿愛意地望著老夫子。宋書琴仍是不服氣：我承認老夫子這一首有氣魄，是好詩。但第一句最後一字跑韻，廓、波不在一個韻上。把寥廓比喻成天下，也牽強。周靜鬆開握著她的手，心裡好笑，這丫頭今天胡攪蠻纏了。要是像她這樣挑剔，李、杜的一些格律詩都不行，「兩個黃鸝鳴翠柳，一行白鷺上青天」怎麼辦？老夫子說：我接受書琴的指教。前面二位都加了一首，我也祇好隨分了。

第三首　蘆葦紙

青紗翠浪湧長天，蘆蕩森森接大荒。
幸有蔡倫成玉箋，傳之萬世溢書香。

下面誦一首李白〈遊洞庭湖〉：

南湖秋水夜無煙，耐可乘流直上天。
且就洞庭賒月色，將船買酒白雲邊！

還是李青蓮厲害吧？後人難以企及。三人都笑望著宋書琴，且看她如何「壓軸」了。宋書琴就是要和他三人鬥趣，不徐不疾取出個小本子來。原來也早有準備。她朗聲唸道：

第一首　漁號

白髮漁樵說水梟，千艇萬舸起楊妖。
咸豐亂政湖湘反，灘塗猶多鏽鐵鏢。

老夫子讚道：不錯不錯，出手不凡，有歷史滄桑感。周靜、孟九疑也屏心靜氣，認真聽宋書琴唸下一首。

第二首　三英廟

華容道上古疆場，義薄雲天走魏王。
蜀漢關張身首異，江山應悔私情亡！

何、周、孟三人都愣住了。停了一會，孟九嶷說：天！書琴，我們還沒有到華容，你一首七絕，竟概括了半部三國演義。周靜也說：後來居上，是有壓軸的派頭。祇是兩首都有點老氣橫秋，不像她宋丫頭寫的。老夫子說：刮目相看嘍！書琴，誦一首唐人的洞庭詩，你就出色完成了功課。

宋書琴自我陶醉：我也加一首。

第三首　賈誼祠

湘楚龍蛇雲夢澤，長沙謫邸秋風迫。
劉恆未必重天姿，賈傅雄韜成過客。

不簡單，不簡單。老夫子由衷讚嘆：平日沒看出來，書琴發古之幽情，書讀得好啊。

你再誦一首唐詩，就收關了。周靜、孟九疑也點頭，豎大拇指。

宋書琴卻臉一揚說：我偏不背唐詩。我以另三首交差，博三位一笑：

其一　洞庭糧倉

三湘稻浪湧金星，千里豐饒下洞庭。
九月重陽收穫季，江南江北遍歌吟。

其二　醴泉

常德德山山有德，長沙沙水水無沙。
湘靈鼓瑟傳遺愛，綠螘飄香到海牙。

其三　戲言

湘女多情妄自揚，民風嗜辣性剛強。
雙妃本是中原姐，辣妹多為孫二娘！

孟九疑哈哈大笑：周靜，周靜你快撕她的嘴，她罵你們湘女都是母夜叉，在十字坡賣人肉包子！老夫子也「這個書琴、這個書琴」的哈哈笑。氣得周靜要打宋書琴：回到學校看湘女們怎樣收拾你！宋書琴邊躲閃邊嚷嚷：毛主席家鄉的人民不保護我，阿拉就逃回蘇州去，逃回蘇州去！

老夫子止住笑，煞有介事地說：好了，好了，功課考核到此結束，大家都超額完成任務。我宣布：三位女士並列第一，我押尾，可以吧？這裡，我要表揚蘇州妹，比我們多出三首絕句，每首都好。特別是「常德德山山有德，長沙沙水水無沙」兩句俗語入詩，好！孟九嶷問：老夫子你講講，我們的近體詩，是不是和《全唐詩》裡的二、三流篇章，有得一比了？宋書琴從周靜的摟抱中掙脫出來，理了理額上的亂髮：我不同意！我們年紀輕輕，為什麼要去和唐人的二、三流比？不過今天嘛，還是以老夫子的那首〈觀寥廓〉為第一。我說他跑韻，是無理取鬧，故意的。

告別君山島，他們一行乘小火輪橫渡洞庭湖，去了華容和南縣。他們經過了三國時關雲長放走曹孟德的那條「華容古道」，參訪了漁民新村，打魚人不再以漁船為家，去受風霜雨雪之苦，到岸上安居了，是個很大的變化。他們還採集到一些漁歌，如「魚死不閉目，漁人沒有屋；魚死不閉眼，淹死沒人管」等等。

接著他們到了南縣，進一座叫「紅旗垸」的大圍垸裡住了幾晚，參加了田間勞動。三位女生和鐵姑娘生產隊的姑娘們嘻嘻哈哈打成一片。圍垸就是圍湖造田，在灘塗上築堤，圍出一塊塊幾千畝甚至上萬畝的垸子來，居住耕種。每到雨季，圍垸外洪水滔天，圍垸內卻安然無恙。當然一旦垮堤就慘了，是另外的話題了。紅旗垸為一個生產大隊，下轄十多個生產隊（又叫居民點），共有兩千多人口，都是公社社員。學校、商店、郵局、衛生院、派出所一應俱全。最引人注目的是那城牆似的三、四米高的土堤，堤牆上鑲嵌著白色大標語「人定勝天，改造自然」、「農業學大寨，湖區換新顏」、「公社社員英雄漢，敢教日月換新天」等。堤頂是土馬路，可通行汽車，周長十里二十里不等，像湖區長城那麼氣派。

他們此次暑期之旅的最後一站是洞庭湖南面的桃江縣桃花源林場，入住林場招待所。見到幾塊大語錄牌：「植樹造林，綠化祖國」、「保護森林，人人有責」、「政治是統帥，是靈魂」。大家並不覺得奇怪。奇怪的倒是東晉那位不願為「五斗米折腰」的陶淵明，生平沒有到過這裡，卻以這裡的桃林、清溪、山洞為背景寫出了千古名篇〈桃花源記〉。不管他了。他們受到林場幹部職工的歡迎，參加了幾次護林防火的巡山活動。活動之餘當然也沿著那條山溪，走在桃林裡尋幽探祕。但他們並沒有在山溪盡頭發現什麼山洞，無緣進到秦人避亂的化外仙境。倒像那位武陵漁人，「當時祇記入山深，青溪幾度到雲林。春來遍是桃花水，不辨仙源何處尋」了。宋書琴頑皮，提議由四人一人一句背誦那篇〈桃花源記〉，把無中生有的陶潛老先生大大嘲弄了一番了事。

在林場招待所的最後一晚，由何道州老夫子主持對此次暑期之行做了小結，首先要求蘇州妹不要一味傻笑，端正態度：今天是八月二十一號，還有十天就開始新學年了。我們這個暑期過得很充實，有意義。繞著洞庭湖幾個縣參觀學習，親眼看到了湖區社會主義革命和社會主義建設的新氣象、新面貌，接受教育，增長知識，都是我們在課堂上學不到、書本上讀不到的！所以要倍加珍惜。我要求每個人都寫一份感想、匯報……

周靜、孟九嶷見老夫子那樣一本正經，又在給大家布置功課似的，就忍不住竊笑。宋書琴首先發難：首長作報告，祇有三名聽眾，太冷場了吧？我熱烈鼓掌！周靜、孟九嶷姐姐，你們為什麼不熱烈鼓掌？

大家哈哈大笑。就連老夫子自己也笑了：宋丫頭，都是我們把你慣的！越來越沒個正形了。好好好，我的開場白打住。下面回到主題：我們這次暑期之旅的初衷是什麼？不忘初衷，是要為新學年、為一九六六年的新年元旦晚會準備一個我們中文系的大合唱節目〈洞庭漁歌〉，對不對？我已經有一個初步設想，提出來和大家商量。怎樣？

宋書琴帶頭表態：我贊成！但你不要再以團支部書記的口氣講話就行。

周靜說：書琴呀，也不曉得今後有哪位白馬王子消受得起你。

孟九嶷抱了抱書琴：老夫子，說正事，說正事。

老夫子掏出個小本子，唸道：〈洞庭漁歌〉由一首序曲加四組歌詞組成。序曲好辦。四組歌詞才是主體。我的構想，第一組叫「君山貢茶」，第二組叫「華容古道」，第三組叫「南縣圍垸」，第四組叫「洞庭漁歌」。你們不要急，聽我講完再發表意見。我們四個人一人寫一組初稿。用新樂府形制，平仄不論，鄰韻通押，可以有長短句，每組十二句，務求通俗易懂，生動活潑，朗朗上口。初步分工於下：周靜寫第一組「君山貢茶」，宋書琴寫第二組「華容古道」，孟九嶷寫第三組「南縣圍垸」，我寫「洞庭漁歌」加序曲詞。注意了，第一、第二兩組主要寫歷史滄桑，但要積極向上；第三、第四組主要寫今天的新氣象、新面貌，社會主義的新成果。四組歌詞初稿出來後，由孟九嶷、宋書琴、周靜三人負責統改，之後由我匯總，呈送系領導審定。作品署名：湘師大中文系詩歌小組集體創作。

又是宋書琴率先發表高見：領導分配我寫第二組歌詞，我保證完成任務。你自己為什麼不參加統改？你要求通俗易懂、朗朗上口，是不是要寫得像順口溜，三句半？

孟九嶷、周靜又笑了，宋丫頭就是不肯服從領導。

老夫子搖搖頭：書琴，誰要你寫順口溜、三句半了？我不參加你們統改，是要做些具體工作，比如聯繫音樂系的老師為我們譜曲、配樂，組織歌詠隊、樂隊，準備演員服裝，聘請藝術指導等等，一大堆事務哪。

宋書琴說：可以減輕一點你的負擔，序曲用現成的。

老夫子問：哪來現成的？你又有什麼偷懶的主意？

宋書琴答：就用孟九嶷祖先孟浩然的四句，再加兩句……這樣唱：

八月湖水平，涵虛混太清。
氣蒸雲夢澤，波撼岳陽城！
愛我洞庭，愛我洞庭！……

周靜贊同：我看可以。到時候由書琴上臺彈琵琶，做大合唱引領。

宋書琴還要謙虛一下：也可以用老夫子的那首〈觀寥廓〉作序曲，「多情最是芙蓉水，吞吐長江萬里波！」更有氣勢。

孟九嶷一臉壞笑：宋丫頭獨領風騷。我同意，我都同意。不過，我也有言在先，如果我們寫好了組詩送系領導審定，要求我們突出政治，突出主席思想，再加上反帝反修內容怎麼辦？

宋書琴補上一句：那就秀才遇到兵，有理講不清了。

周靜也說：對了，系黨總支書記老楊是岳陽人，自稱楊么的後代……他若要求我們歌頌清末洞庭湖漁民起義怎麼辦？

你們有完沒完？不要隨便議論系領導。真是三個女人一臺戲！老夫子知道她們三個促狹鬼拿他老夫子開心，便閉上眼睛宣布：分工完畢，散會。明天都要早起趕早班車回省城。特別是睡星宋書琴同學，不許睡懶覺。

慢！我還有建議。宋書琴坐著不肯動窩。

小姑奶奶，您還有什麼指示？老夫子莫可奈何，坐了回去。並示意周、孟二位也坐下。

宋書琴說：我愛洞庭湖，我愛三湘大地！但還有瀟水哪，還有九嶷山哪！所以我建議，明年暑假，我們再做一次社會調查，再接受一次社會主義教育，去湘南參謁九嶷山的舜帝陵，遊蓮城的周敦頤濂溪故里、何紹基東門鄉故里，遊永州的柳子廟、孔廟……

孟九嶷、周靜立即鼓掌響應。老夫子也很高興，都玩瘋了，今年的事還沒完，就想到來年了。蓮城是他的祖籍，他還沒有回去過哪。好！相約一九六六年暑期。

……可誰能想到，一九六五年歲尾，北京一道指示「資產階級統治我們學校的現象，再也不能繼續下去了」！青天霹靂，凌空而下。山雨欲來風滿樓。湘師大一九六六年元旦文藝迎新晚會被取消，等著大家的是那場斷送了整整一代人青春生命的世紀大雷暴。

二十五　好個薜荔種植園

何瑤駕車載著松小路前去何湘姑的薜荔種植園。路上，松小路退回了何瑤給他的兩千元紅包。這事用一句難聽的俗語講：又一次熱臉貼到了人家的冷屁股上。

小路見何瑤生氣了，忙解釋：對不起，對不起。是我娘不讓收的。她怕事，一天到晚戰戰兢兢，樹上掉片葉子都怕砸了腦殼，總是要我乾乾淨淨做事、堂堂正正做人……

何瑤減慢了車速，仍不解氣：你母親大人沒叫你脫了衣服，在你背上刺字吧？

小路一時不明白他這話的意思：刺什麼字？但馬上醒悟過來，大約是指岳母刺字。這個美國出生的研究生，對中國歷史半通不通，還拿來笑話人，遂說：你是在京城看過老戲吧？岳母在少年岳飛背上刺了「精忠報國」四個字，宣揚忠君愛國。這和我有什麼關係？

何瑤也覺出自己的比喻不大恰當，笑了：不叫刺字，叫紋身吧！也叫刺青。在美國，很多男人、女人都喜歡在身上刺上各種圖案，成為長久的標記。

小路說：紋身，很早就出現在我們中國的原始部落裡。南方少數民族就有在臉上、手上刺下標記的習俗，起碼比西方國家早出兩、三千年。

他沒有說中國古代官府在犯人額頭上烙下火漆金印，作為其終身恥辱的標記。

何瑤說：又一個世界第一了？你怎麼知道這個歷史的？

小路遲疑了一下，說：我娘教的。……唐代柳宗元有一首詩，

〈登柳州城樓寄漳、汀、封、連四州刺史〉：

城上高樓接大荒，海天愁思正茫茫。
驚風亂颭芙蓉水，密雨斜侵薜荔牆。
嶺樹重遮千里目，江流曲似九迴腸。
共來百越文身地，猶自音書滯一鄉。

何瑤吃一驚：了不得！你母親一個農村婦女，有這麼大的學問？難怪你年紀輕輕，聰明好學。

小路聽到這話，心中是受用的。他解釋：柳宗元這首詩有極複雜的朝廷權力鬥爭背景，也就是史稱的「八司馬事件」。不多說了。我們五嶺山區都龐嶺一帶，古時候也屬於百越少數民族地區。至今大山裡的瑤族同胞仍保留有紋身的習俗。你不信？隔天城裡趕墟，我帶你去看看。記住，要注意禮貌哦。

何瑤說：我信，我信。我更想拜訪你母親大人。鄉下婦女教兒子學唐詩……不如你現在先帶我去你家，然後再去薜荔園，行不行？

對何瑤這突如其來的要求，小路連連搖手：不行，不行。我娘膽子小，怕見生人。一見生人就發抖，會拿根棍子擋在屋門口……

何瑤益發好奇了：怎麼會這樣？你是我弟，我是你哥。你去勸勸，告訴她老人家，哥是北京來的學生，認

了你做老弟……讓我去拜見一回，好嗎？

松小路見瑤哥態度真誠，想了一會，這才答應回去試試。臨了，他又補了一句：沒準頭啊。我娘神神道道的。

兩人一路說著，不覺就到了瀟水岸邊一處山灣緩坡地。這裡就是何湘姑夫婦的薜荔種植園了。停下車，見何湘姑已等候在園門口。一棵大櫟樹，枝柯橫臥，撐著一把大涼傘似的，下面擺著涼粉攤子。何湘姑一見他倆就嗔怪：熱壞了吧？不要我老公開車去接，沒走錯路吧？來來，兩位才子先洗洗臉，擦擦汗……我就喜歡你們讀書崽。

幾句話，說得何瑤如沐清風。兩人很快洗過臉，擦過汗。何湘姑已在白木攤桌上擺下兩碗涼粉招待他們。大熱天的，先解解渴。桌下還放了三只白鐵桶，用白紗布蓋著，相信也是裝著涼粉。另還有幾筐新摘下來的薜荔果，果真像躺著一顆顆碧綠的小鈴鐺。

何瑤邊吃涼粉，邊看薜荔園周邊的環境。古櫟樹上掛了橫匾，白底黑字寫著「蓮城何氏薜荔種植園」九個何體大字，也不知出自哪位名家的手筆。橫匾下又掛有一塊一米見方的小黑板，用白粉筆寫得歪歪斜斜：蓮城名產涼粉，大碗一角五分，中碗一角，小碗五分，歡迎食用！大約是何湘姑的書法了。她倒是很有生意頭腦的，為前來搬運薜荔果的工人和過路客人服務。再往遠處看，這薜荔園的地貌很不錯，是個大肚倭瓜形狀：入口處是倭瓜把。倭瓜把的東邊是瀟水，波光粼粼，對岸是田園錦繡；倭瓜把的西邊就是種植園了，一條車道筆直伸進去五、六十米，山地豁然開闊，兩旁山丘平緩，一排一排墨綠色的棚架沿坡而上，棚架上爬滿了薜荔藤。就像給山丘繞上了一圈一圈的翡翠綠帶，層層疊疊直至坡頂。坡頂上就是藍天白雲了。好風景！何瑤舉起相機，迫不及待咔嚓咔嚓拍個不停。

何湘姑領著兩位客人進了園。走近了，何瑤才看清楚架上藤蔓森森，攀緣糾纏，長勢葳蕤，好似一堵堵墨綠色牆壁，相互包抄又相互扶持。藤蔓間吊滿了一顆顆拳頭大小金鐘似的果子，風吹藤葉嘩嘩響，小金鐘們來回晃動，但碰不出聲音。有幾個女子的身影在綠牆間隱現，大約是採果的園工。何湘姑向客人介紹：這裡是最早試種的一千棵涼粉苗，請縣裡農藝師從古樹藤上剪下來的枝條，枝插七年，用了不少豬牛欄肥，就瘋漲成現在的樣子……前年開始掛果，今年我那涼粉店怕是用不完了。

園門口有人「湘姐、湘姐」地叫嚷。何湘姑不知有什麼事，交代松小路說：才子，你替我帶客人參觀吧！多走走，多看看，多拍些照片……今晚上在我家吃夜飯，我老公準備野味去了。

何湘姑說完嫣然一笑，轉身離去。何瑤覺得這老闆娘不但樣子長得好，聲音也好聽，待人尤其熱情。小路領著他往藤牆深處走。何瑤好奇地拍下一張張美照。忽然，綠牆深處有人叫：「路哥！」「路哥！」小路停下腳步，彷彿在辨別這聲音是從哪堵綠牆裡發出來的。「路哥哥，過來！這裡呀！」小路循聲走過去，像被人拉了一下，閃身進了綠牆裡。何瑤舉起相機跟去，捕捉到一個鏡頭：身穿藍布工作服、肩挎摘果籃、頭戴龍鬚寬邊草帽的女子從綠葉叢中探出半個身子，好一張白裡透紅的臉蛋！尤其是那雙波光一閃的大眼睛，簡直令人銷魂……藤蔓一陣晃動，臉蛋不見了。接著何瑤聽到兩人親嘴的聲音，還有松小路「不要、不要」的低聲求告和女子「就要，就要」的嬌縱言語。

緊接著，何瑤看到了一幕嬉鬧：松小路滿臉通紅，慌裡慌張從綠牆中逃出身來，嘴裡還在唸著「不要，不要」；而那女子緊追不放，硬是追上了，抱住小路就連打三個「響啵」。「響啵」這詞，何瑤是到了蓮城才聽懂的，那就是男女熱吻的意思。松小路掙脫那女子的擁抱，求饒：放開！放開！那邊有人……

女子放開小路，轉過臉來，見到幾步之外的何瑤，用大眼睛狠剜一眼，彷彿在罵：討厭，礙眼，電燈泡！然後，便飛紅了臉，像頭小鹿似的閃入綠牆，不見了。

綠牆內爆出幾個女孩子的嬉笑、打鬧聲。

何瑤快走幾步，跟上小路，說：好事呀！漂亮的情人。你怎麼慌張成這個樣子？

松小路這才緩過神來：莫講笑。什麼情人不情人。你不見我躲都躲不及？青天白日碰到鬼！妖精！

這回輪到何瑤不解了：怎麼回事？不是你情人，還追著你親吻？對對，你們叫「打啵」……快去，你就祇當我不在這裡，回去向她賠禮，道歉……我替你高興還來不及呢，老弟！

松小路愣愣地望著何瑤：你、你真沒看出來她是哪個？講出來嚇你一跳。

何瑤心裡一動，對，那雙又大又亮的眼睛，帶點邪氣、妖氣……他不禁有些緊張了，問哪個？是哪個？

松小路臉上透出冷笑：大眼妹，小九嶷。誰敢惹她？松小路更是補上一句：我敢講，人家是有意做給你看，叫你吃醋，氣你的！不過，你既認了我這個老弟，我也要勸你，不要輕易去招惹她，收不了場的！湘姐都講了，小九嶷要愛上哪個，會愛出血來！

何瑤像被一支鋒利的竹箭射中，身子都晃了兩晃。難怪大眼妹這幾天不給他做導遊，而且躲著他，但又總是碰到她。這個瘋女子！

前面的綠牆下，也擺著一筐筐新採摘的薜荔果，果柄上星星點點冒出煉乳般白色濃稠液汁，透出縷縷清香。何瑤停下來，平靜了一下，蹲身拿起一顆「小金鐘」，汁液黏在他手上，像乳膠，擦都擦不掉。

松小路領著何瑤往向綠牆高處走去。他們在坡頂的土墩上坐下來歇息。這裡已聽不到下面幾個摘果子的妹子嘰嘰喳喳的浪笑聲了。看得出來，這高坡上的薛荔藤是近兩年才種下的，藤蔓稀稀落落，還沒有形成坡下那種密不見人的綠牆，自然也沒有掛果。坐在這裡歇息，可以看到山丘下碧藍如綢的瀟水，清澈，透亮，就連滑翔在天空的山鷹也如同暢游在水裡……正眺望著，他們看到兩艘摩托艇突突地划過水面，拉出兩道銀白色湧浪，有如犁鏵犁出來的水的溝渠……

松小路指著那在瀟水上打著來回的摩托艇說：我們蓮城小地方，人有了幾個錢，就什麼新花樣都玩出來，顯出來了。

何瑤無心觀景，另有心事。他想和小路談談小九嶷，談談那個叫人捉摸不定的大眼妹。大酒店門外那張顯眼的「蓮城紅歌大賽」大廣告是怎麼回事？大眼妹的玉照怎麼會出現在廣告上？他拐了彎子問小路：你們蓮城也要大唱紅歌了？街上都貼大廣告了。

小路看了他一眼，反問：瑤哥，你也對唱紅歌有興趣？你們在北京唱不唱？

何瑤蹙蹙眉頭：我不太喜歡紅歌。特別是有的紅歌唱起來凶巴巴，刺耳朵，像和誰有仇又喊又叫，要打要殺……我比較喜歡有地方特色的歌曲，譬如〈小河淌水〉、〈黃土高坡〉、〈天下黃河九十九道彎〉，還有〈外來妹〉、〈花兒為什麼這樣紅〉。

小路朝他標了標大拇指：哥，你個土木系研究生，還知道這麼多好聽的歌啊！其實，我們五嶺山區瑤族、侗族的民歌也很好聽……小九嶷是這方面的專家。她每次放假回來，都要去山裡採風，收集民歌。

話題引出小九嶷。何瑤裝著漫不經心地說：你沒有看到街上的大廣告嗎？印著她的大照片哪！蓮城紅歌大賽。她是司儀兼領唱。

松小路聽這一說，嘆了口氣：那是被人利用……她卻不明白，可能還很得意，因為那照片很豔麗。人都好表現，出風頭，臭美。……其實，以她的身世，應該拒絕。

沒想到小路對大眼妹還有這種看法。何瑤抓住話題：她的身世？什麼身世？

松小路欲言又止：她一生下來，就被母親用棉衣包裹著，放在瀟水大酒店門口的……然後，她母親就去辦了一件大事……不講了，不講了。再講，我就犯大錯誤。

何瑤登時急了，雙手抓住松小路的肩膀：兄弟！要講，你一定要講。

松小路堅定地搖搖頭，推開了他的雙手：不能講就不能講。告訴你這麼多，已經不應該了……你不想聽我講紅歌會的事？

何瑤愣了愣，知道不能相強，衹能退而求其次。也算是迂迴戰術吧：想聽，想聽。為什麼你們蓮城也要大唱紅歌呢？

松小路真不簡單，竟說出一番令何瑤對他刮目相看的話來：唱紅歌，從表面上看是城市居民一項自發的群體活動。好些人一輩子除了幾支紅歌，其餘的都不會唱。這活動背後有大人物在操弄。你知道有個紅二代叫薄熙來的嗎？他小名薄三，父親是黨的元老薄一波。薄三從小就是中南海高幹子弟中的孩子王。文革初年他是一名中學生紅衛兵，小魔頭，打死人不償命。他父親被毛主席打成大叛徒，薄三大義滅親，竟一腳踩斷他父親三根肋骨。文革結束後，薄一波恢復工作，地位比文革之前還高，成為「中央八老」之一。他很欣賞踩斷過他三根肋骨的三兒，說他有種！是幹革命的料。江山是老一輩打下的，自然要培養下一代做接班人。薄三被保送到北京大學讀書，畢業後又進中國社會科學院讀國際新聞研究所。這已經是一九八〇年代了。薄三長得一表人才，一米八幾的個頭，濃眉大眼，氣宇軒昂，英文說得溜，還寫得一手好字。他在北京高幹子弟接班人中是個佼佼者。他被選入「中央接班人第三梯隊」，先下放到遼寧大連市當副市長，升市長、市委書記，建設大連，做出了成績。十多年後，他升為遼寧省副省長、省長；之後調入中央任國務院經貿部部長，黨的十八大當上中央政治局委員。他是有希望晉升最高領導人大位的。但他才華外露，行事作風強悍，好女色，有拉幫結夥江湖習氣。他沒有競爭過另一位性格沉穩的接班人，最後被派到直轄市重慶當市委書記，也是黨政軍情一把抓，一方諸侯了。他是不甘於做一方諸侯的，於是要在重慶獨樹一幟，打出一片天地來。他的大政方略叫做「唱紅打黑」。「唱紅」就是從基層做起，發動重慶市的中、小學校師生、大專院校學生、工廠工人、街道居民、醫生護士，直到郊區農民，由總工會、團委會、居委會出面，每個單位都大唱革命歌曲，還組織區、縣、市三級的紅歌大賽。規模最大是「十萬人齊唱東方紅」。一時間，三千多萬人口的重慶市風氣大變，鬥志昂揚，好似又回到文革那種火紅、狂熱的年代。在大唱紅歌的同時，薄熙來的另一手就是「打黑」，拿私企、民營資本家開刀，查稅查黑賬，查官商勾結，掃蕩「地方黑惡勢力」，抄家，捕人，沒收財產，颳共產風，形同發動第二次文化大革命……那時節，薄熙來在重慶大快人心也大得人心，老百姓稱他為「薄青天」。連美國的前國務卿、薄的「忘年交老友」基辛格都專程飛到重慶登臺唱紅歌，表示支持。薄熙來雷厲風行，一往無前，不留後手。叫做全國看重慶，重慶看熙來，很是了得。很快，南方、北方各省市自治區學習重慶，掀起唱紅歌的熱潮，形成地方包圍中央之勢……薄熙來還親自率領重慶千人紅歌代表團，進北京在人民大會堂連唱三場，聲勢之大，不可擋……這就是我們蓮城這種小縣城也要緊跟形勢，大唱紅歌的背景。瑤哥，對不起，班門弄斧，我一講就講了這麼多。

這番話令何瑤驚訝，沒想到看似文文靜靜的小夥子，竟然瞭解這麼多國家大事，而且思路清晰。他說：小路，你稱得上半個政治家呢！是不是晚上收聽《美國之音》、英國《BBC華語廣播》、臺灣《自由中國之聲》了？

松小路不以為然地笑笑：研究生，什麼半個政治家，你用詞不當。何況現在收聽《美國之音》和BBC廣播已經不犯法了。還有愛看點閑書罷了。

何瑤仍是不服氣：那你一定是翻牆了。孫悟空一個跟斗十萬八千里，就到了西方網站。

松小路像被揭了短：瑤哥莫瞎說！你們大學生才愛翻牆，偷看政府禁看的信息。

何瑤知道這涉及敏感話題，遂表示歉意：不瞎說，不瞎說。彼此彼此，行吧？不過還是想問問，現在以重慶為中心，全國學重慶，上上下下大唱紅歌……你說，這會在中國形成個什麼氣候？松小路想了想，猶豫著該不該繼續發表高見。他禁不住瑤哥一再催促，祇好說了：我看重慶有風險。薄三太過雄心勃勃，下注太大。唱紅打黑，他不該雙管齊下。如果他單是「唱紅」就好了，「為全國政治宣傳、思想教育工作找到一條新路」，地方包圍中央，地方倒逼中央，成為輿論領袖，他就成功大半。他的政治對手也難以找到藉口來打壓他。但他「唱紅」加上「打黑」，就犯了大忌。在重慶大肆抓捕民營企業老闆，沒收私企和他們個人的財產，還殺了人，這不是要算改革開放的賬？以搞運動的方式，大抓大捕，能不造成大量的冤假錯案？講到底，薄大人是當年當紅衛兵小將時打砸搶抄的文革舊病復發。這就會被他的政治對手拿了他的「七寸」、命門。為什麼？因為他直接威脅到中央安排的接班人的領袖地位……瑤哥，不信？過兩、三年再看，那時會有分曉。

何瑤對松小路真要佩服得五體投地了。有句俗語怎麼講？人不可貌相，海水不可斗量。小路是高人。小路是一口深井。要是在西方國家，他可以去競選議員。不過，何瑤有他的心事，還是要問：小九嶷怎麼辦？能不能勸住她？不要她去蹚渾水，給人當槍使。

小路沉下臉，有點老氣橫秋地回答：瑤哥你是念念不忘大眼妹啊？要勸你去勸吧！我是躲她都躲不及。現在有人誇她是蓮城第一美女，人家要當金鳳凰呢。

何瑤再問一句：你們蓮城的黨政領導是支持大唱紅歌的囉？

二十六 「我不能沒有你」

夕陽西下，薜荔園收工了。一個四十來歲、五短身材，顯得有些老氣的壯漢開一輛小卡車來到園門口。他跳下車就過來和松小路、何瑤握手。小路介紹這就是湘姑的先生周經理。周經理紅黑的臉膛笑出千溝萬壑，顯出鄉下人的敦實、憨厚。他搖著何瑤的手說：什麼周經理？老周就是老周。如今見人就是個經理、老闆……我家湘姑才是老闆娘，我歸她領導。松小路在旁說：有老闆才有老闆娘。周經理說：見笑，見笑。我家湘姑講了，你們是請都難得請到的稀客。她在家裡做飯。二位給面子，給面子。

何瑤覺得湘姑這丈夫一身都是力氣，外表粗氣些，是那種怎麼勞累都累不倒的好勞力。他和小路相幫著，把十來筐薜荔果裝上小卡車。在旁等候著的小九嶷和幾名女工嘻嘻哈哈笑鬧著上了車。在鄉下，人貨混裝是常情。

松小路會意，去請小九嶷上何瑤的吉普車。小九嶷眼睛都不掃一下，不予理睬。不曉得她還在生哪個的氣。女工們站在卡車後廂裡搖搖擺擺先走了。

何瑤和松小路不忙跟隨。他們的車子開到瀟水岸邊一處柳叢蔭蔽處停下。兩人赤條條脫光了，跳進水裡洗了個痛快。不然，帶著一身汗酸氣到何湘姑家做客，也是不禮貌的。

何湘姑家就在何紹基故里那條老街上，一棟新建的四方四正的三層水泥樓房，外表實在不怎麼樣。沿街也多是這種樣式的房屋，說是一度被當地電視新聞報導為改革開放、搞活經濟、城鄉人民生活改善的成果來宣傳。何瑤看一眼松小路，心想以後若重修何紹基故里，恢復明清民居歷史原貌，這些水泥方盒怪物是一定要拆除的。

進到何湘姑家裡，迎門就是大客廳，裡面的裝潢陳設十足現代化。暗紅色的櫻花木地板光可鑑人，四牆油漆成蛋青色，掛著幾幅不俗的國畫、書法，還有大尺寸的進口電視，天花板上吊著枝形水晶燈。三面牆下擺著一圈皮沙發，牆角還有一架立式鋼琴！不管懂不懂音樂，會不會彈琴，如今時興在家裡擺一架鋼琴……天，土豪！這客廳氣派，比省城、京城那些土豪也差不到哪裡去。何瑤萬萬沒想到，蓮城一對開涼粉店、辦薜荔種植園的普通夫婦，竟能過上這種日子。

還有使何瑤更加意外的事。他老爸已經和小九嶷坐在窗戶下的沙發上有講有笑，一老一少好像很開心似的。何瑤有些難為情地走上前去：爸，您也來了？早認得湘姐、周總了？他趁機看了小九嶷一眼。人家卻偏過臉去，裝作沒看見。

老夫子朝兒子笑了笑：我就不能來？就你們年輕人喜歡蓮城涼粉？你湘姐開車接我來的……你後面這位是……

何瑤趕忙把小路推到前面：松小路，我的小兄弟，好朋友，縣旅遊局名導，人稱松才子。不錯吧？

松小路臉都紅了，向何瑤的老爸躬身行禮：何伯伯，您好……不要聽瑤哥亂講。我、我就是一名普通導遊。

老夫子站起來和松小路握手：好好，蓮城出人才。聽講你是何紹基故里專家，有超強記憶力。你們李玉如老師也誇你有過目不忘的特長。我家這位，算是你哥哥吧，使激將法，要我和你比一比記憶力……我一把年紀了，怎麼和你們年輕人較勁？哈哈哈。

小九嶷在旁直做鬼臉，不知是嘲笑何瑤還是小路。

松小路越發臉紅得厲害，講話也語無倫次了：伯伯見笑，見笑……黃雀怎能比大雁？

小九嶷眼睛望著廚房，叫了聲：姐！你的酸菜魚好香呀！我的牙都要酸倒了。

聽小九嶷這麼一叫喚，女主人湘姑頭戴藍白頭巾，身繫藍白圍裙，果真端著大盤香辣辣、紅豔豔的蓮城酸菜魚來了。她笑嘻嘻地說：來來，教授，您老人家先請。大家上桌，上桌。都餓壞了吧？

老夫子拉著松小路坐在身邊。他的另一邊是小九嶷。之後是何瑤、周經理和湘姑。酒菜全都上齊：紅燜肘子、鮮蘑燒石蛙、清蒸土雞、筍片炒臘肉，還有扎肉、蒜苗豆皮、魔芋豆腐，共是八大碗。鄉下人待客，講究大盤大碗，豐盛實惠。蓮城名饌，基本齊備，令人食指大動。

周經理手舉一瓶酒，要給各位上酒。他先問教授父子：來白的？蓮城特曲，算我們本地名酒，度數不是很高。老夫子連忙手捂住杯口：謝了，謝了，我和犬子都不勝酒力，頂多喝點紅的吧。周經理說聲隨意，給教授父子各斟了一杯煙台紅葡萄酒。小九嶷遮上自己的酒杯，顯得豪氣：特曲！來特曲！隨後，松小路、湘姑、周經理也都喝特曲。何瑤差點就問小九嶷：你不保護自己的嗓子啦？

小九嶷不理他，端著一杯特曲起立，舉向老教授：何伯伯！這頭一杯，我代表湘姐先敬您！說罷，她一仰脖子乾了杯，亮了杯底。湘姑隨即起立：教授，小九嶷代表不了我。這一杯，是我敬您，乾了！您請喝雙杯。

蓮城女子真豪氣。老夫子有些招架不住，叨擾似地忙掩住自己的杯子：別別，我祇能抿一口，抿一口，敬謝二位女豪傑。何瑤擔心父親難以招架，站起來說：湘姐，小九嶷，我雖然很少沾酒，但這兩杯，我乾了，下不為例。說罷，他端杯要喝，不料卻被身邊的松小路攔下：我瑤哥是斯文人，他做學問行，拼酒不行。這兩杯，我替何伯伯回敬了！話畢，他連乾兩杯白酒，坐下。

周經理、湘姐連聲叫好：吃菜，吃菜，不要空著肚子喝酒，易醉。小九嶷卻瞪松小路一眼，小聲罵道：半路殺出個程咬金，救駕呢！臭表功，假積極。

松小路像個受氣包，臉又紅了。湘姐看在眼裡，不以為意，蓋因他倆從小吵吵罵罵慣了的。老夫子則裝作沒看見。一對金童玉女，可愛得緊。祇有何瑤在替自己的小兄弟抱屈。大眼妹大小姐脾氣，不好惹。但他對老夫子卻恭敬得很，一老一少還有說有笑，不知她在唱哪齣戲。

酒美菜香，肉嫩魚肥。何瑤、松小路肚子空了半天，這時正可吃個痛快。大家邊吃邊談。談得愉快，吃得盡興。看看大家吃得差不多了，女主人湘姑才又端著酒盅站起來說：今天，是我和我老公有面子，北京、省城的客人，教授、研究生來做客。平時是請都難得請到的……有幾句話，我想講講。松小路、小九嶷，你們兩個不要笑話姐，這頓飯不是白請的……

湘姑快人快語，人家還沒笑，她自己先咯咯笑個不停。她老公周經理輕輕拉了拉她：坐下，坐下……你心裡就是藏不住事……

老夫子放下筷子，有些微醺似的：大妹子，周兄弟，今天沒有外人，二位有什麼話，儘管講出來。看到你們開涼粉店，辦薜荔園，事業有成，我這次回老家，是開了眼界，長了見識。

湘姑不顧老公的提醒，仍是站著講話：正是想講講涼粉店和薜荔園的事……好！小路，你筆頭快，替姐記記……

周經理連忙遞給小路一個本子和一枝原子筆。

湘姑說：小路今天帶著小何同志去我們公司的薛荔園看過了。最早栽下的一千棵前年開始掛果。今年收成好，果子結得和珠子似的，多得不得了。已經收了三十來擔，我那涼粉店消化不了。哪樣辦？就是在城裡再開兩家分店，涼粉果也夠了。我們承包下來的那一灣坡地，分期分批，共種下五千多棵藤苗，放足了底肥，五到七年之後也會掛果。到時候果子堆成山，哪樣辦？政府支持辦企業，銀行貸款六十萬，明年開始還本付息，哪樣辦？按公司原先的規劃，把果子賣到鄰縣、鄰州的涼粉點、飲料店去，賣原料賺錢。小路比我們有經濟頭腦，曾經給出主意，成立股份有限公司，開幾十家、上百家涼粉分店，像人家美國的麥當勞、肯塔基那樣。我是想都不敢想。憑我和老周兩條土狗，想搞人家外國那種大企業？那是做夢。我們沒有人才，沒有資金呀。大企業一條龍服務，怎麼經營，怎麼核算？想想都頭大，頭痛。今天有高人在座，我和老周想聽聽你們的看法。

何瑤聽了這番話，喉嗓癢癢的，看了老爸一眼。老爸朝他努努嘴，似在鼓勵他發表意見。旁邊的小路和周總也拿眼神促請他。於是，何瑤開口：我斗膽先講幾句。我同意小路的提法，像麥當勞那樣開分店，成立蓮城涼粉聯合企業。當然，這首先需要建立起自己的管理團隊。人才哪裡來？我們國家辦了那麼多商學院、財經大學，怕沒有人來？也可以從別的公司挖角。當然要穩字當先，循序漸進。資金要籌集，員工要培訓，工藝流程要規範，管理一條龍。由小到大，譬如先開十家。十家開好了，再開百家；百家開好了，再開千家；千家開好了，再開兩千家……一直開到外縣、外州、外省、外國去，市場大得很。世界上的事，都是人做出來的。

你們知道世界五百強之一的蘋果公司嗎？老闆喬布斯，最初就是從他舊金山家裡那間小小的車房裡做起來的。十幾年時間，資產六百多億美元，成為美國大富豪，創造奇蹟……我們中國的魯迅先生講過，地上原本沒有路，走的人多了，大路小路就出來了。

小九嶷聽他滔滔不絕，冷笑：人家魯迅先生的原話不是你這樣講的。你一個土木系的學生，好像還懂得商業模式、大公司管理！

湘姑怕他們鬥嘴，插進來說：何瑤講得好。小路你替姐記下來。何瑤你繼續。小九嶷莫打岔。

何瑤受到鼓勵，面帶得色：我呢，是學建築的，為什麼對公司的經營有一知半解？因為我在北京讀書六、七年了，讀了本科讀碩，還要讀博。每個週末搞勤工儉學，接觸社會，去做「代駕」，接觸了不少公司的老闆，北京人叫他們土豪。

周經理問：什麼叫「代駕」？

何瑤說：就是代人開車。你們沒聽說，北京現在住了很多外地公司的大老闆、富豪，花錢如流水，有專門供他們休閑娛樂的場所，譬如「天上人間」、「京東豪門」、「芙蓉苑」等等。每到週末，富豪們就會自己開上奔馳、寶馬，到這些地方來娛樂、休息。但下半夜總是要回家的呀。一個個爛醉如泥，還能開車？於是就出現一種新職業：代駕。做代駕的又多是我們這種外地大學生。考了車牌，我就幹這個……老爸你不要瞪眼睛。我幹了兩、三年代駕，接觸了社會，也瞭解了社會。而且和幾個大老闆相處久了，人家也信任我們這些大學生，什麼話都和我們講。酒醉的人話特別多。我因此也聽了不少公司的經營管理情況。

老夫子眉頭緊鎖。湘姑子、周總聽得津津有味。小九嶷撇嘴：難怪有的人學壞、銅臭。松小路也笑了笑：

你是近朱者赤，近墨者黑。

何瑤繼續：我沒學壞。老爸對我放心。我也是慢慢瞭解到，這些大老闆大都白手起家。創業之初，什麼苦都吃過。譬如我常給他開車的一個老闆，江蘇揚州鄉下人，最早是貨郎擔賣針頭線腦賺了千把塊錢。三十年前帶著村裡十多名泥瓦匠到城裡替人拆老屋，蓋新屋，住草棚，有時連窩窩頭都吃不飽。人家欠了工錢，去討，還被放狼狗來咬……可他們就是不服輸，不後退，咬牙撐下來，發展壯大下來。到現在，你猜怎麼著？著名的江都建築工程總公司！員工三千多人，十幾支施工隊，在北京、天津一代承建大型工程。他的公司還有設計院，光是學建築設計、建築裝修、建築美學的大學本科學歷的工程師就有一百多名。他知道我是清華土木系的研究生，就想邀我畢業後進他的總公司……

湘姑、周總如聽天書，眼睛瞪得好大。松小路和小九疑也像聽故事似地不再打岔。祇有老夫子仍是蹙著眉頭，可嘴角流露出幾絲笑意。

何瑤說：湘姐，周總，我所以講這麼多，就是想建議二位，路是人走出來的，事是人做出來的。二位有蓮城這特色清涼甜品，又有薜荔園這個生產基地，為什麼不一步一步、一家一家開起分店，走出蓮城，走向全省、走向全國？清涼飲品，是個多大的市場？我們中國也應該有麥當勞、肯塔基那樣的國際品牌大公司啊！

小九疑又忍不住噘噘嘴：天花亂墜，湘姐，你可不要聽人胡吹海誇，雙腳都離了地，身子也飄起來了。

湘姑摸摸她的腦袋：小九疑你今天是怎麼了？人家何瑤是給我們上一堂課。有句話怎麼講的？聽人一席話……

松小路補充：與君一席話，勝讀十年書。

小九嶷又瞋他一眼：吊文，酸。都有點酸。

何瑤並不在意。他知道大眼妹還在惱著他，和他過不去。

飯後，大家坐在客廳裡喝韭菜嶺雲霧茶，消食，聊天。紅木茶几上擺了條紅山茶，打火機、菸灰缸齊備。不過，今晚在座的沒人好這口，免了煙霧繚繞。

老夫子拉松小路坐在一起，問：你姓松，是隨父姓還是隨母姓？松小路不知教授伯伯為什麼問這個，遲疑好一會，才勉強回答：我沒有父親……隨了母姓。老夫子又問：聽講你母親有文化，從小教你唸唐詩？松小路斜了對面何瑤一眼，彷彿怪何瑤多嘴、生事：不，農村婦女，沒有多少文化。伯伯，對不起，我、我要上洗手間……說罷，他像逃避一般朝走廊那頭去了。

老夫子被小青年禮貌地拒絕，不免有些不自在。何瑤知道父親在想什麼，趕忙移坐過來，輕輕提醒：爸，您直奔主題，受阻了吧？不要緊，我慢慢幫您打聽。

正說著，他們見小九嶷幫著湘姑端來一大盤何瑤叫不出名字的水果，白生生果肉被切成一塊塊小三角形，像和田玉似的光潤，上插一根根牙籤。湘姑讓小九嶷介紹：又是我們蓮城特產——涼薯，在北方吃不到的。試試吧。比白蘭瓜還甜、還脆、還嫩。在唐代，蓮城涼薯是要進貢到長安給皇帝老子吃的。

何瑤看大眼妹一眼，心裡想：還講人家吹呢！你自己不也天花亂墜？何瑤確實沒有吃過涼薯，跟著大家動手，拿了一塊送入口中。果不其然，又甜又脆又嫩，又是一種夏天解暑的果品。

松小路返回，很懂事，仍坐在教授伯伯身旁來。他擔心剛才婉拒了教授伯伯的問話不禮貌，便提議：湘姐，飯也吃了，涼薯也嘗了。你家的鋼琴有日子沒人彈了吧？下一個節目，請我們的青年歌唱家小九嶷唱一曲，好不好？

大家一齊拍巴掌，叫好。

湘姑說：是我家丫頭瞎玩的，她和同學到張家界參加夏令營去了。

小九嶷深看松小路一眼，隨即走到鋼琴前，坐上琴凳，打開琴蓋，調整好姿勢。她回過頭來，報幕似地說：第一支曲子——〈十送紅軍〉。

一直憨笑著忙裡忙外、不大出聲的周經理說：妹子，紅歌就留到你們紅歌大賽上去唱吧。

湘姑想止住老公，但沒能止住。小九嶷倒是出人意料地隨和，問：周叔叔，你想聽什麼呀？然後，她轉向眾人：現在是聽眾點播節目時間。

松小路代為回應：〈外來妹〉。周經理想聽〈外來妹〉。上次你唱過一回，講我們鄉下人的事。他讚不絕口，講廣州有楊鈺瑩，我們蓮城也有楊鈺瑩。

小九嶷不理他，轉過身去撫琴。一陣明快的過門後，她邊彈邊唱起〈外來妹〉，纏纏綿綿，韻致十足，展現鄉村少女的幽怨情懷，愛恨糾結，一詠三嘆，楚楚動人。大家也都跟著哼哼：

我不想說，我很親切；
我不想說，我很純潔！
可是我不能拒絕心中的感覺？
看看可愛的天，摸摸真實的臉，

你的心情我能理解。
許多的愛我能拒絕，
許多的夢可以省略，
可是我不能忘記你的笑臉，
想想長長的路，擦擦腳下的鞋，
不管明天什麼季節。
一樣的天，一樣的臉，
一樣的我就在你的面前！
一樣的路，一樣的鞋，
我不能沒有你的世界……

唱著，唱著，小九嶷滿眼淚花，不能自已。
何瑤突然衝到屋外去，哇哇哭起來了。
湘姐、周總不知道發生了什麼事。
松小路趕去屋外勸慰他瑤哥。
老夫子心裡一頓：完了，完了，這一對小冤家，掉進坑裡拔不出來了。怪道小子的左臉又紅又紫好幾天，剛消了腫，疼痛自知。

二十七 她叫松素芹

松小路不知是怎樣說動了他不肯見人的母親，讓何瑤去了他家。他家在距何紹基故里一箭之地的井頭村。井頭村祇有二、三十戶人家，村口也有一棵枝葉繁茂、綠蔭如蓋的老樟樹。松小路家是一棟有院子的四正四方的小平房，大白天也院門深鎖。這地方像是領導幹部住過，院牆是土磚砌成，牆頭插了一圈鋒利的玻璃片，防賊人的吧。牆壁上仍可依稀看到原先刷寫的兩條土紅色標語：人們公社好！三面紅旗萬歲！

何瑤習慣地舉起相機拍了幾張照片。松小路的鑰匙剛插進院門的銅鎖眼，院子裡的狗就汪汪叫起來。小路喊了聲：「部長」，然後開了門。一條又老又醜的大狼狗見是主人領著個生人進來，就不再叫喚，搖著尾巴跟在陌生人身後，依舊顯出警惕。何瑤不禁心裡發毛，深怕大狼狗突然從背後發動襲擊，撲到他身上。松小路把院門插好，又對大狼狗說：部長，來客人了！然後，他朝著屋裡喊：娘，客人來了。連喊三聲，沒有聽到回應。何瑤想：他為什麼叫大狼狗做「部長」。

院子有一畝地大小，靠院牆有一叢大芭蕉，枝肥葉闊。傍著芭蕉的是一塊小菜地，種著韭菜、莧菜、辣椒、茄子、豆角等時鮮蔬菜。另外還有個瓜棚架，綠葉下吊著好些個大冬瓜，小南瓜。

松小路又叫了聲娘：來客人了。屋門關著。何瑤有點詫異。這裡有「部長」看著、跟著，怎麼還層層設防啊？或許小路的母親不在家吧。松小路卻十分平靜，彷彿習慣了。他又掏出鑰匙開門。門倒是沒有從裡面拴住。

吱呀一聲門開了，迎門站著的是個瞎眼婆婆，雞皮鶴首，瘦骨嶙峋，衣著倒是整齊，雙手橫拿著一根酒杯粗的茶木棍，樣子怕人。她渾身哆嗦，一步步後退，顫著聲問：路崽，什麼人來了？是不是民兵，民兵？

「部長」威風地蹲守在門口，並不進屋。

松小路上前，從娘手裡拿下那根茶木棍。他說：娘，您又亂講了！是客人，不是民兵。我告訴過你的，他叫何瑤，北京來的大學生。

瞎眼婆婆身子抖索得更厲害了：北京來的學生？紅衛兵！紅衛兵！……我們是毛主席的紅衛兵，大風浪裡煉紅心……

松小路對何瑤搖搖頭：娘，您又亂唱些什麼呀？

何瑤自我介紹：大媽，我是在美國出生的，沒有當過紅衛兵，也不知道什麼是紅衛兵。

瞎眼婆婆不再後退，再退就是牆角了。她的聲音也不再打顫：美國來的？美帝國主義……你害苦我們了……你們要幫蔣介石反攻大陸，受害的卻是我們……人家講我們黑五類是內應，所以要斬草除根……你們，你們美帝國主義，害人，害人……

松小路怕何瑤不高興，忙勸住娘：您不要亂講、亂怪人。何瑤是我哥，清華大學土木系研究生，不是什麼美帝國主義。他父親是大學教授。

瞎眼婆婆身子靠在牆上，又有些抖索：那、那也出身不好，是可以教育好的子女……

何瑤不懂什麼是「可以教育好的子女」。松小路拉住娘的手：娘，您不要總是記住過去的事……改革開放都三十年了，早就不講階級成分了，大家都一樣了。

瞎眼婆婆倒是讓兒子扶著她，在一張椅子上坐下。松小路深表歉意又不無埋怨地看看何瑤，像在講：要你不來，你硬要來……看到了吧，我娘就是這個樣子。你高興了吧？

小路拿過一把椅子，請何瑤落座。

何瑤此刻既擔心又好奇。小路的娘怎麼會這個樣子？雙眼失明，精神也出了問題。

瞎眼婆婆卻不肯住嘴：不講成分了？不定哪天又有最高指示下來，階級鬥爭，一抓就靈。地富反壞右集合，開公審大會！十月革命一聲炮響，給中國送來……送來什麼？什麼？

松小路見娘當著客人的面亂說三千，勸都勸不住，就抱住娘的肩膀央告：娘！什麼事都沒有！您放心，真的什麼事都沒有了。這位何瑤是我的好朋友，他認了我做兄弟，他是哥哥，我是弟弟！他講了，我們要做好兄弟！他年年暑假都會回蓮城來，教我做學問……

瞎眼婆婆聽兒子這麼一講，似乎愣住了。她睜著一雙被青白色厚膜蒙住的眼睛，過了一會，伸出瘦得如同雞爪的雙手，像是要摸什麼東西。何瑤心有感應。不待小路提醒，他伸出雙手去，讓老人顫顫巍巍地握住了。她摸摸何瑤的手，說話聲音很低：你、你真是我兒子的朋友？你們還認了兄弟？他可是隨了我出身不好，第三代，第三代黑五類，可以教育好的子女……小路剛才講你父親是大學教授？肯定也是可以教育好的子女……他們講，階級兄弟心連心，打斷骨頭連著筋……他們講，人還在，心不死……

還是一口瘋話。但是，老人家又不是瘋子，聽她講話，確是個有文化的人。看來，她是被嚴重的精神恐懼所折磨，這麼多年都無法擺脫。

松小路給客人泡茶去了。何瑤讓老人拉著他的手。因為離得近，他透過那滿臉皺紋看出老人家年輕時的清秀和美麗。何瑤問：我可以叫您嬸娘嗎？北京人叫大姨、大媽……您不要擔心，我真的是小路的好朋友，小路是我的好兄弟。您講的什麼民兵、紅衛兵、黑五類、地富反壞右、可以教育好的子女……我都聽不懂。我是十七歲才回來讀書的。這次是跟了我老爸來蓮城學習、參觀濂溪故里，東門鄉何紹基故里的……

何瑤一席話，使得老人家平靜了下來，可她似乎仍糾纏在自己的邏輯和概念中：你從美國回來……那裡就沒有階級、階級鬥爭？就不講兩個階級、兩條道路？沒有你死我活的革命……那裡為什麼工人不起義？那裡不講階級路線，依靠貧農，團結中農，打倒地主，消滅資本家……這些道理，指示，你都沒有在課堂裡學習過？

何瑤哭笑不得了。他不知道老人是裝不懂還是真不懂。他說：大媽，您講的這些我真不懂。您有文化，您懂得多，我一竅不通。

老婆婆說：孩子，你受資本主義教育，受的毒害太深。你要是在中國生活、工作，肯定行不通，行不通。

松小路端來一壺茶水，給何瑤和母親各篩上一杯。他說：娘，您又亂講話了。現在的世界不是您講的那個樣子了。您經歷過的那些事，已經不存在了。我天天和您講現在外面發生的事，您總是不相信，總是活在過去的噩夢裡。您為什麼不肯醒過來呢？

老人伸手去摸茶杯。何瑤擔心老人燙著，想幫忙，松小路勸住他：不用。我娘什麼都會做。她挖土種菜，打理院子，洗衣做飯都會。她的雙手就是她的「雙眼」，什麼都「看得見」。不信？等會我娘會做出她的拿手好菜來待客。

老人熟練地端起茶杯，喝了兩口滾燙的茶，又穩當地放下。她的嘴裡仍不肯閑著：路崽，你剛才講娘什麼來著？娘是在做夢，一直沒有醒來？你們、你們沒經風雨，見世面，不曉得厲害……樹欲靜而風不止。八億人口，不鬥行嗎？走資派還在走。資產階級就在黨內……這些最高指示，你們一句不會。等到刀架在頸根上後悔來不及。天上布滿星，月牙兒亮晶晶，生產隊裡開大會……

何瑤坐在老人身邊，他不時望望蹲守在門口的「部長」。「部長」面朝院子，是個很盡職的衛士。牠為什麼叫「部長」？看來這名號有出處。這時，老人又拉住何瑤的手：後生崽，你講你爸在大學教書，是哪所大學？他叫什麼名字？

何瑤恭敬地回答：我爸叫何道州，湘師大中文系教授。

老人一聽這名字，竟怕燙似地縮回了手：何道州？不是好人，不是好人。

松小路聽娘又在亂講話了，而且對何瑤很不禮貌，氣得連連跺腳。他擔心何瑤會坐不下去了。

何瑤倒是不和一位精神不穩定的老婆婆計較。他解釋：嬸娘，我爸我媽都不是壞人，都是守法公民。不過，我的母親已經去世……

老人又瞪了瞪她那青白色的眼睛：誰死了？你娘？是不是叫周靜？……死了好，死了好，死了乾淨……

松小路要制止他娘的胡言亂語。何瑤揮揮手，示意他不要作聲。何瑤沒生氣，問道：大媽，您知道我母親叫周靜？您認識我的父母親？

老人扁扁嘴：認識他們，他們……備戰備荒為人民……什麼人站在人民方面，他就是革命派……什麼人站在地主、資本家方面，他就是反革命派……

越講越離譜，不著邊際了。松小路叫了聲娘：都快中午了，我和客人都肚子餓了。我們吃什麼打中伙呀？

老人聽兒子說肚子餓了，就像聽到一道命令，人立即清醒了大半。她顫顫巍巍地起了身，嘴裡唸著「深挖洞，廣積糧，不稱霸……天大地大，吃飯第一大……」她摸索著朝灶屋走去。何瑤想上去幫扶一下，小路勸住：不消，不消，我娘的眼睛長在她的手上、腳上。在屋裡、院子裡，她從不磕磕絆絆。做飯、做家務，從不讓我插手。不信，等會你就曉得了。

果然，老人在灶屋裡吩咐：路崽，去摘個嫩南瓜來，摘小的，留大的……她聲音清晰，思路分明，一點也不像個精神失常的人。

松小路叫何瑤等著，隨即閃身出了門。「部長」搖著尾巴跟著走了幾步，又返回守在門口，仍在防備屋裡的生客。

松小路很快摘回來一個飯碗大小的青皮嫩瓜，送進灶屋去。他轉身回來對何瑤說：來來，帶你參觀參觀。裡邊走，裡邊走。

何瑤望望門口，「部長」沒有進來。大約牠的職責範圍祇在院子裡。何瑤這才看清楚，這平房的內部面積不大。從迎門的廳堂往裡走，中間是一條走廊，兩廂除了灶屋，還有三個房間，房門都關著，大約是睡房了。原先這房裡肯定不祇住著他們母子兩人加一條大狼狗。走廊盡頭是一道側門，裝著手指粗的鐵插銷，祇能從裡面打開。松小路開了門，直有半人高的「部長」已在門外恭候。

何瑤見松小路在階沿上蹲下，要和「部長」說話，他也隨之蹲下了。小路伸手撫著「部長」的腦袋瓜，親切地喊了聲「部長」，說：這是我瑤哥。你也要聽他的話，像聽我的話一樣。記住了沒有？

人說狗通人性。果然，「部長」伸出長長的舌頭，要來舔舔何瑤的手。何瑤不習慣，不敢伸出巴掌。小路說：不要怕，牠對我的朋友好著呢。你讓牠舔舔手，熟悉了你的氣味，今後無論你走到哪裡，牠都會認得你，幫助你。

何瑤張開巴掌，讓「部長」舔了舔，覺得癢癢的，還有點腥臊氣。但「部長」的樣子很溫順。這下子好了，何瑤可以摸牠的腦袋瓜，撫牠的腰背了。小路告訴他：你就是不能扯尾巴，那是對「部長」的不尊重，牠會發怒的。

「部長」帶路，他們繞著院子走了一圈。院子四周都是圍牆。前院寬，後院窄。每個房間都開著大窗戶，窗戶上裝著拇指粗的鐵條，裡面掩著煙色簾子。東北角上有一口水井，井上有蓋。小路揭開井蓋讓何瑤看看，大約有五、六米深。井水清幽，像一面圓鏡嵌在井底。何瑤忍不住問：小路，你們家一直住在這裡嗎？

松小路不懂何瑤為什麼要問這個，支吾一會才說：自我出生、懂事，就一直住在這裡。其他的事，我也不是很清楚。

何瑤又問：你母親眼睛不便，就不出院門了嗎？

小路訝異地看何瑤一眼：你怎麼曉得的？反正從我記事起，我就沒有看到我娘出過這院門。總是待在院子裡，總是由「部長」陪著她，護著她，也是守著她。

何瑤頓了一下，再問：難道老人家自己就不想出去走走？

小路說：我想，可她自己不想出去……我娘好造孽，她什麼都看不見，什麼都害怕。她總是講，有人要害她、抓她……

何瑤聽了，胸口陣陣發緊：你娘的眼睛是什麼時候失明的？

松小路答：我出生之前，娘的眼睛看不清東西了。我後來明白，是患了白內障。那時父親還在，聽講請縣裡的醫生看過。醫生講，要到省城或是廣州那些大醫院才能動手術，手術費很貴……

何瑤終於問到一個重要問題：你父親丟下你娘，哪裡去了？他是不是你們蓮城的領導幹部？你母親是不是姓宋？

松小路一臉慌張：莫亂講，莫亂講……我都不曉得他的死活。祇聽講他犯了大錯誤。我娘從來不告訴我，我們村裡、縣裡的人也不告訴我，好像我是個黑人……

小路快要哭出來了。「部長」在他身邊快速地搖著粗大的尾巴，轉著圈子，狺狺地吼著，彷彿知曉主人的心酸委屈。

何瑤摟住小路的肩，心中滿是不忍，有了做兄長的責任感：不講了，不講了。要替老人家治眼睛，摘除白內障。現在已不是什麼眼科大手術。放心，這件事，由我來做。費用不是問題。我們一定要讓老人家看到今天這個真實的世界。

松小路搖頭：不要，不要。我娘她不會走出這個院子，不會離開她的「部長」。

正說著，老人已在門口喊他們打中伙了。那聲氣，一點不像整天在惶恐中熬活的人。

更讓何瑤驚奇的是，八仙桌上已擺著三副乾乾淨淨的碗筷，一鍋白米飯，一大盤鮮嫩鮮嫩的子南瓜，一盤蒜苗炒臘肉。最引人注目的是那一大盤紅豔豔、黃燦燦的番茄炒雞蛋。

松小路領著何瑤吃得高興，可口。兩人都像餓極了，吃得高高興興。何瑤甚至覺得，這是他生平吃過的最香甜的飯菜。怎麼也不像是一位雙目失明又患有精神疾病的老媽媽烹飪的。

二十八　再訪「管大官人」

老夫子聽兒子說了見到松小路母親的情形。照何瑤的說法，松母不哭不鬧，瞎了眼睛還能做家務、種小菜，祇是聽見生人的腳步聲就發抖，就拿根茶木棍自衛，言語錯亂。但有知識文化，隨口就是「最高指示」，顯然患有精神疾病。松母和一條叫「部長」的老狼狗作伴，二、三十年沒有走出過自家院子，仍活在那個恐怖年代、恐怖世界裡。

根據何瑤的描述，幾乎可以肯定松小路的母親就是老夫子要找的宋書琴。他和周靜苦苦尋找了三、四十年的當年湘師大校花之一的宋書琴。她還活著！祇要人還在，千幸萬幸，就一切好說，好說。但在弄清情況之前，他暫時不能急著去見她。

依著李玉如老師前些天在石魚湖邊聊天時提供的線索，老夫子仍要表弟周土生開車，再次去仙子腳養老院探訪管大關老人，那個曾被判七年有期徒刑的原蚣霸鎮人民公社武裝部部長，那個被妻子、兒子拋棄了的老男人。

大約土生表弟先打了電話，他們的寶馬車一到，仙子腳養老院的鄧院長已在院門口等候了。周土生代表老夫子向院長說明來意。院長說：周總你在電話裡講過了，我已安排管大關老人在會客室坐著了。說罷，三人進到會客室。院長朝管大關點點頭，退出了。

管大關坐在輪椅上。見了客人，他瞪著一雙曾經不可一世的豹子眼，頭都不曾點一下，問：又是你們？還有什麼事？

老夫子開門見山：老管同志，您還記得上兩個星期我們來看過你？

管大關冷笑一聲，語帶譏諷：我敢不記得？省城來的大首長！又看一眼周土生：你是養豬公司的老闆，暴發戶，新生資產階級！

周土生耐住性子訓斥：管大官人，你要端正態度，對客人不要耍蠻橫……向你瞭解情況，你要如實回答。

老夫子在桌下碰碰表弟的手。坐在對面的管大關推了推輪椅，頸脖一硬說：老子現在是退休人士，一名老兵！你們的問題，老子想答就答，不想答就不答。

周土生想打他的態度，被老夫子止住。老夫子說：老管同志，還記得我嗎？四十三年前，你還認過我這個省城來的紅衛兵小將、戰友……

管大關仍是一臉冷笑：有的人見得再多也會忘記；有的人就是剝了一身皮，老子都會認出他小子……叛徒！紅衛兵叛徒！

老夫子再次穩住了土生表弟，平和地說：是的，一九六七年七月，蚣霸鎮公審大會那次，是你放走了我的未婚妻周靜。我們一直對你心存感激。

管大關竟捏緊拳頭在桌子上敲敲：那次是老子上當受騙，被你個省城來的、戴紅衛兵袖標的小子騙了！老子幹革命幾十年，就是那次沒有站穩立場，放鬆了警惕，放跑了黑五類子女、階級敵人……好在又唱紅歌了，哈哈，又大唱紅歌了，第二次文化大革命就要來了，東風吹，紅旗揚，毛澤東思想放光芒！哈哈哈……

周土生喝問：你想怎樣？

管大關頭一昂，眼一橫：媽拉個巴子，第一次文化大革命不徹底，資本主義大復辟！第二次文化大革命，千百萬人頭落地。

周土生氣得滿臉通紅：管大關！你犯了那麼大的罪，你手上有幾十條人命！刑也判了，人也老了，住了養老院，還不死心，還在做你文化大革命打打殺殺的夢？還想翻案？

管大關目露凶光：老子十二歲參加革命，跟著毛主席打江山，從黑龍江打到海南島，打到北朝鮮！響應毛主席號召，聽從毛主席指揮，執行毛主席命令，消滅地富資本家！老子哪一點做錯了？老子今年七十八了，老子就是不服！老子閉眼之前還要看到第二次文化大革命！

簡直是花崗岩腦殼，胡攪蠻纏了。

周土生表弟氣到不行，恨不得上去給他兩巴掌。老夫子怕一開始就談崩、鬧僵，由此不能瞭解到宋書琴的情況，趕忙起立向管大官人欠了欠身子，抱拳拱了拱手，力求把氣氛緩和下來：老管同志，不要性急。我、我比你小十幾歲，如今也是老年人了。我要告訴你，你當年放走的那個女大學生、我的妻子周靜，已在三年前去世了。她生前沒有來得及向你說聲謝謝……

管大官人吃軟不吃硬。老夫子幾句軟話下來，他心氣平和了許多，竟問：去世了？如果沒有記錯，那個女大學生滿漂亮的。當時，蚣霸鎮公社他娘的幾個民兵都流口水。想想，你妻子應該還不到六十，怎麼就過世了？

這問話勾起老夫子一腔酸楚：老管，我可以告訴你，我妻子一輩子都沒有逃脫那次的恐怖經歷，總是晚上做噩夢喊救命，喊有人要殺她……她沒活到六十歲，就是這個原因。

管大關的口氣又生硬起來：那是她資產階級小姐從小養尊處優，吃香喝辣，沒有受過鍛鍊！像我們這種貧下中農、革命軍人出身的人，什麼樣的苦、什麼樣的罪沒有受過？想要我們死就沒有那樣容易。

周土生回了一句：爛人有爛命。

老夫子連忙說：是是是……老管同志，今天我們來拜訪你，是想向你打聽一個人。

管大關在輪椅上坐直了身子，又瞪起眼睛：什麼人？

土生側過身抽菸，不屑於去看管大官人。一盒錫皮紙精裝的「大中華」擺在桌上，還有晶亮的微型手槍似的打火機，也是名牌。

老夫子代為作主，把「大中華」和打火機遞給管大關。周土生也沒有阻止。

管大關大約很久沒有見過這麼高級的香菸了，熟練地抽出一支含在嘴裡，咔嚓一聲揿亮打火機，貪婪地絲絲吸起來，不見一絲煙霧吐出來，全吸在肚裡受用去了。

老夫子這才說出一個名字來：宋書琴，曾經是你妻子，是不是？

管大關一聽宋書琴三個字，接連深深吸上數口「大中華」，之後揿滅菸蒂，眉頭一揚，竟神氣起來，朝門口方向喊：服務員！客人來半天了，還不上茶？真是的，服務越來越差！那口氣，還是他當年大權在握的公社武裝部長模樣。

很快的，一名男護工送來一壺茶和三只茶杯，給兩位客人上了茶，卻把一只空杯子放在管大官人面前，示意他自己動手。這也是無聲地提醒他懂得自己的身分、地位。之後，男護工退下。

老夫子見管大觀坐輪椅不方便，便給他上了茶。管大官人笑罵一聲狗眼看人低。他喝上兩口茶水，清了清喉嗓，對老夫子也有了點好印象，於是有了說話的興頭。或許，他也是很久沒有機會與人長篇大論了：宋書琴？我過去的女人呢，離婚都十八、九年了……她的情況比較複雜。你們找過她？去過我那小院了？那我可以告訴你們，那小院子是社教運動沒收的一個新富農的財產，由組織上分配給我這個革命軍人的。那年我四十歲，又是由組織上安排了一個對象，公社鐵姑娘隊隊長。組織上照顧嘛。那小院子不錯，四正四方一棟平房。院裡有塊小菜地，一口水井。四周圍牆也砌得結實。革命到四十歲才成家，算有個窩。我這個人吧，缺點是文化低了點，不會寫，但能讀文件。優點是立場堅定，對黨的事業忠誠，組織指向哪，我就衝向哪。還有就是不亂搞女人。這一點很多幹部做不到，我做到了。當公社武裝部長，有的女人要辦事，主動上門，當著我的面脫衣服，都被我轟出去。我可以驕傲地告訴你們，四十歲之前我沒有碰過女人。你們不信？可以去看我的檔案。當然，我是正科級，檔案在地委組織部，你們不容易看到。我在部隊立過一次一等功，三次三等功。首長表揚就多了去了。在地方，我年年都是學毛著標兵，優秀黨員，這些都在我的檔案袋袋裡……講遠了。我四十歲結婚，鐵姑娘隊長也快三十歲了。記得就在「五一六通知」宣布全國文化大革命那年，她在公社衛生院難產，大人小孩都沒保住……你們問我哭了沒有？老子不哭。化悲痛為力量，把仇恨對準走資派，對準地富反壞右牛鬼蛇神！把精力放在黨的事業上，對吧？革命意志堅如鋼，對吧？什麼是真正的革命戰士？泰山壓頂腰不彎，對吧？我他媽的媳婦沒了，可以再找！天下女子多的是。縣武裝部政委就是這樣安慰我、鼓勵我、教育我。對吧？對了，忘了告訴你們，我家院子裡養了條大狼狗，看家護院。我給取了個名字，叫「警衛」。有人告我的陰狀，說我給狼狗取名「政委」！放他娘的狗屁！我老家河南，河南口音「警衛」和「政委」同音。縣武裝部首長心懷寬廣，看幹部不看一時一事，而是看全部的工作、全部的歷史。首長瞭解我老管忠心耿耿，一身正氣，怎麼可能把狗叫成「政委」，一天到晚喝來呼去，叫跪下就跪下，叫起來就起來？

扯遠了，我他媽的扯遠了。說回來，說回來。我知道你們感興趣的祇是宋書琴那個女人。問我怎麼搞到手的？我承認，小宋當時確是貌美如花，落到了蚣霸鎮公社貧下中農最高法庭一個班的民兵手裡。一九六七年七月底、八月初那次，是我救了她一命。我是她的恩人不是？或許到了今天，她瞎著眼睛還不肯承認。事實擺在那裡，歷史擺在那裡，她也活在那裡嘛。我對她有階級優勢。我是統治者，她是被統治者。是吧？好好，你們不要反感。換句話說，我是領導者，她是被領導者，可以吧？你們知識分子喜歡咬文嚼字。我也不是看不起知識分子。剛才講過，文化大革命一開始，我那鐵姑娘隊長媳婦難產死了。老子就想，文化不值錢，大學生下鄉，老子再找媳婦，就找個大學生。他娘的，老粗找老細，沒文化的佔領有文化的，就是文化大革命。我作風正派，不亂搞女人，做一個高尚的人、一個純粹的人、一個有道德的人、一個脫離了低級趣味、一個有益於人民的人！偉大領袖的最高指示，我牢記在心，不論什麼時候，不論走到哪裡都不敢忘記。這一點，你們可以去看看我的檔案，看看我歷史上有不有亂搞女人的汙點！

扯遠了，我他媽的又扯遠了。好，扯近點，近點。講回一九六七年七月那天，具體的日子記不清了，好像是下旬吧，有月亮的晚上，蚣霸鎮人民公社貧下中農最高法庭又要處理一批地富分子及其子女。民兵捉到了兩名外地女大學生，共是三名，跑脫一名。後又被省城來的、打著紅衛兵旗號的傢伙要走了一名。剩下一名就是宋書琴了。處理現場亮著火把。一個班的民兵圍住她，問她肯不肯嫁給貧下中農，肯嫁就留她一命，不肯就推她下天坑。宋書琴抵死不從，還破口大罵土匪，光天化日下殺這麼多人，連土匪都不如！她還喊黨萬歲，主席萬歲，解放軍萬歲。這下子把民兵惹火了，就輪流上陣。這意思你們明白？我是聽到一個女子喊萬歲，喊救命的聲音才趕了過去，一看十多個民兵在辦一個女子，而且就是那個女大學生，這不符合三大紀律八項注意。那裡面就有「不調戲婦女」一條。我立刻喝令他們住手。我是武裝部長，民兵歸我管，是我的下級。他們搞別的女子我不管；搞這個女大學生我管定了！革命人道主義。我一聲令下，他們住手了。我很生氣，問他們都上了幾個人了？他們報告：部長，才上了三個。這個女反革命很頑固，不肯嫁貧下中農，還咬人，抓人……我們都被她咬了，抓了……民兵班長很懂事，到我耳邊請示：部長，這個女子標致，又是大學生，是不是你把她收了？他媽的，搞成這樣了，還提這種建議。我取過火把在女子身上照了照，雖是被捆了手腳躺在地下，衣服也被剝光了，但好一身細皮嫩肉，已經不省人事，但還活著。我出於革命人道主義，也就動了心，下命令找張竹涼床來，抬到我辦公室去，再審問。

我的辦公室就是我那小院子。宋書琴就是這樣到了我手裡。我沒有嫌棄她。幾個民兵搞過她，她又抓又咬，抵死不從，但也受了傷，下體出血，也不肯看醫生，不肯治病。我好飯好菜養了她一段時間，她的傷養好了，不出血了。她個大學生，身體底子打得好，衹是受了大的驚嚇，神經有些錯亂。但她能吃能睡，做噩夢，大喊大叫。我沒有嫌棄她。她不和我說話，也不准我碰她。她一次次想逃跑，對不起，都被我的「政委」看住了。我白天要上班、開會、搞文革、搞運動，有時忙得晚上都回不了家。不要緊，為了她的安全，我把她鎖在家裡，交給「政委」看守。她就是跑出去，最後也會落到「貧下中農最高法庭」手裡，落到民兵手裡，還想活命？你們知道的，我那院子樣樣都有，小菜地、水井、廁所都有，是個住家的獨立單位。慢慢的，她也習慣了，安心住下，不想逃跑了。一天到晚，除了吃喝、睡覺、做家務，就是哭，不停地哭。不准我碰她。她在家裡找到一把鋒利的剪刀，原先那個鐵姑娘隊長留下來的，白日黑夜帶在身上，衹要我一碰她，她就舉起剪刀要戳自己的胸口……這時運動高潮已過，要講政策了，不准隨便處理人了，我也不能在家裡鬧出人命。我問過她，有不有父母，有不有兄弟姐妹？她祇是哭，什麼都不肯講。連她是哪裡人都不肯講。我知道她是沒臉見人了……我這人也怪，鐵石心腸也有些軟了。家裡養著個美人，看著她，心裡就舒服。不管怎樣，她是我女人。我對她有階級優勢。我是征服者，她是被征服者。老子總有一天會把她壓在底下，想怎麼搞就怎麼搞，到嘴邊的肉還怕吃不到？莫看我五大三粗，對這個女子還真有耐心。可是我沒料到的是，也怪我粗心大意，她天天哭，不出聲地哭，有天她突然什麼都看不見了，眼睛瞎了……最奇怪，眼睛瞎了，反倒不哭不鬧了。那時文革還沒有結束。原本，我也想過在外邊給她安排份工作，譬如讓她去教小學。完了，這下把我的計劃給打破了。我呢，心腸更軟了。家裡養個瞎女人，公社、縣的同志們都看我笑話了。文革結束，開始平反、改正。我講話不靈了。到縣裡有關部門去反映她的情況，你猜人家怎麼講？她是文革受害者，沒錯。但她大學沒畢業，沒有分配工作，算哪個單位的？沒有單位啊！何況眼睛瞎了，還能做什麼？他們說：管大關，你就負責到底，自己的女人自己管吧！

我作為一個革命幹部，對人民負責，對社會負責，沒有什麼好講的。好在我上無老，下無小，我每月的工資負擔兩個人的生活沒問題。她眼睛瞎之後，反倒成了個懂事、講道理的人。見我這樣養著她，沒有丟棄她，手腳更勤快，更愛做家務了。她摸摸索索，由「政委」領著，咬她的褲腳拉著，屋裡屋外做個不停了。她也跌過跤子，跌得鼻青眼腫不喊痛。後來，她習慣了，不跌跤子了。我可憐她，由著她。她還是不准我碰她。我也忍下了。外面的女人我是不去搞的。這是我的革命本色。你們知道的，從一九七九年開始，中國右派翻天，左派倒楣了，清理文革三種人，我的武裝部長職務被撤了，連黨籍都停了，祇保留幹籍，還拿工資，日子越來越難過了。到了一九八六年吧，我就進了「蓮城事件處遺工作學習班」，自己揹著鋪蓋去的。我告訴她，我這一去，可能回不來了，今後祇有「政委」陪著她了。她問為什麼？我告訴她現在要算文革的賬了，有人告發我，要對一九六七年蚣霸鎮公社的幾十條人命負責。可我沒有動過手，沒有辦過人。我還救了你，你可以作證……對了，如果我進去了，這院子歸你，家裡存下的幾千塊錢也歸你，一切都歸你。好像她也對我心軟了。我被判刑勞改前，最後兩個晚上，她和我同了房，老子一炮就中，讓她懷上了崽娃……那崽娃現在已經長大成人，都有工作了。小王八羔子從來沒有叫過一聲爸，不肯認……我和宋書琴離婚是哪一年的事？是我進勞改隊的第二年。她堅決要求離婚，我答應了。把一切都留給她。她被定為「文革受害者」。「處遺辦公室」對她和孩子作了經濟救助，由民政部門每月發給二十元生活費。她把「政委」改名「部長」，也隨她叫去了……這就是你們要知道的宋書琴。完了。

二十九　鬼崽嶺的傳說

松小路為籌辦「重修何紹基故里學術研討會」，隨吳家山縣長到省城拜會明清古民居建築專家去了。大眼妹仍給何瑤當「地陪」。一早，仍是何瑤開日產吉普上路。剛上車時，大眼妹像是還在生何瑤的氣，加上何瑤不該說了句「又要屈尊您了」？大眼妹頓時目光長刺，車門一甩，雙肩包一揹就走：你個小美國佬，假洋鬼子，有什麼了不起！要不是公司指派，本小姐還懶得伺候。何瑤趕快低三下四求饒：對不起，對不起，我的中文不地道。掌嘴！掌嘴！掌嘴！說罷，他真的在自己腮幫上拍了兩下。大眼妹這才忍住笑，回到車上嘟著臉問：不痛啦？先生今天想去哪裡視察？何瑤心想虧你還記得打過我，就是奇了怪了，前天在湘姐家你和我父親有講有笑，親密得像父女兩個，怎麼到了我面前就眼睛長刺、身上也長刺了？他嘴上卻說：今天去鬼崽嶺參觀學習，聽講那裡是全國重點文物保護單位；還想去九嶷山森林公園的橫嶺風景區看看，那裡的溫泉很有名。改天我想帶我老爸去洗洗溫泉。您要是肯賞光，學生我無任歡迎。

酸！都要酸倒牙了……大眼妹終究忍不住笑了。她一笑起來就變了一個人，滿臉春光，眉目靈動，又甜又媚，比電影明星趙薇還好看。那也是個大眼妹。蓮城距鬼崽嶺景區三十多公里，沙石路彎彎曲曲。沿途林木蒼鬱，這裡那裡的山花簇簇，景色不錯。天氣炎熱，路上車輛不多。意味著去鬼崽嶺的遊人不多。大眼妹已經不生氣了，何瑤也心情輕鬆了。兩人有講有笑，回復到往日的友愛氣氛。一路上揚起沙塵，像一條黃褐色游龍。

車行不到一小時便到了鬼崽嶺。山腳有一塊醒目的石碑，上刻一行填紅楷書：「全國重點文物保護單位鬼崽嶺。」這裡山勢巍峨，古樹參天，濃蔭蔽日。小九嶷領著何瑤不忙上山，先參觀嶺腳的一眼碧藍碧藍湉湉流淌的泉水，名叫「喊泉」。小九嶷讓何瑤做個遊戲，即對著泉眼高聲叫喊，不斷氣；她說喊聲高，泉水就噴得高，喊聲低，泉水就噴得低，喊聲停，泉水也就不噴了。你不信？何瑤覺得有趣，又擔心大眼妹作弄自己，鬧笑話。他正遲疑著，大眼妹又目光長刺，一臉的不高興：你不喊？我不理你了！說罷，她轉過身去，拿背對著他。何瑤忙說：喊就喊！你不要生氣嘛……你這人什麼都好，就是愛生氣，一生氣就不理人。

大眼妹還是不肯轉過身來。何瑤想，捉弄就捉弄吧，衹要能討她歡心。於是，他便「啊——啊——呀——呀」地喊了起來。奇蹟果真出現了，不可思議地出現了，隨著他的喊聲，泉水果然往上冒泡，晶瑩剔透，串串珍珠似的。他的聲音高，珍珠串高，他的聲音低，珍珠串低；當他聲嘶力竭像唱「青藏高原」似的高音到達極限時，那串珍珠竟然躥到一人多高！

何瑤喊得嗓子都啞了。太妙了！簡直妙不可言，有趣。他再看看泉眼，它又平靜下去了，回復到先前情狀，吵吵地冒出千百粒細泡泡。大自然啊，常有這種難以解釋的奇觀。

大眼妹見他喊得那樣認真，臉紅脖子粗，盡心盡力，也就高興了。她說：香蕉，本小姐沒有騙你吧？我們蓮城人叫它「喊泉」，也有人稱它為「神泉」。每年清明，不少人家會來這裡燒紙祭拜。後來消防部門不得不發出禁令，防止引發森林火災。

何瑤心情大好，連聲道謝。至於她把他這美國出生的華裔叫做「香蕉」，黃皮白心，也就懶得計較了。瞎說八道。

他倆沒見到別的遊客，也沒看到景區管理人員。大眼妹領何瑤上山，去尋訪滿山上那些數都數不過來的「鬼崽」。什麼「鬼崽」？就是石雕人像。這裡的大樹下、灌木叢中到處都有一尊尊形態各異的石雕人像。何瑤看得眼花撩亂，觸目驚心。那些石像或坐或立，或仰臥或匍匐，或躬身或昂首，千姿百態，千奇百怪。高的有四、五尺，矮的衹露出地面幾寸，有的懸在崖頂，有的藏於樹蔸，有的半埋地下，有的躺在山澗……更有的像手持笏板、神情凝重的文臣，有的像躍馬揮劍、威風凜凜的武將，有的像大腹便便的孕婦，有的像虎背熊腰的壯漢……人生百態，各式各樣。

何瑤在石像群中穿來躥去，從各種角度拍攝這些奇特景觀。大眼妹在旁做導遊解說：鬼崽嶺距蓮城三十五公里，為南嶺山脈腹地，其石像群距今已有四千多年的歷史。經考古學家論證，這應當是夏商時期原始部落舉行盛大祭祀的遺址，地上地下共有石像上萬尊。數量之大，造型之獨特，年代之久遠，內涵之豐富，規模超過秦始皇的兵馬俑，堪稱世界又一大奇蹟。更有專家推測，這裡可能是舜帝南巡賓天之地，真正的舜帝陵所在。但鬼崽嶺的神祕之處在於古代典籍中找不到任何文字記載，因此至今沒有引起世人的足夠重視和珍惜……

何瑤忽然叫了起來：快看！快看！這是刻劃了些什麼呀？

大眼妹以為他又新發現了一尊石像，正要笑話他書呆子大驚小怪，待走近一看，卻笑不出來了。原來有人在一尊「大將軍」石像的胸膛用利器刻了一行小字：泰山石敢當，南京戰友李向東；另一塊「孕婦石」鼓凸的肚皮上被紅筆寫上：哪怕血流成河，不准超生一個！江西計生委趙紅衛……許多石像都被人刻上、劃上諸如「到此一遊」、「破除迷信」、「解放思想」之類的字句……天！這是破壞文物，怎麼可以這樣對待四千年前祖先祭祀天地的遺址？都二十一世紀了，怎麼還有這樣多紅衛兵破四舊？「文化大革命」和「紅衛兵」這些名詞，何瑤是回國上學後才從電影、電視劇上學到的。

何瑤氣憤地盯著大眼妹，彷彿在問：怎麼回事？怎麼回事？

大眼妹見問，很不高興：研究生，你問我？去問旅遊部門、問園林管理處吧！反正我帶過的遊客，是禁止他們亂刻亂劃的。

何瑤站在大太陽下一動不動，肩背都汗濕了，像是再無興趣繼續遊覽、拍攝那些千奇百怪的石像了。

大眼妹知道他犯了傻氣，也就起了同情心，嬌聲哄著他說：好啦，研究生，我不愛看你生氣的樣子……今天你也沒有拉我的手……我們先下山去，到泉邊喝點水，擦擦汗，樹蔭下涼快涼快。我給你講個鬼崽嶺的故事，怎樣？

何瑤見大眼妹在自己面前撒嬌氣，又主動伸出手來給他拉著，氣立馬消去大半，心情也多雲轉晴。他拉著大眼妹那好看的手，一起下山去。山路崎嶇，兩人的身子不時碰觸一下，也都沒有迴避。大眼妹柔嫩的手指、手掌比先前粗糙了些，大約是這些日子在何湘姑的薜荔種植園摘果子留下的印記。彈鋼琴的纖纖玉指，怎麼去幹粗活？

兩人下到泉水邊。這裡果然比山上清涼多了。他們各自用巴掌捧了泉水來喝，咕咚咕咚，又涼又甜。真爽！大眼妹雙掌掬水，送向何瑤。愣小子不明事理，大眼妹便嗔他：傻瓜，請你喝呀！何瑤猶豫片刻，才伸了脖子去喝。嘴到水邊，大眼妹巴掌一鬆，水灑了！她哈哈笑著，快活得像個爛漫山花中的小精靈。何瑤受了捉弄，就想撲上去抓住她。大眼妹靈活地東躲西閃，嘻嘻笑著：你敢！你敢！你再壞，我就要喊有壞人啦，有壞人啦！

笑鬧一陣，兩人才蹲在水邊洗臉抹汗。大眼妹去吉普車上取來自己的雙肩包，對何瑤說：研究生，你到刺蓬那邊去站著，背向我！何瑤不知她又出什麼么蛾子，問為什麼？大眼妹紅了紅臉：你傻呀！本小姐要換衣服。你去那邊守著，不准朝這邊看！有過路的也暫時擋一下。

何瑤遵令，規規矩矩站到前邊一大叢野月季後邊，守望著沙石路。除了一群叫雀子在路上啁啾跳蹦，拍翅起落，並無遊客行走。大眼妹嘩嘩啦啦洗漱好一陣，這才傳喚道：研究生！我好了，你可以回來了。何瑤回到水邊，見大眼妹已換上白襯衫，繫著過膝牛仔裙，更襯托出她身姿曼妙。不施脂粉不描眉，天然俏麗。她換下的衣服已經洗過，攤曬在岩板上。大眼妹瞋他一眼，問：鬼！你真地沒有從刺蓬那邊偷看人家換衣服？何瑤頑皮地回上一句：看了怎樣？沒看又怎樣？大眼妹恨恨地：看了瞎眼，來世做四眼狗！何瑤討好地說：你穿牛仔裙最好看，可以去參加國際美腿大賽……大眼妹真地惱了，揮起小拳頭在他肩背上擂起鼓來。何瑤並不躲閃，覺得大眼妹是佯裝生氣；再說小拳頭敲在他肩背上並不很重，是種享受。不過他嘴裡仍是討饒：沒看就是沒看……我敢起誓。下次有機會，我就不知道了……對了，你還沒有給我講鬼崽嶺的故事呢。

大眼妹聽了「下次有機會」這話，心裡竟湧出絲絲酸楚。其實，她心裡也很矛盾，不想讓看，又想讓看。她忽又飛紅了臉，轉身俯到水邊去洗了洗手，站起來遞給何瑤一條濕毛巾：鬼！還不換件汗衫，一身汗津津，臭烘烘的，人家的拳頭都髒了。

何瑤說了聲謝，也提了個條件：男女平等。你也不准看……還不待大眼妹轉過身去，他就把套頭衫脫了下來，露出健壯的胸肌來。

大眼妹噗嗤一笑：偏看！偏看！看你壯得和牛牯樣，牽到市場上賣個好價錢。

何瑤索性油嘴滑舌：那就賣給你好了……不，不，我沒有汗衫可換呀，等會總不能光著膀子開車回蓮城……

大眼妹從他手上搶過汗衫，就在溪水裡搓洗開來，之後晾曬到岩板上去。她說：說你傻不假。這麼大的日頭，一會就乾了，連這個都不懂？

何瑤心存感激。大眼妹第一次替他洗衣呢。他嘴裡仍是油哩吧唧：那我今天就和你坦誠相見，聽你講鬼崽嶺的故事。

大眼妹選了塊有樹蔭的石板，與何瑤坐下：你想聽？講就講……說是一九六七年文化大革命期間吧，離我們兩個出生還早著哪。說是那時候，臺灣的國民黨經常搞空飄，把反動傳單撒落到我們都龐嶺一帶來。空飄你都不懂？就是高空氣球從臺灣那邊送宣傳品過來，有的人還撿到過餅乾、糖果。說是那些宣傳品都印製得很漂亮，像撒雪花一樣山上山下到處都是。每逢發現空飄，政府就要派民兵封山收繳。還說那些傳單有劇毒，人畜碰上會爛手爛腳。更有傳言，臺灣的蔣介石會派出一批匪特，空投到我們五嶺山脈來，建立反攻基地。其中我們都龐嶺地區地廣人稀，又是湘桂交界，是匪特空投的目的地。果然不久，一天晚上，我們蓮城縣三十幾個公社的武裝民兵就接到緊急命令：有四人一組的國民黨匪特空投到了鬼崽嶺上，必須馬上清剿，不然等到人家在這一帶山區發展起反革命組織，建立起反共基地，殺人放火，搶掠投毒，就釀成大禍了。好在我們的民兵召之即來，來之能戰。幾千人馬在縣人民武裝部的統一指揮下，很快就把鬼崽嶺山場團團圍困，步步為營，每棵樹、每個蓬刺、每個石像都不放過。光是獵犬就有好幾十條。還有幾十個廣播喇叭，從四面八方朝山裡喊話：繳槍不殺！放下武器，寬大處理！負嵎頑抗，死路一條！

據參加過這次搜山圍捕行動的老輩人講，那真叫提心弔膽。夜很黑，山很深，山上山下又有那麼多各式各樣妖魔鬼怪般嚇人的石像，很難分清哪是石像，哪是活人。連手電筒都衹能一閃一閃地照明。因為民兵們在明處，敵特在暗處。要是用手電筒直接照過去，人家對著光一梭子子彈掃過來，不知要犧牲多少民兵戰士。真還有民兵掛了彩，但不是敵特分子的子彈所傷，而是自己在石像和刺蓬間絆倒……民兵大軍搜索到天矇矇亮時，包圍圈縮小到鬼崽嶺山頂。他們終於發現了一男三女四個匪特的身影。一男是個戴眼鏡的老頭，像是匪首，沒有反抗就投降了。民兵向指揮部首長報告，厲害的是那三個女匪，長髮飄飄，身段窈窕，奔跑靈活，像是仙姑下凡。講這話的人當然受到首長的呵斥：媽拉個巴子，封建迷信！匪特就是匪特，什麼仙姑下凡？快傳達命令，民兵不要開槍，女匪特要捉活的！捉活的！

據參加過這次行動的老一輩人講，那天天亮時，鬼崽嶺起了大霧，白蒙蒙大霧濃得伸手難見五指，更增添了搜山的難度。連老天爺都造反了，妄圖掩護空降特務。為了穩住陣腳，壯大士氣，指揮部首長下令全體搜山民兵高唱毛主席語錄歌：「凡是敵人反對的，我們就要擁護；凡是敵人擁護的，我們就要反對！」「沒有一個人民的軍隊，便沒有人民的一切。」果然，山上山下的民兵邊搜索邊唱語錄歌，頓時士氣大振，連濃霧都被驅散。火紅的太陽鑽出雲層，普照山林。很快地，民兵終於在鬼崽嶺山頂捉拿到了兩名女匪諜！令民兵們失望的是，並沒有在女匪諜身上發現任何武器，連把匕首都沒有。倒是花容月貌，像是兩名丟魂失魄、嚇得話都不會講了的女大學生……可能她們把槍枝彈藥、發報機之類藏到某座石像下面去了。還有另一名女匪諜呢？民兵報告指揮部首長：第三名匪諜身手不凡，輕功了得，在一個個石像上來去如風，比野兔還快，已在大霧中逃脫……

小九嶷講得有眉有眼，何瑤聽來神乎其神。故事就完了？有點像京城裡說書。鬼崽嶺的新傳說，回去要講給老爺子聽。他會感興趣，覺得新奇的。

忽然，何瑤發現大眼妹剛才還好好的，一下子神色大變，臉色寡白，額頭冒出虛汗，扭動著身子，兩條腿夾得緊緊的，像平白遭受劇痛……何瑤慌了，忙問：怎麼了？快告訴我怎麼了？要不要去看醫生？

大眼妹閉上眼睛，臉都痛歪了，搖頭：不要緊，小肚子痛，痛得厲害……過一會就好。不要緊，不要緊。

何瑤眼尖，見一片紅色液體從大眼妹的牛仔裙裡流出來，把腿都弄濕了。他更慌了：不行，我們找醫生去！找醫生去！

大眼妹嬌羞地搖手：你傻呀！找什麼醫生……去岩板上把那塊毛巾拿來，已經曬乾了，我要墊上……提前了，忘記帶了。你不許看。

何瑤取來毛巾，遞上。之後，他轉過身去，不看就不看。

好了，你可以轉過來了……大眼妹大約是患有某種痛症。何瑤回轉身，見她又是靈眉俊眼，模樣俏麗，又可愛了；衹是臉色還是白得像月亮。何瑤建議：還是送你去醫院吧？這種大熱天，鬧肚子是不好玩的……

大眼妹剜何瑤一眼：你呀，還是個傻男……今天橫嶺景區是去不成了。送我回去吧。說著，她掙扎著要站起，卻一下子起不來。

何瑤忙說：不動，不動。我來抱你回車裡去。

大眼妹一臉緋紅，沒有表示反對。於是，何瑤躬身兩手一抄，就把人抱了起來。他還邊走邊講笑：音樂家，這麼苗條，真沒有什麼分量！頂多毛重九十市斤，不夠收購標準……大眼妹躺在他懷裡，恨恨地掐他的肩背：你才毛重！你才夠標準！你個壞鬼，打起赤膊抱人。我不依，我不依……

何瑤連忙道歉：對不起，對不起，我不是故意……我那汗衫不是你洗了，還曬在那岩板上。

大眼妹此時身軟如棉。臉蛋貼在何瑤赤裸的胸上，嘴唇也貼在他赤裸強健的胸肌上，像嬰兒吮奶似的：這個傻瓜，枉長了這麼大個塊頭，什麼都不懂……如果有來世，我一定變個男的……

三十　兩河口也有傳說

原以為從鬼崽嶺回來，小九嶷會休假兩天。但第二天一早，她卻興致勃勃地向何瑤提出：去兩河口吧，那裡有十七座大小沙洲，洲中有水，水中有洲，你不去會後悔。何瑤求之不得，問怎樣去，車子上得了沙洲嗎？小九嶷說：不勞你開車了，坐船去，帶上你的包包就是了。

難得難得。大眼妹昨天才來了例假，反應那樣厲害，今天就活過來了。更出乎何瑤意料的是，酒店大堂的後院有一條石板路通向瀟水一處河灣，岸柳下泊著三條小遊船。那是酒店為一些樂意水上遊玩的客人們備下的。早餐後，小九嶷揹了她的雙肩包，領著何瑤上了船。船不大，可容納三、四人而已。船上有可以升降的遮陽篷、救生衣、撐篙、槳片等簡單設備。船尾有小型機器動力。兩人穿上鼓鼓囊囊的救生衣。何瑤說我不會划船。小九嶷問他是否旱鴨子。何瑤說我游過頤和園昆明湖，還有十三陵水庫。小九嶷給發動機注滿汽油，說：龍王爺怎麼沒有捉了你去做女婿？何瑤說：昆明湖水淺，哪來的龍王？小九嶷熟練地突突突啟動引擎，收了纜繩，說：坐穩了，開船嘍。

江上涼風習習，空氣清新，波瀾不興。船行輕捷，像是在水面上滑行，犁出一道鑲白邊的碧綠淺紋。小九嶷讓何瑤看看兩岸的田園風光。蓮城不錯吧？遠處的山巒，岸上的田疇。蓮城的山呀蓮城的水，蓮城的微笑是這樣的美……小九嶷一邊駕船，一邊唱了起來。何瑤舉起相機拍照，說：駕船的船娘人更美。岸邊有人釣魚，喊：大眼妹！這麼早就去兩河口呀？小九嶷答：叔，你釣到一斤以上的魚，都要送到酒店大廚房去呀！岸邊大叔笑道：大眼妹，你什麼時候當酒店的老闆娘呀？

見你的鬼！小九嶷突突突加快了航速。何瑤坐在船頭，除了拍照，就是望著小九嶷。覺得她今天人面桃花，特別可愛，像朵出水芙蓉，清純脫俗。小船漸次遠離河岸，逆水而上。現在仍是雙搶大忙月份，往來船隻不多。江面時寬時窄，水流也不湍急。小九嶷嘴也沒閑著，解說些當地地理特徵：以蓮城為界，河水向北流到雙牌縣境就是雙牌水庫，再流過零陵縣境，在冷水灘市匯入湘江，這一段三百里水路稱為瀟水；蓮城向南，溯流而上叫做沱水，它發源於廣西境內的萌渚嶺。沱水有條支流叫泱水，在一個叫祥霖鋪的地方，沱水與泱水匯流，形成一個上千畝大小的河灘，叫做兩河口。蓮城最好的風光在沱水兩岸，茂林修竹，喀斯特地貌所特有的石柱石筍，在田野上突兀而起。一座座獨秀峰下，錯落有致地坐落著一個個白牆青瓦的村莊，水網阡陌，一派田園景色，有小陽朔之稱……

小九嶷不愧為兼職導遊。何瑤再次舉起相機，記錄著綠水青山，田園村落。陽光下，岸上林木疊翠，秧苗新綠，處處錦繡；更有藍天白雲倒映在水中，靜默時猶如一幅長卷畫圖。行走的小船很快就犁過水面，揉皺了一匹沒有盡頭、青翠如練的綢帶，綢帶飄了起來，向遠方揚去。何瑤的鏡頭很不安分，一會兒對著船尾的小船娘，一會兒望向兩岸變幻的景色，彷彿拍不夠兩岸美景，收不盡的水光山色。小九嶷見他舉止不老實，不停地對準自己拍照，心裡就有氣，突然加大馬力，小船船頭一昂，箭一般衝向前去！何瑤身子一晃，嘩啦栽進了水裡，幸而相機留在了艇裡……小九嶷惡作劇，遠遠拋離了他，在距他四、五十米遠的地方笑彎了腰：你不是游過昆明湖，游過十三陵水庫嗎？游呀！游呀！快游過來追上我呀！

何瑤撲騰在水裡，恨得直咬牙：這個死丫頭，小妖精，竟會這樣作弄人！倒也沒甚危險，自己又會水，身上穿有救生衣。好咧，北京哥們告訴過一句俗語：你做得初一，我做得十五。回頭我也要治治你，不討饒就不放過你。你個死丫頭，今天帶我去看什麼十七座沙洲，不定有什麼壞念頭……

小九嶷也狠心，硬是讓何瑤游了幾十米遠，小船才減速，慢慢在一處淺灘邊停住。何瑤賭著氣，把救生衣扔了，一會蛙泳，一會仰泳，一會自由泳，一會蝶泳，一會潛泳的，自個兒戲水，顯擺水上功夫。待終於游到小船邊，腳也踩到了泥沙底，他喘著粗氣說：大眼妹！我今天算是領教你了！把我扔在水裡不管，簡直是恩將仇報，恩將仇報！小九嶷歪著腦袋得意地問：你把救生衣丟了？要賠幾百塊錢呢！你不上來？我去把救生衣收回來。

何瑤沒有上船。他寧願到沙灘上去躺著，歇口氣。

小九嶷駕船箭一般離去。何瑤在日頭曬熱的沙灘上四腳朝天地休息了一陣，小九嶷就把救生衣收回來了。她把船擱淺在沙灘邊，光了腳丫走近：研究生，還生氣哪？你的游泳本領不錯嘛。何瑤身子一側，轉到另一邊去，不理她。小九嶷自知理虧，也轉到另一邊坐下來：講清楚，你有什麼恩？我有什麼仇？何瑤閉著眼睛回答：昨天哪個不舒服，坐在岩板上站都站不起來，誰把那人抱回車上去的？小九嶷故意沉下臉：還好意思講！光了膀子就抱人……你抱過多少人了？何瑤答：沒有其他人。小九嶷說：鬼信！哆來咪發唆，幾個？坦白！何瑤答：一二三四五，就一個。你呢？小九嶷倒是坦然：從小除了我娘抱著我，還從沒……你這壞蛋是第一個。

何瑤原也不是真生氣，此刻心裡一熱，一個打挺坐起來：想起來了，想起來了，昨天有人把臉貼到我胸上，又把嘴貼到我乳頭上，今天還癢癢。你不知道？小九嶷的小拳頭又揮過來，在他背上敲鼓了：你壞！我叫你壞！我叫你壞……何瑤這真是壞。他再也按捺不住，一個騰跳，就把大眼妹抱住了，壓到了身子底下。大眼妹用雙手抵住他：要死了！要死了！放開！我身上不乾淨，來例假。你傻呀？

何瑤也真是沒皮沒臉，說了句你總有不來例假的時候，就把大眼妹放開了。大眼妹受了大委屈，嗚嗚哭起來了。何瑤這才慌了，連聲賠罪：我是瞎說，我是瞎說……是我不對。我是你哥，賠不是了。以後再不敢了，再不敢了。

小九嶷的變化也真快，破涕為笑：你是我哥？我早就想要個哥哥了……講話算數，以後再不能欺負人。你要起誓。

兩人站起來。何瑤認真地挺胸抬頭，手指青天：我起誓！要像親哥哥一樣愛我小妹！

小九嶷的心都化了，身子也軟了，胸脯劇烈地起伏著，她叫了聲親哥哥，就把何瑤抱住了，彷彿永生永世都不會放開了。不覺地，何瑤心中有了自豪感和責任感，反而冷靜下來。他讓小九嶷親了幾口，甜絲絲、暖融融的，令他都有些兒醉了。待他睜開眼睛一看，岸上有過路的人站著不動，望著他們，指指點點，在講什麼「野鴛鴦」、「野鴛鴦」。他渾身打了個激靈，輕輕推了推小九嶷：妹子，岸上有人……我們上船，上船。

小船又犁開水面，划過碧波離去。這次是全速行進。小九嶷還讓何瑤學習駕船。會開車的人自是一學就會，比駕汽車容易多了。一刻來鐘之後，他們抵達兩河口，減速，緩緩滑行。沱水和泆水匯流處，水面開闊得像湖泊。湖泊上果然有許多沙洲，洲上草木繁盛，聚生著各種鳥類，吱吱喳喳大合唱似的，遍地鳥聲伴流水。船從一座座沙洲間穿過。何瑤舉著相機數數。小九嶷要他別數了，大大小小共十七座沙洲，常年高出水面二、三十米，五、六十米不等……有魚！有魚！關機，關機，把魚都嚇跑了！小九嶷關了機。何瑤用竹篙撐船而行。太美了，太美了，世外桃源，小鳥天堂。小九嶷告訴他，春天才好看呢，很多沙洲上都有野桃樹，不結桃子光開花，開得和天上的彩霞樣。何瑤說：現在也很好看啊。洲上有水，水上有洲，天然景致。小九嶷又告訴他：縣裡有規劃，要在這裡築堤築壩，建設水上公園。松小路他們已經來這裡測量過，祇是資金不足。何瑤說：我不贊成這樣的規劃，保持原生態最好。如果在這些沙洲上修路、架橋，蓋些亭子，到時候鳥也飛走了，草木也消失了，就把天然美景破壞了。小九嶷反駁：就你高明！縣裡是要開發旅遊，發展經濟，增加收入。何瑤說：旅遊可以照辦啊。建一支船隊，弄幾十條小型遊船，把沿河的風景一併遊覽了，不是既保護了環境，又能賺錢？小九嶷笑笑：小路不是你義弟嗎？你可以替他出主意啊。聽講他下個月就轉公務員了，不再是旅遊局的合同工。何瑤問：你和小路很熟啊？這事他並沒告訴我。小九嶷笑笑：他和我同年，我比他大三個月，從小就認識的。何瑤說：青梅竹馬。你倆青梅竹馬。小九嶷又笑笑：你中文不錯，連青梅竹馬都知道。是不是帶點酸醋意？何瑤承認：是有一點點……那天我在湘姐的薜荔種植園，看到一對青年卿卿我我，女的追著男的打啵，男的直躲。小九嶷紅了臉：都是你！都是你！我是故意做給一個人看的……何瑤問：那個人是誰？小九嶷臉紅得更厲害了：還問，還問。你傻呀？何瑤笑了：不吃醋了，我認了你做妹，你認了我做哥，我都起過誓了。小九嶷忽又恨恨地：我想掐你！咬你！何瑤壞笑，有點流氣：你還想吃了我……掌嘴！掌嘴！小九嶷嚷嚷：我不理你了！你是壞哥哥！壞哥哥！

他倆繼續撐著小船，緩緩划過一座座沙洲之間的水道。那是碧綠碧綠的水網地帶。看似水並不深，底下的沙石、水草清晰可見，歷歷可數。游魚都不知跑到哪裡藏起來了。沙洲上不時有一群一群的水鳥驚飛，嘎嘎叫著，起起落落。群鳥驚飛時好像要把一片藍天都給遮住。他倆也像被驚著了，我看看你，你看看我，好一會沒有出聲，彷彿怕打擾了這些洲上的主人。何瑤停住竹篙，俯下身子想測測水深。小九嶷忽又起了個歪主意，想在他撅起的臀部猛拍一掌，讓他再次栽進水裡去……她想了想，又捨不得。誰叫他是「壞哥哥」。

小船在一座大沙洲前停住。小九嶷叫何瑤哥哥和她一起下船，前拉後推地把船擱淺在沙地裡，因為這裡沒有可以繫船的木樁。小九嶷說：好了！到了最大的沙洲「亡命島」了，方圓一百多畝，洲上有山包，海拔六十五米，歷史上最大的洪水把別的沙洲都淹了，就是淹不到「亡命島」。為什麼叫「亡命島」？說是很久很久以前，也不知道是哪朝哪代，有外地人犯了命案，到這四面是水的沙洲上來逃命，躲過仇人的追殺。那時，兩河口四周少有人煙，祇有老虎、豹子出沒……後來的人就叫這裡做「亡命島」了。我們上去吧。坡頂有個墳包，墳前有塊石碑。你上去就知道了。

小九嶷揹著她的雙肩包，領著何瑤往坡上走。一條滿是腳印的沙土路，不知被多少人踩踏過。沙土很鬆軟，一步下去一個坑，走起來很費力。祇見小九嶷像練過輕功，雙腳快速點地，揚起一路沙塵，轉眼上了海拔六十五米的「最高峰」。

何瑤的樣子有點狼狽，一步一坑地艱難得很。上到峰頂，他已是一身汗水。這時又到了中午日頭當頂時分。好在兩河口拂來陣陣清風，比別的地方要涼爽許多。這座大沙洲上的草木比其他沙洲的更蔥蘢茂盛。還有幾棵大樹在一派蒼翠中鶴立雞群。「亡命島」上視野開闊，兩河口確實像座湖泊，千頃碧浪，銀鱗閃爍。東南面重巒巍峨，西北面田園阡陌，有幾處村落像睡在那兒般的寧靜。何瑤用相機拍了好些遠景、中景、近景、特寫。拍特寫時，小九嶷已在一座小墳包前的一塊石碑前默默跪下。她從包裡拿出三根線香，並不點燃，祇是插在碑前的沙土中。石碑上沒有任何文字，不知墳中安息的是個什麼神靈。何瑤的鏡頭對準小九嶷，祇見她神情肅穆，十分誠摯的模樣。何瑤不想驚動她，肅立一旁，不再拍攝。小九嶷跪了一陣，嘴裡默唸著什麼。待她行完了禮，才瞪他一眼，示意他也跪下行禮。何瑤一頭霧水，隨之跪下，不敢出聲。他不想惹小九嶷生氣，完全像個俘虜了。小九嶷輕聲說：你可以在心裡許一個願，很靈驗的。何瑤許什麼願呢？許小九嶷嫁給他？他想笑，但沒笑出來，怕不嚴肅。

兩人默默行禮三、五分鐘，起身拍拍各自膝蓋上的沙土。小九嶷把三根未點燃的線香用紙包了，放回包裡。何瑤總算可以問話了：你的線香沒有點過呢。小九嶷望他一眼：你傻呀？四處都是柴草，起火了，你能救？這裡的規矩，不准許燒紙用火的。何瑤明白了，又問：一塊無字碑，是什麼神靈，或是無名英雄？小九嶷搖頭：不知道，祇聽講是個女的。

兩人一邊下坡，一邊說話，有問有答。

何瑤問：連名字都不知道，還要祭拜？

小九嶷答：因為她靈驗，你求什麼就能得到什麼。

迷信，都大學生了，還迷信拜神許願。

你小時候沒受過洗禮？你不信你們西方的主嗎？

我現在身在東方，是個無神論者。你篤信無名神，總該有點事實依據吧？

有。自初中畢業那年起，松小路和我就年年來這裡拜神許願，後來都應驗了。

又是松小路。許了些什麼願都應驗了？

初中畢業，來求願考上重點高中，我就上了蓮城二中，當了李玉如老師的學生；高中畢業，我來求願考上音樂學院，結果又應驗了。五千人報考中國音樂學院，祇錄取一百名。

神奇。天才加運氣。松小路求的願也應驗了？

松小路和我一樣，求願考上重點高中，他就上了重點高中；他求願考上名牌大學，他就收到武漢大學的入學通知書。祇因為家在農村，拿不出大筆學費，才去讀了旅遊學校。我娘每年都會資助人上大學……我後來才明白，我娘是怕我和小路好，認為我們不合適，所以沒有資助他。告訴你吧，我和小路祇是好同學，好朋友，一點男女感情的念頭都沒有。

小路是我老弟，是個很出色的青年……我也可以告訴你了，我已經去看過他母親。松阿姨，真可憐，眼睛看不見了，除了小路，就是一條又老又醜的大狼狗陪著她了。

你見過松阿姨了？松阿姨是不見生人的。連我去見都被擋在門外。但我知道松阿姨是誰，還有小路的生身父親是誰。

是誰？都是誰？松小路不肯告訴我。你是怎麼知道的？

好，我可以告訴你，但你不要出賣我……他母親讀過大學，名叫宋書琴，老家蘇州人；小路的生父當過公社武裝部長，文革中犯了人命官司，後來被判刑勞改，和他母親離了婚。出獄後無家可歸，才住進了仙子腳養老院。小路是他父親入獄後出生的，至今沒有見過父親的面，不肯認殺人犯……他父親的名字有點怪，管大關，外號「管大官人」。

你怎麼瞭解得這麼詳細？

都是小路講給我聽的……他讓我保證，不把他的身世告訴別的人。我今天是背叛他了。你是個「壞哥哥」。

今後你要背叛了我，我會殺了你。

你不要這樣嚇人。你的手是用來彈鋼琴的。

你現在後悔還來得及。既往不咎。

我不後悔。有個成語叫「童言無忌」。我就是要再問一句：坡頂上的無字碑，究竟是什麼神靈？我今天也許了願……但不能說。說出來就不靈驗了。是不是這樣？

我能猜。你個壞鬼……不過，聽講是位殺人的母親。她剛生下一個女嬰，就請了七個男的和自己的丈夫一起喝酒，結果都被她藥死了，她自己也藥死了。不知道她和那八個男人有什麼仇恨，更不知道為什麼有人把她葬到這裡，立了塊無字碑。這是發生在幾十年前的「九屍命案」。老一輩人不肯和晚輩講這樁案子。慢慢的就有人來求福請願，很靈驗……縣政府曾經要派人來拔了無字碑，破除封建迷信。但後來求福請願的人越來越多，事情不了了之。我就知道這樣多，都告訴你了。

兩人下到沙洲水邊，小船竟被水漂了出去，橫卡在兩座沙洲之間。好在水道狹窄，水流不急，不然他們就要到寬闊的河面上找船了。好險！也怪這「亡命島」沙岸上連棵樹樁都沒有，小九嶷沒能繫住船纜。

但見何瑤把相機朝小九嶷手裡一塞，然後縱身往水裡一躍。他雙臂像一左一右不停地丈量水面，雙腳並起，像船舵般擺動，一下子就游出去百十丈遠。一條大魚哩！然後，他一個猛子扎下去，潛泳到小船邊，忽地升起半個身子，噴出大口水珠來。

小九嶷知道「壞哥哥」有意在自己面前露一手，顯本領。小船的船頭、船尾被兩邊的沙岸卡緊了，何瑤用雙肩扛了幾下，沒能扛動。嗯，也不知他是不是又在耍什麼心計。

小九嶷一路沿著沙灘小跑，靈活地跳過幾處水凼。來到船邊，她先把雙肩包和相機放進船艙裡，再下水幫忙移船。船很快就被移入水中。何瑤真壞，一手攀住船緣，一手摟過小九嶷，就在人家鼓凸的雙乳上一口一口地猛吮起來。

這次，小九嶷沒有抵抗，祇嚷嚷：不要，不要！你壞，你壞，放開！不行，不行……

何瑤沒有放開，但也無魯莽的舉動。水裡竟來了一群小魚，在他們的腿間游來游去，還一口一口啄他們的腿肚。沙洲上的草木中，一群一群的水鳥又起起落落，盡情歌唱。

三十一　兩個何道州的戰爭

老夫子聽兒子轉述了鬼崽嶺的傳說，他心裡好一陣淒楚。四十三年前發生在蓮城山區的悲劇，已經改頭換面，成了公社民兵搜捕美蔣空降匪特的佳話了。不過，兒子沒有告訴他兩河口「亡命島」上的故事，和大眼妹愛得死去活來種種，何瑤想想都臉發燒，心發跳。

踏破鐵鞋事，越說越糊塗。老夫子終於坐實了宋書琴的下落。他不急於告訴兒子，三言兩語說不清。老天爺，那是些什麼樣的非人罪孽啊。近兩天老夫子一到夜裡就做夢，喊喊叫叫，把睡得像頭牛犢的兒子都吵醒。沒事，沒事，是你娘到我夢裡來了，她從高崖上掉下來，我沒有拉住……你娘過世三年了。沒事，沒事。

我們每個人身上都有兩個自我。

老夫子昏昏沉沉，似睡非睡，似醒非醒，不時自言自語。他腦子裡有兩個聲音，觀點對立，相互斥責、叫罵。類似文化大革命中的兩派爭鬥，大鳴大放大字報大辯論。現在卻是在他一個人身上，有兩個何道州壁壘分明，不共戴天，你死我活。這個何道州不死，另一個何道州就不能活。事物總是「一分為二」的，不是左，就是右，沒有中間道路。這是由馬列主義的階級專政理論、毛澤東思想的路線鬥爭哲學決定的。所謂不左不右的中間道路，實為「合二而一」的修正主義右傾投降主義，用階級鬥爭調和論掩蓋階級鬥爭熄滅論，新形勢下的托洛茨基主義。

藉口千條萬條，當年你何道州沒有返回蓮城去尋人、救人是不爭的事實。蓮城地區的殺人狂潮不是被林副主席派四十七軍下去制止了嗎？你何道州回去找人了嗎？沒有，沒有，冷血，冷血！

你閉嘴！你有什麼資格這樣斥責我？你忘了那是個什麼年代？遍地烽煙。京廣線上，從省城到株洲，到衡陽，一路槍槍炮炮打派仗，搞武鬥。他們又都是打著保衛黨中央、保衛毛主席、保衛中央文革的旗號。我們湘師大兩派也大打出手……在那種「大好形勢」下，我再去蓮城找人，想去就去得成嗎？

何道州，你不去救周里教授，不去救孟九嶷、宋書琴，還有各種理由？你衹救出了你的未婚妻周靜，而置其他人的生死不顧！說到底，你就是個自私鬼，膽小鬼！你不是個男子漢，更不是大丈夫！你個侏儒，懦夫，你真不配活在這個世界上！當初是你出謀劃策，鼓動周里教授帶三個女弟子去五嶺山區避難，結果鑄成大禍！你簡直就是罪魁禍首！

胡說！何道州，你血口噴人！把話講清楚，誰是罪魁禍首？

你還想狡辯？何道州，當初如果不是你出餿主意，他們師生留在學校不走，接受運動的鬥爭、批判、教育，講不定今天還活得好好的！所以你和個殺人犯的罪孽差不多。

算了吧！你也就是個馬後炮，事後諸葛……你為什麼不說，如果毛澤東不發動文化大革命，沒有十年民族大浩劫，就不會死兩千萬人？

大膽！十年文革死了兩千萬人？這個數字是哪裡來的？你造謠，造偉大領袖的謠！

我沒有造謠。這個數字是出自一九七八年十二月十三日黨中央副主席葉劍英元帥在中央工作會議上的總結講話：「文化大革命鬥了一億人，死了兩千萬人，整了一億人，浪費了八千億人民幣」，上了書的。接下來開了十一屆三中全會，做出停止階級鬥爭、開啟改革開放的歷史決議。

好，就算你講的那個數字可靠，也不能肯定周里教授就是那兩千萬分之一！他至今屍骨不存，更不會禍及孟九嶷、宋書琴兩人。

不見得，何道州。你和我都讀過些文革回憶錄，多少比周里教授名氣更大、地位更高的人是怎麼死的？他們有過全屍，有過骨灰盒嗎？中華人民共和國國歌〈義勇軍進行曲〉的詞作者田漢在一九六八年是怎麼死的？北京市副市長吳晗是怎麼死的？北大歷史系教授翦伯贊是怎麼死的？翻譯家傅雷是怎麼死的？北京市文教書記鄧拓是怎麼死的？周小舟是怎麼死的？田家英是怎麼死的？武漢大學校長李達是怎麼死的？著名詩人聞捷、著名文學家老舍、趙樹理、王任叔、侯金鏡、邵荃麟是怎麼死的？著名京劇表演藝術家馬連良、蓋叫天是怎麼死的？黃梅戲藝術家嚴鳳英是怎麼死的？電影導演鄭君里是怎麼死的？電影表演藝術家上官雲珠是怎麼死的？臺籍老革命家謝雪紅是怎麼死的？青年學人林昭、宣傳幹部張志新是怎麼死的？中共元老李立三是怎麼死的？還有國家主席劉少奇、中共前總書記張聞天、中央常委陶鑄、共和國元帥彭德懷、賀龍、大將軍許光達等等，等等，是怎麼死的呢？他們不是自殺，就是被群毆致死，被「醫療服從專案」致死。這難道不是事實嗎？他們每個人的死都是一部史書。

大膽！何道州，你好大的膽！你讀了些回憶錄文章，就想控訴偉大領袖？你抖摟出一長串死難者名單，想算偉大領袖的賬？我警告你！偉大領袖的巨幅畫像還掛在天安門城樓上，那是國家的圖騰，黨的圖騰，你動搖得了嗎？蚍蜉撼大樹！而且你也是災難的參與者，也是打手之一……說一千，道一萬，在周里教授之死這件事上，你就像個劊子手，脫不了干係。

你王八蛋！何道州，你把我當成什麼人了？是我發動了文化大革命？是我發明了無產階級專政條件下繼續革命的學說？是我頒發了「最高指示」，階級鬥爭年年講、月月講、天天講？是我教導人們：沒有貧農就沒有革命，反對貧農就是反對革命？革命是暴動，是一個階級推翻另一個階級的暴烈的行動？是我嗎？是我嗎？我當時衹是一名普通的大學生。我哪有那麼偉大？我算個什麼罪魁禍首？

好，何道州，你今天總算露出狐狸尾巴來了！你竟敢把矛頭直指偉大領袖？你是不是美國中央情報局派回來的？你罪該萬死！我再講一遍，偉大領袖的畫像還在天安門城樓上掛著，他的遺體還在紀念堂的水晶棺裡躺著，你個小螞蟻休想撼動他老人家至高無上的領袖地位！那天在仙子腳養老院裡，管大關老人講得對，衹要毛主席畫像還在那裡，文化大革命運動就沒有結束，沒有結束！現在衹是處於革命的低潮時期，走資派還在走，資產階級就在共產黨內，各類牛鬼蛇神紛紛出籠，表演……現在也是「放」的階段，總有一天會「收」的，又一次橫掃一切，一網打盡！文化大革命還在路上，永遠在路上！明顯的標誌，就是中央直轄市重慶的唱紅打黑，再次吹響了運動的號角，開啟了鬥爭的序幕。全國各省市紛紛跟進，學習重慶。你小子等著吧！有你五花大綁上臺挨鬥的一天，有你掛黑牌遊街示眾的一天，鋃鐺入獄的一天，屍骨無存的一天！

放屁！放屁！放屁！何道州，你妄議中央，你不和中央保持一致！你妄圖推翻中央關於文化大革命造成十年民族浩劫的歷史結論。你在做左傾復辟的夢，重回文革造反天堂的夢！你才是喪心病狂的極左分子，封建法西斯分子，文化大革命的殘渣餘孽！

哈哈！何道州，你心虛了吧？害怕了吧？話講回來，你的要害問題仍是要對周里教授、孟九嶷、宋書琴三人的不幸負責。你一生一世都逃脫不了良心的譴責。你必然帶著這份譴責進棺材，進棺材，進棺材。

不不不，何道州，你胡攪蠻纏，血口噴人……是的，當年我是沒能返回蓮城去尋人、救人。在那烽火遍地的年月，我衹能一次次寫信、發電報，請我在當地任大隊支書的周樹根舅舅、開拖拉機的周土生表弟設法幫我找人，找人。我也一封封信寫給蓮城革命委員會、軍管小組，請求他們幫忙尋找三名湘師大失蹤師生的下落。

僅此而已。對了，一九六八年時候，蘇州崑曲劇團的外調人員曾來湘師大追查宋書琴的下落。你何道州是參加了接待的。文革前你是學校走資派手下的紅人。文革中，你又是學校革委會的紅人，總是吃得開哪。那次是人家蘇崑劇團懷疑，蘇崑名角、宋書琴的父母雙雙逃亡，很可能先到了我們湘省省城接上自己的獨生女兒，一起逃亡海外。他們宋家在香港、臺灣、新加坡、美國都是名門望族、大官僚資產階級，可以買通廣東海邊的漁民幫助偷渡……你何道州還對人家說：天方夜譚，紅色江山，天羅地網，怎麼可能逃亡？是你何道州孤陋寡聞，見識有限。天網恢恢，也有疏漏。著名音樂家、中央音樂學院院長馬思聰一家就是在一九六六年十二月，從北京逃到廣東汕頭，坐漁船偷渡到香港，後去了美國的！

何道州！宋書琴一家可能沒有這麼幸運。她父母是否逃亡出去，後來再無消息……但宋書琴至今滯留蓮城，由一條名叫「部長」的大狼狗看守、相伴，卻是不爭的事實。

何道州！虧你還有嘴說宋書琴。當年那個貌美如花、才情洋溢的蘇州妹，今天成了什麼樣子？一個半痴半瘋的瞎女人！對宋書琴，你何道州可謂自私、冷血、可恥！用文革流行語，「成了不齒於人類的狗屎堆」！……文革結束了，改革開放了，國門打開了，你和你病病歪歪的妻子周靜成為幸運兒，赴美留學，讀碩士、博士，定居加州，在大學任教，有車有房，一住二十幾年，生下寶貝兒子何瑤。直到周靜重病，回到她曾經發誓死也不回的祖國……

這就是你何道州。你自己剝開自己的畫皮，還自己的真面目吧！你半是人，半是鬼。捫心自問：你對得起周里教授嗎？對得起宋書琴嗎？對得起至今音訊全無的孟九嶷嗎？宋書琴落到雙目失明、瘋瘋癲癲的地步，你脫得了干係嗎？你還不如那條日夜守護著她的「部長」。

兩個何道州的戰爭難分伯仲。一九六七年至今，整四十三年過去。有的苦難歷史已經改頭換面，演繹成了當地的傳說。歷史，在一次次的歷史大潮面前，個人是多麼的渺小又渺小，恆河沙數。

三十二 橫嶺溫泉行

松小路去省城出差還沒有回來。小九嶷作為蓮城紅歌大賽的藝術總監，忙她的大賽演出彩排去了。何老夫子原也不是什麼大病，將息兩天沒事了。已經來蓮城半個多月，兒子何瑤還無意離開，衹好等他參加了「何紹基故里修復學術研討會」之後再回省城。反正今年暑期沒有安排別的活動，全程陪伴兒子罷了。此外，瀟水大酒店也歡迎他們住下去。那位未曾謀面的譽果老闆還通過小九嶷傳話，要給他們父子倆打五折的住宿優惠。這個優惠大約是小九嶷那丫頭去和她母親求來的。老夫子不打算接受這份厚意。譽果老闆經營酒店不容易，況且還要辦領養「遺屬孤兒」的慈善事業。

這天，老夫子有興致，要何瑤開車去橫嶺溫泉，泡泡澡，解解暑氣。早上八點正要動身，小九嶷揹個雙肩包不期而至。她見面就告狀：教授伯伯，何瑤盡欺負人！子不教，父之過。您要嚴加管教哦。

天，大眼妹不去忙她的紅歌彩排，找何瑤的麻煩來了。老夫子彷彿看出兩個年輕人之間的貓膩：妹子，先上車，罰小子開車去溫泉。在車上你再和我揭揭他的問題。何瑤邊啟動車子邊抗議：教授，要一碗水端平。不要衹聽一面之詞就選邊站。

老夫子心情大好，卻一本正經：好好開車！我和妹子當乘客，安全第一。妹子，你還是坐副駕駛位去，幫他指指路。小九嶷拉住老夫子坐後排：我才不和他坐一排。他有道路導航儀……至於他的問題，還是讓他主動向您交代吧。說罷，咯咯笑。

車子很快上了國道。何瑤邊開車邊貧嘴：交代就交代……東風吹，戰鼓擂，現在世界上誰怕誰……就說幾天前吧，小九嶷同志帶我去遊都龐嶺東麓的鬼崽嶺景區，聽她講了那個幾千民兵圍捕美蔣空降特務的故事。天氣熱，我和她爬山爬出一身大汗。下到山腳溪水邊，我們先喝了冰涼的泉水解渴，無事；接著她要擦汗換襯衫，命我站到一叢荊刺後面去，背過身，不許看。我遵命，到了刺叢後，還替她當保鏢，監看路面情況，也無事；待她洗漱完畢，換上神氣的牛仔衫裙，便命我返回。接著我也讓她背過身子去，脫了上衣抹了個澡，無事；她替我洗了汗衫，晾曬到岩板上，無事；再後來，在岩頭上坐了一陣，我突然發現她臉色蒼白，神情痛苦。我猜她是犯病了，於是要扶她回車裡，趕快去醫院找醫生……她在岩頭上站都站不起。我祇好抱她上車。也沒有什麼事，祇是我的汗衫曬在岩板上，我是光了膀子抱她上車的……

大眼妹急了，滿臉緋紅，連連捶著駕駛座的椅背：要死嘍！要死嘍！誰要你講這個，講這個……

何瑤不肯住口，繼續交代：還有前天，對，就是前天，我倆遊兩河口景區，從「亡命島」上下來，下來……不講了，不講了……

大眼妹羞得無地自容：你個壞鬼！你個壞鬼！

何瑤今天仗著老爸在場，肆無忌憚。他也是趁機向老爸透露點信息：教授同志，我的問題交代完畢。

大眼妹轉過身子去坐著，誰都不看了，掉眼淚。

老夫子倒是寬厚地笑笑：算了，算了，交代了，問題也就大致上清楚了……老朽作為過來人，就不評判你們年輕人的是是非非了。一碗水端平，妹子，你說是不是？

大眼妹眼淚一甩：你們一丘之貉……

老夫子補上一句：妹子，你放心。我會好好管教犬子……伯伯是和你站在一邊的。

道路蜿蜒。公路一邊是正在栽插晚稻的水田，另一邊是蒼翠的山巒，風景甚是怡人。三人好一會無話，任由進入車窗的清風呼呼拂過臉龐。為什麼不開冷氣？司機何瑤打破沉默：小九嶷同志，您還是為何老教授介紹介紹我們的目的地橫嶺溫泉景區的概況吧。

車子拐入進山道路，山風拂來，徐徐清涼。老夫子將窗玻璃搖上，留一條窄縫。

小九嶷磨磨蹭蹭從她的挎包裡找出一本導遊手冊，翻了幾翻，朗聲唸起：

橫嶺溫泉被譽為「湘南第一湯」。距蓮城縣城六十公里，南臨江華瑤族自治縣，東鄰寧遠縣九嶷山國家森林公園，屬九嶷山西部區域。溫泉景區的總面積一百六十平方公里。區內重巒疊嶂，溪谷起伏，綿延百餘里。這裡的原始次生林茂密，銀杏金黃，杜鵑吐紅，竹海翻波，高山草原廣闊，是為飛禽走獸的家園。景區年平均氣溫攝氏十九度，年降雨量一千五百至一千六百毫米，冬溫夏涼，屬中亞熱帶季風氣候，是集避暑、休閑、觀光、探險、狩獵為一體的山地型生態風景區。

歡迎遊客進入橫嶺景區！好一個綠色世界。沿滄水河峽谷而上，時見瀑布飛泉如一匹匹銀緞高掛峭壁之上，其中最有名的為「天池飛瀑」，氣勢雄渾，水霧彌天。天池為一高山小湖泊，水面闊百餘米，水深二十米，碧波蕩漾，三面環山，另一面為百米懸崖，湖水沿崖壁洩流而下，水花飛濺，日夜轟鳴，震人心魄。天池之下二百米處，就是橫嶺溫泉了。此處原有熱泉、冷泉兩眼泉水，熱泉水溫高達八、九十度，冷泉水溫常年保持零度左右。為開發旅遊，也為保障遊客安全，對冷熱兩泉進行地下施工，使之合流，致其水溫恆定在四十二度左右。溫泉日出水量高達三千二百噸。據國家環境分析測試中心和國家水利監督檢查測試中心的數據，橫嶺溫泉屬於低硫溫泉，泉水的PH值、總硬度、氰化物、六價鉻、含硫量等八項指標均符合國家標準，對人體皮膚無損害，且含有硅（我們稱「矽」）、錳、鋅、銅、硒等十六種人體所需要的微量元素，對多種疾病有很好的療效……

小九嶷唸到這裡，發現老教授在閉目養神，忍不住說：橫嶺溫泉的情況，大致上就是這些了。哎呀，你們想不想聽呀？

老夫子打了個盹。沒辦法，年紀大了就這樣。他睜開眼說：你唸得好，想聽想聽。

何瑤朝後視鏡裡看上一眼：導遊同志，你都把景點介紹完了，等會到了現場，還有什麼好介紹的呀？

小九嶷撅起嘴，拉下臉：教授，你家公子又挑釁了，還不好好教育？

老夫子點頭，敲了敲兒子的椅背：小子！好好當你的車夫，少耍貧嘴。這一路彎道多，風景雖好，注意路牌警示。

何瑤心裡快活，不肯住嘴：車夫怎麼啦？工人階級，國家主人翁，憲法都規定了，以工人階級為領導……

小九嶷嗤之以鼻：車夫就是僕人，學了半天中文，連主人和僕人都分不清。

何瑤回嘴：那我今天也當一回人民公僕，怎樣？當然，我不是領導幹部，但我總是國家主人的一分子，可以代表人民，對吧？

小九嶷也不放過：你個小美國佬，回你的美國去當你的主人公一分子吧。

何瑤回答：對不起，我準備申請歸化為中國公民，做中國人民的一分子，怎樣？

小九嶷更不肯放過他了：香蕉，提醒你注意，中國和美國都不承認雙重國籍，到時候不要變成無國籍人氏，國際流浪漢。

何瑤嘿嘿笑了：導遊同志倒是有國際觀啊。我要是沒了國籍，就去聯合國當世界公民，豈不更上一層樓，高人一等？

小九嶷一臉訕笑：你剛才還說要代表中國人民，我看你回去代表美國人民吧。

何瑤依然笑嘻嘻：在美國，連總統都很少說這種話……因為十八歲以上的美國公民每人有一張選票，祇代表自己。音樂學院高材生，您長這麼大，沒見過選票長什麼樣吧？哈哈，祇怕連我老爸也祇在美國見過選票……哈哈，你們不要打斷我的話……前不久，美國導彈不是炸了中國駐南斯拉夫大使館的一幢房子嗎？北京就有個作家發表文章，說他代表十三億中國人民，禁止美國總統克林頓先生再踏上中華人民共和國的神聖領土……

老夫子很響很威嚴地乾咳兩聲，給不知天高地厚的小子嚴肅警告：得意忘形，瞎說八道，思想混亂，肆意嘲笑。還想加入中國籍？你小子在美國加州出生，生下來就是美國公民。

何瑤晃晃頭，說：美國出生的人有資格選美國總統。

小九嶷氣不打一處來：憑你這個反中言論，我就可以代表十三億中國人民，拒絕你加入中國籍。

老夫子笑了起來，笑得很開心。這對年輕人已經進入拈酸吃醋的鬥嘴階段……老爸看在眼裡，樂在心裡。他親切地拍了拍小九嶷的手，很喜歡這個長相俏麗又伶牙俐齒的大眼妹。大眼妹溫順地將小腦袋靠在他的肩側。

橫嶺風景區到了。入口處頗為開闊，停車坪可泊幾十輛旅行車。今天遊人不多，三十元一張的門券加五十元停車費，收費還算廉宜。景區內果然峽谷幽深，峭壁如削，茂林修竹，滿目蒼翠。

進到景區，小九嶷仍不理會何瑤，衹對教授伯伯提議：我們先難後易，先上天池登高望遠，再下來泡溫泉，怎樣？

何瑤討好地搶著回應：服從領導，服從領導。

小九嶷恨恨地瞋他一眼，隨即從雙肩包裡掏出一個器物，咔嚓幾下打開，原來是一支摺疊式鋁合金拐杖。她將拐杖遞到教授伯伯手中。老夫子心裡一暖，覺得這丫頭很孝順，會照顧人。她對別的老年遊客爺爺也這麼細心？

老夫子撐上手杖，爬起陡坡來輕捷、穩當許多。兩個年輕人一前一後照應著他。小九嶷在前面帶路，兒子在後面當保鏢。人生如此，夫復何求？可惜周靜不在了，要是四人同遊，該是何等的舒心、愜意。

他們也就走了兩百來米山徑，不大工夫就上了崖頂。放眼一望，景色果然令人心曠神怡。好一潭碧水，平滑如鏡，清澈見底。正如小九嶷先前介紹的：天池三面環山，一面臨崖，古樹森森，雲霧繚繞，倒映在碧水之中，歷歷在目，美景天成，真如夢幻了。

老夫子生平也是去過一些名山大川的。來到老家蓮城地界的此一「天池」，不免激動：我們蓮城地方還有這等美景啊，藏在深山人初識……我早就該來了，早就該來了。

何瑤、小九嶷也不鬥嘴了。兩人彼此擺好身姿，相互拍照留影。老夫子坐在水邊石墩上，任他們尋樂、嬉笑。在山林之間，老夫子忽然有了出世之念。若能終老林泉多好。但那衹是剎那間的思緒。他此行另有心願，是不能向年輕人吐露的。他這一輩人所經歷的一些事情太沉重、太陰鬱、太酷烈，縱使刻骨銘心，也不便告訴年輕人，還是自行消化、自行了結為上。他又想起了亡妻周靜。周靜啊，你知道嗎？我今天來到橫嶺，來到父親周里教授一九六七年夏天殞命之地啊。我都沒法告訴我們兒子啊……你知道嗎？我們的兒子有女朋友了，名叫小九嶷，是個很漂亮、很聰明、很有個性的孩子。我也是最近才發現的。兩個小朋友一見面就鬥嘴、鬥氣。特別是小九嶷，總是向我告狀，要我管教兒子。我一聽，心裡就直樂。周靜，當年你在湘師大，不也見面就生我的氣，和我爭這爭那，我就讓著你，依著你，直到把你逗樂了。周靜，你要是今天看到了何瑤、小九嶷這對小冤家的一幕幕甜蜜相處，也會回憶我們的青年時代的。可惜，可惜啊，你沒能陪我遊蓮城，沒能和我一同來橫嶺溫泉弔唁父親。這是我何道州晚年最大的遺恨。那支你曾經最愛聽、最愛哼的新疆民歌是怎麼唱來著？我的青春小鳥不回來……青春小鳥不回來……

小九嶷領著何瑤繞天池瘋玩了兩圈，回到老夫子身邊。見老夫子仍坐在石墩上望著池水發愣，以為老人家走山徑走累了。何瑤提醒老爸：您總是這麼坐著，山風很涼，容易受寒的。小九嶷也說：伯伯，我們下崖去吧，到溫泉裡泡一泡，身體就會暖和的。

老夫子依他們的建議，站立起來，準備往下走。誰知他的身子竟晃了一晃。要不是兒子出手快，加之小九嶷也防備著，老夫子險些就栽進水裡。年歲不饒人，禁不起老。攙扶著老爸下崖時，何瑤想：老爸才六十二、三歲呀，就顯出風燭光景來了？不會呀。

來到瀑布下方，三人沿湍急的溪水下行兩、三百來米，到了溫泉館外。這是一座新建的類似游泳館的浴池。小九嶷先領著父子倆去看了熱泉和冷泉匯流的岩洞，稱之為「熱阱」，也是遊人必到之處。岩壁上刻石記事，說明是哪年哪月建成等等。冷熱泉水在人工鋪設的岩板下嘩嘩流淌。「熱阱」為一水桶大小的洞口，冒出一米來高的熱氣，豎有警示牌，禁止遊客靠近。

父子倆去了不遠處的洗手間，留下小九嶷在「熱阱」旁等候。他倆也就離開了十多分鐘，返回時見小九嶷變戲法似地從「熱阱」中提上來一只小竹簍，裡面裝有六枚雞蛋，已經在水中煮熟了。她嘻嘻笑著：請客，我請客，請吃煮雞蛋！何瑤興奮不已：溫泉煮蛋！這麼快就熟了？小九嶷又不搭理他了，衹把竹簍遞給教授伯伯：小心，小心，每人兩枚，不要燙了手，燙了嘴……

三人這陣子也有點餓了，吃得津津有味。小九嶷邊吃邊介紹：這「熱阱」的水溫九十度左右，能煮熟食物。告示牌上有警戒，嚴禁將任何穀類、油脂類、水果類食物放入井中燙煮，以免汙染水源，違者每人每次罰款五千至一萬元人民幣。

何瑤問：導遊同志，你放雞蛋下去煮，不會違規吧？小九嶷笑看教授伯伯一眼，之後向何瑤攤開巴掌：給錢呀！你先給墊付五千元至一萬元呀！何瑤這才看清楚告示牌上的內容，上面注明洗淨後的蛋品可放入竹簍中去燙煮，時間三到五分鐘。景區提供免費竹簍，給遊客玩一個小小的遊戲。

這不，兩個小冤家又要打情罵俏了。老夫子心中有事，催促著去泡溫泉。他提醒兒子：你們兩個要注意禮貌，不可在池子裡打打鬧鬧。

何瑤返回車裡，取來一個小袋，內裝父子倆的泳褲。小九嶷的泳衣已在她的雙肩包裡。三人進到溫泉館，何瑤和小九嶷很快去更衣間換了泳裝，然後像男女運動員似地縱身一躍，下了泳池，激起兩朵浪花。好在此時沒有別的泳客。兩個年輕人嘻嘻哈哈，打起水仗。

老夫子依舊衣冠楚楚，站在池邊，無意下水。何瑤玩了一會，見老爸仍在岸上，就喊：教授下來吧！水溫正好，不冷也不熱，滑滑溜溜，舒服得很吶。小九嶷也喊：伯伯，您兒子說您年輕時是一位泳將，橫渡湘江拿過獎牌。

老夫子說：你們玩吧。這館內有點悶熱，我還是到外面去透透氣。說罷，他轉身出了泳館大門。老夫子要去完成一樁心事。一路快走，先到小賣部買了一束線香、兩支蠟燭，一盒火柴。他返回冒著半人高白氣的「熱阱」旁，在泥地上插好線香和蠟燭，點燃了，然後雙膝跪下磕頭，低聲泣訴：恩師，恩師！不肖弟子、女婿何道州向您請罪來了！弟子遲來了四十三年。今天才到您遇難之地向您請罪，祭拜……弟子不孝，一九六六年十月，弟子不該給恩師出主意，胡說什麼「小亂避鄉，大亂避城」……怎麼也料不到，蓮城這個自古享有盛名的禮義之鄉、詩書之族，這個出過周敦頤、何紹基等文化大師的故土，卻在一九六七年發生了一場慘絕人寰的血腥屠殺……恩師，您知道嗎？那年的七、八、九三個月，整個蓮城、整個湘南、湘中地區，社社隊隊成立了「貧下中農最高法庭」對地富家庭實行「斬草除根」……那是和平歲月，既沒有外族入侵，又沒有內部暴亂，甚至風調雨順，連天災都沒有，更沒有宗教信仰的紛爭……要說信仰，全中國也祇有一個思想、一個主義、一個領袖。中華民族五千年歷史上從未有過的大統一局面啊！同宗同源，光天化日，卻發生了大規模屠殺，他們稱之為「一個階級向另一個階級的專政」。恩師啊，發生在蓮城的事件並不是孤立的。早它一年，一九六六年八、九月，在偉大首都北京城裡就被毛氏紅衛兵害死了一千七百七十二名地富資本家及其子女。首都北郊長城腳下的昌平縣殺死地富分子三百二十六人，南郊的大興縣殺死地富分子三百二十四人。這些都是官方的統計數字，被稱為「紅八月」。首都殺人在先，蓮城殺人在後。緊接著是一九六八年廣西南寧、賓陽兩地區的大屠殺，更殺了七萬七千多人……恩師呀，恩師！這就是你被蓮城鄉下「貧下中農最高法庭」投入橫嶺熱泉的時代背景……

恩師，我有罪，我有罪啊。我都沒法向您解釋，為什麼遲了四十三年才來到您遇難的地方……是您的外孫載我來的……恩師，您有外孫了！他很優秀，是清華大學土木系的研究生。這是我唯有告慰您在天之靈的事情……但我至今不敢告訴他當年在蓮城發生的慘劇。我想這也一定符合您的心思，不想把老一輩的血淚人生際遇去汙糟了他們的天空，他們那蔚藍色的天空。

何瑤和小九嶷仍在溫泉池中戲水，都把老夫子忘記了。直到一名管理處工作人員匆匆跑進來問：喂！喂！你們兩位！有個老先生是不是和你們一起來的？他在「熱阱」燒香磕頭，不知祭拜什麼人，把額頭都磕出血來了，勸都勸不住！

何瑤一聽，嚇傻了。他一躍出水，連泳褲都顧不上換，赤腳赤膊就跑去了「熱阱」口……小九嶷畢竟是女孩，慌忙去換了衣衫，拎了雙肩包。她在趕往「熱阱」口之前，也沒忘替何瑤把衣物帶上。

老夫子已被兒子抱在了懷裡，臉色蒼白，額上果然有血印子，好在他神智還清醒。何瑤一個勁責備老爸：教授！您個大教授，怎麼到這裡來搞迷信活動啊？

溫泉管理處的工作人員和一名穿白大褂的護士、以及提著保健箱的醫生也趕來了。醫生要替老年遊客清理傷口，做簡單包紮。

小九嶷和護士接手照顧老夫子。她要何瑤去換了衣服，赤腳赤膊，很不雅觀。

老夫子離開兒子的懷抱，自己坐好了。他看著大家苦笑笑：謝謝，我沒事……我是祭奠這裡的山神……

小九疑真拿老伯伯沒奈何。她扶住他，說：教授伯伯，坐好了，不亂動。醫生要在您額頭打補丁了。醫生，要不要打一針預防破傷風？

大眼妹心細。

三十三　紅歌大賽

八月的第一個星期天。

蓮城紅歌大賽在瀟水大酒店前的周敦頤廣場上舉行。舞臺設在廣場中央，那平日大媽大爺們跳廣場舞的地方。燈柱上彩旗招展，高音喇叭鼓樂喧天。四周一圈一圈、一層一層摺疊椅是觀眾席。全城居民都出動了，來看熱鬧。四鄉八里的農戶剛忙完「雙搶」，老老少少趕來城裡聽歌看演出。廣場喜慶得如逢盛大節日，也有落後群眾說風涼話，好像看馬戲表演。

彩旗下，有一排呈新月形的座位，坐著二、三十位評委。座前木案上擺著茶水，顯見就是主席臺了。評委中包括縣委宣傳部長、政協主席、工會主席、共青團書記、婦聯主任、文化局長、教育局長、公安局長、體委主任、科委主任、扶貧辦主任、電視臺長、旅遊局長、中學校長、縣政府新聞發言人等等，可說是當地精英盡出。除了每年初必開的人大、政協兩會，這次的紅歌大賽「評委會」幾乎成了蓮城領導集體亮相的機會。

蓮城電視臺的三部攝影機從不同角度進行現場直播。他們原本也邀請了謈果老闆、何道州父子、李玉如老師、民企八大王等知名人士作為嘉賓出席。何道州教授以身體不適為由婉拒。他和兒子留在酒店十二樓房間，在撐著大陽傘的陽臺上居高臨下，觀看演出。謈果老闆、李玉如老師以及民企八大王也都以工作原因未克出席，使得擔任紅歌大賽藝術指導及司儀的小九嶷很失望，覺得這些人不給她面子。

高音喇叭安靜下來。司儀小姐小九嶷照節目單以標準清亮的普通話宣布：蓮城紅歌大賽開始。全體起立，唱國歌！隨即喇叭播放送〈義勇軍進行曲〉，在場的所有人員不甚整齊地唱起：起來，不願做奴隸的人們！……中華民族，到了，最危險的時候……

在灕水大酒店十二樓，何道州父子坐在陽傘下，並未起立，也未跟唱。何瑤想了想，問：教授，中華人民共和國國歌幹嘛總是說「中華民族到了最危險的時候」？老夫子苦笑：大約是憂患意識吧，總覺得自己處於危險之中，但又總是宣稱形勢大好……何瑤說：還有那個〈東方紅〉，我的北京同學都不懂它為什麼和〈國際歌〉相悖。〈東方紅〉唱毛澤東是「人民的大救星」，〈國際歌〉唱「從來就沒有什麼救世主」……老夫子不回答，而問：你知道〈義勇軍進行曲〉的詞作者是誰嗎？何瑤搖頭：我祇知道美國國歌〈星條旗〉的詞作者是南北戰爭時一名被英軍俘虜的美國士兵，他在英軍軍艦的甲板上寫了一首頌揚美國的詩，後來被譜成歌曲，讓一代一代美國人引以為傲，感動著一代一代的美國人。美國人其實是很愛國的。老夫子說：對了。那和〈義勇軍進行曲〉的詞作者田漢創作這首歌詞的情形有些相似。一九三二年一月淞滬會戰爆發，日軍大舉進攻，烽火連天。當時田漢被關在上海租界的牢房裡，得知中國軍民組成「義勇軍」拚死抵抗入侵者，急得不得了。於是，他就在一張香煙盒的襯紙上寫下了一首詩，買通獄卒，把詩轉交給正在上海的青年作曲家聶耳。聶耳一見，激動不已，祇花了一個晚上就為其譜曲，交給軍民傳唱。這首歌一下子就傳開了，極大地鼓舞了前方戰士及後方民眾。淞滬會戰取得勝利後，這支抗戰歌曲更傳遍了大江南北，國軍先唱，共軍後唱。到了一九四九年新中國成立，〈義勇軍進行曲〉被定為「代國歌」，後成為正式國歌……可惜呀，這國歌的作者田漢先生卻在一九六八年的文化大革命中死在了秦城監獄。

為什麼？……

廣場上，國歌大合唱完畢。紅歌大賽的組織者吳家山縣長代表縣委、縣政府發表重要講話。

何瑤祇愛聽小九嶷講話，他嘟噥：怎麼凡是領導開口就「重要」？

高音喇叭傳出的字句很清晰：同志們！朋友們！今天是我們蓮城縣舉辦的第一屆紅歌大賽。縣委、縣政府表示熱烈祝賀！陽臺上的兩人可以聽到掌聲，但並不熱烈。

吳縣長說：今後，紅歌大賽要成為新常態，每隔一、兩個月就可以舉辦一次。唱紅歌是我們政治思想教育工作的重要一環，也是核心一環。我們要學習重慶經驗，唱紅打黑！唱紅是樹我們的革命正氣，長我們的革命信心，堅定黨中央提出的制度自信、理論自信、道路自信！什麼是制度自信？就是要對我們的社會主義制度、對黨和國家的政權體制要有信心，絕不可動搖；理論自信呢，就是要對馬列主義、毛澤東思想、鄧小平理論以及江總書記的三個先進代表思想有信心，絕不可動搖；至於道路自信，這就是要對走社會主義道路、解放全人類的共產主義有信心，絕不可動搖……根據重慶經驗，「唱紅」是意識形態，是上層建築，是管思想、管文化、造輿論、造聲勢；「打黑」是社會實踐，是革命行動，是橫掃牛鬼蛇神，把那些躲在陰暗角落進行黃、賭、毒航髒交易的傢伙、黑道組織、黑道分子、貪汙腐敗分子揪出來。不管他們打著什麼發展生產、繁榮經濟的旗號，但仍破壞我們的社會秩序，擾亂我們的社會治安，腐蝕我們的黨政官員；不管他們是百萬富翁、千萬富翁、億萬富翁，是什麼總裁、總經理、董事長，是什麼大老闆、中老闆、小老闆，我們都要發動群眾，以專政手段把他們揪出來，繩之以法！當關的關，當管的管，少數罪大惡極的當殺的就殺！重慶就把長期包庇壞人的司法局局長文強判了死刑！……我們蓮城的情況怎樣？我們蓮城不是世外桃源。革命群眾早有檢舉揭發，我們蓮城也有小美國、小臺灣！窩藏這許多壞人壞事，無法無天……

吳縣長的聲音鏗鏘有力，威震四方。

酒店陽臺上，老夫子有些坐立不安了。何瑤也越聽越不是味。原來，「唱紅」是為了「打黑」。「唱紅」是因，「打黑」是果！如此這般，真不知今夕是何年？唱紅歌就唱紅歌，怎麼來勢洶洶，殺氣騰騰，大有文革之風？如今這傳遍大江南北的「紅歌運動」是又一次文化大革命的前奏？或者說是要進行另一種形式的文革運動？改革開放都三十年了，中國還沒有擺脫文革的魔咒、幽靈？難怪前些天在仙子腳養老院聽前公社武裝部長管大關老人說：祇要偉大領袖（畫像）還掛在天安門城樓上，文化大革命就沒有結束，還沒有分出勝負。

廣場上傳來孩子們天籟般清亮的歌聲，三、四百名穿著白衫藍褲校服的紅領巾合唱團組成方陣，高唱頗具藏族民歌風的紅歌〈北京的金山上〉：

北京的金山上光芒照四方，
毛主席就是那金色的太陽！
多麼溫暖，多麼慈祥，
把我們農奴的心兒照亮，
我們邁步走在社會主義幸福的大道上，
巴扎嘿！

何瑤起身，走出陽傘，憑欄聆聽。他說：教授！好聽！這民族風的曲子好聽，我愛聽！老夫子說：你小心些，不要把半個身子都探出去……這曾經是一支很有名的文革歌曲。當時還有一支〈北京有個金太陽〉，也是藏族民歌風，很有名……

老夫子的話沒說完，廣場上的紅領巾合唱團已載歌載舞，喜氣洋洋：

北京有個金太陽，金太陽！
照得大地亮堂堂，亮堂堂！
偉大領袖毛主席，
就是我們心中的金太陽，金太陽！
毛澤東思想閃金光，閃金光！
各族人民齊歌唱，齊歌唱！
偉大領袖毛主席，
指引我們勝利向前方，向前方！

何瑤回到傘下坐定：老爸，這些就是文革歌曲？聽來不錯嘛。是不是也像美國鄉村歌曲那樣，成為了中國音樂一個流派？

老夫子嘆息：愛聽你就聽吧……他有句話，到了嘴邊也沒說出來：這些個宣揚個人迷信、領袖崇拜的歌曲，曾經為文化大革命推波助瀾的造神運動給國家和民族造成過巨大災難。

何瑤側過身，將目光投向廣場。那邊傳來司儀小九嶷報幕的聲音：下一個節目，由蓮城婦女聯合會紅歌團演唱革命歷史歌曲〈十送紅軍〉：

老爸！快看，小九嶷當指揮哪，指揮女聲大合唱！您聽，您聽……何瑤又起身憑欄，仔細聆聽。這時，整棟酒店大樓的陽臺上都坐著、站著住客們。大家似乎都被廣場的紅歌吸引，還有人鼓掌、叫好。

一送里格紅軍，介支個下了山，
秋風里格細雨，介支個纏綿綿，
山上里格野鹿，聲聲哀嚎，
樹樹里格梧桐，葉呀葉落完。
問一聲親人，紅軍啊，
幾時里格人馬，介支個再回山？
三送里格紅軍，介支個到哪（一作「拿」）山？
山上里格包穀，介支個金燦燦。
包穀種子，介支個紅軍種，
包穀著棒棒，咱們窮人掰！
緊緊拉著紅軍手，紅軍啊！

撒下的種子，介支個紅了天。
五送里格紅軍，介支個過了坡，
鴻雁里格陣陣，介支個空中過。
鴻雁里格，能夠捎書信，
鴻雁里格，飛到天涯海角。
千言萬語囑咐紅軍啊，
捎信里格多把，介支個革命說。
……

親切的女聲，深情的旋律，令何瑤聽得十分著迷。他得知早前的童聲合唱是藏族民歌風，那麼他猜想這〈十送紅軍〉定是江西民歌風了。他都喜歡。中國民族音樂真是豐富多彩，因為有如此廣袤的土地，如此眾多的民族。雖然歌曲旋律容易上口，他卻不大懂得歌詞，不知這〈十送紅軍〉有什麼歷史背景，也不知紅軍要去向何方。唱革命歌曲似乎很有浪漫情懷……這得向老爸討教。

老夫子沉吟一會，說：我如果說出歷史真相，孩子，你一定會失望……那是一九三四年十月，江西中央蘇區根據地被蔣介石指揮的百萬國軍所包圍，歷史上稱為「第五次大圍剿」。工農紅軍反圍剿，因指揮不當，連吃敗仗，眼看就要全軍覆沒。在這時刻，中共領導人做出祕密決定，紅軍主力部隊連同中央機關悄悄撤離江西蘇區，也就是放棄根據地，南下粵北，再轉向湘南，到湘西去與賀龍的紅二方面軍會合，再搞中華蘇維埃共和國。根本就不是後來宣稱是「北上抗日」。這一行動很祕密，中央紅軍八萬人馬於一個晚上突然大撤退，連中、下級軍官都不知道隊伍要開往哪裡……所以，怎麼會有江西蘇區的老百姓唱歌相送的事？等著這些老百姓的是國民黨軍隊前來大清剿囉。〈十送紅軍〉這首歌曲，是距離當年紅軍撤離江西根據地整整三十年後的一九六四年後創作的。當時北京要演出大型音樂舞蹈史詩〈東方紅〉慶祝國慶十五週年。文藝為政治服務，有關人員編寫了這首歌，演出，傳唱，紅遍全國……這或許就是所謂「藝術的真實不同於歷史的真實，且是高於歷史的真實」。奇怪的理論。

何瑤皺皺眉。這理論曲里拐彎，其中邏輯似是而非，不好懂呢。

正說著，廣場傳來女聲獨唱〈山丹丹花開紅豔豔〉，陝北民歌風。沒錯，是小九嶷那鮮亮的女高音。何瑤還是頭次聽到她唱紅歌。

一道道的那個山來喲，一道道水，
咱們中央喲紅軍到陝北。
一桿桿的那個紅旗喲，一杆杆槍，
咱們的隊伍勢力壯！
……毛主席來了晴了天，晴呀晴了天！
千里的那個雷聲喲，萬里的閃，
咱們革命的力量大發展，

咱們革命的力量大發展。
山丹丹的那個開花哟紅豔豔，
毛主席領導咱打江山，
毛主席領導咱打江山……

小九嶷的歌聲通過高音喇叭傳來，聲如裂帛，高亢遏雲。何瑤聽過陝西民歌，他喜歡黃土高原的信天游，他喜歡挾裹著高原風沙和黃河激流的樂聲；他以為這就是中國風的搖滾。信天游，多好的名字，聽來倔強執著，不屈不撓，是呼喚也是吶喊。這首〈山丹丹開花紅豔豔〉，主題似乎無關山野，也無關生活，而是唱革命，唱毛主席。小九嶷的金嗓子，令老夫子也擊節讚嘆。何瑤說：小九嶷那樣嬌柔，卻能爆出一聲聲「哎嗨哎咳哟，伊兒呀兒哟」，真能鑽進人的心裡去。

一陣熱烈的掌聲過去後，蓮城農民合唱團上場了。他們演唱的第一首歌是〈不忘階級苦〉。樂聲響起，何瑤覺著像是抒情類。也不知為何，相鄰陽臺的住客紛紛起身，退回各自房間去了。何瑤打定主意要陪小九嶷走完紅歌大賽的，老夫子也想陪兒子。父子倆沒有挪動。

天上布滿星，月牙兒亮晶晶，
生產隊裡開大會，訴苦把冤伸！
萬惡的舊社會，窮人的血淚恨，

千頭萬緒，千頭萬緒湧上了我的心，
止不住的心酸淚掛在胸。
不忘那一年，爹爹病在床，
地主逼他做長工，累得他吐血漿，
瘦得皮包骨，病得臉發黃，
地主逼債，地主逼債好像那活閻王，
可憐我的爹爹，把命喪……

一曲訴苦歌，聽得何瑤熱淚直閃。他對老爸說：要是現在鬥地主，我都想上去揍他兩個耳光！地主、資本家太可惡了，活該被打倒！老夫子卻望著兒子出神，發呆。他心想：這小子在美國出生、長大，回國讀大學，什麼時候吃過苦、遭過罪？一聽這訴苦歌，也被煽情了。這歌詞禁不起推敲。病倒在床的人做短工也不行，怎能做長工？累得吐血漿，瘦得皮包骨，病得臉發黃，還能下地幹活？胡編亂造，脫離起碼的生活常識！可這就是宣傳，就是鼓動。瞧，這小子聽了，心生仇恨。唉，這是一種人為煽動的仇恨。人，特別是天真的年輕人容易被蠱惑、被挑動。我該怎樣把生活的真相，歷史的原形，社會的原生態告訴他？過去地主、資本家僱人幹活，最起碼也要讓人吃飽，才有力氣幹活呀！可我兒子會相信我這話嗎？如果整個社會的主流話語，都是這現成的一套，那就如戈培爾所言，謊言重複一千遍，就成為真理……以何瑤的單純，以他的經歷之簡單，頭腦之幼稚，今後怎麼在這社會上拚搏、奮鬥？

紅歌大賽進入高潮。蓮城工人合唱團演出大合唱〈社會主義好〉。

社會主義好，社會主義好！
社會主義國家人民地位高。
反動派，被打倒，
帝國主義夾著尾巴逃跑了！
全國人民大團結，
掀起了社會主義建設高潮，建設高潮！
……
社會主義好，社會主義好，
社會主義江山人民保。
人民江山坐得牢，反動分子想反也反不了！
社會主義社會一定勝利，
共產主義社會一定來到，一定來到！

這都什麼年月了？人類社會已經進入二十一世紀，改革開放、搞活經濟亦進行了三十年，廢止了階級成分，不再搞階級鬥爭、路線鬥爭了，怎麼又大張旗鼓、上上下下大唱紅歌，大唱當年反右進行曲〈社會主義好〉

來了？祇是把當年的「右派分子想反也反不了」改成了「反動分子想反也反不了」；至於那句「帝國主義夾著尾巴逃跑了」不是早就變成「大力引進外資」、「中外合資」、「歡迎外國資本進入中國來興辦各類工廠、企業」，變成「帝國主義夾著皮包進來了」？至於社會主義、「共產主義」的口號，現在已很少呼叫了，因為整個國家已經是「全黨大走資、全民大走資」了。「唱紅打黑」是時光倒流，要倒退回上世紀六、七十年代去，倒退回「階級和階級鬥爭年年講、月月講、天天講」的時候去……

紅歌大賽進入尾聲。壓軸節目為全體演員、觀眾的大合唱〈全世界無產者聯合起來〉。這首歌旋律強勁，詞語鏗鏘，曾被譽為「新國際歌」：

山連著山，海連著海，
全世界無產者聯合起來！
海靠著山，山靠著海，
全世界無產者聯合起來！
紅日出山臨大海，
照亮了人民解放的新時代，
看舊世界正在土崩瓦解，
窮苦人出頭之日已經到來。
……

我們是山，我們是海，
山搖地動怒潮澎湃！
……
我們打碎的是腳鐐手銬，
我們得到的是整個世界。
……

宣揚世界革命。今夕何夕？這曾經唱遍大街小巷的歌曲，今日聽來，令老夫子頭皮發麻，心裡發顫：沒想到啊，抗戰時期創作不朽之作〈黃河大合唱〉的詩人光未然先生，在一九四九年後卻寫了反右進行曲〈社會主義好〉，世界革命進行曲〈全世界無產者聯合起來〉。這兩首歌現在又被人挖掘出來，為「唱紅打黑」這股左傾復辟潮流推波助陣。

何瑤顯然有不同的感受。他覺得歌曲氣勢雄渾，鼓舞人心。不過，他避免和老爸爭論。老爸近些天似有什麼事在心裡悶著，也不肯說說。他真擔心老人家給悶出毛病來。

廣場的歌聲停了。大賽進入評委們評選的階段。忽然，父子倆聽到喧譁，也看到人群中的騷動。原來，觀眾中形成了兩派人馬，意見不一，爭吵起來。由於擴音設備尚未關閉，雙方對陣的聲音傳得很遠：

什麼唱紅？分明是復辟文革，走回頭路，天理不容！

社會主義好！橫掃一切牛鬼蛇神！

誰是牛鬼蛇神？

反對唱紅，就是反對中國特色社會主義！反對打黑，就是反對黨的領導！

保衛改革開放！保衛十一屆三中全會路線！

階級鬥爭，一抓就靈！

那你們就回到五、六十年代，天天鬥爭，天天運動去！高舉你們的總路線、大躍進、人民公社三面紅旗去！

資產階級在哪裡？就在共產黨內。走資派還在走！

你們汙衊改革開放！你們吃改革的飯，開改革的車，住改革的房！你們是忘恩負義的紅眼賊！紅眼賊！

毛主席呀，毛主席！您老人家從紀念堂裡出來看看吧！看看吧！右派翻天了！衛星上天，紅旗落地了！

兩派人馬在廣場對峙，越來越激烈，幾乎失控了。要不是公安警察出動得快速，強行把兩撥人馬分隔開來，就拳頭、磚頭、桌椅、棍棒上場，打成一團了。

酒店的陽臺又站滿了看客。打群架！蓮城人好鬥！好鬥！

何道州、何瑤父子也看傻了。局勢不再一邊倒。老夫子心情複雜，一場紅歌大賽，差點大打出手。何瑤趕緊進房、出門、下樓，要去廣場上找小九嶷。大眼妹是紅歌賽的司儀小姐，不會被人擠了、踩了吧？

三十四 「我不怕醜」

是認真考慮兒子何瑤和小九嶷關係的時候了。兒子在戀愛，已無疑問。老夫子自己也喜歡小九嶷，招人憐愛，音樂奇才，年齡也比兒子小兩歲，正合適，是個好妹子。這些條件都沒得說的。問題是老夫子通過這些日子的接觸、觀察，發現這妹子的性格有些特別，尤其是那雙漂亮的大眼睛，一不高興就會閃出股邪氣，凶狠狠的，讓人不寒而慄。她的情緒也不太穩定，高興了，小鳥依人，柔情似水，要多可愛有多可愛。但她瞬間即可變臉，凶巴巴地不認人，好像充滿了怒火、仇恨，可以和人拚命……她對何瑤小子呢，沒有一般戀愛中女子那種甜蜜，而表現的多的是恨意，彷彿見了面就是恨你，恨你。是一種特殊的感情表達方式？明明是愛，甚至是愛得死去活來，卻用恨來表達，恨得死去活來……真是難以理解。難怪那天在涼粉產業公司周經理家裡，女主人何湘姑講出這樣的話：小九嶷若是看上了什麼人，就會拿出性命來愛，愛出血！

神經質！對，小九嶷最大的問題是有點神經質，且會無預警發作。老夫子在這方面有切身感受。周靜就有神經質毛病，源自一九六七年夏天那場生死遭遇，受到巨大恐嚇，是後天的產物；而小九嶷的神經質似乎是先天的，從娘胎裡與生俱來的……老夫子想著想著，有些替兒子擔憂、害怕了。他寧願小九嶷是自己的女兒，由她不時瞋起那雙閃爍邪氣但又迷人的大眼睛，任她耍嬌氣，使性子。反正是自己的女兒，再怎麼樣都能包容，諒解；但若是做了兒子的媳婦，那就是另一回事，另一種解讀，另一種立場，另一番態度了。終身大事，這可是關係到兒子一輩子幸福和安寧的大事呢……眼下麻煩的是，兒子對小九嶷似已迷了心竅，著了魔，晚上做夢都喊著小九嶷。老夫子原本就有失眠的毛病。有天一早起來，見兒子在衛生間洗內褲。不用說是夢遺了。這小子！懂事遲，過去從未見他喜歡過什麼女孩。這次是他遲來的初戀吧？老夫子也不是沒有在心裡抱怨過，有的人在何瑤這年紀，都生兒育女了，甚至都離異另起爐灶了……呸呸！老不正經，瞎想些什麼呀。

要是周靜還在，就不會這麼犯難了。這事他根本沒法和兒子交流、溝通。兒子一直迴避、防備著父親的問話，連打聽一下都不可以，彷彿那是兒子神聖的領地，任何人不得窺視，遑論妄圖介入了。周靜若在，母子倆或許可以商量、探討的。母親感情細膩，從小對兒子體貼入微。母親說話，兒子容易接受。周靜啊，你何以走得這樣早？你走的那年才五十六歲。你丟下了兒子，丟下了我……

現在，老夫子能找誰談談兒子找對象的事？他並非要干預、左右兒子的感情之事。老夫子不是那樣的家長。但他對未來的兒媳、對兒子的終身伴侶總該有所瞭解呀？記不起是在何時何處，曾聽誰透露了一句：小九嶷並不是瀟水大酒店老闆、香港富商礜果的親生女兒，而是養女。礜果女士也是位神祕女子。那麼，小九嶷究竟是誰的女兒？她的生身父母去了哪裡？為什麼把襁褓中的女嬰送到瀟水大酒店大門外，指名交由礜果老闆領養？謎，這一切都是謎。

為這事，老夫子找過表弟周士生。表弟竟說：管她呢！小妖精，小九嶷是個小妖精。表弟不願多說，也不願多解釋，岔開話題談了些別的事情。老夫子想向何湘姑探探口風。可湘姑與小九嶷情同姐妹，關係親密，怎肯說出真相？最後，老夫子想到了李玉如老師。對了，李老師是他在蓮城唯一可以推心置腹的老友。那天在石魚湖，兩人談得多痛快。

這天上午，老夫子先撥電話，李玉如老師正好在家輔導幾名學生的暑期作業。兩人三言兩語便約好中午一點在她家見面，中伙湊合一下，煮魔芋豆腐吃。老夫子見時間還充裕，又想到李老師孤身一人，日子清淡，便到樓下粵港餐廳訂了幾樣小菜、點心。待時辰差不多了，他提了滿滿一袋打包整齊的香芋絲、牛肝菌、麻仁泡、酥子條和脆燒鵝，向二中教工宿舍走去。

正準時，中午一點，他到了李玉如老師宿舍門口。幾名男女學生正在告辭說拜拜：老師來客人了，老師再見。兩人進入屋內，老夫子把一盒盒蓮城小吃在餐桌上擺下。一時間，香氣四溢開來。李老師抱怨：教授，你又破費。我說煮魔芋豆腐，你嫌清淡？你們男同胞就是口味重，也不怕三高！老夫子陪笑：簡單囉，求個簡單囉！我就討嫌在廚房裡烟熏火燎。李老師冷笑：周靜走了，沒人伺候了？你就安心吃教工食堂吧。三年了，就沒找個伴？老夫子說：烏龜莫笑鱉，都在泥裡歇。你自己呢？也五十大幾了吧？一直單著，誰都看不上？李老師的臉陰了，眼睛冷冷地盯著門外，拒人於千里的架勢。她說：何教授，我一見到和自己年紀差不多的男子，心裡就堵得慌……當然你大教授例外。原因你能理解。周靜一直有精神問題不是？我也有同樣的問題，祇是程度輕些……本不再提那些往事，但你這次來，就是為了那些往事。吃吧，吃吧，再說下去，連胃口都沒有了。今天，你是反客為主，又是要打聽誰的下落？

兩人邊吃邊談。李玉如吃得很少。老夫子也食慾不旺。真有些尷尬，無趣。看來人家李玉如在提防著什麼。唉，她是誤會了。我就是有那份心，也沒那個情。一把年紀了，還要在感情上吃閉門羹？周靜走了，心裡的火苗也就熄滅了，或者說被帶走了。

飯畢。李玉如泡來一壺韭菜嶺苦茶，消食解油膩的。

老夫子試探著說：李老師，我確是有件事來向你討教的……今日不合適，我們改天，或是換個地方再談。

李玉如倒是坦然了，心情也好轉：教授，你是蓮城的貴客。再敏感的話題，我們都談過了，其餘還有什麼不好說的？

老夫子苦笑著長嘆一聲：可憐天下父母心哪！犬子談戀愛了，我看是跌到情坑裡了。

李老師眉頭一揚，聲音也亮了：好事呀，好事。你這當老爸的，竟然憂心忡忡？講講女娃是哪個？我們蓮城是個出美女的地方。

老夫子沒想到李老師對她本人的感情事心如止水，對年輕人談戀愛則有如此興趣。他說：我想多瞭解一下女方的情況，更好相處些。不瞞你說，女孩子的脾性有些不尋常。

李玉如臉上的笑意彷彿凝固住了：是誰？你家公子看上了誰？

屋內祇有他們兩人，可老夫子還是放低了聲音：小九嶷。

李玉如望了門口一眼，也跟著放低了音量：我猜了就是她……那是我最優秀的學生，要才有才，要貌有貌。街上那些閑人，稱她是當今蓮城第一美女，不傾國，也傾城……可見你家公子清華研究生，有眼力。

老夫子暗自高興，他和李老師又有了相投的話題：我從旁聽到，小九嶷是瀟水大酒店老闆嚳果女士的養女。她的生身父母呢？聽說她出生不久就被遺棄在酒店門口。我知道，關於小九嶷的出身家世，可能是個敏感話題，誰都不願多講。

李玉如頷首：是啊……怕傷了孩子。這也是當今蓮城人善良的一面。老夫子，你沒有對你公子提過此事吧？千萬別提。年輕人接受不了，那也會害了小九嶷。

有這麼嚴重？不提，我不會和犬子談這個……李老師，你總可以和我講講吧？何瑤這孩子二十三歲了。

他在北京上大學。每年放假回省城，我和周靜都盼他帶個女同學回來。每次他都搖搖頭，還講些對北京女孩存偏見的話，心氣傲得很。沒想到犬子這次來蓮城，很快就有了心儀的人，晚上做夢都喊小九嶷。不過他對他老子卻守口如瓶，我也不敢多問……這是不是個緣分？

肯定是緣分！我看好他們倆。我對小九嶷，怎麼說呢？自她讀初中起，就想認我做乾娘，我沒答應，擔心她養母誤會。這個丫頭，每次來看我，總是見面就親幾口，還瞎嚷嚷：你就是我娘，就是我娘！你怎麼不認？

說著，李老師的眼睛紅了。

可憐見兒！老夫子也有所感觸。

孩子的身世是比較特殊……但不能讓她本人曉得。她太嬌嫩，脆弱。譽果女士對她是真正的嬌生慣養。她從小順風順水，沒有受過任何挫折。她學習成績好，人又長得出色，天生一副好嗓子。中國音樂學院的老師講她是音樂奇才。皎皎者易汙，嶢嶢者易折。她真要知道了自己的身世，恐怕連活下去的勇氣都沒有，也可能瘋掉，毀掉一生。

天，有這麼嚴重？難怪孩子的性格有些神經質，易怒易笑，說變就變……李老師，把真相告訴老夫。老夫向你保證，無論聽到什麼，都會爛在肚子裡。

我們又回到老話題了。要對年輕一代瞞天過海……也不知道這樣做對也不對，是不是對後代負責。我相信你會對你兒子的幸福負責，也是對小九嶷負責。你一定要知道，我可以告訴你。祇此一回，以後不要再拿這種事來煩人。

老夫子起立。為表示誠意，他向李玉如老師深深鞠躬。

李老師苦笑：坐下吧，不要像個日本紳士……小九嶷的生母，你是見過的。一點印象沒有？一九六四年，湘師大不是辦過一次兩年制的中學教師進修班嗎？你當時是湘師大學生會紅人。我們進修班有個愛唱歌的女生，叫李雲雀，樣子滿漂亮的，而且性情開朗，遇事有主見。大家叫她「李探春」、「假探春」什麼的……你有印象了？對，個子高高的，不愛運動，上課常遲到，成績卻出奇地好。對對，就是她了。對對，武漢大學校長李達的堂孫女，所以在進修班比較有名。李雲雀一九六二年高中畢業，考取武漢大學中文系。可她那校長爺爺官大壓死人，竟要求他堂孫女下基層鍛鍊兩年再回來上大學。李雲雀嗓子好，受聘在永州老家一間中學當音樂教員。她為此意見很大，發誓再不理睬她那霸道的老革命爺爺。

兩年後，她也沒有返回武大上學，而進了我們師資進修班，寧願拿個大專文憑。但是，在一九六五年的社會主義教育運動中，她的家族發生了意外的變化。武漢大學校長、黨中央委員李達竟被劃成「漏劃地主」，開除黨籍、公職，遣送回永州老家農村勞動改造！永州、蓮城一帶也有私下傳言，說李達雖然是毛主席的老友，但他反對大躍進，反對吃公共食堂，認為四年大饑荒餓死那麼多人，完全是中央領導人好大喜功，瞎指揮造成的惡果。還說他一九六二年夏天在北戴河度假時，和毛主席吵了兩架……

一九六六年春天，李雲雀從湘師大進修班結業回到永州老家教書。她見到年過七十的爺爺戴著「漏劃地主」的帽子在生產隊勞動改造，初時還覺得活該，後來就覺得爺爺是被冤枉了。那些人整爺爺肯定是整錯了。一位親自主持了黨的「一大」的人，大學校長，黨中央委員，怎麼成了「漏劃地主」？湖北省委肯定有問題。她瞞著爺爺，瞞著所有的家人，上書黨中央、毛主席，替爺爺申訴、抱不平。李雲雀熱愛黨，熱愛領袖。但她頭腦簡單，直來直去。她爺爺的問題豈是湖北省委辦得了的？她的上書當然不會有答覆。很快，文化大革命運動爆發了，李達老人被武漢大學的紅衛兵小將抓回去了。他的政治身分也從「漏劃地主」升級成「惡霸地主」、「湖北頭號黑幫分子」、「大叛徒」、「大反革命」。湖北省委的《長江日報》頭版頭條刊出通欄大標題「打倒反黨反社會主義反毛澤東思想的大黑幫李達」！大約是一九六七年夏天吧，在武漢大學校園裡被批鬥得死去活來的李達，不知道通過什麼辦法給李雲雀寫了一封信，要她到武漢去見他。那時我們永州、蓮城一帶的中、小學校都停課鬧革命了。李雲雀家庭出身中農，不是運動對象，還參加了學校的紅衛兵組織，左臂上佩了個紅袖標就以大串聯的名義到了武漢大學所在地武昌東湖珞珈山。她見到了被鬥得奄奄一息的爺爺。原來武大紅衛兵中也有暗中同情李達老校長的人。爺爺給了李雲雀一封密信，請她設法把信呈交給省委書記王任重，再請王任重轉呈偉大領袖毛主席。因為有學生透露信息，毛主席正好到了武漢，暢游了長江，就住在東湖對岸的梅嶺別墅。李雲雀知道這是一封爺爺的求救信，萬分緊迫。她冰雪聰明、伶牙俐齒、人又漂亮，硬是通過層層警衛，見到了王任重的祕書。那祕書是位有正義感的人，答應一定把信轉呈上去。可是誰也沒有想到，七月二十日晚上，武漢保守派組織「百萬雄師」和武漢軍區警衛師部隊聯手，發動兵變，抓了中央政治局委員兼中央文革副組長謝富治上將和中央文革成員王力，嚇得偉大領袖穿了睡衣，連夜在女服務人員們的陪同下走水路去了飛機場……這些都是我後來讀文革回憶文章得知的……

李達的求救信自然不可能得到回覆。對他的批判、鬥爭更加嚴酷、血腥。八月二十四日，他浮屍東湖岸邊。李達的屍體被打撈上來後，還召開了全校鬥爭大會鞭屍……這，就是中共創始人之一、中共「一大」主持人李達的結局。

李雲雀非但沒有救得爺爺一命，自己回到永州也被打成現行反革命、「惡霸地主李達的孝子賢孫。」一天，她從關押她的牛棚裡逃了出來。她有個姑姑嫁到蓮城仙子腳，姑父出身好，在縣裡工作。但還沒等到她找到姑姑避難，就被「橋頭公社貧下中農最高法庭」的放哨民兵抓獲。通過審訊，有人認出她是「大黑幫、大叛徒、大反革命李達」的堂孫女。正逢對地富分子及其家屬子女「斬草除根」的高潮，李雲雀年輕，漂亮有文化，一個班的民兵「不捨得處理掉她」，而輪流、輪流⋯⋯最後，這夥畜生還給她指配了一個四十多歲的瘸子光棍，留下她一條命。我們都不知道她是怎麼活下來的。所幸那瘸子人還不算壞，治不住她，在家裡打架也打不過她，又怕傳出去被人取笑「一朵鮮花插在牛糞上」，更怕有人要趁機來「共妻」，於是也就忍了這口氣。文革後期，開始講政策了，李雲雀恢復了教師身分，在一所完全小學教音樂。

文革結束了，中央和湖北省委給李達同志平反昭雪，補開追悼大會恢復名譽。李雲雀不甘心，要為自己討個說法。一九六七年八月輪姦她的那十個民兵，除了兩個病死，一個因強姦多名女知青被判了槍決，剩下的七個當的當村支書、村會計，當的當民兵排長、連長，再沒有一個受到處分！李雲雀開始上訪，先到地區，再到省裡，直到中央信訪辦。她向各級主管部門申訴她被一個班十個民兵輪姦的遭遇，有名有姓有時間有地點有過程。她講得清清楚楚，明明白白。她認死理，不怕醜。三級政府信訪辦的工作人員都勸她不要講了。她不哭不鬧，臉不紅心不跳，不怕醜。她說：你們怕醜，我這個被害人，被輪姦的人都不怕醜。你們聽聽我的申訴，看看我的材料也怕醜？究竟哪個怕醜？信訪辦的幹部很不耐煩，斥問她：你是想講文化大革命怕醜？新社會怕醜？你是受害人不假，可以給你平反，可以給你一定的經濟補貼。你這次上訪的來回路費、旅館費都給你報銷了。你回去等消息，當地黨和政府一定替你處理。條件是你不要再掀那些見不得人的醜事了。你不在乎，不怕醜，黨和政府、黨和人民還是講文明，講尊嚴不是？

話到這個分上，李雲雀答應不講醜話、揭醜事了。她回到蓮城鄉下家裡等候消息。她知道她的上訴材料一定都批轉回縣裡、鄉裡了。她等了幾個月，還是沒有等到消息。她不肯罷休，又去了北京，繼續向中央信訪辦申訴。她又詳詳盡盡講了當年發生的慘痛事件。她下了決心，要是這些人再騙她，不處理壞人，她就把材料交給報社發表去。看誰醜了誰。反正上下都沒皮沒臉。可是，哪家報紙、電臺敢用她的材料啊？太醜了！那會汙濁新時代、新社會的……好在這次，中央信訪辦倒是派了兩名女幹部送她回蓮城，交代縣委、縣政府儘快落實政策，嚴肅處理。蓮城縣怎麼處理？文化大革命期間，特別是一九六七年七、八、九三個月，死了那麼多人。如果殺人要償命的話，全縣起碼近萬名黨員幹部、民兵可判死刑、無期徒刑。但他們都是蓮城的基層骨幹、群眾，都處理了，黨和政府在蓮城地方工作依靠誰？領導誰？至於被輪姦的地富家屬、女兒也有成百上千，數都數不過來。何況允許活下來的也早在當年被指配給了貧下中農單身漢，生兒育女，過上了正常家庭生活……李雲雀的案子仍被拖著，沒有結果。她卻因一次次請假上訪，惹煩了學校。學校認為她的「醜名聲」越傳越廣，於是將她解僱。她上訪的結果是丟了工作，飯碗都被打掉。那七個被她告了幾年的村幹部還明裡暗裡警告她：神仙下來問土地！你告到天上去，也脫不了我們的手掌心！你忘了你的出身，忘了今天是誰的天下了！

後來，事情終於有了轉機。蓮城文革遺留問題驚動了中央領導人。說是一九八二年最高人民法院院長江華回鄉探親，路過蓮城聽了冤民上訴，氣得講不出話，指示一定要嚴肅處理；說是一九八三年黨中央總書記胡耀邦到永州視察，聽了蓮城及周邊縣份文革期間的「貧下中農最高法庭」殺害了九千七百名地富分子和家屬子女，年紀最大的八十歲，最小的出生才十來天，民兵還輪姦了上千名地富的女兒……胡耀邦憤怒得大叫起來。就這樣，一九八四年底，永州地區奉上級命令，從全地區抽調了一千三百多名黨政幹部，組成「文化大革命遺留問題處理辦公室」，蓮城縣是重點，逐村逐戶登記受難者名單，進行徹底的清查。「處遺辦」派專人找李雲雀老師談話，表示出極大的同情、關懷。教育部門出面，恢復了她中學音樂教師的職務，並在學校教職員工中宣布紀律，今後誰再散布有關李雲雀老師的流言蜚語，黨員受黨紀處分，幹部受政紀處分。

李雲雀老師過上了一段正常生活。那時，她還不到四十歲，長了兩級工資，人也回復漂亮。她的嗓子沙啞了，但依然甜美；她受到學生們的愛戴。她甚至也沒有嫌棄她的瘸子老公。她都懷孕了。到了一九八八年，她產下一個寶貝女兒。女兒滿月時，「處遺工作」已經結束。本著「對文化大革命運動中遺留問題宜粗不宜細、歷史問題歷史地看」的原則，在蓮城一帶殺害了近萬名無辜「地富分子及家屬子女」的凶手們，絕大部分被免除刑責，判得最重的是一名大隊支書，有期徒刑十三年，因他用三把菜刀砍了十六人；另有幾十名動手殺人、情節特別惡劣者，分別被判處兩年、三年、五年不等的有期徒刑。說是全國範圍內，數蓮城的「處遺問題」最認真，處分的人也最多。首都北京城裡一九六六年「紅八月」虐殺、逼死了一千七百七十二名地富資本家及其子女；北京北郊昌平縣打死、活埋了地富分子及其子女三百二十六名，南郊大興縣打死、活埋了三百二十四名地富分子及其子女，共計兩千四百二十二條人命，事後都沒有處理一個凶手呢。

老夫子插話：中央對一九六八年廣西南寧、賓陽兩地區的大規模殺害地富分子及「四二二造反派」，遇害者達七萬七千多人，也做了嚴肅處理，判了兩名縣委書記死刑……玉如，對不起，你繼續。

李玉如繼續：李雲雀接到一份正式的「平反書」後，表現得十分冷靜、從容。那輪姦她的七名村幹部祇受到了黨內警告處分。她囑咐她的瘸子老公在家備下大魚大肉，辦了一桌豐盛的飯菜，請七名「老民兵同志」來喝「和解酒」。她老公怕事，說：人家肯來？李雲雀說：政府都處理完了，上級講得好，文化大革命特定歷史時期的特殊事件，不宜過分追究個人的責任，懂不懂？去吧，一定要把他們請到，一個都不能少。結果禁不住她瘸子老公的三求四請，硬是把七名大漢請來赴宴。李雲雀老師穿戴得整齊端莊，滿面春風，敬酒敬菜。好一個不計前嫌，氣度不凡的女丈夫！她看不慣瘸子老公在「七位領導」面前低三下四、搖尾乞憐的樣子，那就不看吧。「七位領導」也看不起瘸子。上級的結論也下來了，這兩口子不服也得服了。最後，七人都酒醉肉飽。有位「領導」還拉住李雲雀老師的手，異想天開講醉話：妹子風韻不減當年，我們仍是一家人，相好，相好……過了一會子，「七位領導」和她老公就都睡到地下去了。李雲雀老師做的最後一件事，就是連夜把剛滿月的寶貝女兒送到瀟水大酒店門口，然後回到家裡，喝下了那杯留給自己的劇毒白酒。她和她那個時代的「醜事」才算落幕。

這就是一九八八年發生在我們蓮城的「九屍命案」。那時候，你和周靜早到了美國留學、工作了吧？小九嶷的身世，你明白了吧？

三十五　好一個「九嶷妃子」

老夫子沒吃晚飯就上了床。兒子問他怎麼了，他說中午和李玉如老師吃點心，吃多了。何瑤頂著烈日做古民居調研，唇乾舌燥辛苦一天，晚飯後洗了洗，也早早睡下，像頭雷公都打不醒的牛犢。老夫子病了，這回病得不輕，發燒、頭暈、胸悶，四肢乏力。他半夜起來吃了兩次自備的中藥銀翹解毒丸、黃連上清丹也不管用。他忘記帶阿司匹靈了。他和周靜一樣，在美國住了近三十年，犯了病習慣吃中藥，不為救命不吃西藥。西藥性猛，不那麼適合東方人的體質。按他以往的經驗，偶有不適時多喝水，少吃藥，睡一覺，也就過去了。

可這一晚不同。他像中了邪、著了魔似地昏昏沉沉，似睡非睡，似醒非醒，腦子裡演電影。一幕連一幕，一場連一場演出。盡是過去的、今天的故事摻雜在一起。一個一個人物相繼出場，來找他何道州，有人規勸、有人斥責、也有叫罵、哭訴，好像他何道州是這一切的始作俑者。沒有他何道州就不會有這一切？他不明白，也不能辯白。他想喊喊不出，想哭哭不起。一切一切都憋在心裡，胸口像飽滿的氣球，隨時可能爆開。

首先是李玉如出場。她目光犀利，言辭不留情面：何道州，你是個死人啊？我給你講了半天李雲雀的事，講了她「不怕醜」的九屍命案。你敢不承認她是蓮城女丈夫，貞節烈婦？再又，你現在知道了小九嶷的出身，她母親曾遭受一個班的民兵凌辱，你還會接受她做你兒子的女朋友？你兒子何瑤還會愛小九嶷？或者說，他還會有勇氣愛小九嶷，乃至有一天迎娶小九嶷？是的，女孩那雙美麗的大眼睛不時會露出寒光、邪氣……你們父子不擔心，不驚懼？

看看，李雲雀也來了。她神情驕傲，眼角閃著不易察覺的淚光：當了大教授，就不認得我這個醜女人了？我醜嗎？當年在湘師大，你們一眾省城男生背地裡叫我什麼來著？哦，「湘南一枝花」哩。我承認自己心高，性傲，出自名門望族，爺爺還是聞名遐邇的武漢大學校長、著名學者、教育家，毛澤東的摯友……當年的我既想成為歌唱家，又想成為女作曲家和女詞人，並不把中文系的小子們放在眼裡。時至今日，你何道州在玉如姐面前說不記得我了。也怪不得，你的眼中祇有周靜姐。這也是你老夫子的好處之一。什麼？你記得我這個學妹，記得我在湘師大一九六五年元旦晚會上當司儀？對對，我唱了〈高高太子山〉、〈不見英雄花不開〉。由於掌聲熱烈，我又應邀加唱了一首〈馬兒啊，你慢些走〉。我和宋書琴跳了雙人舞〈我們新疆好地方〉。老夫子，謝謝你還記得這些往事。在湘師大的日子是我最後的快樂時光。到了一九六七年八月，我成了「貧下中農最高法庭」的囚徒，慘遭難以言說的汙辱，像一件物品那樣分配給一個殘疾農民。我時常想，我和成百上千相同遭遇的姐妹難道不比〈白毛女〉更慘？我們就是被侮辱被性侵被屠宰的受害者。以階級成分原罪，大開殺戒，這是什麼新社會？有誰可以為我們伸張正義，替我們作主？我不甘心，我等呀，等了十年，文革結束了。可是，受害者被視為國家的「醜」，令黨和政府蒙羞。我是少數「不怕醜」的受害者。我寫材料，我上訪，不得不一次又一次地講述那些作惡的人是如何將我摔在地上，拉成一個「大」字，然後一人踩住我的一條胳膊或腿，讓我動彈不得，輪流對我實施「革命行動」。我知道，我不怕醜，我出了新社會的醜。作為階級鬥爭的祭牲，殉葬品，我不甘心，我要留下我的吶喊，我的傳說。何教授，你已經得知小九嶷的來歷以及「九屍命案」，你還有勇氣讓小九嶷和你兒子繼續交往，發展他們的戀情嗎？黃皮白心的何瑤還會有勇氣愛我的女兒嗎？我與你敘舊，與你談這些，不為別的，就為要你善待小九嶷，不要傷害那無辜的孩子。否則，我李雲雀就是再死一次，也要保護她。當然，我的女兒也會像我。誰敢欺辱她，她不會善罷甘休……

李雲雀，李雲雀！你等等，我有話要說！

李雲雀轉過身，說：在地獄裡，還有一位叫李雲鶴的婦人。她的故事比我更離奇。你想不想聽？

老夫子說：別人的事，我不聽了……祇想告訴你，小九嶷很優秀，我們父子一定會珍惜、愛護她。你可以放心，一千個、一萬個放心……我會把小九嶷當成自己的女兒，犬子何瑤更會把她當成親妹妹……

李雲雀隱去。又有聲音從昏暗深處傳來。

老夫子四下裡望望，心想：這聲音聽來有點熟，是誰呢？難道又來了一個鬼不成？

他眼前突地出現一個精瘦的瞎眼老婦，一手拿著根茶木棍，一手牽著條大狼狗。大狼狗已經是老資格了，都脫毛老態龍鍾了……對了，是不是何瑤見過的、松小路的母親松素芹？大狼狗就是「部長」了？這麼說，來人就是當年的蘇州妹宋書琴了。蘇州妹啊，怎麼變成這個樣子了？

來者果然是宋書琴。她口音變化不大，仍有濃厚的吳音，卻不再清亮如山中叮咚泉水：老夫子！堂堂漢子不敢認人啦？當年你讓我們來蓮城，講這地方是禮義之鄉，詩書之地，文風鼎盛，民風淳樸，魚米豐裕……哈哈！好個禮義之鄉！就是因為你這一番話，讓周里前輩領著周靜、孟九嶷和我宋書琴進了絕境……你個沒天良的！你箇湘師大紅衛兵頭目，當年祇顧救走了你的未婚妻周靜，丟下周里教授、孟九嶷和我，置我們的生死於不顧……結果，周里教授被燙死在熱泉，我、我則生不如死……整整四十多年，你姓何的跑到哪裡去了？你和周靜到美國花天酒地，享受榮華富貴、住花園洋房去了……你個冷血的傢伙，我活在人間地獄裡，人不像人，鬼不像鬼！我曉得，周靜走了，你才領著你的兒子到蓮城尋找我們的蹤蹟來了。要是等你來拯救我們，我們早就死過十回八回了，還有什麼蹤蹟？骨頭都打鼓了。我蘇州妹給你一杖，算是教訓你。

不打！不打！蘇州妹，錯怪我啦！錯怪我啦！這次來，就是要找到你，帶你回省城，有病治病，無病療養……

何道州祇顧解釋，急於說明，聲音也高了。

瘋婆子宋書琴不由分說，一棍子打下來。「部長」也撲上來，張開大口，咬住他的脖子……

救命啊！救命啊！何道州奮力推開「部長」的撕咬，居然還聞到那大狗噴出的一股腥氣。他吐出一口又鹹又腥的東西，嘶聲叫道：救命！救命啊！

熟睡中的何瑤被父親的叫喊吵醒了。他翻身下床，來到父親床邊抱住他：爸，老爸！不怕，不怕！我在這裡……怎麼老爸一身大汗，滾燙滾燙？發高燒了？吐血了？不好！何瑤看了一眼床頭櫃上的電子鐘，才凌晨三點。天，向誰求助？這裡有沒有一二〇？他沒有多想，就撥了小九嶷的手機號。通了！小九嶷睡意矇矓：誰這麼討厭……何瑤？怎麼了？伯伯病了，燒得厲害？別急別急，我馬上過來……我的拖鞋踢到哪裡去了？

小九嶷立即行動。她要何瑤別掛掉電話：我去找董事長，董事長懂醫……

不一會，大酒店頂樓的燈光大亮。

不一會，小九嶷領著一位拎著藥箱的中年婦女乘電梯下到十二樓。兩人敲門，進入何氏父子房間。小九嶷沒有介紹風姿綽約的阿姨是誰，阿姨也沒有看何瑤一眼。她查看了老夫子的狀況，似乎胸有成竹，開始給他用銀針施救。小九嶷在一旁當助手。

……老夫子仍在昏昏糊糊的睡夢中，不省人事。他覺得眼皮沉得像灌了鉛，怎麼也張不開。隱隱約約，他眼前浮現了一張臉，似曾相識的臉，像觀音娘娘那麼端莊的臉。誰？是誰？他感到了身上的麻和燙……祇是開不了口，出不來聲。他分明聽到一個聲音在低語，嘲笑：一把年紀了，肌肉還磁實，不是雞皮鶴髮……

什麼話？我老夫子多少還有些根基，不至於骨瘦如柴。四十三年前，我是師大籃球隊長，中鋒神投手……橫渡湘江，拿過獎牌……嗯，你是不是當時的師大女籃隊長，「九嶷妃子」？橫渡湘江，人家一個來回，你卻兩個來回……還有你的潛泳功夫了得，一次能在水中潛伏三分鐘之久，號稱湘省大專院校第一女泳將……你怎麼當起了醫師，救人急難來了？湘師大中文系的女才子，什麼時候改行了？……對了，「九嶷妃子」，你是「九嶷妃子」，救苦救難……叫什麼名字？我怎麼記不起你的名字……你的名字有點怪。對了，對了，以你的身體條件，你還報考過女飛行員，要駕戰鷹飛上祖國的藍天……三輪體檢都過了關。招兵的女飛行官還誇你的身體素質好，天生適合當飛行員……可是最後一輪是「政治審查」，你被無情地刷下來：你的家庭出身是資本家兼地主，祖父、父親一九四九年逃去香港，攜走了天文數字的家族企業資本，卻來不及帶走最小的女兒；你留在大陸，享受新中國的新天地，學業優秀，考上了湘師大中文系。出身於剝削階級家庭，還有海外關係，怎麼能當新中國的飛行員？駕機去了臺灣當「反共義士」怎麼辦？臺灣國民黨反動派明碼標價：大陸飛行員駕機投奔自由，獎勵黃金十萬兩……這些絕密資訊我是怎麼知曉的？嗯哪，你以為我老夫子是誰？黨員學生，湘師大學生會主席。我參與了那次招收女飛行員的「政審」……祇可惜那年國家沒來我們學校招收男飛行員，況且我又超齡兩歲，不然我也可能飛上祖國的藍天……記得，記得，你沒當上女飛行員，不吃不喝，不哭不睡，三天三晚在宿舍裡作著無聲的抗議。周靜、宋書琴陪著，同病相憐。不像話！出身不由己，道路可選擇，還是「可以教育好的子女」嘛，前途同樣光明嘛！我們湘師大的學生一畢業就是光榮的人民教師，人類靈魂的工程師。科長、局長、部長、省長、書記、將軍、元帥，包括黨主席、國家主席，哪位不是從小學、中學、大學一路教育培養出來的？這些國家棟梁不都是我們教師的學生？……呵呵，何道州，你個自來紅，又做上思想工作，宣講黨的政策方針了？咳，你個黨八股，洋教條……怎麼不是洋教條？馬克思主義不是洋教條？列寧主義不是舶來品？哈哈哈，你何道州早就不是什麼黨員了，你去美國留學那年就自動脫黨了，三十年沒有交過黨費，沒有過組織生活了……呵呵呵，你還有什麼資格說三道四，教訓別人？當心點，一把年紀，臨退休了還晚節不保。若判你個脫黨分子，退休金、醫療福利都會靠不住了。你不是曾經宣誓過嗎？要對黨絕對忠誠，永不叛黨！呵呵呵，你至少是個異己分子，邊緣人物吧？

胡思亂想，瞎說八道……一個處於半暈厥狀態病人的下意識。似是而非？或者叫做思緒紊亂，邏輯混淆？事情倒是回憶了一大堆，卻怎麼也想不起那個女同學的名字……頭仍是疼，但身上不再濕漉漉、汗淋淋。老夫子開始覺得清涼。那是放了冰塊在他身邊幫助退燒。那女醫生形態的熟人在為他針灸？大約他的腦袋上、後頸上、肩背上都被針灸了，無數的針頭閃閃，還有艾絨球，點燃了，冒出青煙。這模樣，是不是有點像顯微鏡下的一棵毒株？電視上看到的那種放大了千萬倍的球狀物，上面布滿了尖刺。毒株，就是那種毒株……為什麼有如此負面的聯想？

天又黑了。房間裡的燈光仍是雪亮雪亮，亮得老夫子睜不開眼。他終於聽到有人在講話，聲音不高，但很清晰，是來自人間的話語：看，快看，教授的眼皮動了，動了，有知覺了，要醒過來了！

天！老爸的臉色也有變化，有變化……快打電話告訴你母親，我老爸被她救活了……醫院的大夫剛走，我老爸就有動靜了……

老夫子聽到兒子的聲音。他想動一動，可是手好像被固定住了。

教授伯伯，您醒啦？謝天謝地！不要動，不要動，在給您打點滴……這聲音柔和，好聽，是小九嶷。

老爸！兒子聲音急促，帶著哭腔：您終於開口了，醒過來了……嚇死我了……昨晚上驚動了好多人，麻煩了譽果老闆，李玉如老師，還有醫院的醫生、護士……

聽聽兒子這點出息！不像個男子漢。老夫子想睜開眼睛，教訓他幾句，可是眼皮還是沉，張不開。兒子還不如人家小九嶷沉著。九嶷……九嶷……「九嶷妃子」孟九嶷！他終於叫出一個名字。對，是孟九嶷，孟九嶷……孟九嶷沒有走，還在他身邊？老夫子睜眼，看到的是大眼妹，小九嶷，不是大九嶷。他的視野又是一片模糊。一隻溫暖的手撫在他的手背：教授伯伯，我是小九嶷。

小九嶷，孩子！九嶷，我的小女兒……我找「九嶷妃子」大九嶷。

伯伯，小九嶷不是您女兒。這裡也沒有什麼「九嶷妃子」大九嶷。

我是不是做了個夢？我見到好多熟人……小九嶷，女兒……

伯伯，我不是您女兒，我有母親。

拜託！你答應一聲不行嗎？我老爸剛醒過來……

你管我？討厭！要不是看在伯伯分上，早就不理你了！

我爸認你做女兒，是你的榮幸！哪點配不上你？

你住嘴！你就不配！

總有一天會配得上。

永遠討厭你！永遠！

兩個孩子又鬥起嘴來了。這對小冤家，不是冤家不聚頭。

好好，你不做我爸的女兒，就做兒媳。呵呵，兒媳……

還講，還講，我撕你的嘴！

別別，還真撕呀？嘴是用來打啵的……快給阿姨打電話，她妙手回春，我爸活過來了！

我娘說過，教授醒來了，就不叫她了，有醫生護士。

孟九嶷！孟九嶷！……老夫子一聲聲叫著。

何瑤、小九嶷詫異對望，不知道誰是孟九嶷。

三十六 北京歸來

松小路一走半個多月。他給何瑤掛過兩次電話。何瑤告訴他：老爸病了，被搶救過來了。松小路嚇一跳，回到蓮城沒顧上回家，先到酒店看望教授伯伯。

老夫子康復得不錯，已經能坐在沙發上看看電視新聞，或是黃昏時躺在陽臺那張睡椅上，「天階夜色涼如水，臥（一作「坐」）看牽牛織女星」了。見到小路，很是高興：孩子，好久不見你，到哪裡忙去了？

何瑤朝小路使眼色，也不知是什麼意思。小路說：伯伯，我出差了，去省城請建築界的前輩權威了。共有七十多位學者、專家同意前來出席「何紹基故里復建學術研討會」，開會場地和與會人士下榻就安排在瀟水大酒店。

老夫子拉住小路的手不放：好好，小小年紀，幹一番大事業。可惜了，那年你沒有去上武漢大學，改去了旅遊學校……

何瑤擔心小路尷尬，遂說：學好本領，哪裡都有用武之地。微軟的創始人比爾蓋茨沒讀完大學；蘋果的奠基人喬布斯幼年被父母遺棄，祇上了六星期大學就退了學，在舊金山自家的車庫裡開始了蘋果電腦的研發；臉書的創辦人伯爾扎克也沒讀完大學……他們的企業現在可是世界上最著名的高科技公司。

老夫子不以為然：小子，你這是宣揚「讀書無用論」，還是「大學無用論」？你敢說牛頓沒有上過大學，愛因斯坦也沒上過大學？當然，美國是個創造奇蹟的地方……連毛澤東在文革期間都有「最高指示」：理工科大學還是要辦的。

何瑤不想惹老爸生氣，忙認錯：瞎說，我瞎說……文科大學也不能沒有的，不然老爸就失業了，衹能回老家辦私塾了。對對，還有嶽麓書院，嶽麓書院。

油嘴滑舌。小子在北京讀了幾年書，成了半個京油子。

老夫子有些累了。何瑤照顧老爸服了藥。老爸要閉上眼睛躺一會，隨口說了一句：小九嶷兩天沒有來了。

何瑤領著松小路到外面說話。他們來到走廊盡頭，大玻璃窗下擺著兩張單人沙發。剛坐下，何瑤就問：你到北京見到我導師了？他老人家怎麼樣？有不有時間來蓮城出席研討會？

松小路見問，顯得很興奮：虧瑤哥出了這主意，還給了路費，讓我去了趟北京。真開眼界，大馬路真寬，車水馬龍，車比人還多。氣派，氣派！

何瑤笑了：鄉下人進城，什麼車比人多，人都在車裡呀，傻瓜！

松小路說：我天天拿著張地圖著急，分不清東南西北。可人家北京人指路總說：往東走，朝西走。京城人很熱情，姑娘們一口京腔真好聽。見我是外地人，指路分外仔細：您上哪兒？上清華還是上圓明園？倒好幾趟公車，老遠，且走哪……換車叫倒車，很遠叫老遠，有意思。

何瑤又說：光聽人家姑娘好聲音了？見沒見到我導師呀？

松小路說：我轉了整整一上午才找到清華園。起初，保安不讓進。我拿出介紹信、工作證，加上你給錢教授的信，保安才帶我去了教授樓。錢老正好在家，就他一個人。錢老看了你的信，問了好多你在蓮城的情況，還問了濂溪故里和何氏故里的情況。我背書一樣，介紹了相關資料。老人有點吃驚，戴上眼鏡又摘下眼鏡，重複著這動作……還問我是那所大學畢業的，導師是誰？我怪不好意思的，照實說了我衹是個旅遊學校的中專生，算不得什麼學歷……錢老還問我為什麼考上武大卻沒去讀。他老人家怎麼瞭解這情況？我想一定是你信中提到了。我也如實講了。錢老直點頭，還問我為什麼對明、清古建築這麼有興趣。我說因為職業是導遊，要向遊客介紹、講解相關內容，我就找了些書來讀。我從小記性比較好。我娘也從小教我要學一行，愛一行，才有飯吃……

何瑤說：真囉嗦。錢老答應來蓮城嗎？

松小路說：起初沒有應承。他衹說要好好批評你，因為你暑期考察兩位名人故里，這麼重要的活動都沒事先告訴他。他問你眼睛裡還有沒有他這個導師……錢老要我三天後再去見他一次。

何瑤心想壞了，自作聰明！介紹松小路老弟千里迢迢去見導師，暴露了自己的暑期行蹤，惹導師不高興……完了，完了。那句俗語怎麼講的？偷雞不著蝕把米……也不對，不對。我何瑤沒偷雞，小路也不是那把米……小路，快快招來，你三天後去見錢老，他又講了些什麼？

松小路見何瑤哥哥額角冒汗的緊張模樣，心裡直樂，就想要唬他一唬。他沉下臉，甕聲甕氣：不好，我摁了半天門鈴，沒人開門。後來見到一個小保姆，說錢老今日不見客……

何瑤一眼看穿松小路在裝假，一巴掌拍在他肩上：見你的鬼去！我導師家沒請保姆！他老人家向來守約，說好的事從不反悔。說罷，他還沒消氣，伸手揪揪小路的頭髮：我叫你裝！我叫你裝！

松小路理理頭髮，小聲警告：認你做大哥才幾天？你就擺譜。坐好，來人了。

何瑤轉頭一瞧，走廊並沒有人。他又上當了。他催促：快老實交代，錢老第二次見到你，講了些什麼？

松小路說：錢老通知我，他已經要助手調整了暑期計劃。九月初正好在桂林有一個南方園林建築的研討會，他可以提前幾天動身，先來蓮城看看。南方的一個小縣，出了兩位歷史文化名人、大學者，這在中國各地都是少有的。此外蓮城又毗鄰九嶷山的舜帝陵，加之元結、柳宗元、寇準等人都在這一帶做過州郡刺史，他早就想來看看了。特別是周敦頤故里、何紹基故里的宋元明清四代古民居還有保存，在我國建築史上極為少見。

何瑤聽了，很是興奮：太好了！錢老肯出山，給你們的「何紹基故里復建學術研討會」錦上添花。……對了，我信中著重介紹了你，寫了一大篇。你覺得錢老對你印象如何？

松小路不知這話是什麼意思：頭次交往，長輩對晚輩總要客氣幾句的。他倒是問過我是否有興趣學建築史。我說我哪有那條件。做夢都做不到那樣的機會……不講這個了。剛才教授伯伯講兩天沒有見到小九嶷了。她這些日子怎麼樣？又和你鬥氣了？她就是小孩子脾氣，有些任性……

何瑤嘆口氣：你倒是很惦記她啊？你們從小一起長大，你比我更瞭解她……她一會子喜、一會子怒，情緒不大穩定……我也捉摸不透。

松小路說：我知道一件事，不曉得該不該告訴哥。

何瑤眉毛一挑，說：你是我弟。小九嶷的事，你還要對我保密？

松小路說：我早看出來了，你喜歡她，她也喜歡你……但你們今後不一定能走到一起。

何瑤一愣：老弟，快告訴我，怎麼就不能走到一起？

松小路躊躇，但禁不住何瑤催促：要保密。這事，不能讓人知道是我告訴你的……前些日子，她娘嚳果老闆已經通過留學中介公司，幫她聯繫了英國倫敦的著名音樂學院，入學通知書都寄來了，報名費也交了。明年春天，她就是留學生了……

何瑤腦子嗡嗡響，臉色有些發白。他愣了一會，脫口而出：那我也去倫敦學建築！我一定不放棄。

松小路低下頭，然後說：哥，你要有思想準備……我聽人傳說，她母親認為她不適合找中國青年成家，希望她今後能在外國發展……當然，小九嶷脾氣很倔，她也不一定聽她母親的。

何瑤噓出一口氣，抓一把自己的頭髮又鬆開：他母親似乎習慣包辦，有點霸道。小九嶷已是成年人。二十一世紀了，母親不好再包辦女兒的前程。這很難做到，也很難做好。

松小路見何瑤挺難受，忙勸慰：瑤哥，你不要著急。急也沒有用。關鍵是你要能得到小九嶷的那顆心……算了，算了，就當我沒說行不？對，對，我還要告訴你另一件事，是好事。

何瑤走神了。他深深吸了口氣，又長長地吐出來，說：又是什麼事？你剛回來，就攬了許多事？

松小路不計較他的態度：我剛在火車站碰到魔芋大王周天順和牲豬大王胡世英，他倆去送客人。人家問你走了沒有？沒走的話，他們有事請你幫忙。

何瑤心裡有事，隨口說：什麼這大王、哪大王的？他們是蓮城縣的民企老闆、土豪吧？

哥你快莫這樣講……你們見過面的。就是上次教授伯伯請李玉如老師吃飯，小九嶷也在場。後來不是有幾位民企老闆來向李老師敬酒嘜？一個胖胖的，一個瘦瘦的，人家也和你碰了杯，記不記得？

對，想起來了。那個胖老闆是養豬大王，瘦老闆是魔芋大王。他們有什麼事要找我？

我們蓮城不是有八大民營企業嗎？人講「八大王」撐起蓮城經濟半壁江山。「八大王」現在籌辦一件善事，想出資興建一座紀念館，或是碑廊，刻上一些不該遺忘的姓名……具體的，人家也沒有和我多講。我告訴他們，清華研究生是我哥，人還在蓮城，要參加了月底召開的「何紹基故里復建研討會」才離開。他們聽了，說太好了，隔天他們會來酒店見你，請你去做客。兩位大王還講了，他們不會白白勞動你，祇要你能拿出一個可行的建築方案，他們會出兩萬塊謝禮金。你若親自設計繪圖，就是五萬謝禮金。

何瑤一聽，眼中一亮：這麼多嗎？建紀念館或碑廊，有沒有上級批文？我這邊是沒有問題的。他們選址了？我到實地看看。工程不大，幾天之內可以出草圖。

松小路笑他：利益驅動，有積極性。

何瑤又是一掌拍在他肩上：去你的！你在大哥面前越來越放肆了……放心，到時候我們兄弟「half，half」。

松小路當導遊，一直業餘學英文。他聽得懂。他躲閃一邊：莫莫莫！你莫要拉人下水。

何瑤笑了：你怕什麼？我又不是水怪。

兩人祇顧說話，沒留意老夫子已來到他們身後。老夫子說：兩個孩子，有什麼話不能在屋裡當著我的面講？

何瑤和松小路起身扶住老人家。何瑤抱怨：老爸，您嚇了我們一跳……回吧，回吧。我和小路認了兄弟，當然有點祕密。您身體剛好些，也要給兒子一點活動空間嘛。

老夫子不理會兒子。他對小路這孩子現在更多了一層愛惜之心，憐惜之情：小路，伯伯這些天一直在等你回來。我想去看看你母親……四十三年了，都以為見不到她了。我們是大學同學。她可能有些怨恨我……我就是想向她道歉。當年，唉，當年我是對不住她們幾個。另外，我還想和你商量，看能不能接她去省城治病。

何瑤告訴我她患有白內障，雙目失明。我會請省醫學院最好的大夫給她做手術，幫她恢復視力，重見光明。這已不是太複雜的手術。老一輩人的事，你們也不要打聽了，沒有什麼好打聽的。

兩個年輕人頓時如墮五里霧中，不懂老夫子說些什麼。何瑤甚至懷疑，老爸還在夢中，依然未醒。

三十七　青山就是紀念碑

民營企業家辦事講效率。第二天一早就有奔馳車來酒店接何瑤，然後去接松小路。何瑤堅持開自己的尋路者吉普上路。兩輛車一前一後朝距城三十多公里的韭菜嶺馳去。韭菜嶺為都龐嶺主峰，海拔兩千〇九米，亦是橫跨贛、粵、湘、桂四省之五嶺山脈的最高峰。韭菜嶺東麓有大片緩坡山地，四周林木蔥蘢，溪澗密布。坡地上積存著千萬年枯枝落葉形成的腐殖質，有一、兩米深厚，真是肥得流油。這裡便是「魔芋大王」周天順的「山寨」了。「山寨」由好幾列平房建築組成，裡面機聲隆隆。迎面高聳著霓虹燈名牌，大白天也亮著，紅爍爍的：「中國韭菜嶺魔芋食品有限公司」，很氣派。霓虹燈下，有廂型貨車正在成箱成箱裝載外銷產品。真沒想到，五嶺山脈腹地也有如此規模的食品加工企業。

大約是司機提前打了電話，瘦高個的「魔芋大王」周天順和胖墩墩的「牲豬大王」胡世英已在公司門外邊聊天邊等候他們了。大家見面，握手寒暄幾句。兩位「大王」就領著何瑤、松小路去參觀公司的「成品館」。原來已擺著一桌宴席，全是魔芋食品：酸辣魔芋涼麵、醬燒魔芋豆腐、清湯蝦仁魔芋餛飩、菜肉魔芋蒸餃、魚香魔芋燒賣、特色魔芋蔥油餅，一個大拼盤內擺著麻辣魔芋小龍蝦、魔芋海蜇皮、魔芋小魷魚、魔芋仿生滷肉，還有一大煲魔芋燕麥養生粥……天，琳瑯滿目，數都數不過來。

何瑤看看桌上四小碟榨菜絲、大頭菜絲、辣白菜絲、酸包菜絲，心想：這小鹹菜是真格的，不是魔芋仿製的吧？這回又開了眼界，長見識了。

「周大王」示意女服務員退下。他親手給每位客人送上一小碗魔芋燕麥養生粥：來來，早餐隨便吃些點心，就不上酒了。我們邊吃邊談事情。何博士請，你是貴賓。

何瑤吞下口中又嫩又滑的養生粥，不免解釋一番：周總、胡總，小路可以作證，我不是博士，去年才考上碩士研究所。

胡老總三口兩口喝下碗裡的粥，空碗遞給主人：好喝，再來一碗。趁這工夫，他說：有學問的就是博士，博學多才的「博」。何瑤先生從美國回來求學，能在清華讀研究所，不簡單哦！名家之後，名家之後。

縱是招待客人，周老總也脫不了老習慣，勸菜也像介紹產品：大家別客氣，試試味道如何。魔芋主要產在我國南方丘陵山區，俗稱野山薯，性寒味平，富含碳水化合物以及維生素A、維生素B等，特別是葡甘聚糖豐富，具減肥、降血壓、降血糖、降血脂、排毒通便、補鈣防癌等功效……

胡老總打斷這耳朵聽出繭來的廣告詞：喂喂，不要見人就介紹你的產品，背你那幾句熟口令……是不是還要加上：魔芋屬多年生草本野生薯類，全株有微毒，塊莖不可生食，須經粉碎磨漿過濾煮沸冷卻諸道工序，方可加工成各式各樣的健康食品……本公司產品已行銷東南亞及歐美國家各地區……

周老總呵呵一笑，遞給胡老總一支熊貓菸：美食也堵不住你的嘴！何先生，你和小路都不抽菸，好習慣。我這位胡大哥呀，見面就拿我的廣告詞開涮。有什麼辦法？是我慣壞了他。他的野豬林飼養場就在前面的山窩裡，萬頭豬場，還有肉類加工廠。看看，都快把他餵成一頭約克夏了！呵呵，不過我還是要感謝我大哥。他豬場的那些糞肥，無償送給我種魔芋。功勞不小哪！當然，我也幫他優化了環境。不然，那個氣味不好聞。

胡老總拍拍周老總的肩膀：兄弟，什麼氣味不氣味？你還讓不讓客人吃你的特色食品呀？沒有我的養豬場，你的有機魔芋能年年長得又肥又大？我見識過外國有機食品商店，凡是蔫了吧唧、瘦骨伶仃、頂著個把蟲眼的菜就是有機的。

周老總舉了舉手，表示休兵：好，好，邊吃邊談點正事。何先生，你是清華學建築的，我和老胡請你來的意思嘛，大約小路也和你通過氣了。我們想出資建一棟房子，或是蓋一個碑廊，一塊大紀念碑，把一些不該被忘記的人的姓名刻上去，永遠保存下來。今天麻煩你來一趟，就是想請你看看地方，看蓋在什麼地方合適……

說話間，何瑤嘴沒閑著，耳朵也沒閑著。不多一會就吃飽了。他說：可不可以問一問，兩位老總想刻一些什麼人的名字？為什麼要把紀念館或碑廊或紀念碑建在這大山裡？一共要刻上多少名字？

兩位老總面色一沉：對不起，這個不便多說。你祇管替我們選址，提出建築方案就可以了。

何瑤是個書呆子脾性：兩位至少要告知需刻上多少人的姓名，我才好考慮建築物的規模。

周天順遲疑一刻，才說：好幾千吧。

胡世英補上一句：近五千名。

何瑤眨眨眼，有些意外，心想：這都是些什麼人呢？兩位老總又不便說，他也祇好不問了。他說：這可能祇算個中小型工程。

用過早餐，女服務員送上清茶，然後退下。

周天順叫來他的辦公室祕書，一位戴眼鏡的小夥子：昨日已吩咐廚房，今日兩點，十人席，烤乳豬，上茅台。另外六位客人，都請過了？

祕書恭敬地點頭：都說定了。漁業大王著人送來兩尾大草魚，養蜂大王送來大罐茶花蜜和蜂蜜蛋糕。他倆都說有事脫不了身，可能來不及赴席，先謝謝了。

周天順擺擺手：知道了。忙你的去吧。對付「浪裡白條」和「游方僧」兩個，我自有辦法。

主客四人離席，由周總領著往外走，去看地形。他們出了「山寨」大門，沿著溪邊沙石路下行。路兩旁開著簇簇山花，像兩條彩帶。山坡上則是梯田似的一層層、一圈圈盡是綠色藤蔓，長勢喜人，望不到邊，見不著頂，這大約就是周老總旗下人工種植的多年生草本植物魔芋啦。企業的規模確實很大。這裡空氣清新，山風清爽，不似山外那般炎熱。四人邊走邊看邊談。約莫半個鐘頭，他們來到一處開闊谷地，長滿茅草刺蓬。遠處傳來豬群的隱隱吼叫聲。

周總、胡總停下腳步。周總告訴何瑤、松小路：這裡是魔芋園和養豬場的分界地。再下去，就是胡老總的萬頭豬場的地盤了。他和胡總各自承包下了五千畝山坡地，兩家公司都和縣裡簽了七十年的租地合約。這塊谷地是兩家公司特地留著蓋房子的。何先生，你看看這地形如何？胡總擔心山洪爆發時可能遭水淹。我問過山中獵戶，這裡下再大的雨，也沒有淹過水。也不知是真是假，沒有水文資料可以查證。

周老總請松小路先陪何先生四下裡轉轉，看看哪塊地方適合蓋紀念館或是碑廊。他則拉上胡老總轉到一邊去打手機，一定要把漁業王「浪裡白條」、養蜂王「游方僧」兩位請來吃中飯，有要事商量，拍板。

何瑤和松小路沿山邊小溪走到山谷盡頭一堵崖壁下站住。何瑤問小路：周總、胡總他們神神祕祕的，究竟要建什麼紀念館？要碑刻好幾千人的名字？小路望望遠處對著手機大呼小叫的周老總和胡老總，說：這事我也搞不清。前些日子，隱約聽人講過，他們「八大王」向縣裡、地區申請蓋一座紀念館，不要政府出一分錢，地址就選在鄰近縣城周敦頤廣場的瀟水岸邊。紀念館的主題可能和文化大革命的一件大案有關。聽講縣裡把他們的申請上報到地區和省裡，結果沒有下文。這意思嘛，就是不批准吧。後來「八大王」催問得緊了，上面才傳下話來，說全國人大副委員長、著名作家巴金老人曾經向中央打報告，要求建立「文革博物館」，他願捐出畢生稿費作啟動資金……中央都沒有答應。中央的指示精神是不糾纏歷史舊賬，對歷史問題要歷史地看，宜粗不宜細。有些處理過的事情，已經作了結論，今後就不要再提了。

團結一致向前看？何瑤問。

松小路點點頭：中央這個態度，也就決定了省裡、地區以及縣裡的態度。所以，「八大王」要建紀念館的事就沒有望頭了。唔，我猜想，他們找你來或許和這件事有關。「八大王」都有個性，很倔強。可能他們不想放棄，決意要在這大山裡建紀念館了。幾十年，一百年後，講不定這地方還能成為我們蓮城又一處旅遊熱點呢。當然，我是睜眼講瞎話。

何瑤思索了一下，又問：紀念好幾千人，都是些什麼人？為什麼要立碑銘刻他們的名字？這裡面有故事。

松小路搖頭：你問我，我問哪個？老一輩人都不肯細講過去的事。好像他們總有什麼事瞞著我們年輕人。

何瑤抬頭，望著面前這堵爬滿青藤的崖壁出神。他咬著嘴皮，連眼睛都不肯眨一下。接著，他跳過小溪，湊近崖壁，伸手摸摸布滿苔蘚的崖壁底部，然後退後，再退後，像是要看崖壁的整體面貌。他一會子跑到左邊，一會子跑到右邊，來來回回地觀望。他還從包裡掏出相機，拍下些照片。

松小路見何瑤左跑右跑，搞不清他在動什麼腦筋，想什麼主意。他足足等了半個鐘頭，直到周總、胡總打完電話過來了。松小路跳過溪水，拉了拉何瑤的衣袖：中魔了？醒醒吧。

何瑤抿嘴笑笑，雙掌一拍，大叫：有了！有了！

松小路被他嚇了一跳：什麼有了，有了？

何瑤呵呵笑了，興奮得兩頰發紅：周總！胡總！你們快過來！快過來！

周、胡二位不知道出了什麼事，一路小跑過來。

何瑤迎著他們，說：快看！就是這堵花崗岩崖壁，陡峭，平整，刀切斧削一般。我大致上目測過了，左右一百來米寬，上下兩百來米高，稍作打磨加工，不就是塊天然的巨型紀念碑？鑿刻上萬個名字都可以，還可節省下大筆建築費用。更主要的，可以無限期保存，與青山同在，天地共存。

兩位老總和松小路都被何瑤提出的方案驚住了：奇思妙想！天！真是難者不會，會者不難，外行就是外行，內行就是內行……想了幾年想不通的事，被清華生一語道破。難怪說人才，人才是社會最寶貴的財富。

松小路也朝何瑤直標出大拇指，小聲說佩服，佩服。

何瑤進而補充：在這崖壁的對面，可築一個百米見方的望碑臺，高出地面兩到三米即可，周邊栽些蒼松翠柏……

太好了，太好了。這時兩位老總背過一邊去商量了一會子什麼。胡老總轉過身來，當即掏出一張銀行卡交給松小路，對何瑤說：謝謝！謝謝你，碑崖配望碑臺，周邊栽些松柏，氣派！我們大致上可以做決定了。不用去請示什麼鳥領導了。還替我們省下了大筆建築費用。原先準備花兩三百萬，現在三四十萬可解決問題，祇要從廣西請兩名石匠師傅就行……不過，我們也有個要求，就是請二位保證，今後對誰也不要提這件事。

何瑤仍在興奮之中，見松小路雙手捏著銀行卡不知道該接受不接受，便和他咬了咬耳朵：我們也不用客氣了。之後轉身對兩位老總說：好！一言為定。二位放心。另外，中餐我們就不打擾了，你們好商量事情。

周老總、胡老總熱情地與何瑤握手，再次表示感謝。胡老總還補了一句：何專家，隔天我請你去參觀我的「野豬林」，小路你作陪。

三十八 比傳說精彩

歷史的血色帷幕，偶爾被掀起一角，露出羞澀的苦笑。

老夫子終於通過小九嶷說服她母親，同意見面一敘。怎麼沒有見過面？那晚上你老夫子病危，人家孟九嶷前來針灸施救，把你的衣服都剝光了，不算見面？祇不過你當時不省人事罷了。

何瑤從韭菜嶺魔芋種植基地回來的第三天上午，小九嶷來請何伯伯去做客。她先向伯伯做了個簡單說明：我娘講了，您是貴客，請您直接上十八樓，那裡的祕書、廚師、保安、司機、勤務一色的娘子軍。伯伯不要見怪到了女兒國……嘻嘻。我領您上去後，就不陪您了。今天陪何瑤和松小路去參觀「野豬林」養豬場，胡老闆早約好的。

終於可以見到譽果總裁、孟九嶷同學了！老夫子既興奮又有些緊張，自己竟然什麼禮物都沒有準備！怎麼辦？怎麼辦？對了，幸好隨身帶了本相冊，原想認人用的，裡面有幾張一九六五年暑假和周靜、宋書琴、孟九嶷一同遊南嶽，遊洞庭湖、桃花源時拍攝的黑白照片，孟九嶷應該會有興趣重憶當年情誼的。

小九嶷、老夫子先乘電梯下到酒店一樓大廳，然後換乘專用電梯直上十八樓公司辦公室。那裡名為公司辦公室，實則整層樓被裝修成一座空中花園洋房。小九嶷帶老夫子出了電梯，把客人交給一位等候著的女士。看裝束，是位身姿英武的女警衛。小九嶷道了聲伯伯再見！電梯門合上，下去了。

女警衛領著老夫子走在敞亮寬綽的樓道裡。原來，這樓道兩側牆壁是落地玻璃鑲嵌而成，有的玻璃牆內有淡綠紗簾掩映，大約是一間間辦公室吧。未拉上窗簾的房間裡則有長勢喜人的花木，有乒乓球臺，還有波光粼粼的游泳池！這是老夫子從未見過的豪華空中居所了。

花木房一直伸展至樓道的盡頭。那裡有一間雅致的陽光廳，四面玻璃牆，裡面也是花木繁盛，涼風習習。門開著，女警衛在門口停住，敲了敲玻璃門，以粵語報告：譽總，客人到了！裡面傳出一聲柔亮的「請進」。女警衛做了個「請」的手勢，留下客人，離去。

老夫子進入陽光廳，見一位身材健美的中年婦女從茶案後起身相迎。他驚訝得險些叫出來：孟九嶷！你就是四十三年前那個「九嶷妃子」孟九嶷！一點都不見老啊？沒變樣！要說有什麼改變，那就是稍稍胖了點而已，可說比先前更端莊、秀麗……

孟九嶷也叫了聲：「道州大哥。」四字值千金。老夫子張開雙手，欲行個久別重逢的擁抱禮。孟九嶷卻擺擺手，率先坐下了。她指指茶案對面的座椅，招呼著：您坐。您是用茶？咖啡？或是果汁？熱的，涼的都有。我們不用服務小姐，自己動手，隨意。

她還是當年在湘師大讀書時那粵語韻味的普通話。面對老朋友清澈睿敏的目光，老夫子不免忐忑和內疚：對不起，九嶷，我回蓮城，回來晚了。周靜，她回不來了……長期患病，從中國到美國，再從美國到中國，病病歪歪，一直在唸叨著你和書琴……

孟九嶷登時眼中淚光瑩瑩：周靜姐比我大三個月，性子慢，心眼細，很多事情看不開，常折磨自己……我都聽說了，虧了你陪著她，還有個寶貝兒子……

老夫子長吁一口氣，摘下眼鏡，用茶案上的面巾紙擦了擦眼睛：犬子今年二十三了，在清華讀研究所。犬子也很想來拜見您這位姑母……不，不，不是姑母，是小姑……

孟九嶷將一杯清茶推至老夫子面前：您還是那個咬文嚼字的習性。不稱姑母，是因為沒有姑父；稱小姑，是沒有出嫁的意思吧？

老夫子呷了一口茶，說：您敏銳不減當年……謝謝您前幾天醫術高明，妙手回春。是後來學了中醫？

孟九嶷淡淡一笑：沒什麼。換了別的人，我也會幫忙的。我的那點醫術是野路子，自學的。您公子在美國出生的？

老夫子想起彼此見面不易，也就顧不上客套，直奔纏繞他心中的主題：是啊。說到犬子，先請您原諒我的冒昧。他喜歡小九嶷，小九嶷也喜歡他，兩人表現的方式也有所不同。您作為小九嶷的母親，是怎樣看待這對年輕人的？

孟九嶷收斂起笑意：攀兒女親家啦？我不管年輕人感情的事，希望您也少操些心……還有，老一輩人的那些事，他們這一代知道得越少越好。等他們長大了，成熟了，成家立業了，才知道自己的身世，這樣對他們心靈的衝擊就要小得多。

老夫子點頭：正是，正是。你、我所見相同。老一輩的事，就在老一輩身上了結，不能叫下一代也做噩夢，沒完沒了的文革夢，蓮城夢……你、我今天還有幸見面，恍若隔世，像在夢中。

孟九嶷嘴唇一抿，沒有出聲。她冷峻的目光看住老夫子，如同根根銀刺，寒光閃閃，看得老夫子心裡發毛。他不敢對視，彷彿自己做過什麼見不得人的事。有一刻，他真想從這陽光廳裡逃出去。這算怎麼回事？白雲蒼狗，日換星移，四十三年過去，從青年到了老年，好不容易見上一面，孟九嶷卻用這種目光射向自己，似乎要看透他的五臟六腑……

孟九嶷已不是大學生年代的那朵校花了。當年她是怎樣從大圍捕的鬼崽嶺逃脫的？又是怎樣不可思議地一路逃到香港尋找到孟氏家族的？最後，她又是怎樣代表她的家族企業返回她的亡命之地蓮城，創辦了香港獨資企業瀟水大酒店的？至今香港、蓮城兩邊跑。這些年來，我和周靜一直打聽不到她的下落。她要有心的話，應該知道我和周靜已經從美國回來，在母校湘師大教書的呀！她為什麼不和我們聯繫？謎！現在的孟九嶷是一個謎一樣的富商，一個雍容得體的女人……

老夫子回想自己的過往，依然坦然、坦蕩。一九六七年七、八月間的那場災難中，他沒做過虧心事，沒有賣友求榮，也沒有背叛投靠，他連檢舉、揭發別人的大字報、小字報都沒有寫過。他唯一的歉疚就是他祇救出了周靜，而沒能返回蓮城來營救周里教授，沒能營救宋書琴、孟九嶷兩位學妹……他確實心中有愧。但那是什麼年月啊？烽火連年，血光沖天，革命造反，殺人不眨眼，殺人不償命的大動亂啊！後來稱其為「十年民族大浩劫」啊！他就是返回蓮城，能救得了周里教授，能救得了宋書琴、孟九嶷？祇怕連自己的小命都會賠進去……周樹根舅舅作為當時的沙仂江大隊黨支書、貧協主席，都沒能保住自己那地主出身的妻子的性命……

陽光廳外，藍天白雲，有鷹鷂翻飛。瀟水上有漁歌號子隱隱傳來。城裡有什麼單位在排練紅歌。孩子們在學校操坪上追逐、笑嚷。城西又有客運列車或是貨運火車馳過，隱隱傳來汽笛長鳴。

老夫子留意到孟九嶷的目光柔和下來了，又清亮清亮的，不過較從前那雙迷人的眼睛多了沉鬱、深邃，閱世閱人有種歷練的老成。

孟九嶷說話了。她的話語像開了閘的溪水，汩汩流淌：你發病那晚上我見過你公子，和四十多年前湘師大那個籃球隊長一個模子，是周靜姐的傑作。他和小九疑的事他們自己作主。衹是已經替她註冊了倫敦音樂學院，怎麼辦？她才二十一歲……道州大哥，先不說這事了。我知道你更主要的是想聽我講另外的事……在蓮城，很少有人瞭解我的底細，甚至不曉得我原名孟九疑，衹知道我叫譽果。這是我的香港名字。我不長住這裡，衹在每年暑期回來住兩、三個月，陪陪小九疑，同時照看一下酒店生意，審核賬目。你這次來蓮城，老同學能碰上面是緣分。我的情況李玉如老師瞭解一點。瀟水，瀟水……我是跳進瀟水，逃出一命。今天就全都和你講了吧……四十三年前的那個夏天，記得是七月底吧，周里教授和我們三名女生從江永縣山那邊過來，路經蓮城一個叫鬼崽嶺的地方，準備去九疑山我姨媽家，之後從鄰縣搭車返回省城。我去過姨媽家，在蓮城和寧遠兩縣交界的山灣裡，衹有二十多戶人家，住得很分散。姨父是南下幹部，在一次剿匪戰鬥中犧牲。表兄是廣州軍區營級幹部。所以姨媽是軍屬，政治上靠得住。那時蓮城地方已經大亂，風聲很緊，到處抓人，還成立了「貧下中農最高法庭」殺人。我們四個是在鬼崽嶺山腳被放哨的民兵發現的，離我姨媽家還有三、四十里路。當時已是下午時分。民兵一看我們的衣著，竟懷疑是空降的美蔣特務！我們怕被抓走，講不清楚，就跑上山，在那些石像之中躲藏。想躲過一晚再說。當天晚上卻遇上民兵大封山、大搜捕。周里教授見情況緊急，不顧自己，衹叫我們三個分散逃走，能逃出一個是一個……我們不肯離開他。他竟甩開我們，在山頭對著圍攏過來的民兵亮起手電筒大叫：我是湘師大教授，不是美蔣特務！我是湘師大教授……他就是以這種方式掩護我們三個逃走。道州你是知道的，我在學校曾是四項全能運動員，體力比周靜、書琴兩個好，身手也比她倆快捷。她們是怎樣被民兵抓到的，我不知道。我被幾個民兵緊追不放，跑到瀟水岸邊時天已放亮，民兵朝我身後開了槍。我甩掉背包，脫掉外衣，跳進了水裡。我會水，一會潛泳，一會自由泳，想遠離岸邊。可那段瀟水河面不寬。我在水裡游，民兵在岸上追。他們沒有下水，可能水性不怎麼樣。他們朝我開槍，槍子在我四周濺起水花。他們的槍法也不怎麼樣。更可怕的是河裡浮著不少物體，氣味很不好聞，我也顧不上分辨……那些人在岸上追，有優勢。我在水裡游，總有游不動的時候。我盡力游出好幾里遠，力氣快用盡了。那些人一直在岸上緊追不放，一路叫喊：上岸吧！投降吧！我們不殺你，衹要你做我們的老婆……這些流氓，土匪，還能叫民兵？我掙扎著，鑽進一大叢水柳底下，一動不動，大氣都不敢出。他們在岸上看不到我，就站在水柳叢上面講話：人呢？人呢？沉底了……可惜了，是個大美人……看！那邊又浮起來一個，穿白襯衫的，是不是她？蠢子，哪有這樣快？人沉下去起碼兩天兩夜，泡發了，發脹了，才會浮起來……我躲在柳叢底部，媽呀！就在我身邊浮著兩具屍體，發出腐臭……我衹有在心裡默唸著「觀音保佑」、「觀音保佑」……後來才知道，那時蓮城鄉下的「貧下中農最高法庭」，把地富分子的屍體朝瀟水裡扔了餵魚。瀟水血流成河。是「觀音娘娘」保佑了我，也是那兩具屍體掩護了我。

太臭了，民兵走了，回去向他們的上級匯報去了。我爬上岸，身子篩糠樣發抖。我四周打望，生怕被路人發現。好在大熱天，身上衣服很快乾了。我摸摸腰上，那個附著在腰上的小塑料袋還在，裡面裝著周教授交給我保管的錢和糧票。這是我們師生四人江永之行的保命錢糧呀！我要回去找到他們，患難與共……可是，他們肯定已經落入那班民兵手中，落到「貧下中農最高法庭」手裡……我能自投羅網？周里教授囑咐得對，能逃出一個是一個。我回省城！向黨和政府報告，向解放軍駐省部隊報告：蓮城四周正在大規模殺害地富分子。可是，人家會相信嗎？我口說無憑呀！蓮城當地的黨和政府為什麼不匯報？我一個出身不好的大學生，定會被說成是妄圖汙衊文化大革命的大好形勢。

那時，每個村頭、路口都像土地改革時那樣有民兵放哨，紅小兵查證件和路條。我無路可逃，衹能上山，在樹林裡邊躲邊走。我很絕望。就算我逃得出蓮城地方，能逃得出湘南？就算我能走到有公路、鐵路的地方，人家會准許我買票，會准許我上車？天羅地網啊！我在山裡一棵大樹下想了又想，時時留神四周的響動，祈禱自己千萬不要再碰到巡邏、搜山的民兵……

老夫子，你還想聽下去嗎？我的故事，四十多年來從沒有對人講過，包括我在香港的父母。你掉淚了？你一個大老爺們，有淚不輕彈。好，你願聽，我就繼續……我在山裡走了一天一夜，衹有一個去處：到九嶷山姨媽家去。還記得一九六五年暑假我們環繞洞庭湖區的社會調查嗎？我們曾約定，第二年暑假要下湘南，遊柳子廟，遊周敦頤故里、何紹基故里，遊九嶷山舜帝陵。去年暑假我們沒來成湘南，因為爆發了文化大革命。直到十月份，我們三個女生才跟著周教授到江永做女書調研。行前，我給九嶷山的姨媽寫過一封信，講我可能去看望她老人家。我講過，從前我去過她家一次……知道了吧？老天有眼，我還有一根救命稻草。好在走山路，到九嶷山大約也就幾十里路。我躲躲藏藏，走了兩天，迷了路，分不清東西南北。後來才從太陽下山的方向記起要順著河谷往上走，就不會錯。姨媽家在一條叫做舜水的小河邊，村子叫水邊村，山多田少，衹有這麼一條小河，家門口有棵大皂角樹。鬼使神差，老天保佑，我總算沒有走錯，到了舜水邊上。我渴了喝山泉水，餓了摘野果子吃，也偷農民地裡的紅薯吃。終於到了那個山窩窩裡的水邊村，看到了那棵大皂角樹！天無絕人之路。老夫子你不信？

我在水邊村後的山坡樹蔭裡等太陽下山。天漸漸黑了，待皂角樹下的土磚瓦房透出了燈光，我這才敢下去敲門。姨媽家沒養狗，不然狗一叫，鄰居可能就出來察看了。屋裡傳出聲音：哪個呀？天都黑了，哪個呀？

我聽出是姨媽的聲音，心跳得和打鼓一樣。我又輕敲兩下。姨媽開了門，見我破衣爛衫，一身傷痕，第一眼沒認出來，嚇得不行。我趕緊說我是九嶷。姨媽讓我進了門。什麼都沒有問，就打水給我洗臉擦身子，又找來衣服讓我換上。她給我做了飯。我邊吃，她邊問：怎麼了？幾個月前你還來信講要來看我，天天盼著。怎麼搞成這副樣子來了？我見姨媽家再無他人，從實說了是自蓮城那邊逃命出來的，走了幾天幾晚的山路。姨媽見我不哭，她也沒哭：聽講了，聽講了，蓮城那邊對地富斬草除根，我們這裡也要開始了。好在水邊村地處偏僻，住戶不多，所以還沒有動手。不怕不怕，沒事沒事，姨媽是軍屬，大隊、生產隊幹部都很照顧……我太累了，心裡一鬆、身子一軟，竟一點力氣都沒了。我倒在姨媽的大床上，在她懷裡睡著了。這大半個月來，我頭次睡了一個落心覺，直到第二天中午才醒來。姨媽在聽收音機，無非是革命造反，抓叛徒走資派，打倒國家主席劉少奇，打倒總書記鄧小平，偉大領袖是最紅最紅的紅太陽……姨媽見我醒了，心神不定，很害怕，就關了收音機。她盡量做點好東西給我吃。她煮的南瓜粥又香又甜，還有大盤韭菜炒雞蛋，真是天下美食。姨媽告訴我：放心住下，不要出門。等會我要去參加批鬥會，若有人敲門，不要回應，也不要有響動。她會從門外上鎖。我這才看清楚，姨媽的小小廳堂裡掛著「光榮軍屬」、「烈士之家」兩塊紅字匾牌，還有一個圈有黑綢花的鏡框，框內的黑白遺像是去世的姨父。「光榮軍屬」則是因表哥在廣州軍區工作無疑。姨媽家是典型的革命家庭。我暫時住在這裡，應是安全的。我太累了，於是又放心放膽睡了一大覺。

傍晚，姨媽憂心忡忡地回來了。我和她一同做晚飯，見她兩次欲言又止。姨媽有文化，是小學教師，現在停課鬧革命，小學生也不上課，幫著民兵站崗放哨去了。姨媽就歇在家裡了。我知道她是在為我擔心，卻又勸我放心在這裡住著。她告訴我，下午開會是關於大隊成立「貧下中農最高法庭」的事，要清理每家每戶的人口，一戶都不准漏過。姨媽說，她是烈屬加軍屬，量民兵也不會來搜查。她問我下一步有什麼打算。我說我明天晚上就走，回省城向省革委和軍管會報告蓮城正在大規模殺人，我的湘師大教授和兩個女同學都落在了民兵手裡……衹有省革委下命令、派軍隊下去才可能制止……姨媽聽我講要回省城，愣了半天，之後說：妹子，這些日子你衹顧在山裡逃難，大約不大瞭解外邊的情形。眼下是全國大亂，說是越亂越好，亂了黨內走資派和社會上的敵人。各級黨和政府都被奪了權，由造反派掌權。造反派又是由各種各樣的革命群眾組織所組成，爭權奪利打派仗，真刀真槍地打。雙方都喊萬歲萬萬歲，都講自己在保衛毛主席、保衛黨中央。我看過那些紅衛兵傳單，鐵路交通都中斷了，省城炮火連天，毛主席家鄉湘潭市坦克都上街了。北京鬧得更凶，幾十萬紅衛兵包圍了中南海，要揪出劉少奇、鄧小平。妹子，你這種時候回得了省城？回去了又能怎樣？誰會相信你的匯報？我看你還是安心住在這裡，等形勢緩和些再講。我說姨媽，我住這裡會給你找麻煩。姨媽講不要緊，她來想辦法。九嶷山裡，舜帝陵旁邊，有個觀音庵，原先香火很盛，現在衹剩老姑子帶一個啞巴小姑子。老姑子是我信得過的朋友。我把你託給她去。唉，不是要你落髮出家，衹是去躲一躲。那地方還清淨，民兵沒興趣去管。我講不行，姨媽啊，我一天也住不下去的。我一定要離開，離開。姨媽直嘆氣、搖頭：好，好，容我想想，想想別的法子。但你還是要去那庵裡避一陣，住一段。等你幫老姑子上山砍柴、挖筍、種菜，把手腳弄糙了，臉曬黑了，像個鄉下女子了再講。不然你一出門，不定在那個路口，人家一看你的樣子，就給抓去了。那時你就喊天天不應，喊地地不靈了。

沒辦法，我衹得依從姨媽的安排，到舜帝陵旁邊的觀音庵裡「臨時出家」。庵門上還依稀看得出一副對聯：「山河天眼裡，世界法身中。」有意思。我每天跟著老姑子和啞巴小姑子在山裡勞動，很快曬黑了皮膚，粗糙了手腳。不久，我還在樹林裡撿到了空飄落下的傳單。傳單說中央軍委林副統帥的命令：蓮城及周邊地區的「貧下中農最高法庭」立即取締！嚴禁亂捕亂殺！中國人民解放軍第四十七軍駐湘部隊派出毛澤東思想宣傳隊赴蓮城及相鄰地區……讀了空飄的傳單，我知道蓮城發生了大慘案，已驚動了中央，無產階級司令部採取了行動。我鬆了口氣，希望周里教授、周靜、宋書琴已脫離險境。姨媽來觀音庵看過我幾次，告訴我現在外邊的風聲依然緊張，有些地方的殺人風還沒有停止，要我不要輕舉妄動……直到十月份，天氣漸漸轉涼。一天，姨媽來接我回家。她仍不讓我出門。原來，她已經和在廣州軍區工作的兒子取得聯繫，對我的去處作了讓我意想不到的安排。姨媽說，你現在黑頭黑臉，像個鄉下女人了，可以出門了。去哪裡？回省城？那裡仍在武鬥、打派仗。你們湘師大成了紅衛兵兵營。你回去能有什麼好？這文化大革命何時有盡頭？很難說。思來想去，你不如南下，廣東那邊的運動不像北方搞得這樣凶，也沒有發生大規模武鬥。另外，你表哥升了副團，調任寶安縣邊防局局長。寶安又叫深圳。對面就是香港。你表哥接我去住了三個月。他本來要安排我長住，那邊天氣太熱，又潮又悶，我住不慣，再說也放不下村裡孩子們，我就回來了。不過，我還保留了邊防通行證。也是你表哥有意，沒有填寫有效日期，以便我隨時還能再去。你的個頭、長相像你娘，和我也掛相，祇是年輕了點……還有，我還備了一張空白介紹信，一個當公社書記的遠房兄弟給的。憑這兩樣東西，你去廣東深圳邊防地區沒有問題。現在是軍管時期，上上下下對軍人和軍人家屬很客氣、優待。到了深圳，你先住進旅館，不要去找你表哥，由他來找你。再告訴你一件事情，你哥當家的邊防局，不時會安排些人以偷渡方式進入香港、澳門活動。他會設法安排你過去……你父母的香港公司經營國際貿易和物業，生意做得很大。到了那邊，相信你父母會安排你進那裡的大學完成學業……我考慮了很久，替你作了這個安排，就看你接不接受了。

莫看我姨媽一名鄉村教師，卻有大智大勇，像個運籌帷幄、決勝千里的將軍，令我敬服。當時，我在國內也真是走投無路了。對姨媽的計劃，我想了兩天兩晚才接受。以當時所受到的宣傳教育，我祇知道香港是個人慾橫流，紙醉金迷的花花世界，是資本主義、資產階級的樂園，是工人階級、窮苦百姓的煉獄……但人家究竟生活得怎樣？富人都花天酒地，窮人都啃香蕉皮？我倒真想去看看了，何況我雙親在那裡……我怎樣下了廣東，到了深圳，就不多講了。我是跟著幾個陌生人，晚上從一個叫蛇口的地方游水過去的。深圳灣比湘江寬闊，還有海浪，潮汐。我的游泳本領全用上了。我頭頂一個挖空了瓤的大冬瓜，冬瓜頂上挖有出氣孔。邊防軍巡邏隊「發現可疑情況」時，我們已經游到了海灣中央。他們放了槍，但祇打在我們身後的水面上，因為都是「自己人」。就這樣，我到了香港。我和父母以及離別了近二十年的兄弟姐妹重逢，哭成一團。我和父母講好，我的經歷不能在任何媒體曝光，不然我姨媽，尤其是我表哥就遭殃了，會被打入大獄的。父母比我更謹慎，替我改了名字，辦了香港身分，還請洋人教了我大半年英語，然後送我去新加坡南洋大學讀工商管理。我父親原本是要我在香港幫他打理公司業務的。他的公司規模不小，旗下有十幾家分公司，上千名雇員。過了十多年吧，內地改革開放，搞活經濟，大力招商引資，不再搞階級、階級鬥爭，給外資以各種優惠條件前來投資、辦企業。我在香港坐不住了，想回內地、回蓮城！我欠著債哪！我的恩師，我的學姐、學妹，他們在蓮城生死不明。當年我是不得已離開他們，丟下他們……他們當年賴以活命的三千元人民幣，幾十斤全國糧票都被我帶走了呀！這是一筆債務。我對不起他們……還有我的救命恩人姨媽也還住在蓮城東面那山窩窩裡。姨媽也幾次寫信要我回蓮城來投資興業。我好說歹說，軟磨硬纏，終於說動了年邁的父母。他們分給我一筆公司股份，折合人民幣約九千萬元，讓我來辦了這家瀟水大酒店，蓮城第一家香港獨資企業。我也答應了父母，我並不長住這裡，每年衹來一次，大部分時間仍留在香港，協助家人打理公司事務。

何道州同學，我的故事完了。它像一部電影，還是一本小說？

傳奇！傳奇！何老夫子眼裡早已沒了淚水。他完全被這又荒誕又離奇的真實故事吸引和打動，嘆道：這是個人經歷，也是一段民族歷史，比小說家筆下的情節還要傳奇。你孟九嶷稱得上女中豪傑。你九嶷山水邊村的姨媽更是個有膽有識有決斷的女丈夫，是現代的「孟母」。

聽老夫子誇姨媽，孟九嶷神色凝重，臉上蒙著陰影，說：姨媽，我的救命恩人，去年病逝，享年八十九。幸而我把她接進城裡住了十幾年，算盡了點孝道。小九嶷也是她老人家幫我帶大的。我料理了老人家的後事。我表哥也回來了。他是離休軍幹，帶著太太、孫子、孫女回來參加葬禮。他對我不冷不熱，愛理不理，裝作從不認識。他的意思我明白：永遠不要說出當年是他幫我從深圳蛇口游水去香港的事。

聽孟九嶷說完她的經歷，老夫子不忘問起：有個叫松素芹的女人，聽講是位詩人，可惜瘋了，你認不認識？

孟九嶷講話有些累了，閉上眼睛說：過去認識，現在不認識。蓮城有名的女詩人。你聽過她那首〈瀟水謠〉了？

老夫子不明白她話裡的意思：那晚上在文娛廳聽小九嶷演唱，衹有上半闋。說是下半闋不讓唱，內容不健康。

孟九嶷仍是閉著眼睛：她就是宋書琴呀！我也是前不久聽到的，還沒有去看她。聽講她不肯見人。失蹤了幾十年，她沒有瘋，衹是有時候精神恍惚。她比我命苦。一九六七年八月民兵糟蹋了她，還是那個公社武裝部長管大關收留了她。人講管大關是個魔王，一九八七年「處遺」工作結束時判了他十年徒刑。但他對書琴有點人性。入獄後和書琴離了婚，把那座院子也給了她母子……那院子是管大關社教運動的「勝利果實」。當時，一對年輕夫婦靠擺地攤辛辛苦苦攢錢蓋起來的，結果被劃成「新富農分子」，沒有子女，雙雙跳進瀟水自盡……

老夫子差點從椅子上跌下來：書琴！書琴！天，松素芹就是宋書琴，松小路的母親。總算落實了，總算落實了。

孟九嶷說：是那個管大關救了她，收留了她，才改成現在的名字，用了諧音。也怪我，每年祇來蓮城過暑假，處理些酒店的事，忙忙碌碌，來來去去，香港那邊公司也是一大攤子……沒有及早打聽到書琴的事。

老夫子激動得頓頓腳：我找了幾十年找不到人，原來你們都改名換姓。

三十九 「唱紅方知北京近」

何瑤的導師錢老教授提前四天抵達蓮城，入住瀟水大酒店。何瑤、松小路高興得眼角眉梢都是笑。錢老此行沒有帶助手，甚至事先也沒有通知何瑤。他最怕麻煩人了。但松小路立即向旅遊局領導匯報，旅遊局領導立即向縣委、縣政府匯報。清華大學的名教授、建築學界權威錢老到南方偏遠小城來出席「何紹基故里復建學術研討會」，能不是蓮城地方的一條重要新聞？縣電視臺、電臺聞風而動，記者追著要做採訪錄像，被錢老婉拒。縣政府動作更快，當天晚上就在瀟水大酒店貴賓廳擺下宴席，為錢老接風洗塵。縣長、縣人大主任、縣政協主席出席。本來也請了湘師大何道州教授，老夫子以患病初癒為由婉謝，倒是有何瑤、松小路兩名小青年作陪了。晚宴由吳家山縣長主持。吳縣長端著茶杯首先致詞：熱烈歡迎錢老涖臨我們蓮城指導工作。常書記下鄉趕不回來，讓我代他向錢老表示敬意。但我們縣四大機構負責人來了三個，對錢老百忙中不遠萬里來參加「何紹基故里復建學術研討會」，表示衷心的感謝！遵照中央的有關規定，我們簡簡單單四菜一湯，以茶代酒，聊表心意。錢老請！大家請！

松小路大約是第一次參加這種縣級領導人辦的宴會，不免有些緊張。何瑤倒是見識過比這奢華的場面，祇對那「四菜一湯」大有興趣，真是「上有政策、下有對策」。你看那一大瓷盆特製海鮮薈萃，內分六格，一格一格分別盛著海參、鮑刺、龍蝦、魷魚、鱖魚、河蟹！如果分裝成六盤，不就六道海鮮大菜了？相比之下，另外那「三菜」，兩葷不過一隻紅燜大肘子、一隻蓮城灰鴨，一素則又是一大瓷盆魔芋仿生菜包括仿蝦仁、仿腰花、仿肚片、仿香腸、仿五花肉等，維妙維肖。那一湯呢？或是魚翅湯了，還沒有品嘗，何瑤不敢妄加評論。

但見錢老正端著茶杯作答：謝謝各位領導盛情。但不要講指導工作那些客氣話。本人衹是個教書匠，這次專程來學習，吸收些知識。也是出自我的學生何瑤、還有松小路同志的建議。我本人呢，作為一名古建築研究者，嚮往周敦頤故里、何紹基故里久矣！一個南方小縣城，能出兩位歷史文化名人，在全國一千五百多個縣份中都是少見的。也可能是絕無僅有。加上離你們不遠的九嶷山舜帝陵，偉人寫過詩的……所以我提前四天到達，就是趁這個機會，在研討會召開之前把幾個主要景點走馬觀花一遍，以後或許做個專題研究。我已經看過些資料，你們蓮城真是物華天寶、地靈人傑呀，確是個開發風光旅遊、文化旅遊的好地方。

錢老滿腹經綸，很健談。主客邊吃邊談，胃口都不差，氣氛融洽。吃著喝著，縣長、主任、主席三位主人不約而同地向錢老打聽起首都北京的情況來。也就是黨中央、國務院對「重慶唱紅打黑運動在全國逐步展開」的大好形勢究竟是什麼態度？電視、報紙報導，重慶的「千人紅歌合唱團」都唱進了北京人民大會堂，到中央做了示範！還有小道消息，說進了中南海懷仁堂，政治局委員們都上臺唱紅歌。但中央至今沒有正式文件下達。

錢老是位很關心時事的學者，見三位縣官心情如此迫切，也就有了談興。先問：貴縣也組織唱紅歌了？

吳縣長看了人大主任和政協主席一眼，回答：我們也要跟形勢。省裡組織赴渝學習參觀團，省長帶隊，縣裡是我去的。到了重慶才知道，全國很多省市都派團取經，大小旅館客滿，就像當年赴大寨學習取經一樣。現在是全國看重慶，學重慶。全民唱紅歌。我們縣裡也舉辦了紅歌大賽，群眾熱情高，勁頭足，認作是一股革命正氣。也有部分群眾認作文革回潮、反對改革開放……錢老，您在北京，總會有些內部信息吧？能不能給我們這些做基層工作的透點風，指點指點？

何瑤、松小路美食當前，祇顧吃喝。他們明白了，縣領導擺下宴席招待錢老，實為打聽首都消息。錢老大約也悟到了這層意思，苦笑笑，遂說：不瞞各位領導，改革開放以來，政治不找我，我也不找政治，算相安無事過日子。但我家裡的孩子，以及幾名研究生，卻關心國家大事，好談國家大事，仍是「國家興亡，匹夫有責」。難怪人家外國人評論，今日北京仍是世界上政治空氣最濃、老百姓最關心國家時政的首都。

三位領導洗耳恭聽。吳縣長甚至想拿出筆記本來記記，但怕客人顧忌，放下了。錢老是講壇講慣了的：孫中山說過，政治就是眾人之事。毛澤東講得更透徹，政治是統帥，是靈魂，是一切工作的生命線。文革期間，他老人家動輒「要使全國人民知道」。當然林彪那個「四個一切」便是走火入魔了。好像有了政治，工人不織布，農民不種地，我們就有衣穿，有飯吃。近些年呢，動不動要保持一致……對不起，對不起，妄議，妄議。我應當向你們在基層腳踏實地做工作的同志們學習。

人大主任開了口：下級看上級，縣委看地委，地委看省委，全黨看中央，是我們制度的優越性。

政協主席作補充：中央看政治局，政治局看常委，常委看總書記、黨主席。

何瑤思想活躍起來，悄悄對松小路說：黨主席看軍委主席。松小路在桌子底下踩他一腳，告誡他莫出聲。

這種場合年輕人不能帶耳朵聽，祇能帶嘴巴吃。

還是吳縣長不跑題：是是是。是想聽錢老講講北京信息，重慶的千人紅歌團有沒有進中南海演出？政治局委員們有沒有一起唱？以及上臺握手、合影什麼的？

基層幹部也值得同情，總是眼巴巴向上，揣摩上意，以備亦步亦趨，不要掉隊。錢老祇得據實說實：中央是有兩位常委先後視察重慶，都上了電視新聞，想必大家都看過。一位還說了，重慶唱紅給政治宣傳、思想教育工作找到了新路子，新形式。更有趣的是那個對中美建交作過貢獻的美國前國務卿基辛格博士，八十多歲的年紀，都被請到重慶登臺唱紅歌，拍馬到家。但有關重慶紅歌團進京演出，我的幾個學生告訴我，沒有一個政治局委員出席。還有小道消息，溫家寶總理說了四個字：文革餘孽。什麼意思？令人費解。

人大主任、政協主席喔喔連聲，彷彿心領神會。

吳縣長則不以為然：看樣子中央對重慶唱紅還沒有統一看法……但現在全國各省市都行動起來了，都由共青團、工會、婦聯、工廠、街道、學校出面，舉辦紅歌大賽。有人講這是新形勢下的農村包圍城市、地方促進中央。

人大主任看縣長一眼，笑笑說：當過紅衛兵小將的同志，唱紅歌最積極。

政協主席也看縣長一眼：我們的事情，從來就是個剪刀叉。

錢老不明「剪刀叉」是什麼意思。

主席呵呵一笑：剪刀叉啊，就是中央開一寸的口子，到了下面的省地縣鄉，一級一級，就會變成一尺、一丈、十丈……改革開放以前的歷次運動，就是這樣「擴大化」過來的。

錢老談興正濃：三位很有見地。我有個老友在中央黨校當教授，近幾年做的一個科研項目：文化大革命後遺症社會調查。他走訪了十多個省市地區，和幾千名當過紅衛兵的中年人談話，發現三分之二的人對文革缺乏清醒認識。他們反問：文革錯了？毛主席像還掛在天安門上，文革錯了？反特權，反腐敗，揪走資派有錯？改革開放出了那麼多腐敗分子，說明走資派還在走，資產階級就在黨內……我的朋友的調查發現一個沒有引起大家重視的問題，現今四、五十歲這一代人自己不自覺有紅衛兵情結，革命造反情結。而且他們中的不少人已經上了省、地、縣領導崗位，主持黨務政務。可我們的政治宣傳、思想教育部門正在做的，卻是避談文革，淡化文革，忘記文革災難。我的教授朋友曾去拜訪他的老領導，一位退休的副國級高幹。老領導憂心忡忡說：現在是兩撥人在主宰國家的命運，一撥人拚命辦實業，抓經濟，搞建設，使得國家的發展有了現在的局面；另一撥人搞意識形態，抓宣傳輿論，大吹大擂，宏揚大國崛起，要站在世界舞臺的中央，甚至提出要超過美國成為世界第一。現在不叫「世界革命」了，叫「全球一體化」……

人大主任插言：可我們十三億多人口，有八億人的年人均收入還在聯合國訂出的貧困線以下。吹牛皮不犯法。

政協主席也補充：吃飯仍是頭等大事。我們靠八億農民種地餬口。好在我們蓮城這些年經濟搞活了，主要靠以八大民營企業為代表的市場力量解決城鄉就業和政府稅收。

吳縣長腦子轉得快，想起什麼來，問：小何，何研究生，你不是從美國回來的嗎？美國的農業怎樣？他們多少人搞飯吃？

人大主任也有興趣：小範圍介紹一下，增加點知識。

何瑤望望錢老，面有難色。錢老笑著鼓勵：縣領導讓你講講，盛情難卻。

松小路在桌下碰了碰他，大約也是鼓勵的意思。於是清了清嗓子：我在美國讀完中學就回來了。對美國的農業情況，祇瞭解書本上學過的那些。美國三億多人口，農業人口百分之一，也就是三百萬左右，包括老人小孩。美國的耕地是中國的兩倍半，實行休耕輪作。土地私有。大農業，高度機械化作業，公司式管理。一個農場往往幾千英畝、幾萬英畝土地。每年生產的糧食、肉類、牛奶、蛋品，祇愁賣不出去。有人估算過，若把美國所有的耕地都種上，可以養活世界三分之一的人口……

人大主任、政協主席聽得嘴巴張開好大：天！不是吹的吧？難怪我們的報紙曾經批評，美國一發生經濟蕭條，就把牛奶往海裡倒，不讓窮人吃。

何瑤心裡一激，逕自說了下去：美國食品實在便宜。一般人花在吃上面的費用，約為他們收入的百分之十。有些農業州的小鎮街邊的自動售賣機，投進一美元會跳出一隻一公斤左右的冰凍雞。美國的工業製造力，更是不可小看。我和我的北京同學爭論過，中國能不能取代美國成為世界第一？我告訴他們，第二次世界大戰期間，美國造了一萬多架戰鬥機，援助同盟國蘇聯重型卡車四十萬輛。還有航空母艦造了多少？一百四十七艘。人家把萬噸級貨輪裝上甲板就可供戰鬥機起降，就是一艘航母。美國現在的國民人均產值（NDP）是多少？五萬美元還是十萬美元？我們是五千美元還是六千美元？當然美國的問題也大得很，種族歧視、槍枝、毒品氾濫……不說了，不說了，再說下去，我的研究所就讀不成了。

錢老說：放心，清華大學不會再有遲群、謝靜宜那樣的初中生當校長、書記了。毛主席一九七五年冬批評鄧小平時就說過，遲群、小謝是我的人。

三位縣領導連同松小路都聽得瞠目結舌。松小路又在桌下輕踩何瑤一腳。

何瑤趕忙聲明：對不起，對不起。我講這些不是不愛國。不愛國就不會回來。我的意思是要承認事實，承認差距，我們才能腳踏實地，改革開放，力求真正的大國崛起。我準備申請加入中國籍。

聽了最後這句，人大主任頷首：不錯不錯，年輕人不錯。政協主席也說：好樣的，愛國不分先後。

又是吳縣長反應快，應對快：他有他的優勢，我有我的優勢。一元化領導，舉國體制，是我們最大的制度優勢。〇八年我們成功舉辦奧運會，拿了金牌世界第一，誰不佩服我們？美國生產再多的糧食，製造再多的高科技武器，他們的資本主義制度是腐朽的。毛主席早就說過，東風壓倒西風。哈哈哈。

大家相跟著哈哈哈笑了起來。

人大主任、政協主席各自看了看手錶，意思是晚宴邊吃邊聊了近三個小時，可以結束了。吳縣長很尊敬兩位老領導，於是領頭起立，再次和錢老握手：還是那句話，歡迎錢老來蓮城！您想開會之前先下去走走，瞭解一下周敦頤故里、何紹基故里的情況，也想去九嶷山舜帝陵看看？很好，縣裡儘快安排。我會請示我們常書記，或許親自陪您走一轉。

一一握手，在酒店門口道別。三位領導有車。

何瑤、松小路正要陪錢老上電梯回房休息，「薛荔園」女主人何湘姑忽然冒了出來，把松小路拉過一邊，小聲說：明天你告訴吳縣長，我把今晚領導請客的賬付了，一千六百元。他當縣長的講話要算話，快點把我申請的那筆款子批下來……他吳縣長還要有下回啊。

四十　找回了「蘇州妹」

為官一任，造福一方。

吳家山縣長看準了「何紹基故里復建項目」，無論對拓展本地旅遊、宏揚中華文化、解決就業以及增加政府稅收，都會是個效果明顯的政績工程。他必須親自出馬，一手抓。眼下的任務就是開好這次的專家研討會。錢老這樣的建築學界權威更是難得請來的人物，開會之前陪錢老下去走走，看看幾處古蹟的事自然也就由他自己攬下了。正好縣政府前不久購入一輛十五人座的豐田麵包車，這回派上用場。

吳縣長宴客後的第二天中午，何瑤、松小路陪著錢老在酒店門口上了白得耀眼的豐田旅行車。吳縣長拉著錢老坐在最後面一排。小九疑不知從哪裡得到消息，拎了雙肩包來報到，說自己是導遊，要跟了去。何瑤要小路去請示吳縣長。縣長一聽，說已安排了導遊。但抬頭一看，說：啊，是小九疑，我們的青年歌唱家。錢老，您同意增加一名導遊嗎？錢老見車門口站著一位漂亮女娃，說：您是主人，又是領導，我客隨主便。吳縣長做個順水人情：小九疑，錢老同意了！上來，上來，到後排來，陪錢老一起坐，等會給錢老唱一段蓮城花鼓，或是紅歌……這次來回要走三天，有人唱唱歌，活躍氣氛。

兒子要離開三天，老夫子卻得到兩個意想不到的消息。一個是他一直想見的那位「建築大王」黃永力這幾天會從廣東的建築工地返回蓮城處理一些事情。這個黃永力就是一九六七年夏天縣二中高中班學生、「革命聯合造反司令部」頭頭，陪同老縣長黃大義、縣委宣傳部長蔣全益逃脫縣武裝部人員的追殺，跑去省會長沙向省革委會領導華國鋒、章伯森匯報，制止了蓮城大屠殺的三位功臣之一。黃大義、蔣全益兩位已經作古，黃永力是唯一可以談談當年情況的人了；第二個是「瘋婆子」松素芹終於同意見上一面。此前老夫子曾數次託松小路帶話求見。小路總是回道：我娘不肯見。她不認識您。老夫子問得多了，小路不得不說：您要是去了，我娘會犯病、無禮……老夫子無奈，另對孟九嶷說無論如何要見松素芹一面。生活把她整得這樣慘，精神錯亂，眼睛也看不見了，他想看看能否接她去省城治療、療養一段時間，費用由他負擔……孟九嶷見他真誠、懇切，應承拉上李玉如老師一起想辦法。

就在何瑤、松小路一行走後的第二天下午，孟九嶷和李玉如來找老夫子，告知她倆終於說通了「瘋婆子」松素芹。大家現在就走，以防她變卦。於是三人坐孟九嶷的大奔，還帶了個女保安員。令老夫子驚喜的是，當他們一行敲開松家那小院門時，白髮蒼蒼、面容清癯的「瘋婆子」非但沒有橫著茶木棍、領著「部長」拒客，還愣愣地睜著青灰色的眼睛「看」了好一會。老夫子剛叫了聲「書琴，書琴！我是道州呀，你道州哥呀」！她就「認」出他來了：道州？你是道州？道州啊……周靜呢？周靜怎麼沒有來？說著說著，她就大哭了起來。要不是李玉如出手快捷，她就栽倒在門口了。

又哭，又哭，昨天見了九嶷還沒有哭夠？李玉如扶住「瘋婆子」邊哄邊勸。

孟九嶷在老夫子耳邊說：昨天她也是一聽聲音就「認」出了我，又哭又罵，又拉又打，我和玉如陪她大哭一場……她精神沒有大毛病。

李玉如和孟九嶷好不容易把松素芹勸回屋內，大家坐下說話。李玉如似乎已熟悉這院子，代主人去泡來一壺茶水，還端來一盤烘花生和炒南瓜子，是松素芹早就準備了，放在灶屋桌上的。松素芹平靜了些，仍在掉淚。就是整個人瘦得變了形，剩下一把骨頭似的，像吹口氣都吹得倒。她聽老夫子說周靜已去世三年了，身子哆嗦著唸叨：好姐姐，遭孽的好姐姐！再見不到了，見不到了，我們姐妹衹有到陰間去見面了……孟九嶷努努嘴示意老夫子去安慰。老夫子伸出手去牽她，被她一把推開，弄得老夫子很不自在。他百感交集，也想哭一場：宋書琴，蘇州小妹！不要這樣……四十三年了，我們都不容易……你尤其不易。

話說得誠懇，大家都心情沉重。松素芹用手背將淚水一揩，竟衝著老夫子苦苦一笑：你還記得我叫宋書琴、蘇州小妹啊？我等你和周靜，等了四十多年……你個沒良心的，你個沒良心的……我還認你做大哥，大哥……說著，她不管不顧，舉起瘦得如同雞爪的小拳頭捶打在老夫子的肩背上。眼睛看不見，打人卻打得准。

李玉如、孟九嶷看著，鬆了口氣，心想：沒想到蘇州小妹「見」到老夫子，很快就清醒過來了，不再痴痴傻傻了。當年在湘師大，孟九嶷心中是有數的，蘇州妹單戀著道州大哥，若不是有個周靜，她早就和老夫子好上了。此時的蘇州妹已不害羞，她主動拉著老夫子的手不放鬆：你兒子來看過我了……他認了小路做弟弟。我想得出，個頭、神氣像你，五官像周靜多些……我不敢告訴你兒子，我認識何道州。我知道，不能讓年輕人知道我們的那些事情，那些見不得人的事情。

說著又嚎啕大哭了起來。眼睛瞎了，淚水卻不斷線。

老夫子胸口一陣悸痛，扭歪了臉，握著拳頭說不出話。李玉如也神色大變。孟九嶷看在眼裡，怕幾個人哭做一堆，忙亮聲說：注意了！注意了！我們劫後餘生，好不容易重逢，應該慶幸，高興！不要開訴苦會！老夫子，你仍是我們的頭，要做出當頭的樣子。書琴，蘇州妹，你如今是蓮城有名的女詩人了，你的那首廣為流傳的〈瀟水謠〉，為什麼衹有上半闋，沒有下半闋？

孟九嶷不愧為公司總裁，幾句聲調激昂的話轉移了幾位的注意力。李玉如扯過紙巾替宋書琴擦去淚水。老夫子領會孟九嶷的用心，接下去說：對對，九嶷講得對，我看過小九嶷的演出，〈瀟水謠〉的確精彩，我聽過就背下來了。書琴，你信不信我能背？

宋書琴不哭了，還苦澀地一笑：阿拉用「佚名」，怎麼還傳出去了？

孟九嶷說：還「佚名」哪！你早就大名在外，遐邇聞名了。聽老夫子背上闋吧。

宋書琴「望」著老夫子：儂還記性好啊？在湘師大中文系你是出了名的能背書。

李玉如催促：老夫子背，老夫子背。錯了一句，今天晚上請客。

老夫子喝口茶，朗聲誦道：

五嶺天璆，湘南錦繡。
瀟水碧玉一脈，銀鱗北走。
九嶷雲蒸翡翠，美景難收。
舜帝鑾輿也長此駐留！
君不見蓮城古郡，漢唐名州，
耕讀傳家，鍾靈毓秀；
探花門第，進士牌樓；

龍章鳳姿，學海競舟。
更有湘源泉、月牙洞、石魚湖、玉蟾岩、鬼崽嶺，
濂溪故里，兩河口十七丹丘！
哎呀呀，好一曲〈瀟水謠〉，
唱不盡家國掌故，人物風流！

孟九嶷鼓掌：老夫子背得好，主要是書琴寫得好！詞藻高雅，沒有閨閣氣，仍是當年那個蘇州才女！
李玉如鼓掌：書琴，下面該輪到你自己背誦下半闋了。要不要去把你的詩稿集子找來？
宋書琴搖搖頭，閉著眼睛想了想，唸將出來：

赤海橫流，崇拜領袖。
偉人城樓招手，風靡九州。
階級鬥爭雄峙，萬眾叩首。
怎禁得鸚鵡群起歌喉！
卻又是閉關鎖國，百姓窮愁。
官人玩火，煽動復仇。
貧農法庭，殺字當頭。

地富反右，一個不留！
還有資本家、臭老九、叛徒、特務、走資派，
牛鬼蛇神，二十一種人一網盡收！
哎呀呀，好一曲〈瀟水謠〉，
欲知曉蓮城滄桑，且聽從頭！

老夫子鼓掌，連聲叫好：字字珠璣，聲聲血淚，樂府歌行，有了新作！

孟九嶷說：蘇州妹外面柔弱，內心強大。

宋書琴卻又泣不成聲了。孟、李二人連忙勸住：書琴，我們都佩服你呢！你是真正的詩人呢。我們都替你高興。老夫子，昨天書琴還給我們背了她寫洞庭湖的兩首五律，也很精彩。書琴，你背給老夫子聽聽。老夫子在省出版社有好朋友，講不定可以幫你出版一本詩集的。

宋書琴止住哭泣，出版詩集？她彷彿在昏暗的隧道裡看到了光亮，心情豁然開朗許多。詩稿本子就在飯桌上，隨手摸了過來，不好意思地笑笑：這本稿子，是小路替我記錄下來的。我打腹稿，爛熟了，才我唸一首，他記一首。你們真想聽呀？

三人會心地互望一眼，搶著說：想聽，想聽，我們先飽耳福。

今天要多說些積極向上的話，給她些精神鼓勵。

詩作受到肯定，宋書琴瞪著灰濛濛的眼珠，蒼白枯瘦的臉上有了喜色：那我祇唸兩首〈五律　洞庭憶舊〉。

大澤青螺渺，稻町無際平。
三湘春雨蜜，四水夏雲情。
嘉穗天涯醉，黃金千里程。
重陽收獲季，家國足豐盈。

洞庭雲雨泓，天低草縈縈。
岸柳絲絲綠，漁舟葉葉輕。
浪滔吹碧雪，水府伏奇兵。
孫子迷魂陣，魚龍走麥城！

老夫子再次鼓掌，孟、李二人也跟著鼓掌。錦心繡口，意蘊大氣。老夫子特別喜歡「孫子迷魂陣，魚龍走麥城」兩句，把當年他們一行四人在洞庭湖區觀看漁民以迷魂網捕魚的情景寫出來了。書琴在漫長的暗夜裡，默默誦詩，默默療傷，是生命的韌性和頑強。

當著玉如、九嶷的面，老夫子拉住了宋書琴的手，認真地說：妹子，我們都還是壯年人，要過好以後的日子。有兩件事要和你商量……一是我會和我出版社的朋友談好出你詩集的事，你要快些把詩稿整理出來，我和九嶷、玉如三個替你寫序；二是想接你去省城看病，摘除你眼睛的白內障，恢復光明，再療養一段時間，把身體養好……費用你不要操心，我管你，九嶷也會管你。現在改革開放，世道變好了，你還不到六十嘛，健康最重要。

宋書琴愣了，忽地害羞又苦澀地笑了笑，朝門外喊了聲「部長」。老狼狗立即擺著禿尾巴小跑進來，順從地在主人膝下蹲坐，儼然一副忠誠衛士的樣子。宋書琴撫著忠犬的腦袋問：「部長」，我有病嗎？告訴客人，我有病嗎？「部長」彷彿聽懂了，汪汪兩聲作答。主人又摸摸牠的腦袋吩咐：去去，到門外站崗去。忠犬聽令，起身抖了抖毛，到門口去了。宋書琴這才說：今天，現在，我告訴你們，我的瘋，一大半是裝的，為了不受人欺負……我是華子良，渣滓洞那個華子良……在這世界上，有的人不如狗，畜生不如……

說瘋話，扯上小說《紅岩》，電影《烈火中永生》了。

宋書琴又大哭。老夫子、孟九嶷勸不住。李玉如說：讓她哭吧！四十三年了，她過的什麼日子！今天見到老同學，她要哭個夠。

老夫子這時也把持不住自己，伸出臂膀摟住宋書琴：好妹子，不哭了，不哭了……還是老毛病，小孩子脾氣……聽話啊，聽話。

宋書琴邊哭邊鬧：那個宋書琴死了，死了呀！死了呀！現在祇剩了松素芹，松素芹哇！

老夫子抱住她：妹子聽話，松素芹就松素芹，不鬧了，不鬧了。現在一切都好了，可以安心過日子了。等小路、何瑤他們開完研討會，我就帶你回省城去檢查身體，請最好的眼科大夫替你做手術……還要告訴你一個好消息，這次來的清華大學建築學權威錢老，很有可能接收你家小路做校外在職研究生……

孟九嶷、李玉如交換一個眼神，悄悄起身，去院子裡透透氣，走幾步。

宋書琴很機靈，止住哭鬧，推開了老夫子的雙臂，臉頰泛起紅雲：不要走！都不要走！小路的事，他告訴我了。我們是要轉運了？道州大哥，我不想去省城，也不想去治眼睛，小路講我的眼睛長在我的手上、腳上了……不如你也回蓮城來吧。九嶷、玉如，我們可以時常見面，一同在蓮城養老。我要看小路成家，抱小孫子。

孟九嶷問：你不怕那個「小亂避鄉，大亂避城」了？

老夫子說了句「如今太平盛世，歷史不會重演」，就見宋書琴兩眼一翻，口吐白沫，渾身亂顫，栽了下去……幸虧老夫子反應快，一把抱住了。「部長」在門口汪汪大叫。

孟九嶷一邊替宋書琴掐人中，一邊囑李玉如快去車上取保健箱，並告訴女保安打一二〇，要醫院來救護車。

李玉如很快取來保健箱。孟九嶷熟練地給宋書琴扎銀針。老夫子仍抱著宋書琴，渾身打著哆嗦。李玉如在旁抱怨：她今天興奮過度……還說沒有病，沒有病。不去治病怎麼行？要不要打電話通知小路回來？

老夫子輕聲問：她究竟是什麼病？

孟九嶷顧不上回答：銀針！幫我把那只大一點的針盒拿過來。

李玉如邊取針盒邊告訴老夫子：就是她自己講的癲癇，又叫羊癲瘋。她從前也犯過。今天是情緒過於激動，受了刺激。小路經常不在家。她一個人住在這院子裡，雙目失明，小路要她去看病，她總是推三推四，很固執。再這樣下去，遲早要了她的命。

四十一 「我們不是張獻忠」

一早「建築大王」黃永力開寶馬車來酒店接走老夫子，去西洲公園文塔茶敘。黃永力濃眉大眼，年過半百，身胚壯碩，彷彿和老夫子見面就熟：教授，久仰，久仰。李老師一個電話，我交代下廣東那邊工地的事，趕回來見你……當然老家也有些事務要處理。

握手時，老夫子感受到那雙大手的分量，捏得他手指頭生痛。像是在哪裡見過？病了一場，記憶力大減，記不起來了。

西洲公園就在城東南瀟水岸邊不遠的一座狹長沙洲上，由石拱橋和城區相連。當地人稱為「西洲島」。島上林木蔥蘢，綠蔭中亭榭齊全，步道整潔，建有兒童遊樂園地。最著名的就是那座文塔了，是在原七級浮屠的舊址上重建的，七層高塔，磚木結構，四面游廊飛簷，登塔可鳥瞰蓮城全境，遠近山川田園。

寶馬車直接開到文塔前停下。塔內並無茶室，但黃總已讓祕書在第七層的背陰遊廊上安排茶點候客。特殊別致。公園負責人一位老大姐打著蓮城官話上來招呼：黃總！自你老人家援建了這座塔，就少見你光顧啦！既是恩主又是稀客吵！黃永力哈哈一笑：大姐你嘴巴抹油，我有那樣老嗎？這位才是省城來的稀客何教授，我專挑了這裡喝茶，扯談，打擾了。大姐說莫事，莫事，上午遊人少，你們放心扯談，扯談，我就不打岔了。說罷，半老徐娘嫣然一笑，下去了。

黃永力示意祕書亦退下，有事聽招呼再上來。隨即說：教授，這地方清靜，我們隨意吃個早點，邊吃邊扯談。老夫子注意到一桌的美食，碟碟盤盤，葷素兼備，香氣撲鼻。他最中意那一大缽頭魚生瘦肉粥了，也很欣賞黃總的吃相：吃得全心全意，毫不謙讓，完全是勞動者的本色。不到三、五分鐘，美食被他掃去大半，說聲飽了飽了，教授你們文化人斯文，首先表現在吃上面。這方面，你們勞心者就不如勞力者了。

有文化。老夫子也停了碗筷，笑笑：黃總你主持偌大一家建築公司，勞心又勞力啊。剛才那園長大姐說這文塔是你援建的？仿古建築，古色古香，你是專家了啊。

黃永力給遞上一杯韭菜嶺苦茶：這茶先苦後甘。天下名茶我祇喝它……我懂個屁的古建築，高中讀了兩年，文革造了三年反，混了個中等學歷。是我公司名下有個建築設計所，請了幾十位眼鏡先生，都是他們出的圖紙。對了，聽李老師講，你公子是清華土木系研究生？還是美國出生的？對了對了，前天下午我一回來，魔芋周、牲豬胡幾個民企兄弟就請喝酒。他們告訴我，你公子幫了我們大忙，提出崖刻方案，我們想扁腦殼都想不出來的，省時省力，還可節省大筆經費……這事兒子沒有向老子報告？前晚、昨晚，我想了又想，也是渴求人才啊。本人斗膽相邀，你公子畢業後能不能來我蓮城建築公司掛職？公司廟小，又是在南方，請他任全職不敢奢望，掛個半職行不行？來兼任我那個建築設計所的所長，我付年薪六十萬。這事，教授你可不可以在中間搭個橋？公司現在最缺的就是古建築專才。《長恨歌》是怎麼唱的？御宇多年求未得……瞎扯，瞎扯，牛頭不對馬嘴。

老夫子忍不住笑了：黃總美意，我一定轉達，先替犬子謝了。現在做父母的，養兒從兒。犬子喜歡讀書，讀完碩還要讀博，要等幾年才出來做事。如能來你的公司兼職，應該是他的榮幸。

黃總想起什麼來：好事，好事。聽講貴公子快要做我們蓮城女婿了？蓮城美女配北京公子，哈哈，好事，好事。

見風就是雨。老夫子有些尷尬地陪著打兩聲哈哈，但不能忘了今日的正事：黃總，想必李玉如老師和你提過了，我這次來蓮城本想拜訪黃大義縣長的，他已去世……你能不能和我講講當年你陪他冒險逃出蓮城，去省裡找到章伯森、華國鋒，設法制止蓮城慘案的事？那是樁歷史功績。

見問到黃大義縣長，黃總神色凝重起來：教授，你喊我永力吧。不記得了？四十三年前，我們打過兩次交道的……

老夫子努力睜大眼睛，看著面前的這個黃總：我也有印象。病了一場，許多事都記不起，腦子不管用了。

黃永力提醒：一九六七年夏天，第一次是在蓮城長途汽車站，你一下車就被我們二中紅衛兵查證件；另次是深夜在你沙仂江舅舅家門前，我們二中紅衛兵戰友帶走「走資派」縣長黃大義……

老夫子這才腦門一拍，恍然大悟：對呀！黃總，你就是二中那個紅衛兵頭頭，記得，記得，四十三年過去，天翻地覆、換了人間。記得記得……那晚上你和我舅舅講了，抓走黃大義，是為了保護黃大義。

黃永力替老夫子續上茶：教授，你還是喊我永力。我們算老熟人了。黃大義縣長的事蹟，這些年一直想請人寫一本書，我來負責出版費用。但沒有找到寫手。黃縣長當年可說是以一人之力，救了千萬人性命，後人不應該忘記。教授可否推薦一位寫手？我會付他一筆費用。

老夫子覺得紀念黃縣長，出書是個好主意：可是出書要經批准，要有國家出版局發給書號才行。

黃永力茶杯一頓，一臉不屑：不就花錢買嗎！我都打聽過了，省級出版社一個書號內部價，賣一萬至一萬五千塊人民幣。對外喊作贊助費。我們這個世代，什麼都有價，花錢就可以買到。

老夫子頭回聽說這事：出版社賣書號？那是國家分配下來的，比如一家出版社一年得到一百個書號，就是用來出一百本書。

黃永力怕老教授生氣，忙解釋：我們公司設計所一位老先生，就是自己花一萬五，出了本談建築設計與施工的書……講起來可憐，老先生七十多歲，退休多年又來我公司上班。他的那部稿子旅行了十多家出版社，誰都說好，願出，就是要自付贊助費。

老夫子嘆氣，一口應承：好！給黃縣長立傳的事，我可以全力協助。今天嘛，永力你還是先講講黃縣長的事情，我好心裡有個數。

黃永力頓時心情大好，有貴人相助，這回找對人了。他覺得和老教授很投緣，於是打開話匣：講起來話長，開門見山吧。一九六七年八月，我們蓮城二中是革聯造反派的大本營。文攻武衛，我負責文攻。我們革聯的武衛總指揮是一位復員軍人，有作戰經驗。紅聯幾次調集大批公社民兵要踏平我們，都沒搞成。我們二中也有牛棚，關押著十幾名出身不好的老師、員工。其中有李玉如老師。實際上是保護。要是被他們老家的「貧下中農最高法庭」抓回去，就被處理掉了。我們抓黃大義縣長也是為了保護他，還是我爺老倌的主意。黃縣長當時是縣裡「頭號走資派」，「紅聯」對他下了格殺令。黃縣長安徽人，新四軍出來的幹部。一九五一年來我們蓮城搞土改，扎根串聯，就住在我家裡。我爺老倌是他培養的土改根子，介紹我爺入黨，當了村幹部。他和我爺老倌像親兄弟。我是土改那年出生的，名字是黃縣長取的，黃永力，貧下中農永遠有力量。後來他當了衡陽地區人民銀行行長，還每年要來我們家做客。我從小喊他大義叔。一九五九年他調來我們蓮城當縣長，下鄉抓農業，就更是吃住都在我們家，叫做「蹲點」。我們家還住過大幹部華國鋒。華當時是省委抓農業的副書記、副省長，一九六三年來蓮城農村蹲點搞調查研究，化了名，叫「老國同志」。他衹帶了一名祕書，生活樸素，一日三餐，我娘做什麼就吃什麼，一點不特殊。當時幹部下鄉講「三同」，同吃同住同勞動。當然是黃縣長做的安排。我講這些，教授你明白了吧？所以那天晚上從你舅舅家抓回黃縣長就被保護起來了。我們給他安排了單間住宿，規定他不准和外面聯繫。我還給他搞了臺半導體收音機讓他聽新聞，每天的《新湖南報》也送他看，還有各種傳單、小報。

教授，你曉得的，一九六七年八月在我們蓮城鄉下發生的事，對地富分子及其家屬子女斬草除根。黃縣長每天聽我匯報，憂心如焚。他在屋子裡走來走去，思考問題。當時還有縣委宣傳部長蔣全益住在我們學校裡。我允許他們私下往來。一天晚上，黃縣長把我叫了去，蔣部長也在，關上房門小聲講話：力崽！你們再不能這樣把我關下去了。鄉下天天都在處理人，違反黨的方針政策！過去我們在戰場上都不殺俘虜，今天和平時期怎麼一批批處決地富和他們的子女？黨的政策「勞動改造、給出路，允許重新做人」。現在怎麼喊聲殺就殺，連八十歲的老人、幾個月大的娃娃都不放過？不行，不行。我和蔣部長都是黨培養的幹部，要對歷史負責任！我問黃縣長哪樣辦？我們二中校園就這樣大地方，搞了幾十條槍，周圍都是公社民兵……我說我爺老倌也很著急，他當大隊支書兼「大隊貧下中農最高法庭庭長」，衹處理了一個慣偷，公社武裝部長和縣武裝部幹部都批他右傾，對階級敵人心慈手軟。他天天對著毛主席像請示：主席，哪樣辦？哪樣辦？黃縣長說：我和蔣部長商量了，必須到省裡去報告。縣委、地委都被奪了權，癱了。衹有由省裡下命令，才能制止蓮城的殺人潮。我問黃和蔣：現在省城也在打派仗，張平化、王延春都被打倒了，能找到哪個領導呀？黃縣長說，還有華國鋒、章伯森，他們兩位是省革委的負責人。永力你忘記了？華書記在你家住過的呀。大高個，穿中山裝，很和氣，還檢查過你的小學生作業是不是？章伯森是我老上級，一起從新四軍出來的……永力，我和蔣部長決定要你和我們一起走，你是群眾組織的頭頭，華書記見你去反映情況，會很高興的。眼下的問題是我們怎樣走得出蓮城，而不被「紅聯」一派抓到？永力，現在這件事祇有我們三個知道，千萬不要走漏消息。你是「革聯」頭頭，我和蔣部長想聽聽你的主意。

我得到兩位領導的信任，既緊張又興奮，立即答應和他們去省城。我還沒有到過省城。華書記講過，等我長大了，可以到省城去見他呢。怎樣走出蓮城？實際上是逃出蓮城。那時還沒有瀟水大橋。就是有橋也會由民兵把守。我腦筋動得快，講下半夜走，我們二中後牆有一條小路通渡口。擺渡老倌的兒子是我同班同學，戰友，糾察隊隊長，靠得往。過了瀟水，就看兩個領導的了。蔣部長腿一拍：過了瀟水就是他老家，走山路他很熟悉，可以繞著九嶷山一直朝東去，寧遠縣不能停留，到了藍山縣就可以搭汽車，到了郴州就可以上火車了。

於是商定第二天下半夜動身。祇有一個白天做準備。主要是走夜路吃的乾糧，幾包餅乾加幾個飯糰。保密到家。直到後半夜動身的前一刻才通知我的糾察隊長同學，要他帶上一個班的人馬送我們去渡口。不要問我們去做什麼，任務執行完了也不要透露這次的行動。我的戰友們早就習慣夜間行動。兩個領導換了裝，大熱天也穿了黑套頭衫，祇露出眼睛不讓人認出來。那晚上沒有月亮，但天上星星閃亮，小路並不很黑。路兩邊是一人多高的刺蓬，平日少有人走。花了半個多小時到了那渡口。我們都匍匐在地，等糾察隊長去喊醒他爺老倌。因是下半夜，渡口四周除了蛤蟆鼓譟沒有別的響動。上船前，糾察隊長對我講，司令，我們祇能送到這裡了，風蕭蕭兮易水寒，壯士一去兮……我立即小聲糾正他：壯士一去定凱旋！高中生讀了幾句古文，竟用到這裡。吊文。

擺渡老倌認出了我，大約也認出了黃縣長和蔣部長。領導騎自行車下鄉常在這裡過渡。老倌子什麼都沒問。這年月裝作什麼都不曉得最安全。河面上有不少漂浮物發出腐臭。老倌子用竹篙把一具具漂浮物推開，船才可前行。我看都不敢看，祇聽到兩個領導不停的嘆氣。過了瀟水，蔣部長領著我們很快進了山。沒有碰到巡夜的民兵。在山裡走夜路，就怕踩到毒蛇。但最難忍受是蚊子叮咬。特別是一種小咬，小到可以鑽進衣褲，咬得你又痛又癢，起一塊塊紅斑。我們又祇能晚上趕路，白天躲起來睡覺。蔣部長說他老家就在和寧遠縣交界的山窩裡，他想去取一頂帳篷來支在樹蔭下好睏覺。黃縣長問你家怎麼有帳篷？蔣部長講他兒子在廣州讀大學，參加野營帶回來的。黃縣長說不行，你一回村我們就暴露了，前功盡棄。好在山路沿途不難找到泉水，解渴不成問題。但也不能光靠嚼餅乾充飢。哪樣辦？就去挖附近生產隊種的紅薯吃。運氣好還可挖到涼薯，脆生生的又甜又水。黃縣長不愧是部隊出身，每挖一個紅薯或涼薯，一定要在那小洞裡放一塊人民幣，三大紀律八項注意。就是生薯吃多了忍不住放屁。有時三人一起放連環炮樣的。蔣部長的屁最響，黃縣長笑他怪不得是搞宣傳的。

我們走山路兩天兩晚，到了藍山縣城。四面大山一塊平地上的小城，運動沒有我們蓮城那邊搞得凶。當天一早就搭上了去郴州的長途汽車。傍晚到了郴州又擠上了開往省城的火車。那時鐵路運輸也很亂，我都記不得買沒買車票了。火車走走停停，到處都在打派仗嘛。車廂裡插筍子樣擠滿人，連站腳的地方都很難找。旅客上下車都是從窗口上爬。一點不比我們走山路少受罪。在車上熬了一天一夜才熬到省城長沙。出了站先找公廁。省城的公廁有自來水，我們總要洗把臉擦擦身換換衣，不然一身臭烘烘的怎麼去見人。好在黃縣長過去常來省城開會、學習，街道熟悉。他領著蔣部長和我走過大街小巷，就到了省革命委員會機關大門前，黃縣長說是原來的省委大院。黃縣長向門崗出示了工作證，蔣部長也出示了工作證，我是學生證。我們進了接待室，向接待員提出要立刻求見華國鋒或章伯森同志，有十萬火急的情況報告。接待員說首長很忙，恐怕沒有時間接見。黃縣長說我是華書記、章省長的老下級，我們縣裡正在大規模殺人，殺了上千人了！一定要見到首長當面匯報。接待員答應掛電話試試看，華書記肯定不行，可以試試章副主任。接待員到裡屋去了一會，出來時面帶苦笑：運氣，黃縣長，找到章副主任了，他正在開會，讓你們進二號樓他的會客室等他。你是他的老下級，知道怎麼走吧？

就像走夜路看到了亮光。這院子好大，種了很多果樹。我們去到二號樓。在樓口又有士兵查驗證件以及看我們有沒有帶武器。在章主任的會客室，工作人員給了我們一人一杯白開水。等了一刻鐘，就見一位高高瘦瘦的中年漢子一臉疲憊的進了來，見到黃縣長也沒有握手，點點頭就領著進了裡間辦公室。隔著門，我們聽到黃縣長像小孩見了親人嚎啕大哭，以及首長的喝斥聲：黃營長！你個男子漢有話快講，老子忙得焦頭爛額，給你十分鐘，還有兩個會、幾起人等著。後來就沒有聽到黃縣長哭了。他怎麼匯報蓮城的事，我和蔣部長沒聽清。果然衹過了十來分鐘黃縣長就出來了，首長也沒有送客，在裡面喂喂喂的打電話。原來已經安排車子送我們去省革委第一招待所，進了一間帶衛生間有三張床的客房。黃縣長這才告訴我們，鑑於蓮城的特殊情況，章主任答應會儘快和黎原軍長、華國鋒書記匯報，爭取老華接見你們一次，準備好匯報材料。我們心上一塊塊石頭落了下來。輪流進衛生間洗了個痛快澡。之後倒在床上睡了一大覺。一星期來第一個落心覺。

第二天一早，有服務員來領我們去餐廳吃早飯。稀飯加饅頭，還有一碟鹹菜，管飽。飯後即有小車接我們去省革委大院，估計是首長接見。這次仍是進二號辦公大樓，上了三樓一間小會議室。黃縣長見到他的老熟人、省革委辦公廳主任梁春陽，原省計委主任，和章伯森一樣，是最早被三結合進省革委的領導幹部。他們剛講了幾句話，就見章主任陪著武高武大的華書記進來了。華書記竟一眼就認出了我，並且先和我握手：小力，長這麼高了？你父母親好嗎？聽講當司令了？不要搞武鬥。我緊張、興奮得講不出話，華書記就轉身和黃縣長、蔣部長講話去了。祇讓黃縣長揀最重要的情況匯報二十分鐘。黃縣長也很緊張，頭上冒汗，拿著個本子報告了蓮城和周邊地區「貧下中農最高法庭」處決地富分子及其家屬子女的情況，有地點、有時間、有人數。我真佩服黃縣長簡單扼要的概括能力。果然祇二十分鐘匯報完畢。華和梁身邊都有祕書做記錄。隨後華書記起身和黃縣長、蔣部長握手：

你們的情況，昨天伯森同志已和我談過，今天又聽了一遍，大致上就是這些了。我會和黎原軍長商量，儘快上報中央。你們回招待所等消息。對了，我知道你們兩位筆頭都不錯，為了搶時間，就請二位以省革委的名義起草兩份電報稿，一份給中央文革，一份給零陵軍分區和蓮城武裝部。具體的，由梁春陽同志和你們聯繫。

華書記確實很忙，匆匆和我們告辭。他和幾年前到蓮城蹲點住我們家那樣，樸實、厚道、慈祥。出門時，竟又返身和我握手：小力！回去問你父母好。你父親當大隊支書不開殺戒是對的，要遵守黨和國家的政策法令，我們不是張獻忠。這次就不留你在長沙玩了。記住，不要搞武鬥，要讀書。我感動得要哭。在回招待所的車上，我問了句「張獻忠不是明末農民起義領袖嗎」？蔣部長說你還記得上過的歷史課啊。張獻忠是個魔頭，他的起義軍進到四川就大開殺戒，殺得四川人口銳減，到了清朝初年，康熙皇帝不得不從湖南、湖北大舉移民去四川，叫做江西填湖廣，湖廣填四川。黃縣長卻瞪我一眼：首長的話不要亂傳！對你父親也不要講。記住了？

大事已定，我在省城無事可做，也沒有心思去玩，黃縣長、蔣部長也同意我快點返回蓮城。和來時不同，我擠火車、搭汽車一路順暢。但一回到二中革聯總部，知道李玉如老師已被她老家的民兵抓走，生死不明！我急得跳腳，大罵那幾個負責看管的同學。我匆匆忙忙向革聯的頭頭們匯報了「省裡的大好形勢」，要求大家不要輕舉妄動，等候上級命令。當天晚上，我就領著一個班的戰友趕去李玉如老師的老家。天亮時分吧，我們在村口向站哨的民兵打聽李玉如老師的下落。那民兵橫著眼睛樣子很凶：你們是二中學生？大地主的女兒李玉如頑固到底，寧可死也不肯嫁給貧雇農老單身，前天被丟進天坑去了！我眼睛也冒出火來了，問天坑在哪裡？一個早起提著糞箕撿牛屎的小孩不知從哪裡鑽了出來：我曉得！在岩腳背，走，帶你們去，五毛錢！那民兵冷笑：帶他們去收屍吧。顧不得別的了，我們跟著小孩很快找到了岩腳背那陰森森的天坑口。天，人丟下去還活得成？那小孩卻講：不定有活的，他前幾月還下去捉過石蛙，有兩層，如果扔進下面一層深不見底，肯定活不成。如果碰巧丟在上面一層，不定能找到人。前天他來玩耍，看到那女老師是最後面一個被丟下去的……於是我們趴在洞口又哭又喊：李老師！李老師！李老師！不准殺人啦！不准殺人啦……喊了一會子，我要大家趴下來聽聽天坑裡有不有響動。聽了好久，除了陰河水聲，什麼都聽不到。我不死心，決定下去看看。坑壁濕滑陡直，哪樣下去？這時村裡來了很多人圍觀，聽我們要下去找李老師，竟丟過來一捆麻繩。有了麻繩，我們就借小孩的糞箕做成吊籃（答應賠他五塊錢）。我第一個下去，用手電筒在第一層岩板上找，果然找到了李老師，她倒在一堆人體的最上面，眼睛還睜著，嘴皮還會動，奄奄一息……我們就這樣救出了李老師，她一身汙血，露著下身。不講了，不講了，太慘了，太慘了。

後來呢，後來呢？老夫子聽得瞠目結舌，仍要他講下去。

黃永力喝口茶水，指指眼睛：是我從省城回來的第四天，對，第四天，李玉如老師已住在校醫務室治療，天上突然有飛機轟鳴，而且飛得很低。我們蓮城平時很少有飛機飛過。不一會，就像飄雪花樣的，滿天上撒下紙片來。不少紙片落在我們二中教學樓瓦背上，操坪裡。我和戰友們跑到操坪上撿起紙片一看，傳單！是黨中央、中央軍委緊急指示，傳達林彪副統帥命令：中國人民解放軍駐湘第四十七軍立即派部隊進入道縣制止非法大規模殺人事件……

中央下命令了！林副統帥下命令了！我們蓮城有救了！解放軍萬歲！萬萬歲！

讀了黨中央空飄下來的傳單，我們二中校園裡奔走相告，大家又哭又笑，又笑又叫……不管後來運動形勢如何發展，不管林彪、華國鋒、章伯森、黎原、梁春陽等人（說不定還有江青）後來的結局如何，在制止一九六七年蓮城地區大規模非法殺人這件事上，他們的功德應該永遠載入史冊。歷史應當記住他們的名字。因為當時蓮城地區的殺人風潮，已經蔓延到很多地區，很多省份。湘省的郴州、邵陽、衡陽、常德、湘西的一些縣份也開始「處理地富」，周邊的廣西、廣東、江西、湖北、貴州、四川、雲南的一些縣地紛紛跟進……所以我後來才理解華國鋒伯伯「我們不是張獻忠」那句話的分量。當然我們最不應該忘記黃大義老縣長，他一人救了千萬人……教授你沒有留意到，我們蓮城很多「遺屬」家裡，都供著黃縣長的石膏像嗎？

老夫子忙說，看到了，在李玉如老師家裡，何湘姑家裡，都看到了。黃縣長後來怎樣了？晚年過得好嗎？我再沒有聽到他的消息。

黃永力眉頭一擰，深深嘆了口氣：不好啊，世事難料，他晚年過得不好。

老夫子吃一驚：他是為蓮城百姓立了大功的人……怎麼回事？

黃永力說：我記得第四十七軍六九五〇部隊（一個團的人馬）是六七年九月下旬進駐我們蓮城的。縣委、縣政府的工作由黃縣長主持，辦了縣、社、隊三級幹部學習班，清查各公社以「貧下中農最高法庭」的名義亂捕濫殺情況。成立了新生的紅色政權「蓮城縣革命委員會」，黃大義是縣革委的主要負責人。原支持處理地富分子的縣人武部部長、政委被調走，未追查他們的任何法律責任，連政紀、黨紀處分都沒有。以當時的文化大革命形勢，也不可能對事件做出認真的處理。「紅聯」和我們「革聯」兩派之間的武鬥是被制止住了，兩派都交出了武器。其實祇我們「革聯」的人交出武器，「紅聯」下面那些公社武裝民兵仍舊有槍枝。「紅聯」那些凶徒們根本不認錯，更不要指望他們認罪了。我們稍許平靜地過了幾個月。一九六八年七月一天晚上，第四十七軍進駐我們蓮城的六九五〇部隊突然撤走，走得非常倉促，都沒有給縣革委黃縣長他們打聲招呼！後來才聽講駐湘第四十七軍是奉命移防陝西臨潼去了。為什麼移防？天曉得！當時各種私下猜測都有，其中就有謠傳說林副主席命令第四十七軍開赴蓮城制止亂捕濫殺沒有經過偉大領袖批准。誰曉得真假？四十七軍一走，縣武裝部的人馬回來了，「紅聯」一派又得勢了，反過來清算我們「革聯」一派，黃縣長被辦了學習班，隔離審查！說他「包庇階級敵人、迫害貧下中農」，是「現行反革命」！沒有經過任何審訊，就判了他死刑。縣委、地委都同意。但因為他是省管幹部，對他執行死刑要經過省革委批准。說是華國鋒講了話：黃大義這個人我認得，在制止蓮城事件他起了很大的作用。有缺點、錯誤，批評、教育就可以了……「紅聯」一派要殺黃縣長沒殺成，仍把他關著不放。還把他押到一座煤礦下井勞動改造，要害他的性命。是煤礦的負責人打抱不平不肯動手，把重病中的黃縣長送進醫院搶救，才活了下來。我去醫院看望，被看守人員擋駕。當時「紅聯」一派也要抓我這個「革聯壞頭頭」，還是靠了我爺老倌的人脈關係，把我送到部隊當了幾年兵，逃過一劫。天底下的事講不清，我們蓮城的事也講不清。教授你曉得嗎？一九六七年八、九月果斷處理蓮城事件的幾個大人物，林彪就不要講了，華主席也不要講了，梁春陽同志文革結束被判刑坐牢，章伯森同志一九八四年被省委開除黨籍，取消老幹待遇；黃大義縣長一九八一年落實了政策，恢復名譽，幾年後去世。左啊，左啊。左的勢力根子深得很，也廣得很。難怪我們公司設計所的幾個老先生講，我們國家要是搞左傾復辟，也就是一個晚上的事！教授，你信不信？我是半信不信。今天若有人搞復辟，肯定也會有人反復辟！爛命一條，大不了誰都莫活。黃縣長去世，我們蓮城好幾千人自發披麻帶孝替他送行……不講了，不講了！

黃永力說得激動，滿臉通紅。這時他放在桌上的手機響了，是塔樓下他祕書打來的：老總！快下午一點了，胡總、周總來電話催了，酒菜都上桌了……還問寫碑文的事，你和教授講了沒有？

寫什麼碑文？老夫子毛骨悚然，問。

四十二　都龐嶺摩崖名錄

宋書琴留在蓮城人民醫院繼續治療。老夫子一直在醫院守著。書琴拉著他的手不放。待書琴睡熟了，老夫子才回到酒店歇息，睡了個囫圇覺。中午時分，孟九嶷來電話，問吃了中飯沒有，他才覺得腹內空空，餓了。不一會，服務生給他送來午飯：一碗雲吞麵、一碟清炒蝦仁、一碗玉子豆腐，很是清淡可口。他知道是醫果老闆安排的。女人就是比男人細心周到。他正吃著，聽得兩下敲門聲，是表弟周土生來了。見面就說：哥，你到哪裡去了？昨天找你一上午加一晚上。我生怕出什麼事。

老夫子放下碗筷：好些天沒去看你，知道你忙。昨天和黃永力見面談了一上午……什麼事？看把你急的。

周土生四下看看，見房裡再無旁人，才在大哥身邊坐下，放低聲音說：真有件事求你。吃過飯，跟我去打一轉吧。隨後在老夫子耳邊嘀嘀咕咕說了好一陣。

老夫子邊聽邊點頭：好，好……義不容辭。何瑤陪他導師到九嶷山去了，過兩天才回來。我倒是清閑……好好好，知道了，知道了。今晚上回不回得來？要在外邊住一晚？

臨出門，老夫子給孟九嶷留了個電話錄音，說自己隨表弟去辦一件事，可能要到明天才回來。醫院裡蘇州妹若問起，請代為解釋。

周土生駕著他的寶馬出了蓮城，穿過田野，進入山林，邊開車邊給了老夫子一個本子，請他批閱上邊的一篇文字。老夫子聚精會神地讀著，不住地點頭又搖頭。公路在山裡盤旋又盤旋，一個鐘頭後，抵達韭菜嶺下叫做「寶瓶坳」的地方。此處兩邊石崖筆立，入口很窄，僅能容一輛車通過，裡面卻是坡勢平緩開闊，直有千畝大小。車子繼續走，前面山巒層疊，便是「野豬林」養豬場了。

坳口有座棚子，寶馬車進棚後停下。他們下了車，關上車門。然後，一陣水珠水霧灑下來，淋在車身，散發出藥味。表弟解釋：消毒。任何車子進來都要消毒。這是進入公司辦公區和生活區的第一關。如果要進入公司倉庫和肉食加工廠，必須第二次消毒，人員要穿防護服。最裡邊才是牲豬飼養區。幾千畝樹林，豬寶寶們白天放養，晚上回欄。除了專職飼養員和少數幾位公司頭頭，任何人不得進入，包括上級來視察工作的領導同志。這樣，才保證了萬頭豬場自開辦以來，沒有發生過疫症……我們胡總畢業於省農大畜牧系，懂得科學管理。

老夫子頗有感觸：飼養牲豬也進入現代科學境界，難怪人家稱胡總為「養豬大王」。

寶馬出了消毒棚，駛到一棟三層樓房前停下。老夫子沒有聞到什麼異味，反倒覺得山裡空氣新鮮。樓前已停了好些轎車，都是進口大牌。周土生領著老夫子逕自上樓，輕輕推門進入一間會議室。牆上掛滿各級政府部門頒發的獎狀、獎牌。不少人圍坐在會議桌四周，顯然是在開會。桌上擺著汽水、礦泉水、罐裝啤酒以及各式瓜子、水果。眾人談興正旺，見客人進來，都說：到了！到了！還有人鼓起掌來。矮胖個頭的胡世英和老夫子緊緊握手：教授，我們見過面的……今天好不容易把您接來，參加我們蓮城民企老總的茶話會。來來，先給大家介紹一下。這位是湘師大的何道州教授，博士生導師，我們今天的貴賓。歡迎！歡迎！在座的有幾位曾在瀟水大酒店與教授見過面，但那次時間倉促，來不及細談。教授可能印象不深。現在呢，各位自報家門，還是由我一一介紹？好，這位瘦高個老總叫周天順，人稱魔芋大王，他的公司名為「中國韭菜嶺魔芋食品有限公司」，國字頭的！好，好，又不剪徑，不稱什麼「大王」，免俗，免俗。老夫子與周天順握手，彼此都說見過，見過的；胡總往下介紹：這位高人叫黃永力，人稱……好，不稱「大王」了，他手下的「蓮城建築工程公司」有十支施工隊，兩千多人馬，遍布湘、贛、粵、桂、黔五省，威風了得……老夫子握住黃總的大手，兩人都說：昨天扯談扯了一上午；胡總繼續：這位不胖不瘦的老總叫張順，和《水滸傳》裡的「浪裡白條」同名姓。他名下的「瀟水漁業養殖公司」每年產鮮魚、活蝦幾千噸，供應鄰近四省幾百家大小餐館、飯店，他的廚師等會給我們做有名的「蓮城石鍋魚」……老夫子和張總握手，都說：上次匆忙，今日要好好討教；胡總說：這位戴眼鏡的老總是朱小豐，我們的稻米大王，哦，對對，不稱王。深挖洞，廣積糧，不稱王。朱總名下的「嘉禾名優稻米種植公司」承包了五萬畝稻田，生產我們老百姓也能吃到的「蓮城牌貢米」。教授，這個牌子的粳米和泰國「金雞米」有得一比哦。老夫子和朱總不免又客氣一番；胡總不停歇，介紹下一位：這位高大威猛的老總有個好名字，叫何三崽。他是我們的茶油……哦，我老是忘了「不稱王」的約定。何總的「中國都龐嶺橄欖油——茶油公司」承包了十萬畝油茶林，年產金色茶油數萬噸。我們本地茶油經科學化驗，多項指標均趕超地中海沿岸國家出產的橄欖油……老夫子和何總握手：一筆寫不出兩個何字，呵呵；胡總拍拍下一位老總的肩：這位虎背熊腰的大漢是曹千里老總，他的公司五支車隊，一百多臺貨運卡車，年產值數億……老夫子和曹總握手，均說：久聞大名，幸會幸會。胡總說：何教授，今天有一位老總缺席了。他叫游四方，是我們蓮城的「蜂王」，去內蒙古草原視察採蜜蜂群的情況，未能聯繫上……

大家坐下來。胡世英擺在桌上的手機響了。胡總接聽：什麼？我這裡正開會，忙不贏。什麼？涼粉公司的何湘姑來了，要參加今日茶會？她的車子消毒過了？好好，既來了，就請吧。她也是「遺屬」。胡老總抬起頭，說：薛荔種植園的女老闆何湘姑不請自來。她說什麼八仙過海，她何湘姑也是一仙，少不得的。來就來吧，反正我們也不是祕密會議。

老夫子說：我見過何湘姑，很能幹的一員女將。

魔芋大王周天順說：今日雖說少了游老總，但加上何教授也是「八仙」了。何湘姑一到，就是九仙了。來一個仙女，很好很好！

眾人一聽，笑了起來。說話間，何湘姑俊模俏樣地進來了。胡老總邀她入座，開玩笑：說書的有句套話，怎麼說來的？哦，立似海棠帶露，行來楊柳隨風，就是形容你這號女大王的。

何湘姑坐在老夫子身邊，笑吟吟地和眾人招呼：什麼女大王？打家劫舍、占山為王的女豪傑？

魔芋周晃晃手：那你就差得遠，頂多也就當個壓寨夫人。

稻米朱說：不錯，湘姑不就是薛荔山周總的壓寨夫人嘛？

胡總說：湘姑，你的耳朵比山狗還靈。哪裡得到消息，聽說了我們的茶會？

何湘姑說：我不稀罕你們的茶會。我在意的是你們茶會上做什麼事。

做什麼事？胡老總裝懵懂。

何湘姑求救似地看一眼老夫子：教授，你德高望重，給評評理，看我今日是不是該來這茶會。我和老周也都是「遺屬」後代！我娘一家九口，在一九六七年被人家「處理」了八口，連我娘八十三歲的爺爺都沒有放過……我娘那年十七歲，因人生得水靈，被民兵隊長看上了，才活了一命……我作為「遺屬」後代，為什麼不能參加這個會？說著，湘姑已是熱淚漣漣。

屋內空氣凝重起來。胡世英敲敲桌子：好了，好了，我們各家都有各家一本經。今天嘛，是有要辦的事情，不過我們先立個規矩，不要把事情傳出去。說好了，即使對自己的老婆、崽女、最親近的人都不要講。要不然，人家給扣個帽子，指我們是在記什麼賬，過去叫「變天賬」，現在不這麼叫了，叫國仇家恨吧。我們的目的衹有一個，刻崖為碑，把一段歷史銘記下來，讓後代子孫不要忘記。我們都是堂堂正正的國家公民，民營企業家，蓮城縣政府的繳稅大戶！我們不是要和誰記仇，而是要記錄下歷史，不要讓一九六七年八、九月那樣的悲劇在我們蓮城這塊古老的土地上再次發生。

老夫子聽了，鼻頭酸酸的。大家鼓掌表示同意，眼裡也都是淚光閃閃。他們說：我們大都是無父無母的「遺屬」，文革的倖存者。這麼多年過去了，有的人就是怕談這段歷史，認為家醜不可外揚。這是家醜嗎？什麼樣的家醜啊？

胡世英和周天順、黃永力等幾位商量了幾句，敲敲桌緣說：我們既是開茶話會，大家都想講話，那就邊喝茶邊講。他看看桌面，又說：不喝茶的，果汁、啤酒都有，請便。哦，這裡還有周總拿來的魔芋果脯、魔芋軟糖、魔芋酸奶等茶點。大家暢所欲言，但不要長篇大論，時間畢竟有限。長篇大論拿到各自的職工大會去說吧。魔芋周，你先來？

周天順點頭應允：我來就我來。說實話，一九六七年七、八月底那次大難，我也怕想，希望迴避，忘記它。四十多年了，我晚上做噩夢，夢到那些場景，好像就在眼前……那年我十歲。我是去了外婆家。外婆家是貧雇農。他們村子也要處理地富分子及子女。外婆把我藏在屋裡，不准我出門。直到一個多月後，中央派飛機撒傳單了，林副主席下令四十七軍宣傳隊下鄉禁止殺人了，我才回到家裡。可是，我的父親、母親、祖父、祖母、哥哥、姐姐都不見了。我四處叫，四處找，我喉嚨都喊啞了。村裡一個小夥伴偷偷告訴我：不要叫，人都下天坑去了，生產隊一共丟下去三十幾人，現在全是貧下中農了……

說著，周天順的臉頰滾落熱淚，兩行淚蹟在吊燈下閃亮。他伸出巴掌，抹了一把。

周總身旁曹千里咳了一聲，說：哭什麼哭？你躲在外婆家逃過一劫。我就沒有你那麼幸運。那天下午。我們生產大隊的「貧下中農最高法庭」派隊上的地富分子和子女去挖坑。那年我才八歲，也被民兵押去挖坑。我父親、母親、兩個哥哥都不知道派大家挖坑是用來做什麼的。有個富農是作田裡手，說這個大坑是生產隊用來堆嫩葉嫩草漚肥料的！坑挖好了，看押我們的民兵也不放人，不准回家吃飯。天黑了！「貧下中農最高法庭」的一、兩百號人打著火把、扛著鋤頭來了，把我們團團圍住，宣讀了一紙判決書，命令我們統統下坑去躺下，叫做休息。我們不敢出聲，祇能遵照命令下去、躺下。沒想到茅草、土塊、石塊一下子蓋了下來，埋住了我們……我們一家躺在土坑邊上。可憐我父親最後還保護了我一下，把我推到最邊上，身上蓋了厚厚的茅草……我以為自己已經死了。不曉得過了多久，坑上面沒有聲音，也沒有火把了。我在茅草下醒來了。八歲的我，有種求生欲，在茅草下面扒呀扒呀，邊上的泥土蓋得不是很厚，我竟自己爬了出來！我不敢回村，不敢回家。哪裡還有家呀？我像條野狗樣在山上躲了二十多天，野果、野菇、野菜、嫩草、嫩葉，也不管有毒沒毒，什麼都吃。我竟活了下來。後來，就像周總剛才講的，飛機來撒傳單了，四十七軍宣傳隊下鄉了，張貼布告，中央禁止殺人……我長大後，看《三國演義》，書裡有句話「天不滅曹」。

曹千里沒有流淚。他說：老子幾十年來就是不哭，不落淚。我們曹家就剩下我一根獨苗苗，有什麼資格落淚。對不起，現在我曹千里名下不但有家運輸公司，老子還養了兩個兒子、兩個女兒，超生款罰了三十幾萬。

我孫子、外孫也有了八、九個。我鼓勵兒女超生，老子替他們付超生費。不就是兩萬塊一個嘛？有人想處罰我、抓我的典型。可我的公司每年向政府繳納五、六千萬的稅費，他們捨不得呀！

曹總的話剛一落音，「浪裡白條」張順就舉手發言：我們張家坪就在瀟水邊上，離縣城近。一九六七年七、八月，我們大隊的「貧下中農最高法庭」處理地富分子及子女時，我是個高小生，自以為懂得上級政策「出身不由己，道路可選擇」，自認是「可以被教育好的子女」。生產大隊處理我們這些人的前一天，我偷偷游水過江，跑到縣武裝部去報信，要求武裝部派解放軍叔叔下去宣傳黨的政策。縣武裝部的門衛很凶，問了我的姓名、家庭成分、哪個公社哪個大隊哪個生產隊的。之後，他對我說：小黑鬼，老老實實回去吧！要相信黨，相信群眾，這是兩條根本的原理。我相信了，回到生產隊，立即就被民兵捆了雙手。我們一家老小都被捆了。全大隊共捆了二十多人，每人手上還綁了塊二、三十斤重的石頭。武裝民兵把我們押到瀟水岸邊，一個一個像丟布袋樣地丟進河裡……我從小會水。兩條腿沒被綁住，我就沉入水底掙扎，竟把那塊石頭掙脫了。我潛水到岸邊，在一蓬蘆葦下裝死，躲起來……我就這樣活了下來。我父母、兄姐和隊裡其他的分子和子女，都沉在水裡，再也沒有出來……後來的事，和周總、曹總講的差不多，不重複了。

下一位發言者是虎背熊腰的「茶油大王」何三崽：我和你們不同。一九六七年我九歲，是紅五類。父母是老實巴交的貧下中農，三拳砸不出一個屁那種人。我呢，比較調皮，不喜歡上學，喜歡看熱鬧。一天上午，小同伴來告訴我，快去看，「最高法庭」要埋人了，快點哦，去遲了就看不到了。埋人？怎麼埋？為什麼要埋？我好奇了。我們兩個小屁孩趕到後龍山的松林裡。那裡地勢高，有生產隊的十多口紅薯窖。紅薯窖你們還記得嗎？現在很少見到了。就是在乾爽的高地上挖出的一口口五、六米深圓井，用竹樓梯可以探底。從窖底再向四周挖出洞窟，用來存放新鮮紅薯。平時用稻草搭棚蓋住窖口，防止雨水進去。

稻米朱說：曉得，曉得。用這個法子貯存鮮薯，可吃到第二年五、六月。

何三崽繼續說：七、八月份，這些紅薯窖是空的，所以「貧下中農最高法庭」用來埋人……我和小同伴躲在一棵大樅樹下，看到民兵叔叔、哥哥們把一個個被綁了手腳的大人、小孩朝窖井裡扔，像扔柴禾捆。小同伴說：那都是階級敵人。我說：好像是活的！小同伴掩住我的嘴，怕我叫出聲。那些被扔下去的大人、小孩不哭不叫，沒有一個人喊救命。小同伴說：階級敵人都被嚇傻了，嚇啞了，喊都喊不出來了。那些人都被扔下豎井後，民兵們朝每個窖口投下去點燃了的乾稻草，最後用泥土填平封了……我始終沒有聽到紅薯窖裡有一聲叫喊，祇聽到民兵們喊消滅反動派！毛主席萬歲。

何總說得大家都沉默了，或許也被嚇傻了，震住了。何總緊握雙拳，大叫一聲：老子是個人，不是畜生！老子就是忘不了！忘不了！

良久，配戴眼鏡、模樣斯文的朱小豐才清清喉嚨，說：我另外講一件事……就在去年十一月，我到深圳去談一筆出口生意，住在一家港資大酒店裡，有三、四十層樓高，房間很整潔。我在大衣櫃裡看到一疊香港雜誌，花花綠綠的，於是就拿出來看了。那都是內地禁書呀！在一本《爭鳴》月刊裡，我讀到一篇臺灣國軍老兵寫的回憶文章。作者原是國民革命軍十九路軍的士兵，一九三七年從淞滬戰場下來，隨即投入南京保衛戰。那時的十九路軍已經被打殘了，是一支殘兵敗將的隊伍了，又奉命來打南京保衛戰，還能有多大戰鬥力？但是，那場戰鬥還是打了兩、三個月，死的死，傷的傷，剩下的全成了日軍俘虜。日軍開始大規模屠殺國軍俘虜。一隊一隊的國軍士兵被押解到長江邊上，被機槍掃射……臺灣老兵講，他和一百多個弟兄被一根長繩索拴著，由兩名日本兵押去江邊時，一百多國軍弟兄沒有一個人吭聲，都聽從命令，轉過身去，面朝江水，任由日軍士兵從後用機槍掃射……為什麼沒有聲音？因為心已經死了。大家早就不想活了，祇求速死……這名國軍老兵被幾位戰友的屍體壓在上面，才活了命，後來回了臺灣……

高壯的「茶油大王」何三崽吼了起來：那是戰爭！第二次世界大戰的中國戰場！一九三七年底、三八年初，日本鬼子佔領南京，屠殺了三十萬中國軍民，犯下滔天罪行！現在南京建有大屠殺紀念館，每年的十二月八日都要舉行全國性的悼念活動……可一九六七年七、八月間發生在我們蓮城和蓮城周邊幾十個縣份的事件算什麼？和平年代喂！光天化日之下呀！同族同宗喂！都敬一個領袖喂！就因為階級成分、家庭出身不同處死那麼多人……被處死的人也都吭也不吭一聲，也都心死了，活夠了，祇求速死！雖說後來也做了「處遺工作」，但終歸沒有究查慘劇發生的根本原因。和平時期殺一個無辜的人，要償命；和平時期殺了上萬無辜的人，卻無一人償命！連「遺屬」申請建個紀念館、紀念碑亭都不批准！還要我們不糾纏歷史舊賬，團結一致向前看。

周大順捶捶桌沿：忘記歷史，不糾纏歷史舊賬，歷史就可能重演！這種事又不是沒有發生過。

朱小豐說：列寧教導，忘記歷史是意味著背叛。

曹千里說：我那運輸公司就有好些個開車師傅留戀文革歲月，留戀當紅衛兵、紅小兵的年代！他們都喜歡一部電影《陽光燦爛的日子》。他們常在一起喝酒、聊天，講文化大革命就是好！就是好！紅衛兵「破四舊」、「立四新」就是有道理！文化大革命非常必要、非常及時！現在走資派又當權了，走資派還在走，就是因為文化大革命不徹底，毛主席沒有活到能把這場革命進行到底。如今，資產階級就在黨內，你不行賄，不用金錢開路，屁事都辦不成……我一聽這種話就惱火，就痛恨。文化大革命那樣好，你們就不要開卡車了，回去當紅衛兵，打砸搶抄去好了！

胡世英的手機響了。他說了聲對不起，起身到走廊講電話去了。

一直插不上話的何湘姑終於找到機會開口了：現在不是時興唱紅歌嗎？全國都在學重慶「唱紅打黑」，我們蓮城縣也派了人去重慶取經學習，回來也組織、舉辦了紅歌大賽。難怪有人講，重慶經驗，唱紅打黑，拿民營企業開刀，就是另一種方式的文化大革命，又要來一次「打土豪，分田地」了。

朱小豐說：還有更邪乎的！我公司員工中就有人傳話，我們蓮城有人要去重慶參加「毛澤東主義黨」第一次全國代表大會，選舉薄熙來為中央主席。重慶要成為中國的另一個紅色首都。何教授，您是省城來的，您說有這個可能嗎？

老夫子靜靜地聽著，心裡翻滾著一罐五味汁。他原本不想多言。過往在國內幾十年的經歷不時提醒他少說為好。現在有熱心人討教，祇好回答：如今網絡帖子滿天飛，各級網管部門刪帖都刪不贏，搞了個金盾工程、防火牆，好像也不大管用……網傳有個什麼黨要在重慶召開首次全代會，請薄熙來任黨主席。依我看，薄書記雄心再大，也不至如此明目張膽吧？講句不中聽的話，他個政治局委員，重慶市委書記，會自投羅網嗎？薄公子可是位聰明人呀。

老夫子幾句話，引得大家議論紛紛：

當年薄熙來是北京高幹子弟出了名的紅衛兵打手，連自己老爸都敢踩斷三根肋骨。我看哪，林子大了什麼鳥都有。玩火嚒，搞不好燒了自己的手指。

燒了手指倒是小事，燒了自己吃飯的傢伙就不是好玩的了。

我們中國的事情難講吶！就算少了個薄熙來，還有李熙來、王熙來、張熙來、郭熙來……紅衛兵、紅小兵，毛主席培養的接班人。是整整一、兩代人。

凡事有個度。搞得好是接班人，搞不好就成了掘墓人。

對不起，再有「打土豪，分田地」，老子絕不束手待擒。

要是再來一次一九六七，我們哪樣辦？

哪樣辦？還能像我們的上一輩那樣，去自己挖坑埋自己？或是一言不發被人推下天坑，一聲不吭被人推下紅薯窖？

拼！老子單槍匹馬也要拼！拼一個算一個，拼兩個算一雙！反正是個死，也不能白死。

網上有消息，毛主席的外孫女有個相好，是保險集團老總。他說一旦有人要搶他的財產，他就請僱傭軍來護衛，絕不拱手相讓。

聽聽，這是毛主席的子孫今日對「打土豪、分田地」的反應。

偌大的會議室，氣氛悲壯。老夫子心情沉重，感嘆：歷史不會重演吧？至少會換一種方式方法吧。

好一刻沒有吭聲的黃永力乾咳一聲，敲敲桌緣：大家聽我講幾句。一九六七年的蓮城事件已成了歷史。今天我們來看這段歷史，還要看到它的另外一面。當時全縣三十六個公社，兩百多個大隊，就有兩百多個所謂的「貧下中農最高法庭」，其中有十多個大隊沒有跟風「處理地富」。比如我爺老倌那個大隊，何教授的舅舅周樹根的沙仂江大隊等等就頂著天大的壓力，講天地良心，遵守了政策法令，他們也都是「土改根子」出身。

更主要的我們不應忘記一個大功臣、大恩人，黃大義縣長！如果不是他和蔣部長冒著生命危險逃出蓮城，去省城找到他的老上級章伯森、華國鋒匯報，華書記立即向中央報告，林副主席立即派四十七軍部隊進駐我們蓮城，讓那股狂潮蔓延各地各省，後果不堪設想！不忘歷史就是不忘這些領導人，特別是黃大義縣長！但我們提出在瀟水岸邊給黃縣長立個像，請示多年，上級都不批准。現在很多人家裡供著黃縣長的石膏像來紀念，但不易保存。今天我提三條建議，一是鑄幾百個黃縣長的鐵頭像，把那些石膏像換回來；二是我們成立一個扶困基金，或者教育基金，幫助那些遺屬困難戶。這件事人家瀟水大酒店的譽果老闆已經做了多年，我們不能袖手旁觀；三是在我們要做的紀念岩碑上，給黃縣長刻一個頭像。這三條，大家看看怎樣？

黃永力的話一落音，大家熱烈鼓掌，齊聲叫好，紛紛說馬上可以報捐款數。

正說著，胡世英接完電話返回。他笑笑說：熱鬧吶，永力發言一定很精彩。我先報告一個消息，剛才是仙子腳養老院鄧院長電話，我們蓮城一九六七年事件的著名人物管大關部長昨晚上中風不治，死了。有人說，一個時代結束了。對，管部長就像他家的「部長」狼狗，早就不中用了。

老夫子聽說管大關老人去世了，心裡不禁感慨萬千。

一直在會議室忙出忙進的周土生副總拿著一疊紙進來，交給胡世英老總。胡老總讓周土生找把椅子坐下，然後宣布：各位，各位，下面我們要辦今天的正事了。周總，這份材料是你抄寫的，還是由你來唸給大家聽。唸慢點，每字每句大家都要聽清楚了。

周土生原本還想推讓，見胡世英一力推舉他，便粗喉大嗓地說：這篇碑文，經何教授審核過，劃掉了一些文字，我抄寫出來，大家聽清楚了：

一九六七年蓮城事件紀念碑銘

公元一九六七年八至九月正值無產階級文化大革命進入高潮階段，中國湘南蓮城縣及周邊地區紛紛成立所謂的「貧下中農最高法庭」，對地富分子及其家屬子女實行「斬草除根」。原蓮城縣長黃大義不顧個人安危，冒死趕赴省會長沙，向省革命委員會負責人章伯森、華國鋒報告實情。華國鋒立即將慘劇上報中央。不日，時任毛澤東接班人的林彪副統帥命令中國人民解放軍駐湘第四十七軍出面制止殺戮。第四十七軍隨即派飛機撒傳單傳達中央指示，軍宣隊奔赴各公社、村落貼布告、喊廣播，禁止殺人。至此，蓮城慘案方能停止。十五年後的一九八二年，最高人民法院院長江華回鄉探親路過蓮城，聽取相關的匯報，表示極大的憤慨，指示一定要嚴肅處理。一九八三年中共中央總書記胡耀邦巡視湘南蓮城地區，聽取相關匯報，心情難以平靜，悲憤溢於言表。一九八四年，中共零陵地委奉命抽調一千三百多名黨政幹部，組成「蓮城一九六七年事件遺留問題處理辦公室」，對全縣十七個鄉鎮（原三十六個公社）的受難者及其遺屬作了一次詳細實地調查，落實名單。同時，聯手政法部門對一九六七年的幾千名凶犯進行了不同程度的處理，大多衹受到黨紀政紀處分。幾十名受到法律制裁的人犯，最高刑期十三年，無一例死刑。為了記取血淚教訓、銘記慘痛歷史以防悲劇重演，蓮城縣八位民營企業家於二　一　年夏末共同商定，在五嶺山脈都龐嶺下崖壁上銘刻「一九六七年蓮城事件受難者名單」，計四千五百一十九人，以誌永久紀念。

周土生長吁一口氣，看看神情悲戚的眾人，說：名冊很長，就不唸了吧。

胡世英點頭：都聽清楚了？好！還有不有意見？沒有，好。立碑人在下面簽名。八仙過海，對這件事負責，姓名也都刻上去。

眼角泛紅的何湘姑取過桌上一枝筆，頭一個寫上自己姓名。其他「七仙」也一一簽上大名。臨了，何老夫子也要求簽名。胡世英說：教授就免了吧？不要牽涉進來了。何老夫子一反常態，非常執著：土生表弟瞭解，我也是蓮城事件的見證人。我都快退休了，怕什麼？簽！

簽名完畢，胡世英宣布：今天我做東，酒肉管夠。但茶話會還有最後一項，大家去看看我們選好的那堵崖壁。等廣西的石刻師傅一到，就開工。我們不燒紙，不放鞭炮，大家種八棵都龐嶺寒天柏，算個奠基儀式。

好，今天就奠基！今天就奠基。

四十三　何紹基故里復建學術研討會

蓮城「何紹基故里復建學術研討會」在瀟水大酒店三樓會議廳如期舉行。七十多位明清古建築專家濟濟一堂，見仁見智，暢所欲言。其中以清華大學建築學權威錢教授的主旨發言圖文並茂，最為精彩。何瑤、松小路作為錢教授的助手，負責講稿和圖片的放送處理。錢教授一邊講，他們一邊把一行行文字配一幅幅彩色照片向講臺右側的大屏幕播放，把何瑤這些日子所拍攝的圖像都用上了，簡直天衣無縫。邊聽演講邊看圖像在蓮城地方還是新鮮事，因此會議廳來了許多旁聽的民眾，把過道都擠滿了。

吳家山縣長和縣旅遊局局長作為會議主持人坐在主席臺上，笑笑微微，聽著錢教授的講話頻頻點頭，同時做點筆錄。蓮城要辦一件前無古人的大事業，他們躊躇滿志。不過吳縣長心裡也在盤算著擺在眼皮底下的事，這次請了這樣多省內外專家、學者來，按當下的規矩，三天會議除了包吃包住包來回車費，每位嘉賓還得敬奉一千元的謝禮金。一人一千元恐怕還拿不出手呢。總計下來不會少於三十萬元，是個不小的數目，縣財政肯定拿不出這筆款子。祇有向民營企業要贊助。如今的民企老闆一個個財大腰粗，已經不像前些年那樣聽話了。本縣八家最大的民企，經他一一親自掛電話提要求，他們八家好像統一了口風，每家祇肯贊助三萬塊。也就是二十四萬，多一分不肯出。還差六、七萬哪裡來？難道又要拖欠瀟水大酒店的會議食宿費不成？天！嚳果老闆從香港來了，正住在十八樓的空中花園裡，不好惹，也惹不起啦……吳縣長神思恍惚了一下，坐正了身子，還是認真聽取大會發言吧。

錢教授揮著根細長的金屬棒指點著屏幕上的圖像，像在他的清華講堂上授大課。現代科技也真神奇，比如他說到九嶷山的舜帝陵，屏幕上就會出現那座林木蔥蘢的圓錐形山峰；他說到鬼崽嶺，屏幕上就會出現那些形貌各異千奇百怪的石俑……但聽錢教授一路說來：

前幾天，承蒙吳縣長百忙中抽出時間，親自領著我還有我的學生何瑤，以及松小路、小九嶷幾位好青年陪同，在蓮城地方十來個主要景區走了一遍。對我們這些長年住在大城市的人，蓮城是個偏遠、陌生的地方。不來不知道，來了嚇一跳，這裡的的確確是塊風水寶地！有著宏大、多樣、珍稀的旅遊文化資源，可以說在全國都是少見的。無論從自然風光、歷史古蹟、民俗文化、休閑度假、科學探險等等各個方面講，資源都是異常豐富、異常迷人，值得長遠規劃，全盤考察，進行大規模開發。不是縣級、地區級項目，甚至不是省級項目，而是國家級的項目，像四川九寨溝、湘西張家界那樣的大項目。我所以說要長期規劃，因為需要有高速公路、高速鐵路、民航機場來配套，爭取和隔壁的桂林風景區聯手，成為我國南方的旅遊雙星座。我是不是在講大話，放空炮？（眾笑）不是提倡做中國夢嗎？我們可以把夢做大點，做遠些嘛！（眾笑，熱烈鼓掌）

好，言歸正傳。還是回到「何紹基故里復建」這個主題上來。對不起，我要唱唱男低音、詠嘆調了。松小路小朋友給我看過一些資料。昨天又到何紹基故里現場轉了一圈，我真的很失望，很痛心。因為她被破壞得很徹底，面目全非。太平天國起義軍進駐蓮城破壞過一次，抗日時期日本鬼子佔領蓮城又破壞一次。對不起，第三次破壞是文化大革命，直到今天。「何紹基故里」東門鄉大街盡蓋了些鐵灰色的水泥殼殼，所謂的現代化建築。我不是單指蓮城。現在中國的建築物，都是愚蠢地、一窩蜂地模仿西方，搞大平面、大方塊、大直角，水泥森林！就拿西方來說，古希臘、古羅馬、法國路易王朝和查理王朝，英倫維多利亞王朝，有過多少美輪美奐的偉大建築，很多建築至今屹立在那裡嘛！他們搞蜂巢式塔樓、搞玻璃幕牆也是近幾十年的事嘛。可我們現在呢，學習現代化，建設現代化，我指的是建築方面，就衹跟在人家的屁股後面跑，把我們老祖宗延續了幾千年的建築傳統、建築藝術視為落伍、守舊、腐朽，徹底丟掉！我不隱瞞我的觀點，進了中南海我也是這樣講。我對數典忘祖一套痛心疾首。儘管我因此挨過批鬥，文革還挨過揍……對不起，吳縣長，我看到你皺眉頭、搖腦袋了。講遠了，講遠了。好，講回來，講回何紹基故里復建這個話題來。你們的松小路是個優秀青年，我佩服他一名導遊竟掌握了那麼豐富的何紹基故里的歷史資料。這些天我一直在向他討教。通過他的介紹，我初步瞭解了何紹基故里的歷史風貌。真是江南官宦民居建築的瑰寶呀！何紹基故里原來是一組完整的、規模宏大、極具歷史文化和藝術價值的建築。包括探花第、將軍府、進士樓、鶴鳴軒、東洲草堂、環秀亭、石魚湖、五如石等等。這就是何紹基故里，過去稱為「十五代秀才之家」，前後出過二十四名進士！同志們，這在全國的小城鎮中是少有的。我可以武斷地說上一句：絕無僅有。這些建築物布局合理，疏密有度，結構精巧，匠心獨運，具有鮮明的漢民族個性和深厚的文化底蘊。其中的探花第和進士樓更是清代民間祠堂公共建築的標本。

所以，我斗膽建議，策劃構建以蓮城為中心的瀟湘大中華歷史風光旅遊區，應該從復建何紹基故里入手，首先把這一組多姿多彩的古建築恢復好，起到示範作用。這是帶頭羊。然後逐步擴展至九嶷山舜帝陵、鬼崽嶺、玉蟾岩遺址、橫嶺溫泉、濂溪周敦頤故里等等各個景區去。同志們，我們可以設想，瀟湘大中華歷史風光旅遊區的建設過程尤其是建成之後，交通運輸、住宿餐飲、土特產銷售、休閑娛樂等等，各行各業興旺發達，會解決多少城鎮人口就業？吳縣長，你最關心的是政府的財政收入，那可是財源滾滾呀……那時的蓮城，可就是金窩銀窩，富得流油呀！我講這些，是不是夸夸其談，天花亂墜？

全場熱烈鼓掌，叫好，笑聲不斷。錢教授不愧是清華大學的建築學權威，講話高屋建瓴，熱情洋溢，極具魅力，鼓舞人心。吳家山縣長笑得眼睛瞇成一條線。何瑤、松小路則為自己導師的精彩演講驕傲不已。

就在這時，會場裡彷彿聽得到酒店樓下周敦頤廣場上傳來的一陣陣嘈雜的人聲。但見一位幹部模樣的人匆忙走了進來，逕自上了主席臺，在吳家山縣長耳邊報告了幾句什麼。吳縣長臉都白了，立即讓身邊的旅遊局長繼續主持會議，悄悄隨來人從後臺離去。吳縣長乘電梯下到一樓，就見縣公安局一名副局長率十幾名警員堵在大門口，阻止一群舉著標語又叫又吼的民眾衝進來。公安局副局長報告：他們反政府！他們喊要見縣長，要衝進會場去搗蛋！縣長你下令，老子抓他幾個動亂分子！吳縣長指示：不准他們衝進去會場鬧事，做得好，不然影響太壞，讓全國各地來的專家看我們蓮城的笑話。但先不要抓人。他們不是要見我嗎？好！我出去見他們，看看是些什麼人。

說罷，吳縣長出了酒店大門。有縣電視臺記者現場錄像。兩名警員緊隨吳縣長以策安全。吳縣長見吵吵鬧鬧的男女中有不少是各單位紅歌團成員，參加過紅歌大賽，便大聲喊話：你們不是要找吳縣長嗎？請看清楚了，我是你們的老熟人吳家山！大家不要在酒店門口吵鬧了，這是外資企業，影響我們蓮城的形象。走！我陪你們到河邊樹蔭裡去，大家坐下來涼快些。我一定認真、負責地聽取你們的意見和要求，好不好呀？

民眾見吳縣長親自出面了，並領頭向河邊樹蔭走去，也就相跟了上去。吳縣長這才看清了那些大大小小的標語牌上的內容：「反對封建復辟！」「保衛土改成果！」「絕不允許替大官僚、大地主何紹基翻案！」「反對何紹基故里拆遷重建！」「打倒何紹基！」「做何紹基的孝子賢孫絕沒有好下場！」

吳家山心裡冷笑：大帽子一堆，原來是反拆遷，要高價賠償。他讓隨身的警員去把追著錄像的記者趕走。

現在的記者唯恐天下不亂。他見鬧事的人陸陸續續都到樹蔭裡來了，便開始講話：同志們！大家先冷靜下來涼快涼快，聽我這個當縣長的講幾點看法。等我講完了，你們再吵再鬧好不好呀？好，安靜下來了。第一，你們的意見、要求，都寫在你們手裡舉著的標語牌上了，我已經看明白了；第二，酒店裡正在召開的「何紹基故里復建學術研討會」，祇是專家們發表各人的想法，討論某種可能性，距離搞規劃、立項目還有十萬八千里，八字沒有一撇。就算縣裡要搞旅遊開發，也還需要層層討論，廣泛徵求意見，包括在場各位的意見，最後再經過層層審核批准。所以我講現在八字沒有一撇，還有十萬八千里。你們聽到風就是雨，就鬧起來，是不是太早了，過急了？第三，你們是不是想聽聽專家、學者們有些什麼獻言獻策？這裡我可以透露一點給你們。北京清華大學建築學權威錢教授經過好幾天的實地考察，提出了一個遠景規劃：建設以我們蓮城為中心的「瀟湘大中華歷史風光旅遊區」，把我們蓮城以及周邊地方的主要景點包括進去，一個國家級的大旅遊區。如果這個項目省委批准了，中央批准了，國家立計劃了，我們蓮城地方就要修高速公路，高速鐵路，民航機場，每年接待幾百萬、上千萬的國內外遊客，成為全中國的旅遊熱點之一！想想看，同志們，那會給我們蓮城帶來多大的商機、多大的經濟效益？會新開多少商業店鋪、大型超市，新建多少賓館、旅館？增加多少城鎮人口就業？同志們，到了那時，我們蓮城可就成了金窩銀窩，你們不想發財都會發財！想想看，到了那時，你們就會為今天的聚集鬧事感到羞愧、後悔；第四，你們可以解散回家了。我為什麼不准縣電視臺的記者來拍照、錄像？就是為了保障你們的個人隱私，不會被公安部門用來搞人臉識別。你們要理解我這份苦心……

吳家山縣長的一番講話，一下子把民眾的情緒平服了下去，他們手裡舉著的標語牌也紛紛垂下地面。漸漸地，人群散了，再鬧沒勁了，四散而去了。

這時一輛吉普車開進了廣場。從車裡出來縣紀委書記和兩名隨員。三人快步來到吳縣長身邊，將其叫到水邊清靜處談話。縣紀委書記是來傳達上級通知：老吳！有人把你告到州紀委、省紀委去了。州委領導很生氣，指你主持的「何紹基故里復建學術研討會」沒有向上級報備，引發群體事件。州紀委命令：立即停止會議，堅決貫徹執行中央關於穩定壓倒一切的文件精神，平息事件。否則政治問責，後果自負。

吳家山臉色沒有發白，而是滿臉塊通紅：老紀！你不見群眾都被我說服了，事件平息下去，人都散了嗎？還有這次的會議，我打電話向州委辦公室匯報、請示了的，他們有電話紀錄嘛。從全國各地好不容易請來那樣多建築界的專家、學者，不涉及任何敏感話題，專講旅遊資源開發，怎麼喊停就停，叫我們下面怎麼做工作，讓專家們看我們蓮城的笑話？

紀委書記說：吳家山同志，注意你的態度。冷靜、冷靜吧。我理解你工作很辛苦，不容易。但上級的指示就是命令，理解的要執行，不理解的也要執行，在執行中加深理解。

話到這分上，吳家山啞口無言了。他對付民眾很有一套，對上級卻唯有服從。有句話他沒有講出來：對上級的指示理解的要執行，不理解的也要執行，在執行中加深理解，不就是林副統帥當年的話嗎？

紀委書記見他似有不服，又丟下一句話：我傳達完了。你有意見，可以找常書記談，也可以在常委會上攤出來嘛。

尾聲　蓮城如詩如畫，我們還會回來

「何紹基故里復建學術研討會」原訂三天的會議，祇開了一天半被中止。還虧了縣委一把手常書記力挺吳縣長，不使事情辦得太難看造成不良影響，而採行折衷方案：三天會議時間不變，剩下的一天半改為安排與會的專家、學者對幾處景點進行實地考察，邊走邊議邊提出高見。原先承諾的每位專家一千元謝禮金也如數奉送。務使專家們來得高興，走得愉快。至於短缺的六萬元會議經費，則由吳縣長通過小九嶷向她母親譽果老闆求情，減免了此次會議人員的酒店食宿費了事。吳縣長也真有本事，幾天的陪錢教授下各個景點走馬觀花，竟讓小九嶷叔叔長、叔叔短的親熱到不行。這孩子太缺父愛了。當然吳縣長也答應了譽果老闆的要求，該項經費從酒店向政府繳納的該年度稅費中沖抵，並由縣財政局開出收據。厲害吧？政府也不能白拿。

好好一場學術研討會，如此草草收場，何瑤、松小路百思不得其解。請教一直在旁靜觀其變的老夫子。老夫子竟說了官式套話：道路曲折，前途光明。再又加上一句：管大關們陰魂不散，假社會主義之名，行封建主義之實。

兩人聽得雲裡霧裡，不知所以：管大關是誰？

老夫子苦笑笑，沒有回答。倒是何瑤的導師錢教授說得尖銳、明白：左傾思潮沉渣泛起，文革幽靈在蓮城上空徘徊……研討會根本沒有涉及城區居民的房屋拆遷問題，為什麼會出現上百人的維權抗議？誰在後面挑唆、鼓動？還有他們打出的那些標語牌，「保衛土改成果」，「反對非法拆遷」，「替大官僚地主何紹基修建故居是反黨反社會主義」等等，都是文革式口號，與今天改革開放、繁榮經濟的大好形勢格格不入，唱對臺戲。居心叵測。

下午，何瑤開車送錢教授去冷水灘搭乘特快列車赴桂林。那裡要召開南方九省古代民居建築學術研討會議，錢老是特邀嘉賓。吳家山縣長派松小路代表他給錢老送行，他本人正在出席縣委常委會議，不克請假。但他委託松小路一直陪送錢老到桂林。原本何瑤可以就送到蓮城站讓小路陪恩師北上。但他堅持開車兩個多小時，一定要把錢老送到冷水灘。路上，小路告訴錢老，前天鬧事的那一百多人大部分是紅歌會成員，他們不知道得到什麼人的支持，敢和縣委、縣政府叫板，講蓮城的唱紅打黑祇停留在嘴頭上，對民營企業資本家心慈手軟，互相勾結，拿了好處，所以不像重慶那樣展開雷霆行動。錢老閉上眼睛嘆氣：想不到蓮城這樣好的地方，極左思潮陰魂不散。明明有可能規劃出一個國字號的歷史風光旅遊大項目，卻出師不利……當前我們國家有兩股勢力在洶湧角逐：「唱紅打黑」左傾復辟，紅衛兵思潮氾濫，要走回頭路；另一股力量是堅持改革開放，克服重重阻力，披荊斬棘向前走。相信前一股逆流，阻擋不了時代大潮。倒退是沒有出路的。

唱紅打黑，紅衛兵思潮氾濫！空谷足音，林中響箭。

送走錢教授，何瑤覺得空落落地心緒煩亂。老爸告訴他，馬上就進九月，學校開學，明天該回省城了。我們把你宋阿姨也帶去，到省醫院找專家做檢查，主要是幫她摘除白內障，恢復視力。何瑤問宋阿姨同意了？她不是哪裡都不肯去嗎？老爸說：虧了李玉如老師和你孟阿姨說好說歹，總算做通了工作。但有個條件，治了病，不管好不好，都要送她回蓮城……

何瑤眼神定定地看著老爸，想說什麼又沒有說出口。老夫子倒是坦然，把話替兒子說了：小子！你那點心事，是不是想建議我把你宋阿姨留在省城，留在我們家裡？李玉如老師和你孟阿姨也是這個意思……但還要看人家願意不願意。這次李玉如老師也會陪了去，照顧宋阿姨動手術。我們家要熱鬧幾天了。小子，這事莽撞不得，一路上你不要流露什麼。一切等替她摘除了白內障再說。何瑤登時高興得拍巴掌：好，太好了！今後有宋阿姨陪你過日子，我可以在北京安心讀書了。我娘在天之靈，也會放心了。

老夫子很欣慰兒子和他心靈相通，想到了一起。忽然問：好幾天沒有看到小九疑了，你們又鬥嘴嘔氣了？小子你是個男子漢，在女孩子面前氣量大些，學會哄著她，順著她。好不容易碰到心愛的人，錯過了會後悔一輩子……要不要請她和我們一起走？你那吉普正好坐得下。請她到長沙玩幾天，你們一起回北京。

何瑤正在為此事犯愁。為學術研討會忙忙亂亂三、四天，他再也沒有見到小九疑。打她的手機也不接。不知又發了什麼大小姐脾氣。在陪錢老到各個景點參觀的那些日子，小九疑快活得像頭小山羊，總是拉著他的手有講有笑，毫不避諱的呀！連錢老、吳縣長都誇他們是天生一對，她也祇是紅紅臉蛋，閃閃大眼睛，沒有否認的呀。

父子倆正講著，門鈴響了兩聲。老夫子說了聲「請進」，即有一位女服務生進來，笑笑微微遞給何瑤一封信。一看封皮上的字蹟就知道是小九疑的。何瑤邊拆信邊問：在酒店裡住著，還要寫信？女服務生回答：她們走啦，譽果老闆帶著她女兒回香港啦。

真像青天霹靂。何瑤的耳膜都要被震破。

父子倆看到幾行清秀的書法：

瑤，問伯伯好。你和小路送錢教授北上冷水灘，我和媽咪乘火車南下轉去香港。送媽咪到港後，我會直飛北京上學。我們北京見。對了，媽咪要我轉告她的老同學，保重身體，愛護好蘇州妹，不然她不答應。

媽咪還說了，蓮城如詩如畫，我們還會回來！

愛你的大眼妹。

八月三十日

講得好！愛你的大眼妹。

蓮城如詩如畫，我們還會回來。

二〇一九年十一月至二〇二一年一月十二日，完稿於溫哥華南郊望晴居

二〇二一年二月至四月修改、定稿。

參考書目

漩渦 1966—1976 韓泰華 主編 北京出版社 1999 年版

1966 我們那一代的回憶 張友漁 編 中國文聯出版公司 1998 年版

中國「左」禍 文聿 著 北京朝華出版社 1993 年版

沉冤昭雪 董寶訓、丁龍嘉 著 安徽人民出版社 2003 年版

文革大屠殺 宋永毅 主編 香港開放雜誌社 2002 年版

文革受難者 王友琴 著 香港開放雜誌社 2004 年版

血的神話 譚合成 著 香港天行健出版社 2010 年版

當代名家・古華（京夫子）文集
京夫子文集 卷十四 瀟水謠

2024年6月初版　　定價：新臺幣520元

著者	古華
叢書主編	黃榮慶
校對	鄭秋燕
內文排版	烏石設計
封面設計	陳恩安

出版者	聯經出版事業股份有限公司	副總編輯	陳逸華
地址	新北市汐止區大同路一段369號1樓	總編輯	涂豐恩
叢書編輯電話	(02)86925588轉5307	總經理	陳芝宇
台北聯經書房	台北市新生南路三段94號	社長	羅國俊
電話	(02)23620308	發行人	林載爵
郵政劃撥帳戶第0100559-3號			
郵撥電話	(02)23620308		
印刷者	文聯彩色製版印刷有限公司		
總經銷	聯合發行股份有限公司		
發行所	新北市新店區寶橋路235巷6弄6號2樓		
電話	(02)29178022		

行政院新聞局出版事業登記證局版臺業字第0130號

本書如有缺頁，破損，倒裝請寄回台北聯經書房更換。　ISBN 978-957-08-7411-2 (平裝)
聯經網址：www.linkingbooks.com.tw
電子信箱：linking@udngroup.com

國家圖書館出版品預行編目資料

京夫子文集 卷十四 瀟水謠/古華著．初版．
新北市．聯經．2024年6月．392面．14.8×21公分
（當代名家・古華（京夫子）文集）
ISBN 978-957-08-7411-2（平裝）

857.7　　113007833